狄更斯鬼怪小說選集

The Ghost Stories of Charles Dickens

查爾斯・狄更斯 Charles Dickens 著

余毓淳、楊瑞賓 譯

目錄

詭異的椅子

The Queer Chair

一個冬日傍晚約五點左右，天色日漸昏暗，沿著馬蘭博郡往布里斯托的路上，你或許會見到一位乘坐二輪馬車的男子，鞭策著疲憊的馬兒往前行。雖然我說「你或許會見到」，但其實我相信只要不是盲人，絕對是看得到。那天的天氣實在太差了，夜晚相當濕冷，除水氣外一無所有，旅人在馬路中顛簸前行，陰鬱又孤獨。這輛紅土色二輪馬車頗有鋌而走險、孤注一擲的氣勢，下掛紅色輪子，再加上一隻脾氣大、快速前進的棗紅母馬，這隻母馬像是肉販高等馬與郵務使用矮種馬的交配種。假如那天有任何行商者碰巧見到這個景象，會立刻知道男子就是卡特頓街比爾森陋巷中大宅邸的湯姆．史瑪特。然而既然沒有任何行商者經過，這件事也就無人知曉，湯姆．史瑪特就這麼與他的紅色馬車及暴怒行走的馬兒祕密往前行，看來這世上能見眞相的智者畢竟不多。

當馬蘭博郡吹著大風時，這個沉悶世界裡的任何地方顯然都比這裡可愛多了。假如你試著在一個陰暗的夜裡待在外頭，踩著泥濘潮濕的馬路，淋著驟降的大雨，單獨一人親自體驗這種孤寂，就會明瞭爲何我說馬蘭博郡是世上最陰鬱的地方。

糟糕透頂的風就這麼繼續吹著，不是往上吹也不是往下吹，而是筆直穿透，帶來傾盆大雨，一條一條像極了學校習字簿上教導男孩們書寫的重點線條。有那麼一刻，風好像突然靜止，旅人在經過之前的暴風摧殘後，可能會感到錯愕困惑，以爲風就這麼停了，直到嗚~的一聲，遠處傳來風的嗥叫呼嘯，越過山坡，橫掃平原，累積聲音與能量越靠越近，然後猛然一陣狂風襲擊馬兒及旅人，夾帶鋒利暴雨貫入他們耳中，冷濕刺骨。當風經過他們時加速了前進的力道，伴隨著震耳欲聾的呼呼聲，彷彿在諷刺他們無力抵抗，讓人強烈意識到大自然的巨大能量。

經過灘灘泥水，棗紅色的母馬被飛濺在一旁，之前低垂萎靡的耳朵現在卻突然豎了起來，彷彿想要表達牠對大自然不友善的厭惡情緒，並且努力保持平緩步調，直到一陣比之前任何風都還大的怪風打亂牠的步伐。突然間牠停了下來，四腳深植泥土裡，強作鎮定不讓狂風吹倒。我們眞感激上天牠能穩住步伐，假如牠被吹走的話，憑那瘦小易怒的身軀，再加上馬車份量也不太重，更別說那個毫無噸位可言的湯姆．史瑪特，肯定會被風吹到世界盡頭，連滾帶爬捲成一團，直到狂風停止。不論如何，最有可能發生的情況是脾氣差的母馬、紅輪馬車及可憐的湯姆．史瑪特通通同歸於盡。

「他媽的！我的皮帶及鬍子！」湯姆．史瑪特使出不受人喜歡的看家本領咒罵著，說著說著又罵了一次「他媽的！我的皮帶及鬍子，假如不高興的話，他媽的！吹我就好！」

你可能會問我，爲何湯姆．史瑪特被風吹得死去活來時，還要下如此豪語。我無法解釋這件事，只知道湯姆．史瑪特是這麼說的，並且還常常對我舅舅重複提起這件事。

「吹我！」湯姆．史瑪特咆哮著。棗紅母馬發出嘶的一聲，彷彿與主人一個鼻孔出氣。

「大女孩，振作！」湯姆．史瑪特一邊用鞭子尾端輕拍馬兒的脖子，一邊說著：「今天不趕路了，等一下遇到的第一間房子，我就會停下來休息，所以你快點走，快走就能早點休息，唆喔！小心走！小心走！」

我眞的不知道暴怒的母馬是否充分了解湯姆．史瑪特語調中傳達的訊息，也不知道牠是不是因爲站著不動實在太冷了，才會選擇繼續往前走。但是我敢確定當湯姆．史瑪特一說完話，馬兒立刻豎起耳朵飛快前進，速度之快導致土紅色馬車發出咯咯聲，讓人不禁想像所有的馬車輪輻是如何在馬蘭博郡的草皮上飛奔。直到母馬以自己協調的步調自動停下之前，即使是拿著鞭子的湯姆都無法制止牠停下腳步，最後母馬停在右手邊路旁、距離馬蘭博郡尾端八分之一哩的旅館旁。

當史瑪特把韁繩丟給旅館的馬夫時，他順道倉促地望了房頂一眼，然後將鞭子收好放在盒子裡。這是一棟奇怪的老房子，屋頂以木板釘成、鑲嵌花樣，橫樑交錯，上頭裝有三角形的窗戶，視線完全可以投射到路旁的小徑，也可以看到昏暗門廊中的低矮小門，引導連接至房子的是一些陡峭的階梯，不見平穩的現代樓梯。即便如此，看來還是個舒服的地方，從窗戶射出的是溫暖的燈光，明亮的光線照亮馬路，即使是路旁陰暗的樹籬都亮了起來，對面窗戶迎面而來的是閃爍的紅光，一瞬間掠過，昏暗卻又明白可見，透過拉長的窗簾隱約可見裡頭的影像，暗示著裡面有燃燒熾烈的火焰。史瑪特以一位有經驗的旅行者觀望著這些微小的證據，雖然他的手已經僵冷了一半，仍舊靈敏的跳下馬，進入房子。

不到五分鐘的時間，史瑪特已經進入酒吧，之前他想像房間裡的火不斷燃燒著，事實上在他面前的就是燃燒的火焰，但是缺乏大量煤炭。然而裡頭有足夠的木頭排列出像樣的醋栗灌木叢，木頭沿著煙囪堆疊而起，火焰爆裂燃燒著，啪啦啪啦的聲音溫暖了每個人的心。氣氛是舒服的，但是舒服的不只這樣，此時還有一位時髦打扮的女孩在桌上鋪了一塊乾淨的白布，這位女孩眼神明亮，手肘白淨。史瑪特穿著便鞋的腳放在暖爐上，背部面向外門，他眼前美好的酒館美景反射在壁爐架的玻璃上頭，架上陳列令人愉悅的綠色罐子，罐子外貼著金色商標，另外有裝著泡菜與蜜餞的瓶子，吸引人的起司與烹調過的火腿，還有好幾罐啤酒羅列架上，美妙的滋味令人垂涎三尺，這一切都舒服極了，但是我可還沒說完，因爲絕對不只這樣，裡頭還有一位女子坐在一張精美的小茶几旁，相當接近明亮的壁爐，這體型豐滿的寡婦看來舒適明淨，顯然就是房子的主人，是這裡所有物品的最高擁有人。整個美好的景象只有一個缺點，那就是畫面裡頭居然有個高瘦的男子，他穿著咖啡色的外套，上頭綴有閃亮的鈕扣，他留著黑色小鬍子，髮絲烏黑如波浪狀，就坐在寡婦旁喝著茶。我們很容易就能猜出這名男子顯然不斷慫恿這寡婦脫離單身生活，與她熱烈討論該如何享受自然愜意的生活。

其實湯姆．史瑪特並不是一位易怒愛忌妒的人，但是不知怎麼搞的，這位著咖啡色外套綴有明亮鈕扣的高瘦男子卻能引起他的怒氣，激發他性格中惡毒那一面，讓他覺得非常憤慨。從窗前的位子上他細細觀察著兩人，他發現寡婦與高瘦男子之間似乎存在微妙的情感相依性，這位高大男子的塊頭身形顯然與他對這名女子的興趣成正比。湯姆喜歡喝熱的蘭姆潘趣酒（註1），我敢說他眞的非常非常喜歡熱的潘趣酒。他看著躁怒的母馬被餵得飽飽，吃著寡婦烹煮的每一份熱騰騰晚餐，舒服地躺著。湯姆自己則嘗試點了一份以平底無腳酒杯裝盛的潘趣酒，我們這麼說好了，假如在所有家政藝術中，有一件寡婦做得比其他人好的東西，無疑就是這個酒杯囉。第一杯潘趣酒顯然很合湯姆史瑪特的口味，特殊的滋味讓他很快地嚐了第二口，燒熱的潘趣酒絕對是一件美好的事物，在任何情境下都是極度美妙。坐在舒適老舊接待室的湯姆．史瑪特紳士，面對爐上燃燒的火焰，外頭的風呼呼吹得老房子裡的每一根木頭喀滋喀滋響。湯姆對於熱潘趣酒可是愛不釋手，他點了一杯又一杯，只是我不確定為何後來他不繼續喝下去。然而當他喝越多熱潘趣酒，他腦中那位高大男子的影像愈是揮之不去。

「他厚臉皮的樣子眞是該死！」湯姆對自己說：「爲何他會出現在這間酒館？眞是個醜陋的惡棍！假如這位寡婦有任何品味的話，她就應該挑個更好的人。」湯姆一邊想著，眼睛就咕嚕咕嚕從壁爐架上的玻璃望向桌子，當他逐漸意識到自己有點多愁善感之後，立刻乾掉第四杯酒，接著點了第五杯。

湯姆．史瑪特這位紳士在公共場合相當如魚得水，總是希望酒館裡的目光能聚焦在他身上，他著綠色外套，配上長及膝蓋的燈芯絨褲子與上衣，總是即時出現在狂歡的晚宴上，總是認爲自己可以憑口才主導整個房間裡的氣氛，在喝酒的場合裡，他會是顧客們佩服的第一流酒客，當湯姆坐在火爐邊喝著潘趣酒時，腦中快速閃過以上這些念頭，對於那位高大男子總是能出現在這美好的酒館，而他卻與這天堂保有一點距離時，湯姆就覺得自己憤慨的情緒相當合理，在他從容喝完最後兩杯酒時，對於找不到好理由試圖與高大男子吵架這件事，湯姆得到一個令人滿意的結論，那就是即使那男子意圖不軌地接近寡婦，而且做法相當優雅難以抗拒，湯姆也不該如此折磨自己，應該要去就寢休息了。

湯姆．史瑪特走在寬闊古老的階梯上，伶俐的少女引領著他往上走，以手遮著寢室內的蠟燭，不讓空氣中的氣流熄滅燭火，一般而言，在這樣一個雜亂的老房子裡，空氣可以流通，燭火也不會熄滅，但這次燭火卻熄滅了，這讓與湯姆敵對的人有機會質疑是湯姆吹熄燭火，而不是風的緣故，他們會說當湯姆假裝要把燭火吹亮，重新點燃時，事實上是試圖親吻女孩的舉動。我們姑且這麼相信好了，但是此時另一個蠟燭被點燃，湯姆被引導通過迂曲如迷宮般的房間及走道，最後到達他租借的房間，女孩甜甜地對他說聲晚安然後離開，留他一人待在房裡。

這個房間很大，裡頭有大衣櫃，還有一張看起來像是可以供所有寄宿生睡在上頭的大床，更不用說那幾個橡木製的大行李櫃，像是可以裝載一組小軍隊的家當；不過眞的激發湯姆想像力的其實是一把奇特、看起來相當陰森的高椅背椅子，以最古怪的工法雕刻而成，裝飾著粉紅錦緞織花的坐墊，椅腳裝有球形的保護套，謹愼地以紅布綁緊，彷彿人的腳指頭該受到保護一般。其他奇特的椅子，湯姆頂多覺得古怪而已，並不會特別注意，但這把椅子顯然讓他心神不寧，其中一定有些不尋常之處，他無法說出爲什麼，只是實在與他所見的其他家具差異太大，詭異極了，讓他迷惑不已。他坐在火爐前，盯著椅子望了半個小時之久，彷彿惡運籠罩了這張古老奇特的鬼東西，讓他不得不多看一眼，甚至難以將眼光移開。

「嗯，從我出生到現在，似乎都沒見過如此古怪的東西，實在太詭異了！」湯姆一邊說著話，一邊慢條斯理地將衣服解開的，眼神依舊望著那張老椅子，椅子兀自神祕地待在床邊。「詭異極了！」湯姆又說了一次，熱潘趣酒的後勁讓他變得嚴肅起來，湯姆以富有哲理的姿態搖了搖頭，然後又望了張椅子一眼，即便如此，他依舊想不出個所以然，最後還是躺在床上，將棉被蓋暖身體，準備入睡。

大約過了半小時，湯姆突然從困惑的夢中醒來，他夢到高大的男子與熱潘趣酒，然而在半夢半醒之間，他腦中浮現的第一個東西就是那張怪椅子。

「我不要再盯著椅子看了！」湯姆喃喃自語，他眨了眨眼皮，試著說服自己還想入睡，但是沒有用，在他眼前房間裡似乎只剩那張椅子，不斷在他眼前晃動，佔據他所有視線，椅腳不斷往上抬，越抬越高，表演著多種滑稽的姿勢。

「我又不是沒見過椅子，其中古怪的少說也有兩三種。」湯姆說著，並將頭從被窩伸出，看著因火光照耀而益顯清晰的椅子，越看越是令人生氣。

湯姆凝視著怪椅，突然間他覺得越是盯著它瞧，椅子越會變化，椅背雕刻的線條逐漸呈現出乾枯皺縮的面部輪廓，好像人的表情一般，花紋坐墊像是飄動的馬甲背心，球形椅腳套變成一雙穿著紅色鞋子的長腳，整張椅子像極了上個世紀的醜老頭，還兩手叉著腰。湯姆從床上坐起，揉揉眼睛想要驅散腦中的幻象，告訴自己別再這麼想了！只不過椅子怎麼越看越像一個老人，甚至對著湯姆．史瑪特眨眼示意。

湯姆像是隻粗心魯莽的狗，個性沉不住氣，加上他在酒館已經喝了五杯潘趣酒，脾氣更顯粗暴，當他看見老人的影像放肆地對他睨視媚眼時，雖然他一開始有點受到驚嚇，但是慢慢卻變得有點憤慨。最後他發覺自己無法再忍受了，這時老人的眼睛越眨越快，湯姆以極生氣的語調說：

「你在對我眨什麼鬼啊？」

「湯姆．史瑪特，只要我喜歡有什麼不可以？」椅子說著話，或著你稱呼它是老紳士也可以，湯姆說話同時，椅子住嘴了，開始露齒而笑，像是一隻落魄的猴子。

「這個老癟嘴，你怎麼會知道我的名字！」相當吃驚的湯姆詢問，顯然他費了好大功夫才忍住氣。

「來吧，湯姆來吧！」椅子說著：「你這不是對待西班牙桃花心木椅應有的說話態度，他媽的，假如我的椅套再高檔一點，你就不會對我這麼無禮了吧？」當老人椅這樣說時，目露兇光的氣勢讓湯姆害怕起來。

「先生，我無意對你不敬。」湯姆說著，此時的語調比先前謙卑許多。

「嗯，嗯，湯姆，或許不是這樣，不是這樣。」椅子老人說著。

「先生，這是什麼意思？」

「湯姆，我知道你的每件事，全都知道，你眞的很可憐。」

「我的確是可憐。」湯姆回話，「但你怎麼可能全都知道？」

「你不用管我爲何會知道。」椅子老人繼續說著。「只能說湯姆你太喜歡喝潘趣酒囉！」

湯姆．史瑪特正準備堅決聲明自己從去年生日之後，就未沾過一滴潘趣酒，但是當他的眼神迎向椅子老人時，意識到老人似乎無所不知，因此臉紅了起來，話都不敢吭一聲。

「湯姆，那寡婦是一個好女人，相當引人注目的好女人，可不是嗎？」在說話同時，椅子老人轉動眼珠，抬起其中一隻形容枯槁的椅腳，面露令人不愉快的情色表情，湯姆覺得這種輕浮的態度很噁心，彷彿想起自己輕率的人生。

「湯姆，我可是她的監護人。」椅子老人說。

「你是嗎？」湯姆詢問著。

「湯姆，我認識她的母親。」椅子老人繼續說：「也認識她的祖母，她可是非常喜歡我，這就是她送我的馬甲背心。」

「是嗎？」湯姆・史瑪特質疑。

「這鞋子也是她送我的。」椅子老人說話同時抬起它其中一隻腳套，「但是湯姆你可要保守祕密，我不想別人知道她有多喜歡我，那可能會引起一些不愉快的家庭紛爭。」像無賴一般的椅子老人說話態度極為傲慢無禮，以至於湯姆覺得就算他把椅子坐壞，也不會感到歉意。

「湯姆，我一向非常有女人緣。」這位放蕩的老不修說：「曾經有好幾百個好女人坐過我的腿上，一坐就是好幾小時呢，湯姆你這隻小狼犬覺得這種經驗如何？」椅子老人繼續講述年輕時代的輝煌成就，但是突然被一陣猛烈的咯吱咯吱聲打斷，使得它無法繼續吹噓。

「老不修，你眞是大言不慚。」雖然湯姆・史瑪特心裡這麼想，但沒說出口。

「唉，我這把老骨頭現在遇到問題了，湯姆，我不再年輕，甚至快要失去我的扶手，我已經動過小手術，將一小塊木頭植入背部，湯姆，那手術可是非常劇烈的。」

「我敢說手術一定很可怕。」湯姆・史瑪特回答。

「然而，這些都不是我要說的重點。」椅子老人說：「我要你娶那個寡婦。」

「先生，你要我娶！」湯姆說。

「是的。」椅子老人說。

「祝福你那令人尊敬的頭髮，別讓人用力拉斷。」因爲椅子老人有一些馬鬃絲線散落在後，所以湯姆才會這麼說：「你別胡說了，她應該不會想要嫁給我。」當湯姆想到酒館的事情，不由自主地嘆了口氣。

「你確定？」椅子老人質疑，態度相當堅定。

「對，絕對不可能。」湯姆說：「酒館裡面另外有一個人，一個高大男子，一個留著小鬍子的該死男人。」

「湯姆，她不可能嫁給他。」椅子老人說。

「是嗎？」湯姆說：「假如你當時也在酒館，就不會這麼說了。」

「不，不，我了解得很。」椅子老人說。

「到底你知道什麼事？」湯姆說。

「湯姆，我知道門後親吻的事，也知道其他事情。」椅子老人放肆無禮地說著，這讓湯姆非常憤怒，你想想看，聽見一個怪老頭用這麼厚顏無恥的語氣說話，想必非常不愉快，沒有什麼比這更讓人生氣的了。

「湯姆，我知道所有事情。」椅子老人說：「在我一生中，這種事我見多了，我不用一件一件跟你贅述，只不過這種事情最後都無疾而終。」

「你必定曾經看過一些詭異的事。」湯姆帶著好奇的表情說道。

「你說的沒錯！」老人回話，眨眼示意的姿態顯得複雜曖昧，「湯姆，我是家裡的老么。」老人憂鬱地嘆口氣說道。

「是個大家族嗎？」湯姆．史瑪特詢問。

「湯姆，我們總共有十二個兄弟姊妹。」老人繼續說：「你可以想像我們有優良筆直的椅背，身形美觀，沒有殘缺不全的問題，我們都有扶手，而且總是很光亮，雖然我覺得外表不必如此乾淨，因爲這讓我的心一眼就被看透。

「你其他手足都到哪裡去了？」湯姆．史瑪特詢問。

「不見了，湯姆，它們都不見了，我們以生命服務人群，然而其他手足的體格不如我的好，它們的腿及手臂都有風濕的老毛病，不是進出廚房，就是進出醫院，其中一位更因爲長時間太過勞累，已經喪失知覺了，它已完全瘋狂，因此不得不把它火化，湯姆，這眞是嚇人的事，對吧？」當椅子男人回答時，他一邊用手肘擦了擦眼睛。

「太可怕了！」湯姆．史瑪特說。

椅子老人停頓了幾分鐘，心中似乎百感交集，然後說：「我主要是想說，那高大的男人是個卑鄙的投機者，當他娶寡婦那一刻，就會賣掉所有家具，然後跑掉。結果會是如何呢？女人將會被遺棄，然後傾家蕩產，最後我會在某個掮客的商店中孤獨老死。」

「沒錯，只不過……」

「請讓我說完。」椅子老人說：「因爲你，我有了不同的想法，我知道一旦你安頓在旅舍裡，只要裡頭有酒可以喝，你就不會輕易離開。」

「先生，你的想法眞是讓我感激不盡啊！」湯姆．史瑪特沒好氣的說。

「因此，」椅子老人椅以自大的語調繼續說著：「你應該娶她，而那高大的男人不應該娶她。」

「那麼到底要怎麼做，好預防事情發生？」湯姆．史瑪特急切地詢問。

「公開他已經結婚的事。」椅子老人回答。

「我該如何證明？」湯姆說，並且從床上半坐起身。

椅子老人從旁拆開他的扶手，指了指其中一個橡木製櫃子，然後立刻將扶手物歸原處。

「他幾乎忘了放在衣櫃裡一件長褲右邊口袋裡頭的東西，」椅子老人說：「口袋裡有一封信，一封乞求他回到哀傷妻子身邊的信函，他不只有一位憂鬱的妻子，還有六個嗷嗷待哺的小孩，湯姆，請注意我說的是六位小孩啊！」

當椅子老人嚴肅地陳述這件事時，他的臉部表情越來越模糊，形體如幽靈般虛無迷幻，一片薄霧遮蔽湯姆．史瑪特的視線，老人漸漸與椅子融爲一體，花緞馬甲逐漸變成靠墊，紅色拖鞋縮成小小椅套，光線逐漸昏暗遠離，此時湯姆．史瑪特重新躺在枕頭上，昏昏入睡。

晨光乍現，湯姆從昏睡的靜止狀態甦醒，椅子老人的影像已經消失，他從床上坐起，花了好幾分鐘努力回想昨日的記憶，一開始似乎徒勞無功，什麼都想不起來，可是突然間所有事從腦中閃過，他望向椅子。事實上，那是一張高貴堅固的家具，想必這張椅子一定是製作精巧，充滿創意巧思，甚至有些擬人化，以至於可以在它與老人之間找到共通點。

「你還好吧？老傢伙！」湯姆自言自語說著，他在白天顯得勇敢多了，也許大多數人都是如此吧！

椅子一動也不動，一句話也沒說。

「這眞是個悲哀的早晨啊！」湯姆道。只不過椅子怎麼可能加入他的對話呢！絕對不可能的。

「你指的是哪個衣櫃？可以告訴我嗎？」湯姆詢問。各位讀者朋友，要是椅子回話，那才有鬼呢。

「不管怎麼說，要打開衣櫃應該不麻煩吧！」湯姆一邊說著一邊不慌不忙地從床上起身，他走向其中一個櫃子，鑰匙就留在鎖上，他轉動鑰匙，打開櫃門，裡頭眞的有幾件長褲，他將手伸進口袋裡，果然找到椅子老人所說的那封信。

「眞是件怪事啊！」湯姆．史瑪特說，看了椅子一眼，又望向櫃子，然後眼神落在這封信上，最後又看了看椅子，「怪啊！眞是詭異極了。」湯姆說。當他意識到這種詭異的感覺無法消失時，他認爲也許應該出門把高大男子的事情解決一下，以免夜長夢多。

湯姆環視他的房間，然後下樓去，旅館主人以眼神仔細打量他，湯姆覺得一切太不可思議了，在不久之前的夢境中，這間旅館竟有可能成爲他的財產。此時高大男子正站在小巧溫暖的酒館前，雙手放在身後，悠閒得彷彿好像這裡是他的家一樣，他神情茫然地對著湯姆露齒而笑，隨便一位路過的人也許會認爲他這麼做只是爲了展露他潔白的牙齒，但是湯姆．史瑪特認爲那是一種勝利的表情，流露出他對這整個地方的佔有慾，湯姆笑了笑，然後叫旅館主人過來。

「早安，女士。」湯姆．史瑪特說，當這名寡婦進門時，湯姆隨手將起居室的門關上。

「早安，先生。」寡婦打了招呼：「你早餐想吃點什麼？」

湯姆不斷思考該如何開口進入正題，因此他沒有立刻回答寡婦的問題。

「今天的火腿很棒。」寡婦說，「抹了油的冷雞肉也是個不錯的選擇，要來一點嗎？」

這些話將湯姆從混亂的思緒中拉回，當寡婦詢問的同時，湯姆對她愈是崇拜，眞是個體貼的女人，無微不至的女主人啊！

「請問女士，酒館裡的那位男子是誰？」湯姆詢問。

「他是傑克斯。」寡婦回答，她的臉上有些微泛紅。

「他眞是高大啊！」湯姆說。

「他是個好人，也是個有教養的紳士。」寡婦回答。

「嗯。」湯姆說。

「先生，你還需要其他什麼嗎？」寡婦詢問著，似乎因爲湯姆的態度而感到困惑。

「嗯，親愛的女士，請問妳是否能坐下來陪我一下子？」湯姆說。

雖然寡婦看起來很驚訝，但她還是坐了下來，湯姆更是挨著寡婦緊緊坐著，而且靠得很近。各位讀者朋友，我不知道事情是如何發生的，事實上，我的舅舅總是告訴我一些湯姆．史瑪特自己也不知道的事情始末。總之，不知怎麼搞的，湯姆的手掌就很自然地落在寡婦手背上，當他講話時，手也沒有離開。

「親愛的女士。」湯姆・史瑪特說道，他總是有辦法對女人大獻殷勤，「親愛的女士，妳值得嫁一位更好的丈夫，妳知道的。」

「先生，這是什麼意思！」寡婦說。湯姆的開場白顯得很不尋常，更別說會嚇壞人，前天晚上他可是不敢正眼盯著寡婦瞧，現在卻如此大膽的說話。

「親愛的女士，我對調情這件事相當藐視。」湯姆・史瑪特說，「但是我不得不說妳值得一位更高尚的男子，不管那個人是誰，都會非常幸運。」當湯姆說話的同時，眼睛不由自主地飄向寡婦的臉龐，好像看著她可以尋求一些安慰。

寡婦比往常更加困惑了，努力想要釐清事情的原由，湯姆輕輕地壓了壓她的手，彷彿想要留住她，寡婦就這麼呆坐在位子上。但是，各位讀者朋友，我舅舅常說寡婦通常不是這麼容易受驚嚇的。

「先生，我很感激你所提供的好建議。」豐滿的寡婦笑著回答，「好像我就要嫁人似的。」

「假如……」湯姆・史瑪特的左眼精明幹練地瞄了一下右邊角落，「我是說假如妳想要結婚的話……」

「這個嘛。」寡婦一邊大笑，一邊說：「當我要結婚時，一定會找一個像你所說的那種好老公。」

「妳說的是真的？」湯姆說。

「當然是！」寡婦大聲回嘴。

「別這麼有自信，我可是很了解他。」湯姆說。

「我相信任何認識他的人都說不出他有什麼缺點。」寡婦答道，並且抬頭對湯姆語氣中的輕蔑態度表示憤怒。

「嗯。」湯姆・史瑪特遲疑。

寡婦覺得是時候表現哭功，便拿出手帕，詢問湯姆是否存心羞辱她，是否故意在一位好男子背後重傷他，假如他眞的有什麼話想說，爲何不當面跟那位男子說，卻要嚇壞一位柔弱可憐的女人。

「我很快就會當面跟他說。」湯姆道：「我只是想先告知妳。」

「到底是什麼事？」寡婦詢問並且熱切地看著湯姆的表情。

「我怕我說了會嚇壞妳。」湯姆一邊說，一邊將手伸進口袋。

「是覺得他想要錢嗎？」寡婦說：「我已經知道了，你也不用再麻煩了。」

「胡說，那一點也不重要。」湯姆道：「我也想要錢，但這不是我要說的事。」

「那麼，親愛的，到底是什麼事？」可憐的寡婦大叫。

「別害怕！」湯姆・史瑪特慢慢地拿出信件，然後打開它，「千萬別尖叫！」湯姆要求。

「不會，我不會尖叫。」寡婦回答，「讓我看信。」

「妳不要昏倒，也不要胡鬧。」湯姆說。

「不會，都不會。」寡婦急促地回答。

「也不要跑走，或是想要毀了他。」湯姆說：「因爲我會幫妳這麼做，妳不用自己動手。」

「唔，好啦。」寡婦催促：「讓我看信。」

「我會讓妳看。」在湯姆・史瑪特回答的同時，他把信放在寡婦的手中。

各位讀者朋友，我的舅舅曾經轉述湯姆．史瑪特說過當寡婦知道男子的惡行時，她的悲傷會融化任何一顆鐵石心腸，湯姆一向是軟心腸，可想而知寡婦的慟哭肯定讓他心痛到了極點，她的身體不由自主地來回搖晃，不斷地擰者雙手。

「眞是個禽獸，他騙了我。」寡婦激動地說。

「親愛的女士，我知道現在妳很難受，但是千萬要鎭靜下來。」湯姆．史瑪特安慰她。

「你要我如何鎭定。」寡婦尖叫：「我無法再找到一位這麼喜歡的人！」

「我親愛的，妳一定可以再找到眞愛。」湯姆．史瑪特說。看著寡婦豆大的眼淚往下掉，湯姆對於她的不幸感到相當憐惜，滿是同情地將手圍在寡婦的腰際，傷心欲絕的她緊握著湯姆的手，寡婦抬頭看著湯姆，流著淚的眼睛笑了一下，湯姆也低頭回望她，深情地微笑。

各位讀者朋友，我不知道湯姆在那一刻是否親了寡婦，他向我舅舅表示他未那麼做，但是我很懷疑。各位讀者朋友，不瞞你說，我覺得他的確親了。

無論如何，湯姆在約莫半小時之後於酒館前門揍了那位高大男子，一個月之後他與寡婦結婚。在湯姆結束事業之前，他經常駕著他那紅土色二輪馬車四處奔走，脾氣差的母馬依舊腳步急促。幾年之後，他退休了，跟著妻子一同搬到法國定居，那幢舊建築最後也被拆毀了。

選自一八三七年《匹克威克外傳》（The Pickwick Papers）第十四章

註1 一種用酒、果汁、香料等調和的飲料。

「『沒錯！這是個瘋子寫的！』多年前當我聽見瘋子這個詞語，心頭就會像挨了記重擊一樣！它會喚醒那股不時籠罩住我的恐怖感，叫我的血液沸騰、刺痛每根血管，直到全身冒出恐懼的冷汗，雙膝因驚嚇過度而抖個不停！不過我現在倒挺喜歡這個詞的，這是個好名字。試問歷史上有哪個君王他發怒的睥睨能像被瘋子瞪著一樣讓人害怕——誰打的繩結能有被瘋子緊抓住時的一半牢固？呵呵！發瘋是件多麼光采的事啊！像從鐵欄外被窺視的野生獅子——在漫漫長夜裡齜牙咧嘴地嗥叫，將厚重的鎖鏈當作歡樂的項圈——應和著固定器奏出的音樂忘我地在乾草堆裡打滾。為瘋人院歡呼吧！喔！這是個多難得的好地方啊。

「我還記得那些我害怕發瘋的日子；總是從睡夢中驚醒，雙膝跪地、求神使我免於家族的詛咒；還有那些我匆匆逃離的歡樂場景、躲藏在孤獨的角落裡好幾個小時，疲憊地目睹著那股狂熱吞噬掉我腦袋的日子。我很清楚我的血、我的骨都混著瘋狂的因子！上一代沒有出現這瘟疫，那我就是第一個發病的人。我知道事必如此：正如過去一向如此，將來也永遠會是這樣。當我蜷縮在擁擠房間的隱蔽角落裡，看著人們竊竊私語、指指點點，全盯著我看時，我知道他們談論的是一個在劫難逃的瘋子。我只能更縮進我的角落，讓孤獨慢慢侵蝕我。

「我這樣子已經好幾年了——這幾年眞是漫長的歲月。有時候這裡的夜晚會很漫長——特、別、漫、長，但比起那些不安寧的夜晚和我當時做過的惡夢簡直不算什麼。光是想到就讓我寒毛倒豎。那些臉上帶著詭笑和譏諷表情的龐大黑影蹲伏在房間角落裡，到了晚上就在我床邊俯視著我、引誘我發狂。他們輕聲用耳語告訴我，我祖父就死在這老房子的地板上，上面沾滿他陷入極度瘋狂時自己用手挖出來的血跡。我把手指塞住耳朵，但他們的嘶吼直朝著我腦袋裡鑽，迴音充滿整個房間：說在他上一代的家族中沒有發作瘋病，但他的祖父過了許多年雙手被綁在地上的日子，以免他將自己活生生撕成碎片。我知道他們說的是眞的——我清楚得很。儘管他們拼命想瞞著我，但早在好幾年前我就已經發現了。嘻嘻！他們以爲我是瘋子，但我可比他們狡猾得多了。

「最後終於輪到我了，我不禁納悶以前怎麼會這麼害怕。現在我可以混入人群中，和其中的佼佼者一起高聲談笑。我知道我瘋了，但他們絲毫不覺有異。當我還沒瘋的時候，我一想到在他們對我指指點點、睥睨斜眼地看著我，之後我耍他們的那幾招妙計就樂不可支，但我擔心的是有一天我會眞的瘋了！還有以前我獨處時只要想到我把祕密保守得多好，想到當我那些親切的朋友們知道眞相時會跑得有多快，我總是快活得大笑起來。當我和某個哥們同桌吃飯時，一想到假如他發現這位坐在他身旁正磨尖著亮晃晃小刀的好朋友，是個完全有能力而且樂意要將刀子捅入他心臟的瘋子的話，他的臉色會變得多蒼白、會逃跑得有多快，我肯定會興奮的尖叫不停。喔，人生眞是快活啊。

「意識到我成功保守的祕密之後，財富向我湧來，而我則耽溺在比這財富大上千倍的愉悅之中。我繼承了一筆遺產。法律——目光炯炯、鷹眼般的法律——不但被蒙蔽了，還獨排眾議將這筆鉅產交到一個瘋子的手上。那些心智健全的聰明人，智慧哪去了？那些急於扒糞的律師，他們的機敏又在哪裡？瘋人的狡黠遠勝過他們所有人！

「我有了錢，他們是如何地來拍我的馬屁啊！我揮霍我的財富，人們是多麼恭維我啊！那蠻橫的三兄弟在我面前是多麼卑躬屈膝！還有那個滿頭白髮的老父親也是——如此謙遜——如此尊敬——如此的莫逆之交——他把我當作神在崇拜！老人有個女兒，是那幾個年輕人的姊妹，一家五口都一貧如洗。富有的我娶了那女孩之後，我在她這些貧窮親戚的臉上看見了勝利的微笑，因為他們想到他們的如意算盤和豐碩的獎賞。要笑的人是我才對。我不只要笑，還要忘情地大笑、揪著頭髮、在地上打滾邊興奮地尖叫。他們壓根沒想到他們把她嫁給了一個瘋子。

「慢著。如果他們知道眞相，他們還會把她嫁給我嗎？對他們而言，姊妹的幸福遠不如她先生的金山銀山重要，就像被我吹到空中那根最輕的羽毛跟裝飾在我身上那條歡樂的鎖鏈相比較一樣！

「狡猾如我，也有失誤的時候。假如我沒有瘋——儘管我們瘋子都很聰明，有時候還是會聰明反被聰明誤——我早就應該發現那女孩寧願躺在冰冷的棺柩裡，也不願做我眾人稱羨、珠光寶氣的新娘子。我早該知道她的心已經在另一個黑眼睛的男人身上，我曾經在她不安的睡夢中聽見她低聲說出他的名字；而她獻身於我，只是爲了拯救家中的貧窮，爲了她那白髮的老父以及那些傲慢的兄弟們。

「我現在已經記不得他們的樣貌了，但我知道的是那女孩子很美。我知道她很美；因爲我在明亮的月夜從睡眠中驚醒時，萬籟俱寂，只看見一個纖細、消瘦的人影動也不動地站在這小室的一個角落裡，背上長長的黑髮如瀑布流洩而下，隨著陰風飄動；雙眼緊盯著我，眨都不眨的。噓～！光是寫這幾句話就讓我感到心臟源源不絕湧出的寒意竄滿全身——那個身影就是她；臉色非常蒼白，眼睛如玻璃珠般發亮；可我清楚得很。那個身影聞風不動，它絕不皺眉頭、也不出聲說話，就像有時會擠滿了這裡的其他人一樣；但是它更讓我害怕，甚至比多年前誘我發狂的那些幽靈更可怕——它剛從墳墓裡爬出來，像極了死人。

「差不多有一年的時間我看著這面孔越來越蒼白，看著淚水順著哀傷的表情悄悄落下，卻從不知所爲何來。不過我最後還是找到了原因，沒有任何人可以瞞過我。她從來沒有喜歡過我：我也從不認爲她會；她藐視我的財富，憎恨她所過的豪華生活；這點倒是出乎我意料之外。她愛的是別人，這也是我從來沒想到的。突然之間一些奇怪的心情湧上我的心頭，有股神祕的力量讓我起了各種念頭，在我腦海裡盤旋不去。我不恨她，但我恨那個她依然爲他哭泣的男子。我憐憫——是的，我憐憫——她那些冷酷、自私的親屬將她推入萬劫不復的悲慘生活。我知道她活不久；但是我一想到她在死去之前也許會生下不幸的小生命，註定要將瘋狂的因子傳給下一代就讓我下定決心。我決定要殺了她。

「有好幾個星期我一直想著要毒死她，後來又想到淹死她，然後又再想到用火燒死她。豪宅燒了起來，瘋子的妻子在裡面燒成了灰燼，這還挺好看的。而且這是對他們盼望的豐碩報酬一種多有意思的嘲弄啊。想想看，一個神志清醒的人爲了一件他沒做過的事而被絞死，全拜瘋子的狡猾所賜，屍體在風中擺盪的樣子多麼有趣。我經常想到這點，最後還是放棄了。喔，日復一日磨著剃刀、撫摸鋒利的刀口，想像發亮的薄刃輕劃一下會割出多深的傷口，眞是太好玩啦！

「終於，以前那些經常和我作伴的幽靈，在我的耳畔低聲地說時候已經到了，將打開的剃刀放在我手裡。我緊緊地握住它，輕輕從床上起身，俯身朝向我睡著的妻子。她把臉埋在手裡，我溫柔地把她的手拿開，雙手無力地落在她的胸口上。她剛哭完不久，因爲臉頰上還有微濕的淚痕。她的面容平靜安詳；甚至在我注視著她的時候，蒼白的臉上還出現安詳的微笑。我把手輕輕放在她的肩膀上。她驚了一下——像做了個一閃即逝的夢。我再往前傾身。她叫了出來，這次眞的醒了。

「只要我的手稍微一動，她就永遠再也叫不出來、哭不出來了。但我被嚇了一跳，整個人縮了回來。她的雙眼緊盯著我，我不曉得是怎麼回事，但是她的眼神讓我又驚又懼；我畏縮了。她坐了起來，還是緊緊盯著我。我發抖；剃刀還在我手裡，但我動彈不得。她起身朝門口走去。就在快走到的時候，她轉過身，視線離開了我的臉。魔咒消失了。我跳上前去，抓住她的胳臂，她一連尖叫了幾聲後癱倒在地上。

「現在我不必掙扎就能殺掉她，但是家裡其他人被驚動了。我聽見樓梯間傳來的腳步聲。我先將剃刀收回原先的抽屜，再把門打開，高聲求助。

「他們進來後把她抬放到床上。她毫無生氣地在床上躺了好幾個鐘頭；等到她的靈魂、眼神和語言能力回來之後，理智卻已經喪失。她開始瘋狂地胡言亂語。

「他們請了好幾位醫生來——都是些坐在舒適馬車裡，有駿馬和穿著俗麗的僕人隨行的大人物。他們圍在她床邊好幾個星期，還在另一個房間開了一次慎重的會議，用低而嚴肅的聲音互相討論。其中最聰明、名聲最響亮的那個醫生把我拉到旁邊，吩咐我要做最壞的打算，告訴我——我，一個瘋子！——說我的太太瘋了。他緊挨著我站在一扇打開的窗戶前，眼睛直視著我的臉，一隻手搭在我的手臂上。只消一個動作，我就可以把他摔到下面的街道。如果我真這麼做了，那才叫好玩哪；但我的祕密就有被揭穿的危險了，於是我放過了他。幾天之後，他們對我說我必須把她送到某個瘋人院：我必須替她找個人看著她。要我去找！我走到沒有人聽得見我的空曠處放聲大笑，空氣裡迴盪著我狂喜的叫聲。

「隔天她就死了。白髮老人送她最後一程。她那群傲慢的兄弟們，對著她毫無知覺的屍體掉了幾滴淚，在她生前卻以鐵石心腸的姿態看待她的痛苦。這一切種種都是餵養我祕密喜悅的心靈食糧。我們坐馬車回家時一路上我都躲在白手帕後面偷笑著，笑到都流眼淚了。

「儘管我達到目的殺了她，卻感到不安和煩惱，總覺得不久之後我的祕密就要被揭穿了。我隱藏不了內心激昂亢奮的狂喜，使得我獨自在家時總忍不住要跳躍拍手，止不住地手舞足蹈，放聲嘶吼。當我外出時看見忙碌的人群疾行穿梭在街道間，或在戲院聽見音樂聲、看見有人跳舞，我幾乎無法壓抑滿腔的歡喜，想要衝進人群中，徒手將他們當場肢解，再撕成碎片，興奮忘我地嚎叫。但是我咬緊牙根，用力把腳跟踩進地裡，將磨尖的指甲硬生生插進肉裡：我忍下來了，還不會有人知道我是個瘋子。

「我記得——但這是我能夠記得的最後幾件事之一了：因爲現在的我已經分不清什麼是現實、什麼是我的幻想，而在這裡有這麼多事情要做、永遠都在忙，忙得沒有閒工夫從這場難以理解的混亂中來分辨它們——我記得最後我是怎麼洩露出我的祕密的。哈！哈！我現在似乎還看得見他們驚恐的神情、還感覺得到我多麼輕鬆就讓他們全逃離我身邊，還有握緊拳頭猛捶他們蒼白的臉，再像陣風似的溜走，留下他們在大老遠外失聲尖叫。每每想起這件事總會有股無窮的力量上身。瞧——看看這根鐵條在我狂力一扭下彎得有多厲害。我可以像折樹枝一樣啪地一聲折斷它，只不過這裡有好幾條有好多道門的長走廊——我認爲我一定找不到路出去；就算我找得到路，我知道底下還是會有幾道上鎖又加門的大鐵門擋在那。他們知道我是個多麼聰明的瘋子，得意地把我當成展示品擺在這供人參觀。

「讓我想想；對，我出去了。當我深夜回到家時，發現她那三兄弟中最驕傲的那個正等著見我——他說有要緊事：我可記得很清楚。我懷著一個瘋子能有的所有仇恨憎恨著他，數不清多少次我的手指想要撕裂他。僕人告訴我他在樓上，我迅速地跑上樓。他說有句話要對我說，於是我把僕人打發開。時間已經很晚了，又只有我們兩人在一起——第一次單獨在一起。

「一開始我小心地避免看著他，因爲我知道——洋洋得意地知道——他一點都沒有想到我眼裡閃爍著火焰般的瘋狂。我們誰也沒說話，默默地坐了好幾分鐘。最後他終於開口了。原來是我近來的放蕩行徑和奇怪言論，竟然就發生在他姊妹死後不久，這對她而言是種侮辱。再加上許多他起先沒有注意到的事，讓他以爲我以前並沒有善待她。我蓄意對已故的她不敬、讓她的家人蒙羞。因為他身上的制服，他認為要求我加以解釋是合理的。

「這男人在軍隊裡有個官職——用我的錢和他姊妹的不幸買來的官職！他就是設計要陷害我、奪取我財產的首腦，就是明知她的心已經給了那個愛哭鬼男孩、卻還強迫他姊妹嫁給我的主謀。這很合理！因為他的制服！去他的下流制服！我的眼神落在他身上——我忍不住了——但我一個字也沒有說。

「我看見他在我的注視下臉色驟變。他可能曾經是個勇敢的人，但此刻他的臉上毫無血色，還不自主地抓著椅子往後縮。我把我的椅子向他拉近；然後我大笑出來——那時我心情極度愉悅——我看見他在發抖。我感覺體內的瘋狂高張。他很怕我。

「『你姊妹還活著的時候你很喜歡她的，』我說話了。『非常喜歡。』

「他不安地四處張望，我看見他的手緊抓住椅背；但他什麼也沒有說。

「『你這惡棍，』我說，『我看破你的手腳，我識破你構陷我的毒計；我知道在你強迫她嫁給我之前她的心早給了別人。我知道——我都知道。』

「他突然從椅子上跳了起來，舉起椅子在空中揮舞，叫我退後——因為我在說話同時不露聲色地一步步向他靠近。

「與其說我在說話，倒不如說我在吼叫，因為我感到一股狂暴的盛怒在我的血管裡翻騰，那些老幽靈朋友又開始對我耳語，激我把他的心給挖出來。

「『你這該死的傢伙，』我邊說邊站了起來，朝著他衝了過去。『我殺了她。我是個瘋子。

現在輪到你了。血，血！我要看到血！』

「我一拳揮開他在驚恐之餘往我扔過來的椅子，靠到他身旁；我們碰一聲倒在地上扭打成一團。

「那眞是一場惡鬥；因爲他是個高大強壯的人，爲求生而搏鬥；而我是個力大無窮的瘋子，渴望殺死他。我知道我的力氣無可匹敵，而且我是對的。儘管是個瘋子，但我又對了一次！他掙扎的力道漸漸變小。我跪在他胸口上，兩隻手緊緊掐住他結實的咽喉。他臉色發紫；眼睛從眼窩裡凸了出來，舌頭向外伸，一副在嘲笑我的樣子。我勒得更緊。

「突然一聲巨響，門被撞開，一群人衝了進來，他們彼此大叫著快抓住這個瘋子。

「我的祕密暴露了；現在我唯一的掙扎是爲了爭取自由。在有隻手快要抓住我之前我跳了起來，衝進攻擊我的人群裡，用我強壯的臂膀撞出一條血路，彷彿手裡拿著一把鐮刀，把擋在我眼前的人一一砍倒。我來到門口，躍過柵欄，一下就到了街上。

「我一路往前狂奔，沒有人敢阻擋我。我聽見背後傳來雜沓的腳步聲，就把速度加快一倍。腳步聲變得越來越遙遠微弱，最後完全消失；但我還是邊跑邊跳著，穿過沼澤和小溪、跳過籬笆和牆頭，瘋狂地叫喊——聚集在我四周圍的許多奇怪生物接力吼叫，喊聲膨脹了好幾倍，直衝天際。我被幾個鬼怪抱在懷裏，隨著它們馭風飛行、穿越擋路的沙洲和樹籬；我被抓著發出沙沙作響聲一圈一圈地旋轉，速度快到腦袋像泡了水一樣腫脹。最後它們用力一甩把我拋了出去，我整個人便重重地摔落在地。當我醒來時發現自己已經躺在這了——在這間快樂的小房間裡。在這個幾乎見不到太陽的地方，月光卻有辦法偷溜進來，但它微弱的光線只夠照出那些圍繞在我身邊的黑影，和那個老是待在同個角落裡沉默的人影。有時我睜著眼睛躺著，可以聽見從這所大房子裡其他遙遠的地方傳來奇怪的尖叫和哭聲。那些是什麼，我不知道；但那些聲音既不來自那蒼白的人影，也與它無關。因爲從黃昏時分的影子落下到早晨的第一道光出現爲止，它總是動也不動地站在老地方，聽著我身上的鐵鍊奏出的音樂，看著我在乾草床上打滾嬉戲。」

選自一八三七年《匹克威克外傳》第十一章

3 偷了教堂執事的小妖精

The Goblins who Stole a Sexton

很久很久以前，在南部的一個古老修道院裡，教堂旁的墓地通常都備有教堂執事及挖墳工，以便於舉行宗教儀式，其中有一個執事叫做蓋伯・魯布。這傳說了很久，我們的曾曾曾祖父都知道這個故事，因此我們從來都相信那是眞的。既然身爲墓地的教堂執事，那麼周圍一直圍繞著死亡相關的事物，他應該是個陰鬱孤僻又憂傷的人。但弔詭的是，殯葬業者也許是世界上最開心的人，我曾經有機會與一位業者密切接觸，知道他在不上班的生活裡有多滑稽詼諧，常常尖聲尖氣地唱著一些不顧形象的歌曲，他的記憶力沒有死角，可以一口氣喝掉玻璃杯裡面的好酒。但是不同於這些開朗的前輩，蓋伯・魯布是個身體差、性情乖戾的陰沈男人，看起來相當陰鬱孤獨，除了他自己與一瓶剛好放得下馬甲口袋的柳條編織酒瓶以外，蓋伯沒有其他朋友或親人可以做伴。當快樂的人們從他身邊經過時，他總是滿臉怒容惡意，用皺眉垮臉來凝視他們，眼神裡毫無幽默感，彷彿不這麼痛苦，他就感覺不到任何事情一樣。

在某一個聖誕夜的黎明到來之前，蓋伯挑起鏟鍬，點亮燈籠，出發前往古老的教堂墓地，因爲他必須在明晨之前完成一個墓碑，心情當然不太好，他心想假如立刻上工的話，趕快完成工作也許可以提振精神，當他往老街走去時，他透過老舊窗扉看到令人愉快的火焰熾烈地燃燒著，聽見圍著火焰的人們大笑與興高采烈的呼喊聲，他對大夥兒忙亂地準備明日菜餚的樣子印象深刻，當廚房窗戶不斷飄散出食物的蒸氣時，他滿足地聞著各式各樣的飯菜香，凡此種種都讓蓋伯·魯布心裡頭充滿難受的苦惱悔恨。在這個夜晚，小孩們聚集在門外，在馬路上逛大街，小孩們可能會去敲對面鄰居的門，當他們聚集上樓玩聖誕節遊戲時，會遇到大約六位捲毛流氓包圍著他們。當蓋伯想到可能引發的痲疹、猩紅熱、鵝口瘡、停不了的咳嗽、與其他需要慰藉的疾病時，他冷酷地笑了笑，抓住鏟鍬把柄的手更加緊了力道。

蓋伯盡量以快樂的心情邁大步往前走，對著經過他身邊心情愉快的鄰居們回以簡短沈悶的嗥叫聲，之後他轉向通往墓地的陰暗巷弄。現在，蓋伯眞的很希望趕快走完這條陰暗的巷子，儘快到達那個憂傷淒慘的墓園，他認爲那是個好地方，不過鎮裡面的人們顯然不這麼覺得，除了在太陽尚未西下的亮光光白日之外，他們不太去到那裡。這個神聖的墓園位於棺材路，從古老大修道院在的時候就有了這麼墓園，那時還存在許多光頭教士呢。路途上，蓋伯聽見一位淘氣小孩子大聲唱著歡樂的聖誕歌曲，他愈聽愈火大，心情更加陰鬱，當蓋伯繼續往前走時，唱歌的聲音愈來愈近，他發覺那是一位小男孩的聲音，男孩顯然是在趕路，急著去參加老街上舉行的派對，也許是想找個人陪伴，也或許是爲派對做準備，他以高分貝音調扯著喉嚨，用盡所有肺部的力量大聲歌唱。蓋伯等著男孩往前靠近，然後巧妙地避免與他正面相向，之後他閃進角落裡，用燈籠敲擊男孩頭部五到六次，教他如何控制聲音，男孩的手對著受挫的頭部隨意亂揮一通，以不同的音調歌唱，蓋伯·魯布看了之後，忘我地咯咯發笑，然後走進教堂院落的墓地，將門鎖了起來。

蓋伯脫下外套，放下燈籠，以極佳的意志力繼續進行未完成的墓地工作，大概持續做了一小時左右。但土地因結霜的緣故變得相當冷硬，很難將土壤用鐵鍬鬆軟，雖然當時有月光照射，但是那輪新月散發的光亮實在不太夠，墓地仍舊籠罩在教堂巨大的陰影中。在其他時候，蓋伯・魯布可能會對這種微光的阻礙感到鬱鬱寡歡，然而今天他的心情還停留在成功阻止男孩歌唱的喜悅中，對於夜晚光線不足這件事，顯得不很在意。當他最後終於完成夜晚的工作時，他看著墓園，心中充滿一股陰森的滿足感，他一邊收拾東西，一邊喃喃自語：

一個人的華麗住所，一個人的華麗住所啊！

當生命結束，這裡就是冷酷大地的最下層；

頭上是石頭，腳下也是石頭，

軀體變成蟲子最愛的豐富佳餚；

頭頂上的草地羅列成行，圍繞著潮濕的泥土，

在神聖的大地裡，這眞是一個人的華麗住所啊！

「呵呵！呵呵！」蓋伯・魯布坐在平整的墓碑上兀自笑著，這是他最愛的休憩之地，他拿出柳條編織的酒瓶說道：「聖誕節送來的棺木，好像是聖誕禮盒啊！哈！哈！哈！」

「哈！哈！哈！」一陣距離他不遠的笑聲重複響起。

蓋伯警覺性地停止任何動作，他拿起酒瓶往嘴唇送去，緊張地四處張望。在蒼白的月光下，圍繞著他的所有墓穴中，最古老的那一個顯得有點不安分，不像以往那樣寧靜死寂。古老墓園的石碑上面鋪滿白霜，閃耀的冷光投射在墓碑上，像寶石一樣羅列發光，白雪酥脆堅硬地平鋪在地

面，散佈在一個個厚密點綴的小土墩上，雪是如此純白平滑，看起來好像屍體躺在那裡，外頭只覆蓋一層裹屍布而已。空氣中沒有任何窸窣聲破壞這深沉寧靜的神聖氛圍，聲音似乎也凍僵了，一切顯得那麼冷冽與靜穆。

「那應該只是回音。」蓋伯・魯布將酒瓶舉到嘴唇上。

「那不是。」內心深沉的聲音這麼說。

蓋伯突然嚇了一跳，驚訝與恐懼讓他的腳好似生根般一動也不動地站在原地，他的目光停留在一個東西上，讓他身上的血液溫度一下降到冰點。

此時離他最近的墓碑頂端上頭坐著一具神祕可怕的詭異東西，蓋伯的第一直覺是它不屬於這個世界，它那古怪的長腳延伸至地面，以奇特有趣的方式豎起，它的手放在膝蓋上，肌肉發達的手臂一絲不掛，短小圓滾的身上穿著一件緊身上衣，衣服上頭點綴許多小線條，它的小斗篷懸吊在背後，領口剪成稀奇古怪的尖狀樣，看起來好像是這個小妖精的環狀圍巾，長形尖頭鞋捲曲纏繞在腳指頭上，頭上戴著寬邊、棒棒糖形狀的帽子，裝飾著單邊羽毛，帽子上鋪滿白霜。這個詭異小妖精自在的樣子，看起來彷彿已經坐在墓碑上兩三百年之久，它的舌頭往外吐，像是在嘲笑別人一樣，它對著蓋伯，魯布露齒而笑，詭異的樣子應該只有妖精才做得到。

「那不是回音。」小妖精說。

蓋伯・魯布嚇得不能動彈，完全說不出話。

「你聖誕夜在這裡做什麼？」小妖精嚴厲地說。

「我來挖一個墓穴。」蓋伯・魯布結結巴巴地說。

「什麼樣的人會在聖誕夜還在教堂院落的墓園裡流連?」小妖精大聲喊叫。

「蓋伯・魯布!蓋伯・魯布!」一陣瘋狂的聲音齊聲唱喝,充滿整個教堂院落,蓋伯害怕地看了看周圍,找不到任何異狀。

「你那個柳條編織的酒瓶裡頭裝什麼?」小妖精詢問。

「荷蘭杜松子酒。」這個教堂執事全身顫抖不已,因爲他是從走私客那裡拿到這種酒,他認爲提出這個問題的小妖精也許在妖精國度就是服務於國內消費稅部門。

「誰會單獨一人喝荷蘭杜松子酒?特別又在聖誕夜裡孤單一人在墓園裡喝酒?」小妖精納悶。

「蓋伯・魯布!蓋伯・魯布!」瘋狂的聲音繼續呼喊。

小妖精不懷好意地斜眼看這位嚇壞的教堂執事,然後提高音量大叫:「那麼誰又是我們垂涎不已的合法獎賞呢?」

合聲繼續瘋狂地唱著,以回應這個詢問,曲子的旋律聽起來像是多位唱詩班歌手齊聲唱和,搭配著教堂裡古老風琴漸漸增強的伴奏聲,澎湃的音符讓教堂執事覺得好像耳邊刮起狂風一般,就算聲音逐漸消失,那種沉重感還是如影隨形,令人煩擾的複誦依舊不斷響起:「蓋伯・魯布!蓋伯・魯布!」

此時小妖精齜牙咧嘴地笑,比之前更加肆無忌憚,「嗯,蓋伯,你要怎麼回應?」

這個教堂執事頓時倒抽一口氣。

「蓋伯，你覺得這個合聲是什麼意思？」小妖精一邊詢問，一邊用腳踢著墓碑邊緣，它滿意地看著褲子的打折處，彷彿正在凝視龐德街上時髦的威靈頓長褲。

「先生，這……這太古怪了！」嚇得半死的教堂執事回應：「太奇怪了！不太妙！先生，假如沒其他事，我想我應該趕快回去完成我的工作。」

「工作！」小妖精大叫：「什麼工作？」

「墓地啊，先生，我在挖墳墓呢！」執事結結巴巴地回答。

「喔，墓地？」小妖精說：「有誰會在大家快樂過節的時候一個人挖墓地？」

神祕的合唱再度響起：「蓋伯．魯布！蓋伯．魯布！」

「恐怕我的朋友需要你。」小妖精將舌頭往前伸長，舔了舔臉頰，再度用令人害怕的語調說：「恐怕我的朋友需要你哦。」

「先生，那是我的榮幸。」心中充滿恐懼的執事回答：「但先生，我不認爲這個建議可行，畢竟他們不認識我，我也不認爲那些紳士們曾見過我。」

「有，他們看過你。」小妖精回覆：「我們怎麼會不認識那位綳著臭臉，皺著眉頭的男子呢？那個令人生畏的人今天走過街上，手上緊握著埋葬用的鏟鍬，臉上盡是邪惡表情，足以嚇壞小孩們。你說我們怎麼會不認識那位心中充滿嫉妒惡意的男子，他不斷攻擊快樂的小男孩，只因爲自己無法快樂起來。這種人我們怎麼會不認識呢？」

小妖精尖聲刺耳笑著，回音足足有二十倍大，它把腳往空中一甩，將頭倒立在狹窄的墓碑上，或者我們說它是以棒棒糖圓帽撐著地面，小妖精靈活地翻了個觔斗，正好落在執事腳邊，神情好像裁縫師坐在店門口百般無聊的樣子。

「我⋯我恐怕必須離開了，先生。」執事一邊說著，一邊努力找機會脫身。

「離開我們！」小妖精大喊：「蓋伯．魯布要離開我們了！吼！吼！吼！」

當小妖精大叫的時候，執事發覺有那麼一刻，教堂的窗戶裡出現色彩豔麗的亮光，彷彿所有建築都點了燈火，過了一下，亮光消失了，教堂的風琴奏出活潑的曲調，小妖精隊伍傾巢而出，湧進教堂院落，每一個都長得一模一樣，他們跟墓碑玩跳蛙遊戲，玩法是停止呼吸一陣子，然後以非凡敏捷的身手一個接一個越過墓碑最高點，帶頭的小妖精相當能跳，幾乎沒有其他妖精追得上它。儘管執事感到極度害怕，他仍然忍不住要看這些新朋友們滿足地跳過一般大小的墓碑，帶頭小妖精選擇跳躍家族墓穴以及鐵欄杆，輕鬆得彷彿他們早就習慣腳下有這麼多障礙物。

當這個遊戲到達最高潮時，風琴彈奏聲也越來越大，小妖精跳得越來越快，兀自繞著圈圈，他們的頭與腳跟在地板上不斷翻轉，像踢足球一樣在墓碑上彈跳，當小妖精成群飛過執事眼前時，快速移動的畫面看得他頭暈眼花，兩腳開始搖搖晃晃，此時妖精國王突然往他這邊猛衝，用手圈住他衣領，與他雙雙一同落地。

快速下降的力道讓蓋伯．魯布有一刻似乎無法呼吸，當他終於有時間大口吸氣時，他發覺自己處在洞穴裡，周邊圍繞著成群醜陋又面目猙獰小妖精，在洞穴的中央有一把高椅子，在教堂遇見的妖精朋友就坐在上頭，蓋伯．魯布則站在他旁邊，完全失去移動的能力。

「今晚眞是冷！」妖精國王說：「冷死我了，來一杯熱的東西喝吧！」

當指令下達，這些過分殷勤的妖精們立刻消失，然後馬上帶著一杯熱騰騰的飲料回來，它們帶著永不消失的笑容，將飲料呈給國王喝，執事猜想妖精們絕對是群不折不扣的諂媚者。

「喂！」妖精國王大喊，「這眞是溫暖，也幫魯布拿一杯吧！」對著火焰上下搖動的他，臉頰與喉嚨顯得透明清澈。

這個不幸的執事試著抗議自己並不習慣在晚上喝熱飲，但這番抗議顯然是白費工夫了，因爲其中一個妖精早就緊緊抓住他，讓另一個妖精往他喉嚨灌進熱水，所有聚會的妖精看到執事噎到咳嗽，噴湧出眼淚時，不禁紛紛發出尖銳刺耳的聲音，嘲笑地看著執事擦去眼淚，吞下滾燙的熱水。

「現在嗯…」國王妖精怪異地對著執事的眼睛，彈自己棒棒帽的尖緣部分，這動作讓執事相當疼痛，國王妖精繼續說：「現在就把我們店一些黑暗憂鬱的不幸照片展示給他看吧！」

當國王妖精說話同時，原本遮住洞穴遠端的厚厚烏雲逐漸消失，遠方有一棟狹窄矮小，卻整齊乾淨的公寓，爐火邊放著簡單的餐點，裡頭一群小孩圍著明亮的火光，緊拉母親的睡袍不放，不斷在椅子旁邊嬉戲跳躍。這母親偶而會起身，將窗簾往旁邊一拉，彷彿正在等待什麼似的，此時一陣敲門聲響起，母親起身開門，當他們的父親進門時，小孩們全都圍著他，歡欣鼓舞地拍著手，父親全身溼透，看起來很疲倦，他試著將大衣上的雪拍散，圍著他的小孩們瘋狂地抓著他的斗篷、帽子、手杖與手套，與父親一同在屋裡玩樂。最後，當他坐在火爐邊吃飯時，小孩們爬上父親的膝蓋，母親坐在他身邊，眞是一幅幸福美滿的畫面。

不知不覺間，這個畫面產生一些變化，場景來到一間小臥室，最年幼、最漂亮的小孩死掉了，當執事關注地看著這個小男孩時，心中產生一種從未有過的情緒，小男孩臉頰上的玫瑰色消退了，眼神也不再明亮，最後閉上了雙眼，哥哥姊姊們圍在他的小床邊，握著他冰冷沉重的小手，後來他們逐漸退卻，不再觸摸他，畏怯地凝視他，看起來如此平靜又安寧的稚嫩臉龐，彷彿沉沉入睡，他們看著男孩死去，知道他現在變成小天使，在明亮快樂的天堂保佑他們。

薄薄的雲層再度飄過眼前的畫面，場景的主題又一次改變，此時畫面中的父親與母親年老無助，家族成員消失了一半以上，可是只要他們聚在火爐邊，聽著家人過往的老故事時，臉上就會眉開眼笑，出現滿足愉悅的表情。只是慢慢地，老父親也安詳過世，然後他的子孫逐漸步入另一個世界，那些存活下來的少數人圍著他們的墓地，眼淚滴在墓園上的草皮上，悲傷地起身離去，但是絕對不會激烈大叫或是絕望慟哭，因爲他們知道總有一天會再相遇，後來這些家人再度回到現實世界，臉上恢復滿足愉悅的神情，那朵雲始終停留在這個畫面上，因此遮住了執事的視線。

「你有何想法？」小妖精詢問，他的大餅臉朝向蓋伯．魯布。

蓋伯喃喃自語「這是個美麗畫面」之類的場面話，但當小妖精如火般的眼睛看著他時，蓋伯似乎有些羞愧。

「你啊！眞是個悲哀的人。」妖精以極度輕視的語調說，「你啊…」妖精想再多說一點，但是憤慨的情緒噎著他說不出話來，因此他舉起一隻彎曲的腳，抬在頭上揮舞，以強調他的憤怒，爲了好好痛扁蓋伯・魯布，當國王妖精一動手時，其他小妖精們立刻圍住這個可恥的執事，毫不留情地海扁他，因爲根據世界上不變的奉承定律，國王攻擊誰，小妖精們也絕不會他手軟，然而國王擁抱誰，小妖精們當然立刻蜂擁而上。

「再給他多看一點。」國王妖精說。

當此話一出，雲朵立刻驅散，然後出現一個美麗奢華的場景，就在同一天，半哩之外有個古老的修道院，一道陽光從清澈的藍色天空射出，水花在陽光下閃閃發亮，在愉悅的日照下，樹葉看來更青綠，花朵更鮮豔，水面泛起波狀漣漪，發出咚咚聲響，微風在樹葉間窸窣低語，大樹枝上鳥兒排排站歌唱，雲雀歡樂歌唱以迎接早晨到來，是的，這是個柔和宜人的夏日早晨，就算是最微小的葉片與草地都充滿生命力，螞蟻開始一天的工作，蝴蝶拍拍翅膀，沐浴在溫暖的日光中，昆蟲們延伸牠們透明的翅膀，即使生命短暫也要把握當下，人們朝氣蓬勃地往前走，生命充滿光輝明亮。

「你啊！眞是個悲哀的人。」國王妖精以更加藐視的語調說著，他再一次揮動彎曲的腳襲擊執事的肩膀，不用說，那些隨侍一旁的小妖精們當然有樣學樣地攻擊蓋伯。

雲層多次來來回回地飄過，讓蓋伯・魯布看了許多具有訓示意味的畫面，雖然他的肩膀因爲小妖精的拳打腳踢而感到劇痛，仍目不轉睛地看著這些畫面，他看見辛勤工作的人們以勞力換取貧乏的物質享受，卻滿足又快樂，儘管學問不高，愉快愜意的臉龐卻永遠掛著幸福喜樂的笑容。他看見人們擁有良好的教養，在平和的環境下成長，即使物資貧困，仍舊心情愉快，對足以壓垮強人的生命挑戰毫不畏懼，只因他們的內心充滿喜樂，知足又平和。他看見上帝創造出最溫柔脆弱的女人，永遠能夠抵抗悲傷苦惱的逆境，只因內心永遠充滿用之不竭的情感與渴望奉獻的熱情。最重要的是他看見畫面裡有一名好似他自己的男子，對著他人歡樂的情緒咆哮，彷彿是美麗的土地上一堆礙眼的雜草，他試圖讓正邪兩方對立，然後下了結論認爲這畢竟是個正派受尊敬的世界，當他兀自這麼想時，雲層遮蔽了最後一個畫面，他的情緒也緩和下來，最終恬靜安詳，小妖精一個一個消失，當所有都看不見時，執事也悄悄進入夢鄉。

當蓋伯．魯布醒來時，天早已亮了，他發覺自己躺在教堂院落平整的墓碑上，身旁柳條編織的酒瓶已經喝光，他散落一地的外套、鏟鍬與燈籠全都被前晚的霜雪覆蓋了一身，在他面前豎立著他第一次見到小妖精所站立的石頭，至於昨天他所挖掘的墓地就在不遠之處。一開始，他懷疑昨晚的奇遇只是一場夢境，但是當他試著起身時，肩上劇烈的疼痛告訴他小妖精的拳打腳踢絕對不是一場夢，他搖搖晃晃起身尋找在雪地中是否留下小妖精的足跡，特別查看了他們戲耍跳蛙遊戲的墓碑附近，然而他很快地又想到如果他們是妖精，怎麼可能會留下看得見的腳印。蓋伯．魯布忍著疼痛的肩傷起身，拍掉大衣上的雪花，穿上外套，朝著小鎮方向走去。

身爲一個改過自新的人，蓋伯不可能回到一個會嘲笑他的改變的地方，如此一來他的悔悟就無法取信於人，因此他猶疑了一陣子，轉身徘徊不定，決定到其他地方另謀出路。

當天，人們在教堂院落發現了燈籠、鏟鍬與柳條編織的酒瓶，關於這個執事的命運，一開始坊間出現諸多臆測，但最後大家都相信他是被妖精們帶走了，許多人信誓旦旦地說他乘坐在一隻半盲的栗色馬背上，於天空馳騁而過，大體上那雖然是一隻馬，卻有獅子的臀部與熊的尾巴，最後大家由衷地相信這種說法，而新的教堂執事則往往為了微不足道的酬金，樂於向好事者展示他之後的一兩年於教堂院落撿到的大風標。

然而不幸的是，這麼樣一個精彩的故事被蓋伯・魯布自己給破壞了，因為在十年之後，身染風濕病，哀衫襤褸的蓋伯回到了鎮上，只不過現在的他一臉知足愉悅，他將自己那天之後發生的故事告訴教堂牧師與鎮長，大家漸漸地接受他的故事版本，由於那些相信這個傳聞的人不易建立他們對於這個故事的自信心，因此更加小心翼翼地傳頌，當說故事時，他們會盡可能表現一付聰明的樣子，總是聳聳肩膀，摸摸額頭，小聲抱怨蓋伯・魯布居然喝完所有荷蘭杜松子酒，兀自在墓碑上睡著了，他們總是說自己看透這個世界，變得更聰明了，為了取信他人，他們假裝努力著解釋在小妖精洞穴裡所目擊的整個事件過程。不過這個故事版本顯然無法流傳下去，也自然就逐漸消失了。當蓋伯・魯布晚年飽受風濕病之苦時，這個傳說假如沒有更好的作用，至少還稱得上是則道德寓言故事，它告訴我們假如一個人在聖誕佳節陰沈地喝著悶酒，他們心情一定壞到谷底，也就難保他們碰到一些難纏的妖精，或是遇到一些無法證明的詭異經歷，就像蓋伯・魯布在妖精洞穴所見所聞一般。

選自一八三七年《匹克威克外傳》第二十九章

4 郵車裡的鬼魂

The Ghosts of the Mail

「我的伯父，紳士們，」旅行推銷員說，「是這世上最快樂、最和藹可親、最聰明的人之一。但願你們都能認識他，紳士們。不過我再想想呢，紳士們，我又改變心意希望你們不會認識他，因爲你們若認識他，那麼在這個時候，你們大家，在自然法則的正常情況下，就算還沒死，無論如何也很接近死亡了，必須待在家中離群索居：這麼一來就剝奪了我現在和你們說話的這種無價的快樂了。紳士們，但願你們的父母親都能認識我的伯父就好了。他們肯定會喜歡他的，尤其是你們可敬的母親們；我知道她們一定會的。如果要在使他人格出眾的無數美德中說出兩樣最傑出的，我會說是他調的潘趣酒和他晚餐後唱的歌曲。請原諒我如此鉅細靡遺地回憶一位已辭世的可敬者引人憂鬱的生平；你們不是每一天隨便都能遇見像我伯父這樣的人啊。」

有一點我始終認爲是我伯父人生中的一件大事，紳士們，那就是他是倫敦市卡堤頓街畢爾森和司倫大廈的湯姆·史瑪特的摯友與夥伴。我的伯父是鐵近和威爾普斯公司的收賬員，不過有很長的一段時間他走的路線和湯姆類似；而在他們初次見面的晚上，我伯父一眼就喜歡上湯姆，湯姆也喜歡我伯父。他們認識還不到半個鐘頭，就用一頂新帽子打賭，看誰能做出一夸脫最好的潘趣酒，然後再看誰喝得最快。我伯父在調酒這方面獲得勝利，但湯姆·史瑪特在飲酒這部分以差了約半鹽匙的容量勝過了他。他們兩人又再各喝一夸脫酒互祝健康，從此以後就成了一輩子的好友。像這種事情都是天註定的，紳士們，我們拿它一點辦法也沒有。

在外表上伯父比中等身材還矮了點；與普通人的身材相比他也略胖了些，或許臉色也稍微紅了點。他的臉是你們所見過的最快活的臉了，紳士們：有點像潘趣（註1），不過鼻子和下巴更好看點；他的眼睛總是興高采烈地眨呀眨的；臉上永遠掛著一抹微笑——不是你們那種毫無表情、像根木頭似的露齒傻笑——而是一種真誠、愉快、發自內心、好脾氣的微笑。有次他從二輪單馬車上摔出去，一頭撞上一塊里程碑。躺在那裏昏迷不醒，臉好像被一旁的碎石子堆割傷了，以我伯父自己最好的說法，就算他的母親再復活恐怕也認不得他了。確實，當我再想起這句話之後，紳士們，我十分肯定她是認不出來的，因爲，她在我伯父兩歲又七個月時就去世了，而且我覺得很有可能，就算沒有那堆碎石子，光是他的高筒靴就足以讓這位好太太備感困惑，更別提他那張開朗的紅臉了。總之他就昏躺在那邊，而我聽我的伯父說過，不只一次，那位把他救起來的人說：我伯父笑得那麼開心，像是被招待了一頓大餐、醉倒在地的樣子，還有當他們給他放完血後，他恢復活力的前幾道微弱的跡象就是他在床上跳了起來，突然大笑一聲，吻了下捧著臉盆的年輕女子，還要人送一份羊肉排骨和一顆醃核桃來。他非常愛吃醃漬的酸醋核桃，紳士們，他說他一向都喜歡只吃核桃不沾醋的吃法，嘗起來有啤酒的味道。

我伯父這趟重要的旅程正值落葉紛紛的秋天，當時他往北去收帳和接訂單：從倫敦到愛丁堡、從愛丁堡往格拉斯哥、再從格拉斯哥回到愛丁堡，然後再坐漁船回到倫敦。向各位說明的是他二度造訪到愛丁堡是爲了個人消遣而去。他通常回去待一個星期，就爲了看看老朋友們；跟這個吃早餐、跟那個共進午餐、跟第三個一起吃點心，再跟另一個共用晚餐，一星期的行程可緊湊得很。紳士們，我不曉得你們之中有哪位曾經在吃過一頓眞正豐盛、招待週到的蘇格蘭式早餐，還可以再享用一大盤牡蠣、一打多啤酒，再來一兩杯威士忌做收尾的簡易午餐。如果你們有過這種經驗，那你們就會同意我要有很好的酒量，才能在之後再出門去吃點心和晚餐的這番話。

但是，上帝保佑，這種事情對我伯父而言完全不算什麼！他早就習慣這樣喝了，在他看來這不過是兒戲罷了。我聽他說過他隨時能夠把丹地（註2）人灌醉，然後穩穩地走回家去；而丹地人一向以海量和最烈的潘趣酒著稱，紳士們，就像你們可能會碰到的波蘭人一樣。我聽說有個格拉斯哥人和一個丹地人拼酒，一坐就是十五個小時。最後他們都因爲呼吸困難，幾乎可以肯定是同時窒息而死，但是各位紳士們，除了這個小插曲之外，他們的身體可是健康得很呢。

有天晚上，離我伯父準備坐船回倫敦剩不到二十四小時，他到個老朋友家吃晚餐，一個叫做什麼貝利．麥克、後面是四個音節來著的人，就住在愛丁堡的舊城區。在座的還包括貝利的妻子和他三個女兒、已成人的兒子，還有三、四個矮胖、濃眉，一臉狡詐的蘇格蘭佬，他們是貝利特地請來給我伯父做面子、炒熱氣氛的。那是場盛大的晚宴。有醃鮭魚、燻黑線鱈魚、一隻羔羊頭和一塊哈吉斯羊雜——一種很有名的蘇格蘭家常食品，紳士們，我伯父老是說他一直覺得這東西上桌時非常像射箭小童的肚子——還有其他許多我記不得名字的菜餚，不過都是些很好的東西就是了。少女們長得漂亮又討人喜歡；女主人是世上最善良的人之一；伯父則心情大好。於是乎在這麼歡樂的用餐氣氛下，年輕女士們吃吃竊笑、老夫人大聲笑開來，貝利和其他幾個老傢伙狂笑到漲紅了臉。我不大清楚晚餐後每位男士喝了幾杯蘇格蘭威士忌；不過我知道的一點是，大約在凌晨一點鐘左右，貝利已成年的兒子還沒開口唱「威利釀了一大桶麥酒」的第一句就不省人事了；而他在半小時之前就是除了我伯父之外唯一還留在桃花心木桌上的人，讓我伯父覺得似乎是該考慮告辭的時候了：尤其是他們在七點就開始喝了，為的就是讓他可以在合宜的時間回去。但是一想到就這麼離開對東家未免有些失禮，於是我伯父選擇留在椅子上，又調了一杯酒，站起來舉杯祝自己健康，對自己做了段簡潔而恭維的演說後，用十足的熱忱乾了杯。但還是沒有人醒過來；於是我伯父又再稍微多喝了幾口——這次沒摻水是為了避免混著喝對他身體有害——然後他猛然抓起帽子，頭也不回地朝街上走了。

那是個狂風大作的夜晚，我伯父關上貝利家的大門，把帽子緊緊戴在頭上以免被風颳走。他把兩隻手插進口袋，抬起頭來稍微觀察了一下天氣狀況。烏雲以讓他眼花撩亂的速度從月亮前飄過：一度完全遮蓋住月娘；過一會兒又讓她從層層黑雲背後鑽出，發散出全部光輝照亮周圍一切；不久又用更快的速度向她衝去，讓一切盡被黑暗吞沒。『真是的，這樣不行啊，』我伯父對著天氣說話，彷彿他個人受到侵犯一樣。『這一點也不是我要出航的天氣。不行，無論如何都不行！』我伯父聲色俱厲的說。重複了這番話幾遍後，他費了番力氣才恢復身體的平衡——因為抬頭看著天空太久，所以頭有點暈——然後愉快地向前走。

貝利家在凱農格特街，我伯父要到萊斯步道另一頭，大概有一哩多的路要走。他行經荒涼、聳立在黑暗天色中零星錯落的高樓，時間讓各戶門口褪去了顏色，窗戶似乎也分擔了不少人類眼睛的勞務，因爲年歲漸長而變得模糊凹陷。這些房子有六、七、八樓高；一層又一層蓋上去，像孩子們搭的紙牌塔——它們的黑影投射在崎嶇不平的石子路上，讓暗夜變得更加漆黑。幾盞零零落落的油燈間隔甚遠，用來指示這裡是通往狹窄死胡同陰暗的入口，或標明哪裡有通往上面各層樓、蜿蜒陡峭的公用樓梯。懷著對這一切司空見慣而不覺得有任何值得注意的心態，我伯父只是大略瞥了周圍一眼後走上街心，雙手大拇指分別插在背心的兩個口袋裡，不時興奮地哼出各種曲調。他唱得那麼興致盎然，讓那些安靜誠實的百姓從熟睡中驚醒過來，躺在床上發抖直到聲音消失在遠方爲止；他們認爲那只不過是某個『搞不出什麼名堂來』的醉鬼找到回家的路，於是再把被子拉上，蓋得暖暖地再度入睡。

我特別描述我伯父如何走在街心上，還把大拇指插在背心口袋裡，紳士們，是因爲正如他常說的（而且有十足的理由），這個故事裡沒有一點特別的地方，除非你打一開始就清楚瞭解他完全不是喜歡冒險或有浪漫情懷那種人。

紳士們，我伯父把大拇指插在背心口袋裡，獨自沿著街心一路走下去，嘴裡還邊哼著歌，一會是情歌，一會又換成飲酒歌；兩者都厭煩了就改吹曲調悅耳的口哨，一路吹到抵達連接愛丁堡新舊城區的北橋爲止。他在這停留了半晌，看著頭上那些奇怪而不規則的光群一層疊上一層，如繁星般在高空一閃一爍，從一邊的城牆上和另一邊的卡爾頓山射出光芒，宛如照亮了眞實的空中城堡；美麗如畫的古老城區在底下的朦朧和黑暗中沉睡著：就像我伯父的朋友常說的，古老的亞瑟王寶座（註3）日夜看守著底下的荷禮盧宮殿和小教堂，樣子就像個脾氣乖張的精靈，板著一張陰沉的臉高高俯視著他守護許久的古城。我說，紳士們，我伯父在這停留了半晌，四下張望；然後對著那稍稍放晴了些的天氣——雖然月亮已漸漸落下——恭維了幾句，就和剛才一樣大搖大擺走下去；很威風地繼續走在路中央，一副準備好有人會來跟他爭這個路權似的。事實上根本沒有人想和他爭這個；於是他就這麼走著，大拇指繼續插在背心口袋裏，靜得像頭羔羊。

我伯父走到萊斯步道盡頭的時候，必須穿過一塊很大的荒地，才能走到直接通往他寓所的一條小街。那時荒地上圍了一塊屬於某個車匠的地，他和郵局訂了契約，買下他們破舊廢棄的郵車；我伯父很喜歡車子，不分舊的、新的或中古的，於是他臨時起意離開他要走的路，不為別的，只為了從柵欄縫隙間看一眼那些郵車——他記得他看到約有一打車廂，被棄置或拆解後堆在那塊的最裡面。我伯父是那種對事熱中、精力旺盛的人，紳士們，所以他覺得在柵欄外看不夠清楚，就爬過柵欄，安靜地坐在一根舊車軸上，開始以極莊重的神情注視著那些郵車。

那裡有一打或許更多的車，——我伯父總是無法確定這一點，而他是個對數目這件事一絲不苟的人，所以就不想再提到數量這件事——總之那些車全都雜亂無章的堆在一起。車門已經由鉸鏈拆下後拿走了；車廂內襯布也都被撕走，只留下一片掛在生鏽釘子上的破布；車燈也沒了，轅桿早就不見蹤跡，鐵製品都生了鏽，油漆剝落；風吹過光禿禿的木板，裂縫不時發出毛骨悚然的呼嘘聲；積在車頂上的雨水緩緩滴進車裏，發出空洞而憂鬱的聲響。它們是死去郵車腐朽的殘骸，在這荒涼的地方、在這深夜裡，更顯得淒涼而陰沉。

我伯父將頭埋在雙手裡，想著多年前坐在這些老郵車裡四處奔走、忙碌擾嚷的人們，如今已永遠沉默且人事全非；他走到這些腐朽不成形的車子其中一部邊，想到它曾經在許多年來夜復一夜、在各種惡劣的天候下，帶給無數人他們焦急等待的消息、引頸期盼的匯款、希望是健康與平安的保證，以及意外的疾病和死亡的通知。商人、情人、妻子、寡婦、母親、學童，以及聽見郵差敲門就踩著小腳步跑向門口的小娃兒——他們有多麼期待這老舊郵車的到來啊。而如今他們尚安在哉？

紳士們，我伯父常說他當時就想到這所有一切，不過我懷疑他是後來才從書上看來的，因為他明白表示過當他坐在舊車軸上，看著那些腐朽的郵車時就開始打瞌睡了，是某座教堂深沈的鐘聲敲了兩下才將他驚醒。由於我伯父從來就不是腦筋動得快的人，我很肯定就算他真的想到了這一切，至少也得想到兩點半整才辦得到。因此，我可以斷言我伯父什麼事也沒想，就這麼打起瞌睡來了。

就當是這樣吧，教堂的鐘敲了兩點。我伯父醒了，揉揉眼睛，驚愕地跳了起來。

當兩點的鐘聲一敲完，在這整塊荒涼幽靜的空地上立刻出現一種最不可思議、生氣盎然的景象。每部郵車的門都安在鉸鏈上，車廂襯布回來了，鐵製品如同新品般發亮，油漆完整，燈也亮著，每部車廂內都擺放著坐墊和大衣；腳夫們正將包裹丟進行李箱，車長正在整理這些郵包，馬夫們提著一桶桶的水沖洗著修理好的車輪；還有許多僕役東奔西跑，忙著把轅桿緊緊拴在每輛車上；乘客們都到了，行李箱被抬上車，馬匹也都套上了馬轡；總之，很顯然那裡的每輛郵車都準備好隨時可以出發。紳士們，我伯父瞪大了眼睛看著他眼前這一切，直到人生最後一刻，他卻一直不解的是自己當時怎麼能夠就這樣又閉起眼來。

「喂喂！」一個聲音說，我伯父也感覺有隻手搭在他肩膀上。「你訂了一張裡面的座位，趕快進去吧。」

「我訂了座位！」我伯父說，轉過頭來。

「是的，沒錯。」

我伯父，紳士們，什麼也說不出來；他太驚訝了。這其中最古怪的是現場雖然有那麼多人，雖然每個瞬間都有一批新面孔湧入，卻完全無從得知他們是從什麼地方來的。他們彷彿是用一種奇怪的方式，從地底下或是從空中突然出現，連消失的時候也一樣。一個腳夫把行李放進車廂，拿了他的搬運費後，一轉過身就不見了；我伯父還來不及去想他是怎麼回事，就又出現了半打新的腳夫，背著那些巨大到足以壓垮他們的包裹蹣跚而行。旅客們的穿著也都很古怪！大尺寸、滾寬蕾絲邊的外套，袖口很大，而且沒有領子；還有假髮，紳士們——那種後面有條帶子、最正式的假髮。眼前的景象讓我伯父看傻了眼。

「喂，你上不上車啊？」剛才跟我伯父說過話的人說。他打扮得像個郵車車長，頭上戴了假髮，外套上有最大的袖口，一隻手提著燈籠，另外一隻手拿了把碩大的大口徑短槍，正準備塞到他的小手提箱裡。「你要不要上車，傑克·馬丁？」車長說，提起燈照向我伯父的臉。

「嘿！」我伯父說，邊後退了一兩步，「這名字聽起來挺熟的！」

「乘客名單上是這樣寫的啊。」車長回答。

「前面沒有寫著『先生』嗎？」我伯父說。因爲他覺得，紳士們，一個不認識的車長直呼他傑克．馬丁這種放肆的行爲，假使郵局知道的話是絕不會允許的。

「沒有，上面沒有寫。」車長冷淡地回答。

「車錢付了嗎？」我伯父問。

「當然付了。」車長答道。

「付了嘛，不是嗎？」我伯父說。「那麼走吧！哪一部車？」

「這部，」車長說，指著一部老式的愛丁堡倫敦線的郵車，腳踏板已經放下，車門開著。

「等等！有別的客人來了。讓他們先上車。」

車長才剛說完，我伯父面前立刻就出現了一位年輕紳士。他戴著撲粉的假髮，穿滾銀邊的天藍色外套，下擺又寬又大，裡頭襯著硬粗布。我伯父一看見白棉布和背心上有「鐵近和威爾普斯」的字樣，紳士們，馬上就知道他身上所有的料子。年輕紳士穿短褲，在他的絲質長襪和帶扣鞋上有副綁腿；手腕處有寬褶飾邊，頭戴三角帽，腰邊掛著一把細長的劍。背心的垂邊拖在大腿的一半，領結的帶子一路垂到腰際。他表情嚴肅、高視闊步到車門旁邊，脫下帽子，伸直手臂高舉在頭上：同時翹起小指，像一些裝模作樣的人端著茶杯的樣子。然後他把兩腳併攏，深深鞠了個躬，伸出左手。我伯父正想走上前去和他熱誠地握手，突然發覺到這些殷勤根本不是對著他，而是獻給一位這時才剛出現在腳踏板前的年輕女子，她穿著老式的綠色天鵝絨洋裝，搭了一件拖到腰部以下的長胸衣。她頭上沒有戴帽子，紳士們，而是包著黑色的絲質頭巾，不過她在準備上馬車時回矇一顧，露出一張臉哪怕是在圖畫裏，我伯父也從來都沒見過的美麗臉龐。她用一隻手提起衣服上了馬車，我伯父每次提起這故事時總是會大聲發誓說，要不是他親眼見到，他絕不相信有人的腿和腳能達到如此完美的狀態。

但是在這美麗臉蛋的驚鴻一瞥中，我伯父看出這位年輕女士對他投以懇求的眼神，一副既恐懼又徬徨的模樣。他還注意到，儘管獻殷勤的動作看來美好又高尚，那名戴著撲粉假髮的年青人卻在她上車時緊抓住她的手腕，並立刻跟了進去。還有個面貌不是普通兇惡、戴著棕色短假髮的傢伙，穿著一身梅子色的衣服，還帶了把很大的劍，高統靴高到屁股下面，也是他們這一夥的；當他在年輕女士旁邊坐下後，她連忙縮到角落的樣子，讓我伯父更確定他一開始的印象，有些什麼見不得人、神祕的勾當正在進行，或套句他常說的話：「什麼地方有隻螺絲鬆了。」假使她需要幫助，他下定決心要不顧一切危險幫助這位年輕女士的速度快得驚人。

「死亡和閃電！」當我伯父進了馬車後，那位年輕紳士手放在佩劍上大喊。

「鮮血和雷霆！」另外一位紳士吼著，一邊突然揮出了劍，也不打聲招呼就一劍刺向我伯父。我伯父手無寸鐵，但他很敏捷地將這名長相兇惡的紳士頭上的三角帽一把抓下，用帽頂中間迎向刺過來的劍鋒，再折起帽緣，緊抓住他的劍不放。

「從後面刺他！」長相兇惡的紳士邊對同伴喊叫，邊拼命要奪回他的劍。

「他最好別那麼做，」我伯父大吼一聲，用威嚇的態度展示他的一隻鞋後跟。「如果他有腦漿，準會被我踢出來，要是沒有腦漿，我就踹破他的腦袋。」這候我伯父用盡全身力氣，從長相兇惡的紳士手上扭下了那把劍，乾淨俐落地丟出車窗外：較年輕的紳士看見後，又吼了一聲「死亡和閃電！」，然後把手伸到劍柄上，面露兇光，但沒有拔劍。或許是，紳士們，就像我伯父總是面帶微笑所說的，或許他是怕嚇到那位女士吧。

「喂，兩位紳士們，」我伯父說，神情自若地坐下，「在一位女士面前，我不想要有什麼死亡啦，或有沒有閃電這些的，我們這趟旅行也已經有了足夠的鮮血和雷霆了；所以，如果你們願意的話，我們就像安靜的車廂乘客一樣坐在我們的座位上吧。喂，車長，快把這位紳士的餐刀撿起來。」

我伯父這句話還沒說完，車長就出現在車窗外了，手上還拿著那位紳士的劍。他把劍遞進來的時候也舉起了燈，認真地注視著我伯父的臉；同時，藉著燈光，我伯父很驚訝地發現一大群郵車車長聚集在窗外，每個人的眼睛也都熱切地直盯著他看。他有生以來從沒見過這麼多蒼白的臉孔、發紅的身體和熱切的眼睛湧成的人海。

「這眞是我這輩子遇過最奇怪的事了，」我的伯父想。「請允許我把你的帽子還給您吧，先生。」

長相兇惡的紳士默默接下他的三角帽；用疑問的神情看了看中間那個洞，然後一臉嚴肅地把帽子戴在假髮上。但是這故作正經的效果有限，因爲他這時突然打了個大噴嚏，把帽子又給震了下來。

「行啦！」拿著燈籠的車長喊道，爬進他後面的小位子。出發了。離開院子時我伯父從車窗向外窺視，看見其他郵車載著馬車夫、車長、馬匹和乘客，以一小時大約五英哩緩慢的速度，一圈一圈地繞個不停。這激起了我伯父的義憤塡膺，紳士們。身爲一名商人，他覺得遞送郵包不能如此兒戲，他決定一到倫敦後就馬上寫信向郵局陳情。

不過，這一刻他心裡想的全都是那位女士，她坐在車廂最遠的角落裡，頭巾將臉給包得密不透風；穿著天藍色外套的年輕紳士坐在她對面，一身梅子色衣服的另一位坐在她旁邊；兩人都緊張地監視著她。甚至連她頭巾的皺摺摩擦發出聲音來，他就能聽見長相兇惡的那人將手按在劍上的聲音，而從另一人的呼吸聲（車廂內很黑，看不見他的臉）也聽得出來，他彷彿成了個大巨人，要一口呑掉她似的。這使得我伯父越來越激動，他決定無論如何都要把這事解決。他很欣賞明亮的雙眸、甜美的臉蛋以及漂亮的腿和腳；簡單來說，只要是女人他都喜歡。這是我們的家族遺傳，紳士們——我也一樣呢。

我伯父想方設法要吸引那位女士注意，或是讓那兩位神祕的紳士開始交談，但都徒勞無功；紳士們不願意說話，女士更不敢開口。他每隔一陣子就把頭伸出窗外，大聲問他們爲什麼不走快一點？但是他嗓子都快喊啞了也沒有人理他。他坐回座位上，想起那美麗的臉、腳和腿。這倒是個好問題；可以消磨時間，也省得他直納悶他到底要上哪裡去，還有自己又是怎麼落入如此古怪的處境。無論如何，他都不會感到太過煩惱——他是個非常隨遇而安、習慣漂泊，鬼才會注意他的那種人，這就是我的伯父，各位紳士們。

突然間馬車停了下來。「嘿！」我伯父說，「發生什麼事了？」

「在這裡下車。」車長說，他放下腳踏板。
「在這下車？」我伯父不敢相信。
「就是這裡。」車長回答。
「我才不幹。」我伯父說。
「好極了，那你待在原地別動。」車長說。
「我會的。」我伯父說。
「成。」車長這次只應一個字。

車上其他乘客都很注意聽他們的對話，知道我伯父決定不下車後，較年輕的那名男子就從他旁邊擠了過去，把那位女士牽下車。這時，另一個長相兇惡的男子則還在檢查他三角帽頂上的洞。年輕女士走過我伯父身旁時，故意讓一隻手套掉在他手裡，輕聲地對他耳語——她的嘴唇靠著他的臉，近到他的鼻子都感覺到她溫暖的氣息了——僅僅兩個字：「救命！」紳士們，我伯父當下立刻跳出馬車，力道之猛讓車子在彈簧上又搖晃了起來。

「喔！你改變心意了啊，是嗎？」車長看見我伯父站在地上時說。

我伯父看著車長一會，猶豫著該不該把他的大口徑短槍搶過來，朝那名佩著大劍的男子臉上開一槍，再用槍托招呼另一個同伴的頭，一把抓住那名年輕女士後往煙霧裡逃去。但是他想了想，決定放棄這個計畫，因爲眞要這麼做未免有點太過戲劇化了，於是他就跟著兩名神祕男子，他們一左一右圍住那位年輕女士，走進一間古老的房子，就在馬車停下來的正前方。他們轉進走廊，我伯父也跟了過去。

在我伯父見過的所有空屋和廢墟中，這是最荒涼的一處了。看起來這裡曾經是間很大的娛樂場所；但現在屋頂有好幾處坍塌，樓梯也變得陡峭、崎嶇不平、坑坑洞洞的。他們走進去的房間裡面有一座巨大的火爐，和被煙燻到焦黑的煙囪；但現在已經沒有溫暖的火來將它點燃。爐底依舊鋪蓋著白色羽毛般的灰燼，不過火爐是冰涼的，一切都顯得陰暗而陰鬱。

「喂，」我伯父說，邊四處張望，「一部郵車用時速六英哩半的慢速趕路，還在這個像洞一樣的地方不知道要停多久，這很不符合常規吧。應該要查清楚。我會寫信給報社問個明白。」

我伯父用一種公然、毫不保留的態度，拉高音量說出這段話，為的是盡量引起兩個陌生人開口和他說話。但他們完全不理會他，只是一邊彼此竊竊私語，一邊惡狠狠地瞪著他。年輕女士小姐在房間的另一頭，她冒險揮了揮手，像在乞求我伯父救她。

終於這兩個陌生人朝他走了過來，開始這段認眞的談話：

「我想，你不知道這是私人房間吧，老兄？」穿天空藍色外套的人說。

「不，我不知道，老兄，」我伯父回答。「不過如果這間是臨時特別指定的私人房間，那我想公用室一定是非常舒服的房間囉。」說著說著我伯父就在一把高背椅子上坐了下來，兩隻眼睛打量著那位紳士，他打量得如此仔細，光用目測就可以讓鐵近和威爾普斯給他裁一套印花布西裝了，而且一吋不差。

「離開這房間。」兩人不約而同地說，手裡握著劍。

「呃？」我伯父說，似乎完全不懂他們的意思。

「離開這房間，否則就要你的命。」長相兇惡的傢伙說，同時拔出他的大劍揮舞著。

「幹掉他！」穿天藍色的紳士喊了一聲，也拔出劍來，還倒退了兩三碼。「幹掉他！」年輕女士發出一聲尖叫。

我伯父一向以非常勇敢和冷靜著稱。他們開始交談後他就一副好像對即將發生的事情漠不關心的樣子，其實他一直不動聲色地四處搜尋可以投擲或防禦的武器，而就在他們拔出劍來的那一刻，他發現在煙囪角落裡有把老舊的筐形劍柄雙刃長劍，還套著生銹的劍鞘。我伯父跳過去一把將它抓在手中，拔出劍來英勇地在頭上揮舞，大聲要那女士躲開，再抄起椅子朝穿天藍色衣服的男子甩過去，劍鞘則丟向穿梅子色衣服的那人，趁他們一片混亂之際，撲了上去展開一場混戰。

紳士們，有個老故事——雖然是眞實的，但卻不會因此失色——說有位年輕善良的愛爾蘭紳士，有次被問到會不會拉小提琴，他回答說當然會，但他不能說肯定會，因爲他以前從來都沒有拉過。而這並不適用於我伯父和他的劍術。他的手以前從來沒有拿過劍，除了有次在某個私人劇院扮演理查三世之外：那次是和李奇蒙安排好的戲碼，只要從他背後刺過去，完全不用演出決鬥場面。但是現在他正和兩個有經驗的劍手對砍：刺、擋、戳、削，使出無比的男子氣概和最靈活的技術拼鬥著，儘管到當時他還是沒意識到他對鬥劍這技藝是完全的門外漢。這只是證明了那句老話說得有多對：「一個人在試過之前，絕對不知道自己能夠做什麼。」紳士們。

戰鬥的聲音很嚇人；三位劍客都破口大罵，三個參戰者都破口大罵，他們的劍鏗鏘作響得厲害，彷彿新港市場裡所有刀槍劍戟同時撞在一塊。激戰到最高峰時，年輕女士（八九不離十是爲了鼓舞我伯父）把頭巾從臉上整個掀開，露出她那讓人目眩神迷的美貌，讓他甘願爲了她的嫣然一笑和五十個對手戰鬥，至死方休。他剛才已完成驚人之舉，但現在變得更加勇猛，宛如瘋狂的巨人。

就在這時，穿天藍色衣服的紳士回過頭去，看見年輕女士把臉露了出來，他發出一陣夾雜盛怒和嫉妒的怒吼，然後把劍轉過來朝著她美麗的胸脯，劍尖對準她的心口，作勢要刺過去；我伯父見狀發出一聲驚呼，響徹整間空屋。女士輕巧地閃開，從年輕男子手上奪下劍，趁他還來不及站穩之際將他逼到牆邊，一劍刺穿他的身體，只留下劍柄露在外頭，把他結結實實地釘在那。這個示範出色極了！我伯父發出勝利的吶喊，和一股無法抵抗的力量將他的對手往同方向逼退，那把老舊的雙刃長劍同時刺進他背心上那朵大紅花正中央，將他釘在他朋友旁邊；這兩個人就站在那，紳士們，手腳痛苦地抽搐著，像玩具店裡被粗麻繩拉扯的玩偶一樣。在這之後我伯父總是說，這是他知道要料理仇人最好的手段之一；不過這方法有個可議之處，那就是費用問題，因爲每處理掉一個人就要損失一把劍哪。

「郵車，郵車！」女士大叫，跑向我伯父，伸出美麗的雙臂環繞住他的頸子；「我們可能還來得及逃出去。」

「可能！」我伯父大喊；「唉，親愛的，已經沒別人要殺了，不是嗎？」我伯父覺得有點失望，紳士們，因爲他認爲就算只是換個對象，殺戮後再來安靜的親熱一下才會愉快。

「我們一刻也不能浪費在這，」年輕女士說。「『他』（指著穿天藍色衣服的年輕紳士）是勢力龐大的菲利托維侯爵的獨生子。」

「好吧，親愛的，恐怕他永遠再也無法冠上這爵號了，」我伯父冷冷地看著年輕紳士說，他像我剛描述過的那樣以金龜子的姿勢定定地站在牆邊。「你斷了他們的後代，我的愛。」

「這些惡棍把我從我的家人和朋友們身邊綁走，」年輕女士說，美麗的臉因爲憤怒而漲紅。「再過一小時這無賴就要用武力強娶我了。」

「無恥之徒！」我伯父說，對菲利托維垂死的子嗣鄙視地看了一眼。

「從你所見的事你可以猜得到，」年輕女士說，「如果我向任何人求救他們就要殺了我。倘若他們的黨羽發現我們在這裡，我們就完了。再拖個兩分鐘都會太遲。郵車！」情緒過度激動、加上刺殺小菲利托維侯爵時使盡力氣，她說完這些話後就倒在我伯父懷裡。我伯父把她扶起來，抱著她走到門口。郵車就停在那，還有四匹長尾、鬃毛飄垂的黑馬，都上了馬具；但是在那些馬的前面，沒有車夫、沒有車長，甚至連馬夫也沒有。

紳士們，我希望我的表達方式對我已故伯父的名聲沒有任何詆毀之處，他雖然是個單身漢，但是在這次以前他的懷裡已經抱過幾位女子了；我確實相信他親吻酒吧女侍者的習慣；而且我還知道，有一次還是兩次，他曾經被可靠的證人看見他明顯抱著老闆娘的樣子。我提到這點，是爲了說明那位年輕美麗的女士一定是個很不尋常的人，才有辦法像那樣影響了我伯父；他常說，當她烏黑的長髮垂在他手臂上，還有當她甦醒後那雙美麗的黑眼睛凝視著他的臉時，他感到既不可思議又緊張，兩腿不由自主地抖了起來。但是，誰能夠望著一雙甜蜜溫柔的黑眼睛而不覺得有點可疑呢？我是辦不到啦，紳士們。我害怕看一些我認識的人的眼睛，就是這個道理。

「你永遠都不會離開我啊？」年輕女士喃喃自語。

「絕對不會。」我伯父說。而且他是認眞的。

「我親愛的救命恩人！」年輕女士叫喊著，「我親愛、善良、勇敢的救命恩人！」

「別說了。」我伯父說，打斷她。

「爲什麼？」年輕女士問。

「因爲你的嘴在說話時是那麼的美麗，」我伯父答，「我害怕我會情不自禁地失禮吻上它。」

年輕女士舉起手來，似乎是要警告我伯父別這樣做，還說——不，她什麼都沒說——她笑了笑。當你注視一雙世上最甜美的嘴唇，看著它們溫柔地咧出淘氣的微笑——如果你非常靠近它們，並且旁邊沒有別人在場的話——你除了立刻吻上它們，就沒有更好的方法來證明你對它們的美麗和紅潤的崇拜。我伯父就這麼做了，我因此很崇拜他呢。

「聽！」年輕女士驚叫出來，「是車輪和馬的聲音！」

「沒錯，」我伯父說，留神聽著。他在辨識車輪和馬蹄聲這方面的聽力可敏銳了；不過，朝他們奔來的馬和馬車似乎如此多，而且距離遙遠，所以不太能夠精確地估算出一個數目。那聲音聽起來像是五十部四輪大馬車，每部車子有六匹純種馬拉著。

「有人追過來了！」年輕女士呼喊，緊捏住雙手。「有人追過來了。現在你是我唯一的希望了！」

看見她美麗的臉上露出如此驚懼的表情，我伯父當下就鐵了心。他把她抱進馬車，要她別害怕，還把他的嘴唇壓到她的嘴唇上面又親了一次，然後勸她拉上窗擋住冷風，就逕自爬上車夫座。

「慢著，親愛的，」年輕女士小姐說。

「怎麼了？」我伯父問，還坐在車夫座上。

「我有話要跟你說，」小姐說；「只有一句話。只有一句話，最親愛的。」

「我要下來嗎？」我伯父問。年輕女士沒有回答，只是又微微一笑。那醉人的微笑啊，紳士們！要說傾國傾城恐怕還太保守了點。我伯父立刻從車夫座上一躍而下。

「什麼事，我親愛的？」我伯父說，他把頭探進向馬車窗戶裡。年輕女士剛好同時傾過身來，我伯父覺得她又比剛才更美了。他那時離她非常近，紳士們，所以他的確應該知道這點。

「什麼事，我親愛的？」我伯父問。

「除了我之外你絕不會再愛上別人、絕不會娶任何人嗎？」年輕女士說。

我伯父發了重誓，說他絕不會娶任何人，年輕女士才退了進去，拉上了窗戶。

他跳回車夫座，擺出趕車的架式、調整好韁繩，抓起放在車頂上的馬鞭，給了領頭馬一鞭，四匹長尾飄鬃的黑馬隨即飛奔離開，每小時足足有十五英哩的速度，後面拖著台老舊的郵車。

喲！他們跑得可還眞快呢！

然而後頭的聲音卻越來越大。老郵車跑得越快，後方的追兵——人、馬、狗的聯軍——就追趕得越快。喧囂聲雖可怕，但最恐怖的卻是那位年輕女士的聲音。她不停地催促我伯父，高聲尖叫著：「快點！再快點！」

他們疾馳在陰暗的樹林間，颳落了樹葉像颶風中的羽毛狂亂飛舞。他們像怒吼的洪水突然潰堤似的，衝過屋舍、柵門、教堂、乾草堆和行進路線上的任何東西。但是追著他們的聲音依舊越來越大聲，我伯父依舊聽得見那女士發狂的尖叫聲：「快點！再快點！」

我伯父連續抽動鞭子和韁繩，馬匹不斷往前飛奔，被狂冒出的汗沫染成了白馬；然而後方追兵的聲音變得更接近，年輕女士還一直叫著：「快點！再快點！」

在這緊要關頭我伯父突然用力蹬了一下行李箱，然後——發現已是魚肚白的早晨，他正坐在車匠租地裡一部舊愛丁堡郵車的駕駛座上，又濕又冷、渾身顫抖，還在跺著腳取暖。他爬下來，急忙往車廂裡尋找那美麗的少女——哎呀！那郵車不但沒有門，連車廂也沒有——只是個空殼子而已。

當然，我伯父很清楚這件事其中一定有什麼神祕的地方，而之後的一切就像他常說的那樣過去了。他一直堅守著他對那名美麗少女所發的重誓：爲了她拒絕了幾個頗具姿色的老闆娘，到死都還是光棍一個。他常說因爲他偶然爬過柵欄這個單純的舉動，發現了郵車和馬的鬼魂，還有車長、車夫和那些習慣每夜出去旅行的乘客們的鬼魂，這是多不可思議的遭遇啊；他又常接著說他

5 喬治維格男爵

The Baron of Grogzwig

德國喬治維格家族的范高威特男爵是一位你會樂意見到的年輕男爵，我應該不用特別強調，他絕對是住在城堡裡，更不用說那絕對是古老的城堡，這種令人肅然起敬的建築物似乎經常與詭異的氣氛畫上等號，當風一吹，立刻神祕詭異起來，通常風會穿梭煙囪管理頭，發出隆隆聲響，甚至在鄰近樹林間嗥叫不停，當有月光照路時，風會在牆上的換氣孔找到來去自如的方式，有些寬闊的走廊與通道在月光下變得明亮起來，當然有些地方則被遺忘在昏暗的陰影裡，在這種氣氛下，我相信男爵的祖先一定曾經因爲缺錢將匕首刺向一位夜晚問路的過路者，一方面大家似乎都可預測到這些悲慘事件，但另一方面我卻很難想像這些事情是如何發生的，因爲男爵那個和藹可親的祖先總是在事後對自己的急躁魯莽後悔不已，因此他會用罪惡的雙手搬一些屬於另一位懦弱男爵的石頭與木材，然後建造一座教堂以表懺悔，接著向上天承諾他會順從所有要求。

當我提到男爵的祖先時，我想起他曾經不斷強調必須尊重他龐大的家族，我恐怕必須說我確定男爵眞的有非常多的祖先，與他同期的人少有人跟他一樣有這麼多的老祖宗，假如他生長在現代，那麼祖宗更多了，這對一些古早年代出生的名人來說，擁有那麼複雜家世背景的例子畢竟不多，因爲三、四百年前出生的人不像現代出生的人一樣具有多源開枝散葉的血緣關係。至於當代的人，不論他是補鞋匠，或是一些低階粗魯的平民，都會比以前的貴族擁有更多的家族親戚，雖然這一點也不奇怪，但是我還是必須宣稱這是不公平的。

聽著！德國喬治維格維格家族的范高威特男爵是一位皮膚黑黝的好男兒，他的髮色烏黑，留著大鬍子，他穿著林肯綠的衣服狩獵，腳上穿著黃褐色的靴子，他肩上掛著軍號，看起來像是驛站的警備員，當他吹著軍號時，大約二十四個低階士兵立刻待命，他們穿著同樣林肯綠，但是質料較爲粗糙的軍服，腳上也穿著黃褐色的靴子，只是鞋底更厚了，他們手上拿著長矛列隊疾馳，狩獵公豬或大熊，視覺上看起來好像是一排上了漆的扶手柵欄，當遇到熊的時候，男爵會先殺了牠，然後再用牠的油脂潤滑自己的鬍子。

這對喬治維格男爵來說是一段難忘的快樂時光，對他的家臣來說，更是一段寧靜時光，他們每晚都一起喝萊茵酒，一同醉倒在桌子上，散落一地的酒瓶，最後乾脆叫一大桶酒喝，應該沒有任何家族的家臣像喬治維格家過得那麼愉快，每天快樂似神仙。

但是這種每天於桌上對飲的縱樂需要一些變化，特別是每天都是同樣那二十四個人混在一起，一起搭伙，討論同樣的話題，說著不變的故事，男爵當然會厭倦這種聚會模式，想要尋求刺激，他變得會與這些家臣吵架，通常在晚餐之後毆打兩到三名家臣，一開始他對這種活動樂在其中，但是過了一個禮拜，又覺得索然無趣，男爵因而心情欠佳，在失望的情緒中想要尋求新的消遣娛樂。

某天晚上，當他贏了與尼羅德以及吉林威的狩獵競技，並且獵殺了「另一頭好熊」之後，范高威特男爵帶著勝利感回家，但是愉快的感覺沒有持續很久，他悶悶不樂地坐在桌子的首位，不滿足地看著大廳上方被燻得漆黑的屋頂，他大口喝下一杯酒，但是當他喝得越多，眉頭也更深鎖，兩位被恩賜能坐在他左右的家臣，承受極大的壓力，雖然他們仿效他一樣大口喝酒，但是忍不住互相皺了皺眉頭。

「請喬治維格夫人過來喝酒吧！」男爵突然大哭，以右手重擊桌面，左手撥捻自己的鬍子。那二十四位穿著林肯綠的家臣臉色變得蒼白，只有那突出的二十四隻鼻子一動也不敢動。

「我說去找喬治維格夫人！」男爵看著所有人，又再命令一次。

「去找喬治維格夫人！」二十四位穿著林肯綠的家臣們扯著喉嚨大喊，他們剛剛才喝下二十四杯大容量的德國白葡萄酒，抿了抿四十八片嘴唇，然後眨眼示意。

「范史威霍森男爵的那個漂亮女兒。」范高威特男爵高傲地解釋：「我們會要求她在明天太陽下山之前接受這樁婚姻，假如她父親拒絕的話，我們就砍斷他的鼻子。」

其他同伴們發出粗啞的抱怨聲，每一位家臣開始碰觸劍柄，將劍點了點他的鼻頭，一副不懷好意的駭人模樣。

這是一件虔誠孝順的心所應該仔細考量的事情啊！假如范史威霍森男爵的女兒以心有所屬爲藉口，跪倒在父親腳下，流下湧泉般的珍珠淚水，哭到昏厥，或是發狂似的告訴她的老父親，有百分之一的機會，仇人有可能會從窗戶入侵史威霍森的城堡，並會從窗戶攻擊男爵，然後城堡整個毀壞。早些時候，一位信差傳來范高威特男爵限明天早晨回覆要求後，美麗的少女依舊保持鎮靜，端莊地返回房間，從窗扉縫隙間，她看見求婚者與他的隨扈，在她意識到騎著馬的大鬍子男子就是向她求婚的丈夫之前，她二話不說立刻請父親出面解釋她願意犧牲自己，捍衛父親的平靜生活。可敬的男爵雙臂擁抱女兒，眼神充滿欣慰之意。

當天城堡立刻舉行隆重的盛宴，二十四位著林肯綠制服的范高威特家臣們與十二位著林肯綠制服的范史威霍森家臣們互相交換永恆友誼的誓言，承諾老男爵他們會喝掉所有的酒，因爲「酒杯裡不能養金魚！」這句話表示他們會一乾而盡，直到臉跟鼻子全部通紅，當告別的時候來臨，他們會拍拍對方的背，然後范高威特男爵就與隨從們興高采烈地騎馬回家。

大約有六周時間，因爲停止狩獵的緣故，熊與公豬可以稍稍喘口氣，范高威特與史威霍森家族的馬聚集在一起，打獵的魚叉生鏽了，男爵的軍號喇叭因爲缺乏吹奏的緣故，聲音變得沙啞難聽。

這二十四位家臣所享受的美好時光早已一走了之，難以追回。

「親愛的。」男爵夫人說。

「我的愛。」男爵回應。

「眞是群粗俗、吵鬧的男子啊！」

「你說的是哪些人？」男爵吃驚地詢問。

男爵夫人指著窗邊望下的庭院，那些著林肯綠制服的范高威特家臣們正在進行熱鬧的馬鐙杯大賽的準備工作，他們追趕著一兩隻公豬。

「夫人，那是我的狩獵隊。」男爵回答。

「請解散他們。」夫人低聲說。

「解散他們！」男爵驚訝地大喊。

「親愛的，爲了取悅我，請這麼做。」男爵夫人回答。

「取悅個鬼啊！」男爵不悅地說著。

結果男爵夫人嚎啕大哭，昏厥在男爵腳下。

我們很疑惑男爵到底會怎麼做？他找來夫人的婢女，大聲傳喚醫生，然後急著跑到庭院，痛扁兩個最吵鬧的家臣，並狠狠地告誡其他人安靜點，命令他們立刻走人，不論到哪都可以，就是不要留在這裡，要不是我不太了解德國的風俗民情，我一定可以將故事說得更生動。

我不是有意要這麼說，但是我的確知道有一些太太們會將先生牽著鼻子走，我個人意見是所有的國會議員都不應該結婚，因爲四個已婚議員當中通常有三個必需聽從太太的意見投票，而非表達自己的意見。現在我想說的是范高威特男爵夫人馭夫有術，將范高威特男爵控制地服服貼貼，就這樣一點一滴、一天過一天、一年過一年，男爵在許多具有爭論的議題上居於劣勢，並且被設計遠離了以前的舊嗜好，他四十八歲左右時，變成一個肥胖的健壯傢伙，而且不再舉辦宴會，不再尋歡作樂，不再有人陪他狩獵，總而言之，他不再做過去喜歡做的事，不再擁有過去的生活，雖然他依舊像獅子一樣精力充沛，像銅牆鐵壁一樣無畏，但是在喬治維格城堡裡，我們確定他時常遭到夫人嚴厲斥責與無情的奚落與貶損。

男爵的不幸還不只這些，在他結婚一年之後，一位健壯活潑的男孩出生了，城堡釋放許多煙火慶祝，大家喝酒狂歡，隔一年一位小女孩出生了，再隔一年又誕生一位男孩，然後又一位女孩，有一年甚至生了雙胞胎，就這麼過了許多年，直到男爵成爲十二位孩子的父親。每一年的結婚紀念日，史威霍森男爵夫人都會相當擔心女兒的健康狀況，雖然這位好母親不曾對她女兒的復原有任何貢獻，但是她會在喬治維格城堡裡一直緊張，好像那是她的責任似的，她會將時間分成一半，一邊盡責地監督男爵的家務，一邊爲辛苦的女兒暗自哭泣。只要喬治維格男爵對於她岳母的舉動有些惱怒煩躁時，他會大膽表示他的太太不會比其他男爵夫人過得還差，此時史威霍森男爵夫人就會要求所有人注意只有她這個老母親會同情女人遭受的痛苦，她的親朋好友會言之鑿鑿地說史威霍森男爵夫人傷心哭泣的時間的確多於她的女婿，她覺得假如世上眞有冷血畜生存在，那一定就是喬治維格男爵。

可憐的男爵概括承受所有指控，然而當他再也承受不住時，他顯得精神不繼，毫無食慾，甚至心情陰鬱沮喪，當他遭遇更棘手的麻煩時，他變得更加傷心憂鬱，一年一年這麼過去，他負債累累，雖然史威霍森家族一直認爲喬治維格的金庫是取之不竭的，但是事實上那裡不再充滿資金。正當喬治維格夫人準備爲家族添第十四個孩子時，喬治維格男爵覺得自己已經無法負荷了。

「我眞的不知道如何是好。」男爵說：「我想我會殺了自己。」

這似乎是個不錯的建議，男爵從壁櫥裡抽出一把以前狩獵用的刀，在靴子上磨刀霍霍，將刀指向自己的喉嚨，好像男孩們口中的獻祭儀式。

「嘿！」男爵突然停頓下來，「或許刀還不夠鋒利。」

男爵將刀磨得更鋒利一點，再度指向喉嚨，但是男孩女孩的尖叫聲讓他無法下手，他們在塔樓最上層設有一間育兒室，窗戶外面皆架設鐵欄杆，以防止他們跌落到壕溝裡。

「但願我還是個單身漢。」男爵嘆息地說著：「我就可以毫不猶豫地將刀指向自己五十五次都沒有問題，哈囉！請拿一瓶紅酒，還有一桶最大桶的酒到大廳後面的地窖房間裡。」

一位僕人以順從的態度執行男爵的命令，大約半小時之後，僕人告知范高威特男爵酒已經準備好了，男爵大步步走進地窖房間裡，那裡頭有發亮的黑色木頭所建造的牆壁，堆疊在壁爐裡燃燒的木頭閃著微光，酒瓶與酒桶一應俱全，整個氣氛看起來非常舒服。

「請把燈留下。」男爵說。

「還需要任何東西嗎？」僕人詢問。

「給我時間獨處就可以了。」男爵回覆，僕人聽命離開，男爵將門鎖了起來。

「我會抽掉最後一根雪茄，然後離開人世。」男爵一邊說，一邊把刀放在桌上，想要的時候就拿得到，他一乾而盡容量不算少的酒，往沙發一躺，在火爐前伸直雙腳，噴了一口菸。

他想了許多事情，想到他過去黃金單身漢的日子，以及現在遇到的麻煩事，他想到許多年前被趕出這個鄉鎮的林肯綠衫家臣，沒有人知道他們去了哪裡，其中有兩個不幸地被砍頭，四位酗酒而亡，當他喝光一杯酒時，他的心回到從前打獵時追逐熊與野豬的美好時光，此時他睜開眼睛，驚訝地發現自己其實一點也不孤獨。

不，他當然不是孤獨一人，因爲在火爐對面坐著一個雙手交疊、滿臉皺紋的醜陋人影，它的眼珠凹陷，目露兇狠血光，還有一張形容枯槁的死灰長臉，頭上頂著鋸齒狀糾結一起的黑色粗髮，像一團陰影般讓他的氣色更加暗沉。他穿著一件深藍色的短上衣，經過男爵仔細觀察，他發現衣服的正面部分裝飾著棺材狀的柄形扣環，醜陋人影的雙腳看起來好像穿著盔甲一樣躺在棺木裡，他的陰暗的斗篷繞過左邊肩膀，看來像是剩餘柩衣做成的披肩，男爵視若無睹，到是很專心地看著火爐。

「哈囉！」男爵打個招呼，跺腳吸引對方注意。

「哈囉！」陌生人影回覆，眼珠子飄向男爵，但是臉與身體依舊不動如山，「現在要做什麼？」

「什麼意思？」男爵並沒有被它空洞的聲音與無情的眼神所驚嚇，而是反問：「這問題該是我問你才對，你是如何進來這裡？」

「從門口進來。」人影回覆。

「你是何許人也？」男爵詢問。

「一個男人。」人影回答

「我不相信。」男爵說。

「不相信就算了。」人影不在乎地說。

「我就是不相信。」男爵回應。

人影看著大膽放肆的喬治維格男爵好一陣子，然後世故地對他說：「你並沒有被我嚇到，但是我必須告訴你，我不是男人。」
「那麼你是什麼？」男爵詢問。
「一個天才。」人影回覆。
「你看起來不像。」男爵輕蔑地說。
「我是沮喪與自殺的天才。」幽靈說：「現在你了解我了吧？」
說話同時，幽靈將臉轉向男爵，試圖安撫自己的情緒，然後他用力地將斗篷丟到一旁，展示穿過它身體中央的一根棍棒，猛然將棍子拉開，鎮靜沈著地把它擱在桌上，就像放一把手杖一樣。
「現在，你準備好要刺殺自己嗎？」幽靈望著狩獵刀這麼說。
「還沒。」男爵說，「我想先抽完這根雪茄。」
「刀看起來很鋒利。」幽靈說。
「你似乎很趕時間。」男爵說。
「是的，沒錯。」幽靈回答：「現在我的同伴趕著要去英國與法國交易一場重要的生意，我的時間可是相當寶貴。」
「你喝酒嗎？」男爵用大酒桶的碗乾了一下酒瓶。
「十次邀約裡頭我有九次會去喝酒，而且喝得很多。」幽靈冷淡地說。
「你從不有所節制嗎？」男爵問。

「就是因爲從來沒有節制才會那麼快樂！」幽靈身體一震。

男爵再度看了一眼這位新朋友，認爲他絕對是個怪人，最後男爵詢問他是否積極參與任何他正在努力研究的小活動。

「沒有積極參與，但我總是會出現。」幽靈推諉地說。

「我想只是爲了看好戲吧！」男爵說。

「沒錯。」幽靈一邊說，一邊把玩他身上的棍棒，並且檢視著他的金屬箍，「你應該動作越快越好，不是嗎？因爲我發現有一位年輕紳士，正受苦於擁有太多金錢及時間，他現在亟需要我。」

「因爲有太多錢，所以想要自殺！」男爵大叫，並且笑得誇張：「哈…哈…眞是太好笑了！」許久以來，男爵不曾如此暢快大笑。

「請不要再笑了！」幽靈看起來相當害怕地告誡男爵。

「爲什麼不能笑？」男爵詢問。

「因爲笑讓我非常痛苦。」幽靈回答：「請你嘆氣與開心的時間一樣多吧！那樣我比較快樂。」

當男爵提到這個現實世界時，他憂鬱地嘆了一口氣，幽靈似乎再度恢復生氣，它以迷人可愛的態度將狩獵刀遞給男爵。

「一位男子因爲太有錢而自殺應該不完全是個壞主意吧！」男爵說，他顯然感受到狩獵刀鋒的銳利。

去。」

「呸！」幽靈脾氣暴躁地吭了一聲，「但是也不會比一個因爲貧窮而自殺的人好到哪裡去。」

我不知道這位幽靈天才是否故意如此說，或者它認爲男子的心一點也不敏感，不會在意它說了些什麼，我只知道男爵聽完話後，突然住手，睜大眼睛，彷彿生平第一次他的生命出現一絲光亮。

「正是如此！」范高威特男爵說：「沒有什麼事壞到必須從頭來過。」

「除非是空無一物的金庫。」幽靈天才說。

「但是總有一天金庫會再度充滿資金。」男爵說。

「至於嘮嘮叨叨的太太呢？」幽靈咆哮地詢問。

「她總有一天會安靜下來。」男爵說。

「那麼十三位小孩呢？」幽靈大喊。

「那絕對不會是個錯誤。」男爵說。

幽靈顯然對於男爵突然轉變得態度相當生氣，但是它試著一笑置之，並且說假如男爵讓它知道何時才會停止開玩笑，那麼它會相當感激。

「但是我並沒有開玩笑，我一直都是這麼想。」男爵鄭重表示他的態度。

「我很高興聽見你這麼說。」幽靈猙獰地回答，「因爲即使沒有說任何話，一個笑話就足以殺死我，拜託！請你選擇立刻告別這個沈悶的世界吧！」

「我還要想想。」男爵一邊玩弄刀子，一邊說：「沒錯，這是個沈悶的世界，但是我不覺得你的世界會更好，因爲你根本就不是個令人愉快的人，我的內心是這麼想的，假使離開這個世界，我會過的更好嗎？」男爵開始哭喊：「我從沒認眞想過。」

「快點殺死自己吧！」幽靈氣忿得咬牙切齒大叫。

「等等…」男爵說：「我不會再籠罩在悲慘當中，我會往好處想，我會呼吸新鮮的空氣，接受這些甜蜜的負擔，假如還是沒有改進，我會溫和地與男爵夫人溝通，最慘就是將史威霍森家族的人置於死地。」男爵說這些話的同時，跌坐在沙發裡，大聲猛烈狂笑，整個房間迴響著他的笑聲。

幽靈退後一到兩步，以深沉恐懼的眼神看著男爵，然後把眼神挪開，拿起身上的棍棒，猛烈地往自己身上刺下，發出一聲嗥叫，消失不見。

後來，喬治維格男爵未再見到幽靈，當他下定決心積極行動時，他理性地與夫人及史威霍森夫人溝通。許多年後男爵過世了，我知道他不是個富有的人，但卻是個快樂的人，他遺留下許多子孫，在他的監督下，接受良好的獵熊與野豬的狩獵訓練。在此，我給所有男人的忠告是，假如他們因爲同樣原因時常覺得鬱鬱寡歡，其實他們正在面對事情的一體兩面，人們可以將生命的萬花筒調整到最美好的畫面，如果他們依然認爲只有死可以解決問題，何不先抽一根雪茄，喝光一大瓶酒，然後想想喬治維格男爵的故事吧！

選自一八三九年《尼克貝少爺返鄉》（Nicholas Nickleby）第六章

6 聖誕夜怪譚

A Christmas Carol

第一節　馬立的鬼魂

話說從頭，馬立已經死了，毫無疑問地死了。牧師、教區執事、葬儀社人員和主送葬者都在他的葬禮來賓簿上簽了名，都是史古治簽的。在證券交易所裡，只要史古治願意簽名就算生效。所以老馬立確實死了，像根門釘一樣死得直挺挺的。

聽好！我不是要說我知道門釘有什麼特別的死法。我個人傾向認為棺材釘才是五金界死得最徹底的一員。但這比喻裡有著我們老祖宗的智慧；而我這張不乾淨的嘴還是少胡言亂語，不然我們可能就要亡國了。因此，請容許我再次強調，馬立死了，像根門釘一樣死得直挺挺的。

史古治知道馬立死了嗎？當然知道囉。他怎麼可能不知道？史古治和馬立合夥不知道多少年了，他是馬立唯一的遺囑執行人、唯一的遺產管理人、唯一的財產繼承人、唯一的朋友，也是唯一的送葬者。儘管如此，史古治似乎相當承受得了這個打擊，因為就連在喪禮當天，他都發揮了他精明生意人的本色，用討價還價的方式省下一大筆喪葬費來紀念他的好友。

提到馬立的喪禮，讓我想起故事開頭那一句話。馬立已經死了，無庸置疑。這一點必須對各位看官說個清楚，否則接下來我要說的這個故事就一點也不精彩了。如果我們不是完全相信哈姆雷特的父親在戲開始之前就死了，那麼當他在吹著東風的晚上、徘徊在自己家的牆上時，就不見得會比出現在任何一個微風徐徐的地方——例如聖保羅教堂墓園——更能震驚他兒子軟弱的心靈了。

史古治始終都沒把老馬立的名字用油漆塗掉，多年之後，這幾個字還是寫在店門口上：「史古治與馬立」。大家都知道他們這家店叫做「史古治與馬立公司」，有時候第一次上門的客人會叫史古治史古治，有時候也有人叫他馬立。叫他哪個名字他都會回答，對他而言叫什麼名字都一樣。

喔！不過他可是個一毛不拔的傢伙。史古治！這個強取、豪奪、緊抓不放、東搜西刮、控制慾強、貪婪的老流氓！像塊打火石一樣無情又刻薄，再硬的鋼都不能在他身上敲出什麼慷慨的火花；神祕兮兮、沈默寡言又獨善其身，像顆牡蠣一樣孤僻。他內心的冷漠在他蒼老的臉上罩了一層冰霜，凍傷了他的尖鼻子、臉頰爬滿皺紋、步履僵硬；凍得他雙眼發紅、薄唇發紫，說起話來老奸巨猾又尖酸刺耳。他的頭髮和眉毛都已一片灰白，瘦而結實的下巴也佈滿點點白霜。所到之處都充滿著他這種寒霜性格散發出來的寒意；連大熱天都可以讓他的辦公室宛如冰窖，甚至聖誕節的歡樂氣氛也無法稍稍暖和他冰冷的態度。

外界的冷熱絲毫影響不了史古治。再大的太陽也不能使他感到溫暖，再冷的寒冬也凍不了他。他比任何刺骨的風都更讓人難以忍受，比漫天驟降的大雪更迫不及待要冰封這個世界，比傾盆的暴雨更不留餘地。再惡劣的天氣也打不倒他，再狂暴的風雨、大雪、冰雹或是半雨半雪的凍雨也有一點強過他，那就是它們總是毫不保留地「貢獻自己」，而史古治連想都沒想過。

沒有人會在街上和顏悅色地和他打招呼：「親愛的史古治，你好嗎？你什麼時候要來我那坐坐？」也沒有乞丐會求他施捨一點零錢，連小孩子都不會去問他現在幾點鐘。終其一生，還沒有任何男人或女人曾向史古治問過路。甚至連盲人的狗都似乎認得他；當牠們看見史古治走過來時，總會把牠們的主人硬拉進屋子或死巷裡，搖著尾巴像是在說：「盲眼的主人啊！瞎眼也強過一雙惡毒的眼睛！」

但史古治在乎這些嗎？這一切反而合了他的意。在擁擠的人生旅途中他緩緩走著自己的路，警告有同情心的人都最好離他遠一點，這就是史古治之所以被稱爲「瘋子」的由來。

曾經有一次——在那年最美好的日子中的一天，也就是聖誕節前夕——老史古治正在他的帳房裡忙碌著。當時的天色昏暗，寒風刺骨且霧氣森重，他聽得見巷子外頭有人的聲音，除了此起彼落的喘氣聲外，還有人用手拍打胸口、在人行道鋪石上跺腳取暖的聲音。倫敦城裡的鐘才剛敲過三點，但天色已經很暗了——事實上一整天都沒亮過——附近幾間辦公室的窗內搖曳著燭光，像在伸手可及的褐色霧氣中浮現的淡紅色斑點。霧從每個縫隙和鑰匙孔鑽進屋裡，室外的霧氣厚重，即使在這麼狹小的巷子裡也看不清楚對街的房子，全都成了鬼魅般的幢幢黑影。看著灰暗的雲霧覆蓋下來、所有東西都被籠罩在一片朦朧裡，使人錯以爲大自然就活生生地站在旁邊，正呼出大片大片的霧氣。

史古治帳房的門開著，讓他可以監視坐在外面那如同箱子般狹小陰暗的房間裡、正在謄寫信件的職員。史古治旁邊的爐火非常小，但職員房間裡的爐火又更小得多，小到看起來像只有一塊煤炭在燒而已。但他沒辦法再添加煤炭，因爲史古治把煤炭箱擺在自己的房間裡；想當然耳的是如果這職員拿著鏟子走進去，老闆勢必會借題發揮將他開除。因此職員只好圍上他白色的長毛圍巾，試著藉由燭火取暖；然而由於他不是個想像力豐富的人，因此他失敗了。

「聖誕快樂！舅舅！上帝保佑你！」外頭傳來一個愉快的聲音。是史古治的外甥，他很快地跑進門，朝著舅舅熱情地打招呼。

「呸！」史古治說，「唬爛！」

因爲在濃霧中疾行的關係，史古治的外甥全身發熱、暖烘烘的；他的臉龐紅潤帥氣，雙眼閃閃發亮，一呼氣就又吐出一團白霧。

「舅舅，你認爲聖誕節是唬爛，」史古治的外甥說，「我想你是開玩笑的，對吧？」

「我是認眞的。」史古治說，「聖誕快樂！你有什麼資格快樂？你有什麼理由快樂？你根本就窮透了。」

「那麼，」外甥開心地回答他，「你有什麼資格憂鬱？你有什麼理由不快樂？你已經夠富有了。」

一時之間想不到更好的答案，史古治只好又「呸」了一聲；然後再補一句：「唬爛！」

「別生氣，舅舅！」外甥說。

「我活在這個到處是白痴的世界裡，」史古治回答，「要我怎麼能不生氣？聖誕快樂？去他的聖誕快樂！如果聖誕節對你而言不過是個你必須把帳單付清，但又沒錢給的時候；是你發現自己又老了一歲，但一點也沒更富有的時候；是你在清算帳目，發現過去整整十二個月裡的每筆帳都跟在你作對的時候呢？如果我說了算的話，」史古治忿忿地說，「我要把每個到處鬼扯『聖誕快樂』的白痴都抓起來，跟他的布丁一起煮熟，然後用一根冬青樹椿插穿他的心臟後再埋起來。他活該！」

「舅舅！」外甥懇求他。

「外甥！」史古治冷峻地回答，「你去過你的聖誕節，也讓我過我的吧。」

「讓我過我的聖誕節！」史古治的外甥重複他的話，「但是你不過聖誕節的啊。」

「那就讓我不過聖誕節好啦，」史古治說。「希望它爲你帶來許多好運！一直都能爲你帶來許多好運！」

「我敢說，有很多事情雖然我沒有從中獲得什麼實際的好處，但其實我因此獲益良多，」外甥回答說，「例如聖誕節就是。而且我一直認爲，撇開它的神聖名號和起源不談——如果有什麼可以撇開的話——聖誕節是個好日子；是種仁慈、寬恕、慷慨、令人愉快的時節。我知道漫長的一年裡，唯有這個時候，男人和女人才願意無條件敞開他們封閉的心，爲那些比他們低下的人著想，好像那些人確實是和他們一同走向死亡的伴侶，而不是各自人生中其他什麼不相干的傢伙。所以啊，舅舅，雖然聖誕節從沒爲我掙來一分一毫，但我相信它曾經讓我獲益良多，以後也會爲我帶來好運。我要說，願上帝保佑它！」

坐在箱子裡的職員情不自禁地鼓掌附和。但他立刻意識到自己這樣做很不恰當，連忙裝做在撥火，結果把僅剩的微弱火花也給撲滅了。

「要是我再聽見你發出任何聲音，」史古治說，「你就可以滾回家去過你的聖誕節了！」接著他轉向外甥說：「你是個很有說服力的演說家，我很好奇你爲什麼不去當國會議員。」

「別氣了，舅舅。來嘛！明天來和我們共進晚餐吧。」

史古治說他會去看他，在地獄裡。沒錯，他眞的這麼說。他甚至用了一大串的形容詞，說他會先看到他窮途潦倒的樣子。

「爲什麼？」史古治的外甥叫道。「爲什麼你要這麼說？」

「你爲什麼要結婚？」史古治反問他。

「因爲我戀愛了啊！」

「因爲你戀愛了！」史古治咆哮著，彷彿聽到世界上竟然還有比聖誕快樂更荒謬的事。「再會！」

「別這樣，舅舅。你連在我結婚前都沒來看過我呀！那現在又怎麼可以把它當作不來的理由呢？」

「再會！」史古治又說。

「我沒有想從你身上得到什麼；我也不要求你什麼；爲什麼我們不能像朋友一樣相處呢？」

「再會！」史古治還是說。

「我很遺憾，打從心底感到遺憾，知道你的態度如此堅決。我們之間從沒爭吵過。我一直都盡力表達對聖誕節的敬意，而我會持續慶祝聖誕節的好心情到最後一刻。所以呢，我要再說一次，『聖誕快樂，舅舅！』」

「再會！」史古治說。

「還有，祝你新年快樂！」

「再會！」史古治回答。

儘管如此，史古治的外甥還是沒有惡言相向的離開了。他在外面的小房間停了下來，向那職員祝賀佳節愉快。雖然身體冰冷，但職員的態度可比史古治溫暖的多了；他熱情地回應對方的問候。

「又多了一個傢伙，」史古治咕噥著。他聽見了外頭兩人的對話。「我的職員，一星期只賺十五先令，要養老婆和一家大小的人，還跟著人家說什麼『聖誕快樂』。我乾脆退休去住瘋人院算了。」

這個瘋子把外甥轟出去之後，又讓兩個人進來。這兩個身形肥胖的紳士看起來和藹可親，現在都脫了帽子，站在史古治的辦公室裡。他們手裡都拿著簿本和文件，對史古治行禮。

「我想這裡是『史古治與馬立公司』吧？」其中一位紳士看著手上的名單說。「我可以和史古治先生，或馬立先生其中一位說話嗎？」

「馬立先生已經去世整整七年了，」史古治回答。「就是在七年前的今晚過世的。」

「我們一點也不懷疑他還在世的合夥人也和他一樣慷慨。」這位紳士說，一邊遞過來他的證件。

他說的一點也沒錯；因爲他們兩人的個性的確很相似。一聽見「慷慨」這個不祥的字眼，史古治的眉頭就皺了起來，搖著頭把證件退了回去。

「在一年這個最歡樂的耶誕時節裡，史古治先生，」這位紳士說，還拿起了筆，「我們比平常更應該要捐贈些衣服食物給那些窮苦人家，他們此刻正飢寒交迫著。有成千上萬人缺乏生活用品，極待您伸出援手相助呢！先生！」

「難道沒有監獄嗎？」史古治問道。

「監獄是有很多，」那紳士說，把筆又放了下來。

「那聯合濟貧院呢？」史古治再逼問。「他們還有營運嗎？」

「他們還有營運，」紳士回答。「不過我希望我能說他們已經關閉了。」

「那麼，監獄裡的踏車懲罰和濟貧法都還有完全的法律效力囉？」史古治繼續問。

「兩者都很忙碌，先生。」

「喔！剛才聽到你一開始說的話，我還擔心了一下，以爲發生了什麼事中斷了這些有幫助的方法。」史古治說。「現在聽到你這麼說，我就放心了。」

「在印象中他們幾乎沒有讓民眾在精神或物質上感受到基督徒的喜樂，」那紳士回答，「於是我們幾個人才想發起一次募捐，爲窮人買點肉、酒和一些禦寒的衣物。我們選擇這個時間，是因爲比起其他時候，此時此刻正是窮人有最迫切需要、而富人正在歡樂慶祝的時刻。請問我應該爲您寫上什麼呢？」

「什麼都不用！」史古治冷冷的回答。

「您是希望匿名是吧？」

「我希望不要有人煩我，」史古治說。「既然你們問我希望些什麼，紳士們，那就是我的答案。我並不會讓自己在聖誕節快樂，我也不會出錢讓那些懶惰鬼快樂。我會幫助我剛才提過的那些機構——他們就夠我捐的了；那些窮途末路的人應該到那些地方去才對。」

「有很多人沒辦法進去；還有很多人寧願死也不肯進去。」

「如果他們寧願死也不肯進去，」史古治說，「那他們乾脆去死一死好啦，順便還可以解決人口過剩的問題。還有——不好意思——我對這種事一點也不懂。」

「但是您至少可以瞭解一下啊！」那紳士說。

「那可不關我的事，」史古治回答他。「一個人只要瞭解他自己在做什麼就夠了，不必去干涉其他人的事。我自己的事就夠我忙的了。再會，紳士們！」

這兩位紳士明白再說下去也是枉然，便告辭離開。史古治很得意他的論調又更進步了，抱著比平常更愉快的心情回頭繼續他的工作。

同時間霧變得越來越濃、天色也越來越暗了，有人拿著火把四處跑，兜售他們走在馬車前頭，爲車伕帶路的生意。在那間教堂的古舊鐘樓上，一具聲音粗啞老鐘總是靜靜地從牆上那扇哥德式的窗戶，向下偷窺著史古治。如今鐘樓已經消失了，它躲在雲霧裡敲著時刻，鐘聲顫顫巍巍，彷彿它的牙齒在結了冰的腦袋底下不停打顫。寒意也加深了，在大街上、庭院轉角處，有幾名工人正在修理煤氣管，他們的火盆裡燒著熊熊烈火，周圍聚集了一群衣衫襤褸的大人和小孩：他們興奮地烘著手，在炙熱的火光下不停地眨眼。水龍頭孤單地被遺忘在一旁，溢出來的水瞬間凝結成憤世嫉俗的冰珠。在明亮的商店裡，冬青樹枝和漿果被櫥窗燈烘烤得劈啪作響，路過行人凍白的臉也被櫥窗燈照得紅通通。賣雞鴨的攤子和雜貨鋪裡的交易構成一副有趣的畫面：在這麼熱鬧的地方，竟然還有人在玩討價還價這種乏味的招數，眞叫人難以相信。住在門禁森嚴官邸裡的市長大人，命令五十位廚師和管家準備好一切市長家裡慶祝聖誕節應該要有的物品；甚至連那名小裁縫，他上星期一才因爲酒醉在街上鬧事被罰了五先令，也在他的小閣樓裡攪拌著明天要用的布丁。他瘦弱的妻子則揹著孩子外出買牛肉去了。

霧變得更濃，也更冷了！刺骨的寒意像刀一樣尖銳、像針一樣扎人。假如聖鄧斯頓主教不是用他熟悉的武器，而是在像現在這樣的天氣裡，去掐住惡魔的鼻子，那我可以肯定牠會吼叫得更大聲、更狂放。一個鼻子小小、混身上下飢寒交侵的像被狗啃過似的小孩，正彎下身來對著史古治的鑰匙孔唱聖誕頌歌，想博取他的歡心。但是這孩子才剛唱到

「上帝祝福你，

快樂的紳士，

願你無憂無慮！」

史古治就猛地抓起一把尺，大動作嚇得小歌手一溜煙地逃開，把鑰匙孔讓給了濃霧，或是說得更貼切一點，是讓給了寒冬。

終於下班時間到了。史古治不情願地從凳子上站起身來，默默地接受小房間裡滿心期待的職員已經可以下班的事實。他立刻熄滅蠟燭，戴上帽子。

「你明天整天都不會來，我猜的對吧？」史古治問。

「如果您方便的話，老闆。」

「不方便，」史古治說，「也不公平。假如我因此而少發你半克朗（註1），我想你一定會認為我在苛刻你吧？」

職員怯懦地笑了笑。

「而且，」史古治說，「我付了一整天的工資，卻沒人工作，但是你一定不會認為這對我是不公平的。」

職員表示一年才這麼一次而已。

「這只不過是個在每年十二月二十五日，從別人的口袋裡扒竊的卑劣藉口而已！」史古治說，一邊將大衣扣到下巴。「不過我猜你明天還是一定會請假。後天早上可要給我早點到！」

職員答應他一定會提早到；史古治嘮嘮叨叨地走了出去。一眨眼的功夫辦公室的門就關上了，職員圍著他白色的長毛圍巾，圍巾兩頭垂掛在腰間（因為他說他沒有大衣），跑下康希爾的斜坡，跟在一列男孩後面，說了至少二十次聖誕節前夕快樂，然後一路不停地跑回肯頓城，原來是趕著回家去玩捉迷藏。

史古治在他常去的沉悶小酒館裡吃著他鬱悶的晚餐；看完了所有報紙後，他欣賞著他的銀行存摺，愉快地度過這個晚上，然後回家上床睡覺。他住的公寓是他已逝的合夥人所留下的，這棟陰沉建築物裡頭全是一樣幽暗的套房。房子蓋在院子裡，住客稀少到讓人不禁以爲它一定是在還年輕的時候，因爲和其他的房子玩躲貓貓而藏到這裡來，卻忘了怎麼走出去。它的屋齡太老舊、加上陰森的恐怖，所以除了史古治之外沒有人願意住在這裡，其他房間則全是出租辦公室。這時的院子漆黑一片，就連熟知這裡每塊石頭位置的史古治，也必須伸長手臂摸索著前進。濃霧和冰冷的空氣瀰漫在老舊的黑色大門前，像是掌管天氣的精靈正坐在門檻上，哀傷地沉思著。

眼前的事實是門上的叩環沒有什麼特別的，只是很大而已。自從史古治開始住進這裡後，他每天早晚都會見到這個門環也是個事實。他和其他住在倫敦城的所有人——大膽一點地說——甚至包括商人、市府官員和僕人一樣，缺乏所謂的想像力。還有件我們也必須牢記在心的事是，自從這個下午史古治提到他那已過世七年的夥伴後，他就再也沒有想起馬立過。那麼，有人可以跟我解釋爲什麼當史古治拿起鑰匙插進門鎖時，看著門環——一成不變的門環——看到的卻是馬立的臉？

馬立的臉。它不像院子裡的其他東西那樣只是一團黑影，而是被一道黯淡的光圈包住，像一隻黑暗的地下室裡腐壞的龍蝦。它既不生氣也沒有猙獰的表情，只是像以前馬立常看著史古治那樣地看著他；一副怪異的眼鏡推高到鬼魅的額頭上。頭髮詭異地飄動，像是有呼吸或熱氣在吹；還有，雖然兩眼睜得老大，卻眨也不眨一下。這副怪模怪樣再加上死白的臉色，眞是一張恐怖至極的臉。不過恐怖的氣氛似乎和臉無關，也非這張臉所能控制，那並不屬於它的表情。

當史古治仔細盯著這怪東西瞧時，它又變回門環了。

要說史古治沒有嚇一跳，或是心裡沒有感受到一股生平未曾有過的恐懼，那是騙人的。但是他還是把手伸到剛才鬆開的鑰匙上，堅定地開了門，走進屋裡，然後點亮蠟燭。

不過，在關上門之前，他的確遲疑了一下；他也的確先小心翼翼地查看了門的後面，似乎已做好部分心理準備，會看見馬立的辮子從門板上突然伸出來嚇壞他。但是門的後面除了幾根固定住門環的螺絲釘和螺絲帽之外，什麼也沒有。於是他「呸！呸！」了兩聲後就碰地一聲用力關上大門。

關門聲像打雷一樣迴盪在整間房子裡。樓上每個房間，還有地下室酒窖裡的每個酒桶，似乎都各自發出不同的回音。但區區回音可嚇不了史古治，他把門鎖緊，慢慢地穿過走廊、走上樓梯，還一邊修剪手上蠟燭的燭芯。

你可能很難想像一輛六匹馬拉的馬車是怎麼爬上一大段老舊的樓梯，或是如何能通過一起剛出爐但漏洞百出的國會法案；但我要說的是你可以把一部靈車弄到這段樓梯上，輕鬆地把它打橫，讓車前的橫木對著牆壁，後車門對著樓梯扶手。這段樓梯很寬，還有很大的空間；或許這就是為什麼史古治會以為自己看見他前面有輛會動的靈車，在黑暗中往上開。外頭街上約莫六七盞左右的煤油燈，連門口都照不亮了，所以你可以想像到，光憑史古治手上那一小段蠟燭照明的樓梯間有多陰暗了。

史古治繼續往上走，不把黑暗當一回事。反正黑暗又不用錢，凡是不用錢的東西都是他的最愛。但是在關上他厚重的房門前，他還是到其他房間裡巡了一遍，確定沒有任何異狀。一想到剛才那張臉，他就覺得非這麼做不可。

客廳、臥室、儲藏室，都是原來的樣子。沒有人躲在桌子或沙發底下；壁爐裡生著小小的火，湯匙和碗盆都擺放定位，用來煮粥的小平底鍋（史古治有點小感冒）也還在爐架上。沒有人躲在床底下和衣櫥裡，在牆上掛得很可疑的那件睡袍裡也沒有躲著人。儲藏室裡也和平常一樣，老舊的火爐柵欄、幾雙舊鞋、兩只魚簍，還有一座三腳盥洗臺和一隻火鉗。

史古治非常滿意地關上他的房門，將自己鎖在裡面——還上了兩道鎖，這不是他平常的習慣。保護好自己不會受到意外驚嚇後，他解開領結，換上睡袍和拖鞋，戴著睡帽，坐在火爐前吃他的粥。

爐火真的很小；在如此酷寒的夜裡跟沒生火沒什麼兩樣。他必須緊靠著壁爐，身體盡可能傾向爐火，才能從一塊手掌大小的煤炭中獲得些許暖意。這個老舊的壁爐是很久以前一個荷蘭商人打造的，四周鋪滿奇特的荷蘭磁磚，拼貼出聖經故事的圖畫；有該隱和亞伯、法老王的女兒、席巴女王、從羽毛床般的雲上降臨的天使信差、亞伯拉罕、伯沙撒王，以及乘坐像奶油碟的淺船出海的使徒們。上頭有幾百個足以吸引史古治注意的人物，但是馬立的臉，已經死了七年的馬立，他的臉像古代先知揮舞的手杖一樣，吞沒了壁爐上所有人物。如果每塊光滑的瓷磚原先都是空白沒有圖樣的，而且有辦法把他雜亂的思緒賦予形體並浮現出來的話，那麼每塊瓷磚上頭一定都有張老馬立的臉。

「唬爛！」史古治都嚷了一聲，開始在房裡踩起步來。

來回繞了幾圈之後他又坐了下來。當史古治把頭靠在椅背上時，他的視線碰巧停在一只廢棄的銅鈴上。這只銅鈴先前是用來和這棟公寓最高樓的某個房間聯絡用的，至於聯絡些什麼事情，和它如今掛在這裡的原因一樣早已不復記憶。他突然感到有種無以名狀的恐懼緊揪住他的心，因爲這銅鈴在他的注視下，竟然就這麼搖晃了起來。起先它晃動得非常輕慢，幾乎沒有發出一絲聲響；沒多久之後，鈴聲大作，連房子裡的每個鈴和鐘都跟著響了起來。

這情況持續了大約半分鐘，或最多一分鐘，但感覺上卻像有一個小時這麼久。剛剛同時開始響起的所有鈴和鐘，現在又同時停止了。接著是樓下傳來的一陣鏗鏘的金屬碰撞聲，聽起像有人拖著一條粗重的鎖鍊，在地下室酒窖的酒桶上走過去。史古治這時突然想起他曾經聽人家說過，在鬧鬼的房子裡，鬼都是拖著鐵鍊走的。

地下室的門發出砰的一聲飛開了，底下的聲響變得更大聲；然後聲音上了樓梯，直朝著他的房門而來。

「別再唬爛了！」史古治說，「我才不相信這是眞的！」

不過，當下一刻它穿過那扇厚重的門，一路走進屋裡，來到他眼前時，史古治強作鎭定的臉色終究還是棄守了。它一進來，原本幾乎要熄滅的火焰突然一下竄了上來，彷彿在叫著：「我認識他！是馬立的鬼魂！」然後又落了下去。

同樣一張臉：一模一樣。紮著辮子的馬立，穿著他常穿的背心、緊身褲和靴子；靴子上的流蘇豎立著，和他的辮子、衣擺與頭上的頭髮一樣。他拖的那條鐵鍊緊扣在他的腰際上，像條長尾巴圈繞住他；這條鐵鍊（在史古治仔細觀察下）是用錢箱、鑰匙、鎖頭、帳簿、契據，以及鋼製的厚重錢包所串成。他的身體是透明的：所以史古治在觀察他時可以一眼看穿他的背心，看見衣服後面哪兩顆鈕扣。

史古治過去常聽聞馬立是個沒心肝的人，以前他都不當一回事，直到現在他相信了。不，即使是現在，他也無法相信。雖然他看透了這個幽靈，看到他站在眼前；即便他感覺得到那雙死亡般冰冷的眼神，讓他寒顫不止；就算他也注意到包住鬼頭和下巴的圍巾，是他從未見過的材質：他還是不相信這一切是眞的，還在抗拒自己的理智。

「怎麼樣！」史古治說，語氣一如往常的刻薄、冷酷。「你找我有什麼事嗎？」

「找你的事可多著呢！」這是馬立的聲音，毫無疑問。

「你是誰？」

「你該問的是我以前是誰。」

「那麼，你以前是誰？」史古治提高了音調說。「就鬼而言，你用字還挺仔細的。」他本來是要說「做鬼還那麼挑剔」，但最後還是選擇了比較適當的說法。

「還活著的時候，我是你的合夥人，雅各·馬立。」

「你可以——你可以坐下來嗎？」史古治問，一臉懷疑地看著他。

「可以。」

「那麼，坐吧。」

馬立的鬼魂

史古治會這樣問，因爲他不知道一個這麼透明的鬼魂是不是可以讓自己在椅子上坐下來；要是做不到，它可能要尷尬地解釋一下了。但是幽靈輕易地坐到壁爐對面的椅子上，好像他很習慣這麼做似的。

「你不相信我是眞的。」鬼魂先開口說。

「我是不相信啦。」史古治回答。

「除了你的理智之外，你還要怎樣的證據才會相信我眞的存在？」

「我不知道。」史古治說。

「你爲什麼要懷疑自己的感覺呢？」

「因爲，」史古治說，「一點小事就會影響我的感覺，就像肚子稍微不舒服會造成感覺不可靠一樣。你可能是一塊還沒消化的牛肉、一團芥末、一小片乳酪，或是一小塊半生不熟的馬鈴薯。不管你是什麼東西，要我相信你是鬼，我還寧願相信你是一鍋肉汁咧！」

史古治不習慣說笑話，這時他心裡也沒有半點要耍嘴皮的意思。事實上，他只是想藉著裝出一副機靈的樣子，好分散自己的注意力，壓抑內心的恐懼；因爲鬼魂的聲音已經嚇得他心神不寧了。

他就這麼坐著，和那對眨也不眨、呆滯無神的雙眼互瞪，但才過一會兒，史古治就覺得渾身不舒服。而且那幽靈身上散發出的一種地獄般陰森的氣氛，也是恐怖得不得了。史古治自己沒有感覺到這點，但這卻是顯而易見的事實；因爲雖然那鬼魂動也不動地安坐著，但是他的頭髮、衣擺和流蘇，卻像被從火爐裡不斷冒出的熱氣吹拂下激動地飄揚著。

「你有看見這根牙籤吧？」史古治問道。他很快又再度出招，原因就像上面所提到的；他希望幽靈的呆滯目光能離開他身上，就算只有一秒也好。

「看見了。」鬼魂回答。

「你沒有看著它啊。」史古治說。

「但是我看得見它。」鬼魂答道。

「好吧，」史古治說，「看來我只好忍受這一切了。我想我的後半輩子應該擺脫不了一大群我自己想像出來的小鬼緊緊糾纏吧。胡鬧！我告訴你，這實在是太胡鬧了！」

一聽見這番話，鬼魂突然一陣恐怖的號叫，同時搖動鐵鍊，發出讓人魂飛魄散的陰慘聲響。史古治嚇得緊抓住椅子，以免就這麼昏了過去。但是更恐怖的還後頭。好像覺得房裡太過溫暖似的，這時幽靈開始摘下綁在頭上的頭巾，卻讓下巴因此掉到了胸前！

史古治雙膝一軟，癱跪在地上，雙手緊摀著臉。

「饒了我吧！」史古治叫道，「恐怖的幽靈啊，你爲什麼要來折磨我呢？」

「你這個庸俗的凡人！」鬼魂回答，「你現在還不相信我是眞的了嗎？」

「我相信！」史古治說，「我不得不相信。但是爲什麼幽靈要來到人間，又爲什麼要找上我呢？」

「是人皆需如此，」鬼魂答道，「在每個人身體裡的靈魂都必須跟著他的夥伴到外面走走，去接觸人群、雲遊四海；假如它在生前沒有這麼做，死後它會被判定必須彌補它死前沒做到的地方。它註定要浪跡天涯——噢，我好可憐啊！要目睹那些生前才能分享得到，而如今已無福消受的幸福。」

然後鬼魂又吼叫了一聲，搖動著鐵鍊，幻影般虛無的雙手緊緊交纏。

「告訴我，」史古治說，聲音顫抖著。「你身上爲什麼栓著鐵鍊？」

「這是我生前打造的鐵鍊，」鬼魂回答，「是我一節一節、一碼一碼親手鑄造的；我自願把它纏在身上，將來也自願戴著它。難道你認不出來它的樣式嗎？」

史古治發抖得更厲害了。

「還是你想知道，」鬼魂接著說，「你身上那條鐵鍊的重量和長度呢？在七年前的聖誕夜它就和我身上這條一樣重、一樣長了。從那時候起你又不停地加工鍛造它。現在它已經是條無比沈重的粗大鐵鍊了。」

史古治環顧四周的地板，想看看自己是不是被一條五六十噚（註2）長的鐵鍊圍住；不過他什麼都沒看到。

「雅各！」他哀求道。「老雅各．馬立，再多告訴我一點。多說點可以讓我感到安慰的話，雅各！」

「我沒什麼可以安慰你的，」鬼魂回答，「艾比尼佐．史古治，安慰的話來自另一個世界，由其他使者傳達給另一種人。我也不能告訴你我想說的話，我被允許可以說的話只有一點點。我不能休息、不能停留，也不能隨處徘徊。我的靈魂從沒離開過我們的帳房——注意聽我說——生前我的靈魂也從未踏出過我們那狹小的櫃台一步；而現在竟然有許多讓人乏味厭煩的行程在等著我呢！」

史古治在思考的時候，總是習慣把雙手插在褲子口袋裡。他現在就是這樣，一邊仔細推敲鬼魂方才說過的話，雙手一邊往褲子口袋裡伸。不過他仍舊跪在地上，頭也沒抬起來。

「那你趕路的動作一定很慢囉，雅各，」史古治一本正經地說，但看得出來他的謙卑與敬意。

「動作很慢？」鬼魂重複他的話。

「已經死了七年，」史古治若有所思地說。「還是一直在趕路？」

「這整整七年來，」鬼魂說。「沒有休息，不得安寧，只有懊悔與自責沒完沒了地折磨著我。」

「那你走得快嗎？」史古治問。

「像乘著風的翅膀一樣快。」幽靈回答。

「這樣的話，那你這七年來應該已經去過不少地方了吧？」史古治說。

鬼魂一聽見他這麼說，立刻又發出一聲哀鳴，把鐵鍊晃得鏗鏘作響，在這死寂的夜晚傳出如此駭人的聲響，恐怕連守夜人聽到都會以爲在什麼地方發生了犯罪事件。

「噢！那些像被手銬腳鐐禁錮、束縛的人啊，」幽靈哭喊道，「不會曉得百年來這世間的人終其一生不斷的付出，而所有的努力必須在他們百年之後才會開花結果！他們也不知道每個在自己小小的領域裡——無論他們做的是什麼——專心工作的基督徒，都在感嘆人生苦短，無法將自己的長處貢獻給更多的世人！他們更不明白再多的悔恨，都無法彌補一個人被虛擲的大好人生機會！我就是這樣！噢，我當時就是不明白啊！」

「可是，你生前的事業一直都很成功啊。雅各！」史古治結結巴巴地說著，試圖用這些話來讓自己鎮定。

「事業！」鬼魂喊著，又開始掐著雙手。「人類才是我的事業。眾人的福祉才是我的事業；佈施、救濟、寬容、行善，這些全都是我的事業。我做的那點小生意比起我應該做的事業不過是滄海一粟！」

幽靈伸長了手臂，將鐵鍊舉高，彷彿鐵鍊就是他所有徒勞無功的悲痛來源，又將它重重摔在地上。

「時光飛逝，在每年的此刻，」幽靈說，「是我最難過的時候。爲什麼我以前在人群中總是低著頭，從不曾抬起頭仰望那受祝福的星星呢？那顆曾引領三位智者，前往聖人誕生的破舊泥屋的星星。爲什麼以前沒有這道星光帶領我去到任何窮人家呢？」

史古治很怕鬼魂會再繼續這樣講下去，因爲他全身已經開始劇烈地顫抖了。

「聽我說！」鬼魂叫道。「我的時間快到了。」

「我會的，」史古治說，「但是不要再對我兇了。別再用那些艱難的詞語了，雅各！拜託！」

「爲什麼我這次用你看得見的模樣出現在你面前，我不會告訴你。但是我坐在你旁邊、但你卻看不見的時間已經不知道有多久了。」

知道這種事實在讓人高興不起來。史古治用顫抖的手抹去眉頭上冒出的冷汗。

「我贖罪所受的懲罰可沒有半點輕鬆，」鬼魂繼續開口。「今天晚上我來這裡是要警告你，你還有機會和希望可以避開和我一樣的命運。這是我專程為你帶來的機會和希望啊，艾比尼佐。」

「過去你一直都是我的好朋友，」史古治說。「謝啦！」

「還會有三個精靈來找你。」鬼魂繼續說。

史古治的臉色頓時變得更蒼白，簡直和鬼魂沒兩樣。

「這就是你說的機會和希望嗎，雅各？」他問道，聲音顫抖著。

「沒錯。」

「我想——我想，那就算了。」史古治說。

「要是不讓它們來拜訪你，」鬼魂說，「你就無可避免會步上我的後塵了。明天夜裡鐘敲一點鐘的時候，準備好迎接第一位精靈吧。」

「我可不可以請它們三個一起過來，一次把事情解決呢？雅各？」史古治問。

「後天晚上同一時間，準備迎接第二位到訪。第三位會在後天晚上，十二點鐘的最後一聲鐘響停止後出現。別指望還會再見到我；還有，為了你自己著想，別忘了我們之間的對話！」

說完這幾句話，幽靈從桌上拿起它的頭巾，像剛出現時那樣綁在頭上。聽見牙齒的碰撞聲，史古治知道幽靈的下巴已經被頭巾接回去了。他鼓起勇氣抬起頭看，發現他這位超自然的訪客直挺挺地站在他面前，鐵鍊一圈圈地纏繞在手上。

幽靈面對著他往後退；每走一步，窗戶就自動往上升一點；當幽靈退到窗邊時窗戶已經全開了。它點點頭，示意要史古治走向它，史古治照做了。當他們之間距離不到兩步時，馬立的鬼魂舉起手來，要他別再往前走。史古治便停下腳步。

史古治這樣做並非是對幽靈唯命是從，而是出自於驚嚇過度。因爲當他一看見幽靈舉起的手，就聽到外頭傳來混亂的嘈雜聲。那是斷斷續續的慟哭與悔恨聲，是無法形容的哀戚與自責的啜泣聲。幽靈傾聽了一會兒之後，也加入了這首的哀悽輓歌；它飄出窗外，飛進荒涼、漆黑的夜空裡。

在好奇心的驅使下，史古治跟著走到窗前，向外張望。

外面滿滿的都是幽靈，它們嗚咽地哀鳴著，一刻也無法停止，匆匆忙忙卻又漫無目的地四處飄蕩。它們每個都和馬立的鬼魂一樣，身上纏著鐵鍊；有幾個（生前可能是犯罪的官員）被綁在一起；沒有一個是自由的。有許多幽魂生前是史古治認識的，他和其中一個穿著白背心、腳踝上繫著巨大鐵製保險箱的老幽靈還在世時很熟。老幽靈哭得很悽慘，因爲他看見坐在底下門檻上抱著嬰兒的婦女，卻無法幫助她。所有幽靈的痛苦，很顯然都是因爲它們想用人的方式爲他們做點好事，但卻永遠喪失了這個能力。

史古治無法確定究竟是這些幽魂漸漸消失在濃霧中，還是霧氣遮掩了它們。總之這些幽靈和它們的哭聲都一起消失了，夜晚又恢復成他剛回家的樣子。

外面滿滿都是幽靈

史古治關上窗戶，也仔細檢查了鬼魂走進來的那扇門。門上了兩道鎖，和他方才親手鎖上的一樣，門閂也沒被動過。他本想罵一句：「唬爛」，但才說了第一個字就住嘴了。也許是受到剛才的情緒波動影響，或許是一整天的疲累，也或許是他對靈界的匆匆一瞥，或許是與馬立那番乏味的對話，又或許只是夜深了，現在的他極度需要睡眠。史古治直直地走到床前，衣服也沒脫，就直接躺下來睡著了。

第二節　三精靈之一

史古治醒來時，天色一片漆黑，他從床上看過去，幾乎分不清哪裡是透光的窗戶，哪裡是臥室內黑暗的牆壁。他努力以貂一般銳利的雙眼在黑暗中搜索，聽見附近的教堂敲起鐘響。他使留神傾聽現在是幾點鐘。

出乎他意料之外的是，沈重的鐘聲竟然六下敲到七下，再從七下敲到八下，最後一直敲到十二下才停了下來。十二下！他上床時已經超過兩點了。這鐘肯定壞了，一定有根冰柱卡在裡面。十二下！

他按下報時表的彈簧，想知道這荒謬的鐘錯得有多離譜。小指針迅速地敲了十二下，然後停了下來。

「爲什麼？這不可能啊？」史古治說，「我怎麼可能睡了一整天，又繼續睡到隔天晚上。也不可能是太陽出了什麼問題，其實現在是中午十二點吧！」

他越想越不安，連忙狼蹌地爬下床，摸索著走到窗邊。他得先用睡袍的袖子把玻璃窗上的霜擦掉，才能看見窗外的景象；不過能見度依舊很低。他能夠看得出來的就是外頭霧氣還是很重，還是一樣很冷，街上沒有行人的走動和喧鬧的嘈雜聲。彷彿毫無疑問的黑夜已經擊敗白晝，佔據了這個世界，才會有現在這個樣子。如果是這樣，也倒挺叫人感到欣慰，因爲沒有日子可以數了之後，像是「見票後三日天即付款於艾比尼佐．史古治先生」等諸如之類的東西，就只不過是一張叫做美國債券的廢紙罷了。

史古治又回到床上，他想了又想，想了又想，就是想不出個結果來。他越想就感到越混亂；他越努力不去想，就越想越多。

馬立的鬼魂在他腦海裡揮之不去。每當他慎重的反覆推敲過後，在心裡認定這一切都只不過是場夢時，他的理智就會像拉緊後鬆開的強力彈簧一樣，瞬間回到原點，又對他提出同一個問題，重頭再想一遍：「這究竟是不是一場夢？」

史古治就這麼一直躺著，直到聽見鐘敲了三刻鐘，他才猛然想起昨夜的鬼魂曾經警告過他，當一點的鐘聲響起時，會有個精靈來找他。他決定清醒地躺著，等待時間過去。更何況在這當下要他睡著簡直比要他上天堂還難，或許這是他目前能做的最明智的決定了。

這一刻鐘是如此漫長，讓史古治不只一次認爲，自己一定是在不知不覺中打了瞌睡，才會錯過整點的鐘聲。最後，鐘聲終於傳到他專注傾聽的耳裡了。

「叮、咚！」

「過了十五分鐘了，」史古治數著。

「叮、咚！」

「過了半小時了，」史古治說。

「叮、咚！」

「還有十五分鐘，」史古治說。

「叮、咚！」

「整點了，」史古治得意洋洋地說，「什麼都沒發生嘛！」

他這話剛說完，整點的鐘聲就響了。低沉、單調、空洞，憂鬱的一點鐘鐘響。就在一瞬間房裡亮了起來，床帷也被掀了開來。

我可以告訴各位，他的床帷是被一隻手掀開的。不是在腳邊的床帷，也不是背後的，而是掛在他面前的帘子。他的床帷被拉到一邊；史古治半撐起身，發現自己正面對著這位動手拉開它們的靈界訪客：他們兩個近到就像我和你現在這麼近，我的靈魂就站在你的手肘邊。

它的外型怪異——像個小孩；但又不太像小孩，反而像個老頭，因爲從它超自然的形體來看，像是身體逐漸縮小，到最後縮小成小孩子的比例。它那像是因爲年紀而花白的頭髮披散在頸後，垂到背上；但是臉上卻沒有一絲皺紋，皮膚更發散出青春正盛的紅潤色。它的手臂很長、肌肉發達，一雙手掌也是，彷彿擁有非比尋常的握力。它的腿和腳形狀優美，和上肢一樣赤裸。它穿著一件潔白的緊身短上衣；腰間束著一條閃亮華麗的皮帶。手上還拿著一段剛摘下來的綠色冬青樹枝；而與這冬天的象徵成強烈對比的是它裝飾在衣服上的夏日花朵。然而最詭異的是從它的頭頂上蹦射出一道明亮清晰的光芒，就是因爲這道光，史古治才得已看清它身上的一切。毫無疑問的，當它不用這道光時，就會用它現在夾在腋下的那頂大帽子，戴到頭上將光熄滅。

即便如此，當史古治益發專注地盯著它瞧時，卻發現這還不是它身上最奇怪的地方。因爲當它的腰帶這裡閃一下、哪裡亮一下的時候，剛發亮的部分會在下一刻瞬間變暗，精靈的身體也跟著光浪而改變。有時只有一隻手，一下又變成只有一條腿，然後又變出二十條腿，接著變成有兩條腿沒有頭，一會兒又成了只有頭沒有身體：消失的軀體部分沒有留下輪廓，直接融進深邃的黑暗裡。然後很奇妙的，它又變回原先的樣子；和之前一樣清楚。

「先生，請問，你就是那位精靈嗎？有人告訴我要來找我的精靈嗎？」史古治問。

「我就是！」

它的聲音輕柔溫和，異常低沉，彷彿不是面對面的距離，而是發自遠處。

「你是誰？你是做什麼的？」史古治問。

「我是『過去的聖誕精靈』。」

「很久以前的過去嗎？」史古治問道，邊打量著他矮小的身材。

「不是，是你的過去。」

如果有人問史古治，恐怕他也說不上來，爲什麼他會有這種奇怪的衝動，想看看精靈把帽子戴上的樣子。他要求精靈戴上帽子，遮住那道光。

「什麼！」精靈叫了出來，「你這麼快就要用你那世俗的手撲滅掉我給你的光了嗎？是你和其他人的狂熱造了這頂帽子，還強迫我將它壓低到眉毛上一直帶了好幾年，難道這樣還不夠嗎？」

史古治恭敬地表示他絕無任何冒犯之意，也否認他有生之年曾經逼迫過任何精靈「戴帽子」這件事。接著，他不客氣地詢問是什麼風把精靈給吹來的。

「是你的福祉！」精靈說。

史古治嘴上說他不勝感激，但又不禁想到要是能夠不被打擾，好好睡上一晚，恐怕才是爲他的福祉著想吧。精靈一定聽見了他在心裡想的話，因爲它立刻接著說——

「那麼，就說我是爲了你的改過自新而來吧。注意聽好！」

它一邊說，一邊伸出強壯的手，輕輕地抓住他的手臂。

「起來！跟我走！」

就算史古治再怎麼懇求，說現在的天氣和時間實在不適合到外頭散步；說床這麼溫暖，而溫度計的刻度已經遠低於零下；說他只穿著拖鞋、睡袍和睡帽太過單薄；還是說他現在有感冒等，全都是白費力氣。握住他的手儘管像個女人一樣柔弱，卻是無法掙脫。他只好起身，但卻發現精靈帶著他往窗邊走去，他緊抓住它的袍子哀求它。

「我只是個凡人，」史古治抗議，「會摔下去的。」

「記得，只要碰到我的手，」精靈說，把手放在他胸口上，「你就會飛得很高了。」

話才剛說完，他們就穿牆而出，站在一條開闊的鄉間道路上，兩旁盡是田野。倫敦已經完全消失了，連一點城市的痕跡也看不見。黑暗和濃霧也跟著消失了，因爲眼前是個晴朗、寒冷的冬日，地上還覆蓋著皚皚白雪。

「我的老天啊！」史古治說，他看著四周的景物，雙手緊握。「這是我長大的地方啊。我的童年就是在這度過的！」

精靈和顏悅色地看著他。儘管它的碰觸既輕微又短暫，卻似乎觸動了老人的心弦。他感覺到空氣中飄浮著上千種香味，每種氣味都勾起千百個被他遺忘許久的掛念與希望，快樂和憂愁。

「你的嘴唇在發抖，」精靈說。「還有在你臉頰上的是什麼東西？」

史古治用一種少見的哽咽聲音，含糊地說那只是臉上的疙瘩。他央求精靈帶他到他想去的地方。

「你還記得路嗎？」精靈問他。

「記得！」史古治興奮地叫了出來。「我矇著眼睛都會走。」

「那你還把它忘了這麼多年，這也眞奇怪！」精靈發表它的感想。「那我們走吧。」

他們沿著路走，史古治認得路上每個門戶、每根柱子和每一棵樹。他們走著，直到遠方出現一座有橋、教堂，和一條蜿蜒河流的小鎭。幾個男孩子騎著毛茸茸的小馬朝他們奔來，一邊對坐在農夫駕駛的二輪馬車和四輪貨車裡的其他男孩子打招呼。每個男孩都精神抖擻，叫著彼此的名字，廣闊的田野裡充滿歡樂的聲音，清爽的空氣中迴盪著年輕的笑聲。

「這些只不過是過去的幻影罷了，」精靈說。「他們感覺不到我們的。」

這些歡樂的騎士過來了；當他們靠近時，史古治認得而且可以叫得出他們每個人的名字。爲什麼看見這些孩子會讓他欣喜若狂？爲什麼當他們奔馳而過時，他冷漠的眼神閃耀著光芒，心跳會加速呢？爲什麼當他聽見孩子們在岔路口分道揚鑣，在各自回家前互祝聖誕快樂時，心裡會滿是喜悅呢？聖誕快樂對史古治而言是什麼？聖誕快樂個屁！它曾給過他什麼好處嗎？

「學校裡的人還沒全走光，」精靈說。「有個孤單的孩子，朋友們都不理他，還一個人留在那裡。」

史古治說他知道，然後開始啜泣起來。

他們離開大馬路，走上一條史古治熟悉的小徑，不久便來到一棟暗紅色的磚屋前，屋頂的圓塔上有隻小小的風向雞，塔裡懸掛著一只鐘。這是棟大房子，但破舊不堪；偌大的辦公室鮮少有人進出，牆壁潮濕又佈滿青苔，窗戶破了好幾個，門也都腐朽了。有幾隻雞在馬廄裡咯咯叫，趾高氣昂地來回漫步；馬車房和一旁的小屋長滿了雜草。主屋裡也失去了往昔的光采；他們走進淒清的大廳，從許多敞開門的房間看進去，發現裡頭佈置簡陋，既冷清又空曠。空氣裡有股泥土味，在這個冷颼颼的荒涼之地，會讓人不禁聯想到過去有太多拿著蠟燭起床，卻還是找不到太多東西吃的日子。

精靈和史古治穿過大廳，來到屋後的一扇門前。門在他們面前打開，露出一間狹長、空曠又陰森的房間，裡頭幾排簡陋的長板凳和書桌反而讓它更顯空洞。有個落單的男孩子坐在其中一組桌椅前，正緊挨在微弱的爐火旁讀書。史古治在長凳上坐下來，流著淚看著那個以前總是一個人讀書，如今已被他遺忘的可憐的自己。

潛伏在屋子裡的回音、牆壁嵌板裡老鼠的吱吱叫聲和打鬥聲、屋後陰鬱的院子裡半凍排水管的滴水聲、沮喪的白楊樹對著葉子盡數枯落的枝椏發出的歎息聲、空倉庫的房門單調的轉動聲，和火爐傳出的爆裂聲，聲聲都傳進史古治的心坎，軟化了他的心防，眼淚不停地流下來。

精靈碰碰他的手臂，指著他年輕時專心唸書的自己。突然間有個穿著異國服裝的男子，看起來是那麼眞實而清楚，出現在窗外。他的腰帶上插著一把斧頭，牽著一匹載滿木材的驢子。

「啊，那是阿里巴巴！」史古治興奮地大叫。「是親愛的、正直的老阿里巴巴！對，對，我知道。有一年的聖誕節，那邊那個孤單的孩子又獨自一人留在這裡時，阿里巴巴眞的來過，那是他第一次出現，就像現在這樣。可憐的孩子。還有瓦倫汀，」史古治說，「和他野蠻的弟弟歐爾森；他們從那邊走過去了！還有那個誰，他睡著了以後只穿著內褲被丟到大馬士革門口那個，他叫什麼名字？你沒看到他嗎？還有被妖怪倒吊起來的蘇丹新郎；你看，他頭上腳下掛在那邊！他活該啦！看到他這副德行讓我太高興了。他憑哪一點可以娶公主啊？」

要是他在倫敦那些商場上的朋友們，聽見史古治竟然用這種又哭又笑怪異的聲音，熱切地談論這些話題，或是看到他那興奮激動的神情，肯定會大吃一驚，一定會！

「那隻鸚鵡在那裡！」史古治喊著。「綠色的身體和黃色的尾巴，頭頂上有撮像萵苣的東西；他就在那裡！『可憐的魯賓遜．克魯索』，當他繞著荒島航行一週，再度回到家時，鸚鵡就是這麼叫他的。『可憐的魯賓遜．克魯索，你到哪裡去了？魯賓遜．克魯索。』這人以爲他在做夢，但其實不是。是那隻鸚鵡在叫，你知道的。還有那個星期五，他死命地跑向那個小海灣！喂！呦！嘿！」

然後，他突然一反常態，開始可憐起以前的自己。他說：「可憐的孩子！」又哭了起來。

「我希望，」史古治用袖口擦乾眼淚後，把手伸進口袋裡，環顧四周，喃喃自語說：「但是現在已經太遲了。」

「怎麼了？」精靈問道。

「沒事，」史古治說。「沒什麼事。我只是想到昨天晚上有個孩子在我的門口唱聖誕頌歌。我應該要給他點賞錢還是什麼的才對：就這樣。」

精靈若有所思地笑了笑，揮了揮手，說：「我們來看看另一個聖誕節吧！」

話剛說完，史古治的童年身影便長大了些，房間變得稍暗，也更髒了點。牆壁嵌板縮小了，窗戶也裂了；天花板的灰泥碎片剝落，看得見一根根裸露的木板條。這副景象是怎麼回事，恐怕史古治知道的不會比你多到哪去。他只知道眼前這一切都很正確；和過去發生過的每件事一樣真實。當其他孩子們都開心地回家過節時，青少年時期的史古治還是一個人孤零零地留在那裡。

他這次沒有在讀書，而是無精打采地來回踱步。史古治看著精靈，然後一臉憂傷地搖了搖頭，焦急地望向門外。

門打開了；一個比男孩小多了的小女孩飛奔進來，雙手環抱住男孩的頸子，不停地親吻他，叫他：「親愛的，親愛的哥哥。」

「我來接你回家了，親愛的哥哥。」小女孩邊拍著手，邊笑彎了腰說。「接你回家。回家，回家！」

「回家嗎？小芬。」男孩問道。

「對呀！」小女孩滿心歡喜地說。「回到家就再也不離開了，永遠都住在家裡。爸爸現在比以前慈祥多了，現在家裡就像天堂一樣！有個可愛的晚上，我要上床睡覺時，他很溫柔地跟我說話，所以我就不怕再問他一次你可不可以回家；他說當然，你可以回家，還派了馬車讓我來接你回家。你就要變成大人了！」小女孩張大了眼睛接著說：「而且永遠都不用再回來這裡；不過，我們首先要在一起度過這個聖誕假期，享受全世界最歡樂的時刻！」

「你已經像個大人了，小芬！」男孩說。

她拍著手笑了出來，想伸手摸摸他的頭；但是因爲個子太矮搆不著，便又笑了起來，踮起腳尖擁抱他。然後她帶著稚氣的臉龐，急切地拉著男孩往門外走；而他也心甘情願地跟著她走。

大廳傳來一陣可怕的叫聲：「那邊的！把史古治少爺的箱子搬下來！」出現在大廳裡的是校長本人，他以兇惡又高傲的態度瞪著史古治少爺，還跟他握手把他嚇到半死。然後校長將史古治和他妹妹帶到一間老舊至極、冷到讓人發抖的高等會客室去，裡頭掛在牆上的地圖和窗邊的幾個星象儀與地球儀都覆蓋著冰霜。校長拿出一瓶淡得出奇的葡萄酒和一塊硬蛋糕，把點心分給這兩個年輕人；同時他還派一位瘦弱的僕人，去問車伕要不要「喝一杯」。車伕回答說他很感激這位紳士，但如果是他以前喝過的那種酒的話，那他寧可不喝。這時史古治少爺的行李已經綁在馬車上了，孩子們興高采烈地向校長道別，然後上了馬車。車伕駕著馬車開心地駛過花園的彎道，快速轉動的車輪像浪花一樣，濺起了常青樹深色樹葉上的白霜和雪花。

「她一直都是這麼纖細、弱不禁風的，」精靈說。「卻有副寬闊的胸懷！」

「是啊，」史古治說。「你說的沒錯。這點我無從反駁起，精靈。上帝不許我反駁！」

「她死的時候已經是個大人了，」精靈說，「而且，我想，應該有孩子了。」

「她有一個小孩。」史古治淡淡地說。

「沒錯，」精靈說。「是你的外甥嘛！」

史古治心裡似乎有點不安，只回答了一個字：「對。」

雖然他們才剛離開學校不久，現在就已經來到城市繁忙熱鬧的大街上了。路上行人模糊的身影熙來攘往，還有搶道的貨車和馬車的黑影爭先恐後地駛過，一個眞實的城市該有的紛擾喧囂這裡一應俱全。從路旁商家的佈置看來，很顯然這裡也是又到了聖誕節的時候了。時間已經是晚上了，路燈都亮了起來。

精靈在一間店門口停下來，問史古治認不認得這裡。

「認得！」史古治說，「是我以前當學徒的那家店嗎？」

他們走進店裡，看到一位戴著威爾斯假髮的老人坐在一張很高的辦公桌後面。要是他再高個兩吋，他的頭一定會撞上天花板。史古治一見到他，就興奮地大叫：

「怎麼可能！是老費茲維克！願上帝保佑他的心臟，老費茲維克復活了！」

老費茲維克放下筆，抬頭望向時鐘，時針指著七點鐘。他搓搓手，整理一下寬大的背心，開懷大笑起來，從頭到腳都是一副慈祥和藹的模樣。他用一種讓人聽來很舒服、圓潤、響亮又愉悅的聲音喊著：

「呦喝，快過來！艾比尼佐！狄克！」

過去的史古治現在已經是位少年了。他輕快地跑了進來，後面跟著他的學徒同伴。

「那是狄克．威金斯。我確定！」史古治對精靈說。「天啊，沒錯。就是他。他那時跟我很要好。是狄克，可憐的狄克！親愛的，親愛的狄克啊！」

「呦喝，孩子們！」費茲維克說。「今晚不用在工作了，今天是聖誕夜呢，狄克。要過聖誕節囉，艾比尼佐！把門板關上，」費茲維克清脆地拍著手說，「動作越快越好！」

你絕對不相信聽了這番話之後，兩個年輕小伙子的動作有多敏捷！他們抬著門板衝到街上——一、二、三——門板擺好定位——四、五、六——推上門閂，扣上鎖——七、八、九——你還來不及數到十二，他們就已經跑回來了，像終點線的賽馬一樣不停喘氣。

「嘿呦！」老費茲維克喊著，從那張高辦公桌上跳下來，動作優美而靈活。「把東西搬開，孩子們！清出一大塊空間來！嘿呦，狄克！動作快，艾比尼佐！」

把東西搬開！在老費茲維克的監督下，沒有什麼是他們沒有搬走的，也沒有什麼是他們沒辦法搬走的。所有東西在一分鐘內都搬走了。搬得動的東西都被裝箱放在一邊，彷彿它們已經永遠消失在眾人的生活中；地板掃過、也刷過了，每盞燈的燈芯也都修剪好了，火爐裡堆滿了燃料。整間店現在就像個舒適、溫暖、乾爽又明亮的舞廳，是你在寒冷的冬夜會想要進去的地方。

一位拿著樂譜的小提琴手走了進來。他站上高聳的辦公桌，把那裡當作演奏席，開始調音，但是聽起來像是有五十個胃痛的人同時發出的呻吟。接著進來的是費茲維克太太，臉上帶著大大的笑容。費茲維克家的三位小姐也來了，她們笑容滿面、討人喜歡的模樣，難怪後面跟著進來的六個年輕追求者，心都爲他們而碎。店裡僱用的年輕男女也都來了，連家裡的女傭和她當麵包師父的表哥一起來了。女廚師帶著哥哥的好朋友，送牛奶的一起來了。一個住在對面的男孩也進來了，大家都在猜他的老闆可能沒有給他足夠的食物吃；他想躲到住在隔壁第二間的女孩身後，那個老是被女主人揪住耳朵的小女孩。他們一個接一個，全都來了；有人個性害羞、有人大方，有人姿態優雅、有人看來笨拙，還有些人在那拖拖拉拉的；無論如何，他們全都到了。所有人分成二十對，開始跳舞；他們勾著手，繞了半圈再繞回來；半蹲下身再站起來；他們一輪又一輪跳著各種熱情的團體舞蹈。領舞的那對老舞者總是跳錯位置；下一對舞者走到那就成了新領頭，從剛才的地方重新開始；最後每一對都成了領舞者，後面都沒人了！出現這種情形時，老費茲維克拍拍手讓舞蹈停止，喊了聲：「跳得好！」然後小提琴手將他熱烘烘的臉埋進一罐黑啤酒裡，這罐黑啤酒正是專門爲此而準備的。但是，他似乎認爲休息對他而言是種藐視，於是他頭一抬，儘管底下還沒有舞者進場，又開始演奏起來。彷彿前一個小提琴手已經精疲力盡，被人用門板抬回家去了，而他是全新的樂手，下定決心要勝過上一個表演者，否則寧可一死。

他們又跳了幾支舞、穿插幾次處罰，又接著跳了幾支舞；現場有蛋糕、尼加斯酒、一大塊冷掉的烤牛肉和一大塊冷的水煮牛肉，還有甜餡餅和一大堆的啤酒。不過這聖誕夜的氣氛是吃完烤牛肉和水煮牛肉後才被炒熱的。小提琴手（注意！這傢伙精明得很！像他這種人最懂得見機行事，無需你我多言！）開始演奏「克維里的羅傑爵士」，老費茲維克先生站出來和費茲維克太太共舞。他們也是領舞的一對，這首曲子非常適合他們；後頭跟著二十三、四對不願被輕視的舞者。他們是來跳舞的，可不是來散步的。

不過，就算來的人數是現在的兩倍——喔！就算是四倍好了——老費茲維克也能應付得來，費茲維克太太也沒問題。說到費茲維克太太，她是在各方面都足以匹配老費茲維克的拍檔。如果你認為這句讚美還不夠好，請告訴我更好的，我會立刻採用。這時老費茲維克的小腿似乎射出一道耀眼的光芒，兩條腿舞動時像兩個月亮，照亮了他們的每個舞步。無論在什麼時候，你一定都猜不到他們下一步究竟要跳什麼。當老費茲維克和他太太跳完了這支舞，他們一個前進、一個後退，雙手牽著舞伴，一個鞠躬、一個屈膝；一個站立不動，另一個旋轉著前進，經過對方後再回到原位。最後老費茲維克縱身一躍，在空中轉圈的動作如此靈巧，雙腿快得像是眨眼一樣，然後平穩地落地，沒有半點搖晃。

當時鐘敲了十一點鐘，室內舞會就結束了。費茲維克夫婦分別站在門的兩邊，不分男女，與每個離去的客人一一握手，並祝賀他們聖誕快樂。當所有人都離開了，屋裡只剩下兩個學徒，他們一樣和兩個年輕人握手，也祝他們聖誕快樂。就這樣歡樂的聲音逐漸遠去，只有兩個學徒留下來──因爲他們的床在店後工作坊的櫃台底下。

在這段時間裡史古治像是失了魂的人，他的整個心思都停留在剛剛過去的場景裡，和以前的他在一起。他確認著每件事、回憶著一切、享受這一切，他從沒這麼激動過。直到他年輕的自己和狄克生氣勃勃的臉龐轉了開去，史古治才想起精靈還在旁邊，發現它正專注地望著他，頭頂上的光芒照耀得很明亮。

「一點小事，」精靈說，「就可以讓這些傻瓜蛋感動成這樣。」

「小事！」史古治重複道。

精靈示意他注意聽那兩個學徒的對話，他們正衷心地讚美費茲維克。史古治聽完後，精靈說：「你看？難道不是嗎？他才不過花了你們人間的幾鎊小錢……大概三、四鎊吧。這樣就值得如此大肆吹捧嗎？」

「話不是這麼說的，」史古治說道。精靈的話激怒了他，說話的方式不知不覺又回到年輕的他，而不是像他後來的樣子。「話不能這麼說，精靈。他有權利決定讓我們快樂或不快樂，讓我們的差事輕鬆或繁重，是樂趣或折磨。就算他的權力只存在於言語和神情間，或是只在一些微不足道的小事中，那又如何？他帶給我們的快樂就像一大筆財富一樣棒。」

他感覺到精靈正在看著他，於是停止往下說。

「怎麼了？」精靈問道。

「沒什麼。」史古治回答。

「我想，一定有事吧？」精靈追問。

「沒事，」史古治說，「沒什麼事。只不過我現在想要和我的職員說一兩句話。就這樣。」

當他坦白說出這個希望之後，他年輕的自己也熄了燈；史古治和精靈又再一次肩並肩站在戶外。

「我快沒時間了，」精靈說，「快點！」

這句話並不是對史古治，或是對任何他看得見的人說的，但卻立即起了效果。因爲史古治又再次看見他過去的自己。這次他年紀大了些，已經是個青年了，臉上還沒有幾年後才會出現的粗糙又深刻的皺紋，但卻開始有了錙銖必較與貪婪的神情。他的眼神透露出急迫、貪求和永不滿足，這證明了有股狂熱已在他心中生根，以及這棵茁壯中的大樹未來將如何蒙蔽他的良知。

青年史古治並不是單獨一個人，他旁邊坐了一位穿著黑色喪服的美麗少女。她的眼眶噙滿淚水，在過去的聖誕精靈發出的光芒照射下閃閃發亮。

「這沒什麼大不了的，」她輕柔地說。「對你來說，這根本沒什麼。你的另一個愛慕的對象已經取代了我；只要它在往後的日子裡，可以像我過去那樣試著努力取悅你、安慰你的話，那我就沒有什麼好難過的理由了。」

「是哪個偶像取代了你？」他問道。

「黃金。」

「這就是這個世界公平的地方啊！」他說。「人生最痛苦的事莫過於貧窮，而追求財富卻又得遭受最嚴厲的譴責！」

「你太害怕這個世界了，」她溫柔地回話。「你努力地追求財富，只為了一個原因，就是不想因為貧窮而蒙受辱羞。我看著你崇高的抱負一個接著一個消失，直到你最狂熱的慾望——追求利益——完全佔有了你。我說得不對嗎？」

「對又怎樣？」年輕的史古治反駁道。「就算我變得比以前聰明多了，那又怎樣？我並沒有對你變心啊。」

她搖了搖頭。

「我有嗎？」

「我們的婚約已經訂下很久了。當時我們兩個都還很窮，但也甘於貧窮，期待靠著我們的耐心與勤奮，改善我們的經濟狀況。但是，現在的你變了，已經不是和我訂下婚約的那個你了。」

「當時我還只是個毛頭小子。」他不耐煩地說。

「你自己也感覺得到，你已經不是從前的你了。」她接著說。「但我還是從前那個我。以前，當我們心意一致的時候，看見的是多麼幸福的未來，現在的我們心思各異，換來的卻只有痛苦與折磨。我有多常想到這一點、感受又有多強烈，我不想說。只要我曾經想過，而且能夠放手讓你走，這一切就已經足夠。」

「我曾經想過要離開你嗎？」

「在言語上沒有。你從沒說過。」

「那不然是在哪方面？」

「在你已改變的本性、心靈、不一樣的人生態度，還有另一個自有其偉大目標的『希望』上；也在過去那些讓你重視我的愛勝過一切的事物上。假如我們之間從沒訂下這婚約，」女孩望著他，眼神溫柔而堅定，「告訴我，現在的你會想要追求我，會想要贏得我的心嗎？喔，你不會！」

史古治似乎自然的默認了女孩合理的推論，不過他還是掙扎著擠出一句話來反駁：「你認為不會嗎？」

「如果有別的答案，我會很樂意做其他選擇的。」她答道。「天知道！當我知道這如同『眞理』般的事實之後，我就明白它有多巨大、多無法抗拒了。但是假使今天、明天或是昨天的你都是自由之身，我有辦法相信你會選擇一個沒有嫁妝的女孩嗎——即使你非常信任她，『利益』還是你做每件事的出發點。或者，假使你一時昏頭選擇了她，背離了你唯一的行事指導原則，我會不知道事後你肯定會感到遺憾、後悔嗎？我知道你會，所以我要放手讓你走。我全心地祝福他——那個過去我曾經深愛過的你。」

他想開口說點什麼，但是她把頭轉開不看他，又繼續說：

「你或許會——已成為過去的回憶讓我有點希望你會——為此感到難過。不過很快你就會慶幸自己已忘記了這一切，像從一場無利可圖的夢中醒來一樣。但願你在自己選擇的人生中過得快樂！」

她離開了他，兩人就這麼分手了。

「精靈！」史古治說，「夠了！我不想再看了。別讓我再看下去了！」

但是無情的精靈抓住他的雙手，強迫他繼續看下一幕。

他們又來到另一個場景：一間不大也不漂亮，但是很舒適的房間。一位美麗的少女坐在冬天的爐火旁；她和史古治剛才看到的那位女孩長得非常相似，一度讓他以爲是同一個人，直到他發現她母親就坐在對面，才知道她已經嫁作人婦、爲人母了。這裡鬧哄哄的聲音簡直要掀翻屋頂了，因爲房間裡還有更多小孩，多到讓此刻情緒激動的史古治數也數不清。他們不像某首詩裡提到的著名羊群：他們不是四十個同時約束自己的行爲、看起來像只有一個小孩，而是每個小孩的行爲都像有四十個小孩一樣吵鬧。結果當然是無法想像的混亂吵雜；然而非但沒有人在意，母親和女兒反而開心地大笑著，像是很享受這種喧鬧。女兒甚至很快就加入他們的行列，卻被那群小土匪毫不留情地掠奪。我願意放棄一切，只求成爲他們其中一員！但是我絕對不可能像他們如此的粗野，不會，絕對不會。就算給我全世界的財富，我也不會那樣拉扯她的辮子，讓她披頭散髮；更不會硬從她的腳上脫下那雙可愛的小鞋子。願上帝保佑我！拯救我的靈魂！我也不會像那群厚顏放肆的小鬼頭，量她的腰圍當作遊戲；要是我眞這麼做了，我可以預見上帝會懲罰我的手臂變成環腰的形狀，從此再也無法伸直。但是，我坦承我很想親吻她的櫻桃小嘴；問她一些她可能會輕啓朱唇回答的問題；我想直視著她低垂雙眼上的睫毛，一點也不會臉紅；我也想親手放下她波浪般的秀髮，每吋髮絲對我而言都是無價的紀念品。總之，我承認我有多麼想可以像個孩子一樣肆無忌憚地輕佻，又像個男人懂得去珍惜女人。

這時傳來一陣敲門聲，隨即引發了一場騷動，將笑臉盈盈、衣衫凌亂的小女孩困在這群興奮的紅了臉、吵鬧不休的孩子們中間，簇擁著她到門前，即時迎接剛到家的父親，他身邊還跟著一個提滿聖誕玩具和禮物的送貨員。毫無防備的送貨員立刻遭到孩子們的尖叫聲和爭奪的攻擊。他們把椅子當做樓梯爬到他身上，搜刮他的口袋，搶走他手上的棕色紙盒，緊緊抓住他的領結，纏住他的脖子，小手不停搥打他的背部，無法壓抑熱情的小腳猛烈地踢著他的腿！一陣陣驚喜的歡呼隨著收到禮物的主人打開後此起彼落。這時突然傳出一個可怕的消息，有人看見小嬰兒把玩具煎鍋放進嘴裡，他們還懷疑他已經把一隻黏在木頭盤上的假火雞給吞進肚裡去了！所幸後來發現這只是一場虛驚，讓大家鬆了一口氣。他們的歡樂、感激與狂喜，這三種情感有著無法以言語形容的相似。最後，孩子們帶著他們的激動，依照輩份一個接一個離開了客廳，一步一步地爬上樓梯，回到頂樓他們該上床睡覺的地方，整間屋子就這麼安靜了下來。

此刻的史古治比之前都更專注看著眼前的景象：屋裡的男主人走到他常坐的火爐邊的位置，在他的太太與女兒旁邊坐了下來，女兒則深情地依偎在他身上；這讓史古治想到原本也可能有這麼一個和她一樣優雅、未來充滿希望的女孩，叫他一聲爸爸，這會是在他人生的冷酷寒冬中，爲他帶來如春陽般溫暖問候的時光。他的視線變得更模糊了。

「貝兒，」丈夫微笑著轉向妻子說道。「今天下午我看到了你的一位老朋友。」

「是誰啊？」

「你猜啊！」

「我怎麼猜得到嘛！哎，我怎麼沒想到，」她立刻加上後面這句，跟他同時笑了出來，「是史古治先生吧。」

「就是史古治先生。我從他公司的窗前經過，當時他們還沒打烊。他只點著一根蠟燭坐在裡面，我朝裡頭張望都幾乎看不到他。我聽說他的合夥人病得快死了，所以只有他一人獨自坐在那裡。我想他的生活一定很孤單。」

「精靈，」史古治的聲音抽搐，「帶我離開這個地方。」

「我剛才告訴過你了，這些都是過去的幻影，」精靈說。「它們過去是什麼就是什麼，這可怪不了我。」

「帶我離開，」史古治吼叫著，「我受不了了！」

他轉身朝向精靈，發現它看著他的臉上有個奇怪的地方；所有剛才精靈讓他看過的臉都有一部分出現在上面。他衝上前抓住它。

「放過我！帶我回去，不要再纏著我了！」

在一陣對抗之後——如果這稱得上對抗的話——精靈這邊始終不見任何抵抗的動作，不管對手如何使勁，它依舊不爲所動。在拉扯間史古治發現精靈頭頂上的光芒照得更高更亮了；他隱約覺得這道光和精靈在他身上的作用有關。於是他一把抓住那頂滅光帽，迅速壓在它的頭上。

精靈在帽子底縮小了，滅光帽因此覆蓋住它全身。但是儘管史古治用盡全力將帽子向下壓，他還是無法遮蓋住底下所有的光。光芒從帽緣流洩出來，像一灘散不開的水落在地面上。

史古治感到精疲力盡，被一股無法抗拒的睡意征服，接著他發現他又回到自己的臥室裡。他又往帽子上用力壓了最後一下才放手，然後跌跌撞撞地走到床邊，一倒下就沉沉地睡去了。

第三節　三精靈之二

史古治在一陣驚天動地的鼾聲中醒了過來。他靜坐在床上，好讓自己恢復清醒。沒有人告訴他一點鐘的鐘聲又快要響了，他認爲自己會正好在這個時間醒來，就是爲了要和雅各．馬立安排的第二個精靈見面。但是一想到新的精靈這次不曉得會從那一邊掀開他的床帷，史古治就覺得渾身發冷的不舒服。於是他索性自己動手將每一邊的床帷全都拉開，然後又躺回床上，機警地監視床四周。因爲他希望在精靈一出現時先給他來個下馬威，不想又被它突襲而搞得自己緊張兮兮。

那些不拘小節、個性隨和的紳士們，老是那副他們見過多少大風大浪、又有多跟的上時代的模樣，還喜歡自誇他們有兩把刷子，從擲硬幣的遊戲到殺人都很在行。當然，在丟銅板的遊戲到殺人這兩個相對的極端之間還存在著許多大大小小的事。雖然我不敢妄言史古治也是有個蠻勇的人，我倒是不介意請求您相信他已經準備好面對任何現身在他眼前的怪東西。不管出現的是嬰兒或是犀牛都嚇不了他了。

雖然他已經做好準備要面對下一刻出現的任何東西，但他可沒準備好迎接什麼事都沒發生的狀況。所以當鐘聲敲了一下，卻什麼東西也沒有出現時，反而讓他全身顫抖得厲害。五分鐘、十分鐘、十五分鐘過去了，還是毫無動靜。這期間他一直躺在床上，籠罩在一點鐘的鐘聲響起後，流泄進房間裡的一道強烈的紅色光芒之中。只有一道光卻比一打的鬼魂來得叫他害怕，因為他完全搞不清楚這是怎麼一回事，或是接下來會出現什麼東西；偶而他會以為下一秒他就會成為另一個自燃的案例，但自己卻渾然不覺。然而，最後他終於想起來——誠如你我一開始就會想到的，因為旁觀者總是比當事人清楚該怎麼做，而且早就採取行動了——終於，就像我剛才說的，他想起來這道陰森的紅光可能來自隔壁的房間。他朝著光線的來源看過去，發現隔壁房間似乎發著光。一探究竟的念頭佔據了他所有心思，於是他刻意放輕動作爬下床，穿上拖鞋緩步走向隔壁的房門口。

史古治的手才剛碰上門把，就有個陌生的聲音喊著他的名字，要他進去。他依照命令進去了。

那是他自己的房間，這是毫無疑問的。但是房間卻有了驚人的變化，牆壁和天花板上掛著滿滿的綠色植物，儼然成了一片小樹林，每個角度都看得見色彩鮮豔的漿果閃閃發亮。冬青樹、槲寄生和常春藤鮮嫩的綠葉反射著亮光，彷彿到處散佈了許多小鏡子似的。壁爐裡熊熊燃燒的火焰嘶吼著往煙囪竄升，這是從史古治住進這裡之後，或是從馬立的時代開始，甚至在更多更多年前的冬天以來，這個如化石般沉悶已久的壁爐從沒經歷過的事。地板上堆著王座般高的食物，有火雞、鵝、野味、雞鴨、醃豬肉、幾大塊的腿肉、乳豬、好幾長串的香腸、甜餡餅、放了葡萄乾的布丁、一桶桶的牡蠣、熱騰騰的栗子、鮮紅的蘋果、多汁的柳橙、香甜的梨子、巨大的主顯節蛋糕，以及快從酒杯裡滿出來的潘趣酒，令人垂涎的熱氣將小小的房間薰得煙霧瀰漫。一個開心的巨人舒服地坐在長椅上，一副眉開眼笑的模樣，手上拿著一把形狀很像豐饒之角（註3）的火炬。當史古治在門邊望內窺視時，他將火炬高舉，讓火光照在他身上。

「進來呀！」精靈喊叫著。「快進來！來多認識我一點，人類。」

史古治怯生生地走了進去，低著頭站在精靈面前。他已經不再是以前那個頑固的史古治了；儘管精靈的眼神既明亮又和善，他還是不願和他四目相接。

「我是『現在的聖誕精靈』，」精靈說。「抬起頭來看著我！」

史古治恭敬地照辦。眼前的精靈穿著一件樣式簡單、深綠色的袍子或斗篷之類的罩衣，邊緣滾有白色的毛皮。衣服鬆垮地披在巨人身上，露出他寬闊的胸膛，像是不屑被任何外來物保護或遮蓋似的。寬大的衣摺下看得見一雙赤裸裸的巨大腳掌，頭上帶著一頂冬青樹做的花冠，上面隨意插著幾根閃亮的冰柱。深褐色的長鬈髮隨興披散著，還有他熱情的臉龐、閃亮的雙眼、攤開的雙手、愉快的聲音、自在的舉止以及充滿喜悅的神情一樣隨興。他在腰間繫著一把古代的劍鞘，但裡頭沒有劍，劍鞘古老的外殼上滿是鏽跡。

「你以前從未見過像我這樣的人吧！」精靈大聲問道。

「從來沒有。」史古治答道。

「你也從未和我家族裡較年輕的一輩出遊過囉？我是說我那些這幾年才出生的哥哥們（因爲我比他們更年輕）？」精靈繼續問。

「我想是沒有，」史古治說。「恐怕我從沒碰過他們。你有很多兄弟嗎，精靈？」

「超過一千八百個。」精靈回答。

「要養這麼大一家子啊！」史古治嘴裡唸唸有詞地說。

「現在的聖誕精靈」站了起來。

「精靈，」史古治恭敬地說。「請帶領我到任何你要我去的地方吧。昨天晚上我是被迫出去的，不過也得到了一些啓示，讓我改變了不少。今晚，假如你有任何事情要教導我，也請讓我有所收穫吧。」

「摸著我的袍子！」

史古治照著做，牢牢地抓住他的長袍。

冬青樹、槲寄生、紅漿果、常春藤、火雞、鵝、野味、雞鴨、醃豬肉、腿肉、乳豬、香腸、牡蠣、餡餅、布丁、水果和潘趣酒在剎那間全都不見了。房間、爐火、紅光和夜色也在瞬間消失。此刻他們正站在聖誕節早晨的市區街道上，因爲天氣寒冷，那裡的人發出不規則、輕快但不悅耳的聲音，忙著剷除家門口前的人行道和屋頂上的積雪；後者撲通一聲墜落地面，飛散成人造的小型暴風雪，讓男孩子們看得樂不可支。

與屋頂上那層光滑潔白的雪，和地上稍微髒一點的雪比較起來，每戶人家的前門已經算夠黑的了，但窗戶卻還要更黑。手推車和馬車沈重的車輪在地上新降的積雪上來回碾壓出一道道深厚的車痕，這些車痕在十字路口處相互交疊了不下數百遍，形成錯綜複雜的溝渠，在濃濁的黃泥漿和冰水的覆蓋下已經無法辨識。天色昏暗，連最短的街道都塞滿了灰黑色、半融半凍的霧氣，較重的霧氣微粒隨著煤炭煙霧紛紛落下，彷彿全大不列顛的煙囪都說好了似的同時生火，燒得好不

現在的聖誕精靈

盡興。在這種天氣或這個城鎮裡都沒有什麼特別值得高興的事，然而空氣中卻有種歡樂的氣氛，連夏天最清新的空氣和最明亮的陽光都無法散發出同樣愉悅的氣氛。

這是因爲正在屋頂上鏟雪的人們都非常快活歡樂；他們隔著女兒牆互相叫喚對方的名字，偶而還會開玩笑地互扔雪球——丟這種東西比口頭上的揶揄好得多了——扔中了的人會開心地大笑，沒扔中也照樣笑開懷。禽肉店仍半掩著門，水果店裡架上依舊琳瑯滿目，門邊堆了若干個裝滿栗子、圓滾滾的大籃子，像幾個穿著背心、開朗的老紳士們懶洋洋地靠在那，他們肥嘟嘟的大肚子都快滾落到街道上去了。還有紅潤中帶著些許褐色、外型中廣的西班牙洋蔥，醒目的肥胖體態活像一群西班牙修士，在架上朝著經過門口時假裝端莊、偷瞄高掛牆上的槲寄生的女孩子淘氣地眨著眼（註4）。梨子和蘋果堆得像繁榮的金字塔一樣高；成串的葡萄，在店家的好心安排下，吊在最顯著的掛鉤上，隨風搖動的誘人姿態讓路過的行人忍不住直呑口水；一堆長滿細毛的褐色榛果香氣四溢，不禁讓人回憶起昔日漫步在林間，還有踏過深及足踝的落葉上那種愉快的感覺。還有結實深紅的諾福克蘋果，襯托出兩旁柳橙和檸檬的鮮黃，在這些多汁同伴的夾攻下，諾福克們發出急切的呼喚，祈求路人用紙袋帶它們回家好在晚餐後享用。在各色精選的水果中間擺著一只魚缸，金色和銀色的小魚悠游其中，儘管牠們既遲鈍又冷血，似乎也知道今天即將有大事發生；身爲一條魚，也只能用緩慢、少了點熱情的興奮，在牠們的小小世界裡來回繞圈來慶祝這特別的一天。

那家雜貨店！噢，還有那家雜貨店！大概是要打烊了，所以只剩下兩扇門板，或許只有一扇還開著，但是從縫隙中還是可以窺見這樣的景象：櫃檯上的秤子傾斜到桌面上發出了歡樂的聲響、細繩輕快地脫離繩圈捲軸、茶葉罐像雜耍表演似的上下晃動作響，還有茶葉和咖啡混合的香氣撲鼻而來；葡萄乾既多又上等，純白色的杏仁、又長又直的肉桂棒，和其他美味可口的香料，沾裹在蜜餞上的糖漿逐漸融化滴落的模樣，恐怕連最冷靜的旁觀者看了都會無力抵抗，狼吞虎嚥直到胃脹氣爲止。不只有無花果汁多肉豐，連裝在精緻包裝盒裡的法國李子也泛著微酸的淡紅色。所有穿上聖誕華服包裝的東西都變得如此美味可口，但是在今天這個充滿希望的日子裡，店裡的顧客全都顯得這麼匆忙、這麼急切，他們不是在店門口彼此撞個滿懷，就是粗魯地壓壞了手上的柳條籃，或是把買的東西忘在櫃台，然後又急急忙忙跑回來拿。幾百個類似的錯誤不斷上演，但所有人還是一樣的興致高昂。雜貨店老闆和夥計是那麼的熱誠有活力，他們用擦得發亮的心型別針將圍裙別在身後，就像是他們把自己的心別在外頭讓大家欣賞，如果聖誕節的寒鴉願意的話，也歡迎牠們來啄一啄。

但是不久後，尖塔的鐘聲把所有人全都呼喚到教堂和禮拜堂去。他們穿上最好的衣服、帶著最愉悅的笑容，成群結隊穿越各個街道和路口。同時間許多不起眼的小街道、巷弄和不知名的轉角也湧現了無數的群眾，他們帶著晚餐來到麵包店。看見這麼多特地前來歡慶佳節的窮人，精靈似乎感到相當有趣，他和史古治並肩站在麵包店門口，有人經過時他就掀開他們捧著的飯盒蓋子，從手上的火炬灑下些許香灰在他們的晚餐上。這是一把非比尋常的火炬，有一兩次幾個拿著飯盒的人，因爲互相推擠而怒罵對方時，精靈只消從火炬上滴幾滴水到他們身上，這幾隻鐵公雞就立刻恢復他們的好風度。就像他們所說的，在聖誕節吵架是種丟臉的行爲。一點也沒錯！上帝也愛這句話，所以一點也沒錯！
當鐘聲停止時，所有麵包店也都關上了門。然而歡樂的晚餐才正要開始。每家麵包店的爐火上都飄著蒸煮飯盒的熱氣，連人行道上也冒著煙，彷彿上面的磚石也在烹煮著食物。
「從你的火炬灑出來的東西有什麼特別的味道嗎？」史古治問。
「有的，就是我自己的味道。」
「你會將它灑在今晚所有人的晚餐裡嗎？」史古治再問。
「任何慷慨施予的人都會得到，也會特別給窮人。」
「爲什麼要特別給窮人？」史古治問。
「因爲他們的晚餐最需要它。」
「精靈，」史古治思考了一會後說道。「我不明白，爲什麼在我們周遭的萬事萬物中，你怎麼會想要妨礙這些人享受單純用餐的機會？」
「我！」精靈喊道。
「你每隔七天就剝奪一次他們原來用餐的方式，而這天往往是他們唯一稱得上吃飯的一天。」史古治說。「不是嗎？」
「我！」精靈大叫。
「你設法讓麵包店在星期日關門，」史古治說，「來達成一樣的目的。」
「我設法！」精靈嚷著。

「假如我說錯了，請原諒我。不過星期日被稱為安息日是以你的名義，或至少是以你家族成員的名義做的。」

「在你們這個世俗的世界裡，」精靈回答，「有些人自稱認識我們，他們妄稱我們的名，做出各種狂熱、傲慢、惡意、仇恨、嫉妒、偏激和自私的行為。而我們以及我們所有的家族成員根本不認識這些人，遑論還會知道世上曾經存在過這幾個人。你記住，要為他們的所作所為負責的是他們，不是我們。」

史古治承諾他會記得；然後他們繼續往前走，和前晚一樣保持隱身，來到市郊。精靈有種特殊的能力（史古治在麵包店就已經發現了），儘管他體型龐大，卻能輕易讓自己適應任何地方。所以他現在站在低矮的屋簷下，像個超自然生物一樣從容不迫，彷彿置身大禮堂般一樣自在。

或許是這位善良的精靈樂於展現他的能力，又或許是他發自內心對所有窮人的慈悲、慷慨、誠摯的本性和同情心使然，才讓他直接找上史古治職員的家。它讓史古治抓住他的長袍，帶著他來到職員家門口。精靈微笑著，拿著火炬灑落對包伯・克拉契一家人的祝福。各位想想看！包伯一星期不過只賺十五個小包伯（註5），每個星期六口袋裡也才只有十五個銅板，而「現在的聖誕精靈」竟然要賜福他這間只有四個房間的家！

克拉契太太，包伯的妻子，站起身來，她為了今天刻意打扮，但仍顯得寒酸。她穿著一件翻改了兩次的長禮服，上面綁了很多緞帶，用這些全部只要六便士的便宜貨，就可以打扮得很漂亮了。幫她鋪桌巾的二女兒貝琳達・克拉契，衣服上也綁了很多緞帶，旁邊的彼得・克拉契少爺拿著叉子，深深插進裝著馬鈴薯的長柄鍋裡，嘴邊還咬著過大的襯衫領角（這襯衫原本是包伯的財產，爲了慶祝今天這個特別的日子，才送給他的兒子兼繼承人），他很得意自己穿得這麼體面，一心想到上流人士流連的公園去秀秀他的亞麻襯衫。這時他兩個較年幼的弟妹飛奔進來，尖聲叫嚷著他們在麵包店外頭就聞到燒鵝的香味，還知道這是給他們家的。沉浸在鼠尾草和洋蔥的奢侈想像中，這幾個小克拉契興奮地繞著桌子跳起舞來，興高采烈地把哥哥彼得捧上了天。這時的彼得（沒有露出得意的樣子，雖然領子勒得他快窒息了）正在吹著爐火，直到慢熟的馬鈴薯終於沸騰起來，吵鬧地敲打著長柄鍋蓋，要人來把它們放出去剝皮。

「你們的寶貝父親去哪裡啦？」克拉契太太說。「還有你們的弟弟小提姆呢？還有瑪莎呢？去年聖誕節她可連半個鐘頭都沒遲到。」

「瑪莎來了，媽媽！」一個女孩隨著聲音出現了。

「瑪莎來了，媽媽！」兩個小克拉契也跟著叫喊。「好耶！瑪莎，有一隻好大的鵝喔！」

「哎呀！謝天謝地。親愛的，你怎麼這麼晚才來！」克拉契太太邊說著，邊親吻了她好幾下，殷勤地幫她拿下圍巾和帽子。

「媽媽，昨天晚上我們有好多工作要做，」女孩答道，「今天早上又得把東西收拾乾淨。」

「好啦！人來了就好，」克拉契太太說。「去火爐前坐一下，親愛的，讓你自己暖和點。上帝保佑你。」

「不，不！爸爸回來了！」兩個小克拉契大叫著，滿屋子都是他們跑來跑去的身影。「躲起來，瑪莎！快躲起來！」

於是瑪莎躲了起來，然後先是小包伯，接著是父親走了進來。他圍著白色長毛圍巾，至少有三呎長披著身前，還不包括流蘇；身上破爛的衣服爲了應景已經補好刷過了。小提姆就坐在他肩上。可憐的小提姆啊！他帶著一根小拐杖，兩隻腳靠著一具鐵架撐著！

「咦？我們的瑪莎呢？」包伯．克拉契看了看四周，大聲問道。

「她不回來了，」克拉契太太說。

「不回來了！」包伯興奮的神情頓時黯淡下來，因爲他從教堂一路揹著小提姆拼命地趕回家。「連聖誕節竟然也不回家！」

就算只是個玩笑，瑪莎也不想看見父親失望的樣子；於是她提早從躲藏的衣櫥門後走了出來，跑近父親的懷裡，兩個小克拉契則簇擁著小提姆，帶他到洗衣房，讓他可以聽到布丁在銅鍋裡唱歌的聲音。

「小提姆表現得還好嗎？」在包伯滿足地擁抱著女兒時，克拉契太太取笑他未免太容易受騙上當之後問道。

「好的跟金子一樣，」包伯說，「甚至還更好。只是不知怎的，他最近常常自己一個人坐著思考，想一些你聽都沒聽過的奇奇怪怪的事。在回家的路上，他告訴我說他希望有人看見他在教堂裡。因爲他跛腳，這樣一來大家在聖誕節這天看到他，要是能想起耶穌以前是如何讓跛腳的乞丐站起來走路，讓瞎眼的盲人重見光明的話，他們一定會感到很愉快。」

包伯告訴家人這件事的時候，聲音帶著微微顫抖。當他說到小提姆變得越來越堅強眞誠時，顫抖得更加厲害。

在其他人還來不及發言前，就先聽到他活潑的小拐杖敲擊地板上的聲響，小提姆回來了；他的哥哥姊姊攙扶著他到火爐前的小凳子坐下。包伯這時則挽起袖口——可憐的傢伙，這對袖口已經破得不能再破了——開始調製一種熱調酒。他把杜松子酒和檸檬一起倒在罐子裡，來回地攪動，然後把罐子拿到爐架上煨著。彼得少爺和那兩個無所不在的小克拉契去拿那隻鵝回來，不一會兒幾個孩子就三步併坐兩步跑回來了。

接下來出現的熱鬧場面，會讓你以爲鵝是世界上最稀罕的鳥類，是一種有羽毛的稀世珍寶，連黑天鵝都相形失色——事實上，一隻鵝在這個家裡，也幾乎跟隻黑天鵝一樣珍貴了。克拉契太太把肉汁（已經事先裝在小鍋子裡）加熱；彼得少爺以驚人的力氣搗碎馬鈴薯；貝琳達小姐在蘋果醬裡加糖；瑪莎擦拭熱過的盤子；包伯把小提姆抱到餐桌的一個角落，在他旁邊坐下；兩個小克拉契替大家安排座椅，當然也不會忘了他們自己，然後爬到他們的椅子上，把湯匙塞進嘴裡，以免因爲等不及吃他們那一份的鵝肉而放聲尖叫。最後，所有人的盤子都擺好了，謝飯禱告也結束了。接下來，在座全都屏息以待，看著克拉契太太不慌不忙地望著切肉刀，準備拿起來切開燒鵝的胸膛；當她的刀終於切下去，眾人期待已久的塡餡湧現出來時，餐桌四周隨即響起一陣欣喜的低呼聲，甚至連小提姆也受到兩個小克拉契的影響，興奮地用刀柄敲著餐桌，跟著低聲叫好。

這隻鵝可眞是前所未見。包伯說他以前從不相信有人能把鵝燒烤得這麼美味。它的肉質柔軟、氣味香甜，而且又大又便宜，只要是人肯定都會對它讚不絕口。燒鵝再加上蘋果醬和馬鈴薯泥，對這一家人而言，已經是頓豐盛有餘的晚餐了；確實，正如克拉契太太興奮地（她邊說邊打量盤裡一小塊骨頭上的肉末）所宣佈的一樣，這些菜都還有剩呢！然而每個人都已經吃得很撐了，特別是那幾個小克拉契，連額頭上都沾著鼠尾草和洋蔥。這時候貝琳達小姐幫大家換上新盤子，克拉契太太獨自離開飯廳——她太興奮，不想有人跟著她——走到後面將布丁從鍋裡拿出來，端上餐桌。

萬一布丁還沒熟呢？萬一布丁拿出來就碎了呢？萬一有人趁他們在享用燒鵝的時候，翻過後院的牆把布丁偷走了呢？——這些想像把小克拉契們嚇得臉色發白，小小的腦袋裡浮現所有可能的恐怖場面。

嘿！好大一團蒸氣啊！布丁起鍋囉！聞起來有種洗衣日的味道！其實是包裹蒸鍋那塊布的味道。也有點像隔壁的餐館和糕餅店的味道，旁邊還有家洗衣店！這些就是布丁的味道！半分鐘後克拉契太太進來了——臉上泛著紅暈，得意洋洋地笑著——手上端著的布丁有如一顆斑駁的大砲彈，又硬又扎實，在周圍燃燒的白蘭地酒中閃閃發光，上頭還插著聖誕冬青的樹枝做裝飾。

噢，這是個多棒的布丁啊！包伯．克拉契冷靜地說，他表示這是自從他們結婚以來，克拉契太太最了不起的成就。克拉契太太則說，既然心裡的石頭已經放下了，她就可以承認她曾懷疑自己麵粉的量下得不對。每個人對這個布丁都有話要說，但就是沒有人說出或是想到——這個布丁對他們這一大家人而言其實小了點。誰要是這麼做一定會被斥爲胡言亂語。任何一個克拉契家的人連做出一點暗示都會感到羞愧。

終於，晚餐結束了，桌巾也清理乾淨了，壁爐也掃過了，火也生好了。大家再嚐過罐子裡的熱調酒後，一致認爲它完美無缺。桌上放著蘋果和柳橙，還有滿滿一鏟子的栗子在爐火上面烤著。克拉契一家人圍坐在火爐旁，包伯稱之爲圍圓圈，其實只有半圓。他的手邊排放著全家人的玻璃杯，是兩個平底大酒杯和一個沒有把手的焗烤杯。

無論如何，既然這些杯子可以用來裝罐子裡倒出來的熱飲，又何必用到黃金高腳杯呢？包伯帶著笑容爲所有人倒著熱飲，爐火上的栗子也開始發出嗶嗶剝剝的爆裂聲。

這時包伯舉杯說：「祝我們所有人聖誕快樂，我親愛的家人們。願上帝祝福我們！」

全家人都跟著他說了一遍。

「願上帝祝福我們，祝福每一個人！」小提姆最後一個說。

他坐在自己的小凳上，和父親靠得很近。包伯握住小提姆孱弱的小手，似乎他很疼愛這個孩子，希望能把他留在身邊，同時深怕會有人來把他帶走。

「精靈，」史古治說，語氣中透露出他以往未曾有過的關心，「告訴我小提姆會不會活著長大。」

「我看到一把空椅子，」精靈回答，「就在冷清的壁爐角落，旁邊還有一根無主的拐杖被小心保存著。如果這些幻影在『未來』之前都還沒有改變的話，表示這孩子活不久了。」

「不，不可以，」史古治說。「噢！不，仁慈的精靈啊！告訴我他會活下去。」

「如果這些幻影沒有被『未來』改變的話，」精靈答道，「那麼我們這些精靈就不會在這裡看到他。不過，那又怎樣？假如他一副要死了的樣子，那他乾脆去死一死好啦，還可以順便解決人口過剩的問題。」

從精靈的口中聽到自己曾經說過的話，史古治不禁低下頭，心中悔恨萬千。

「人類，」精靈說，「假如你還有顆人類的心，而不是鐵石心腸的話，那麼在你眞正明白人口過剩的意義，以及哪裡有人口過剩的問題之前，就別再說那些惡毒的話了。你能夠決定誰可以活？誰應該死嗎？在上帝的眼中，或許你比幾百萬個和這位窮人家一樣的小孩更不值得，也更沒資格活下去。哦，上帝！您聽聽，葉子上微不足道的小蟲正在大放厥詞，說牠在塵土中挨餓的同胞兄弟數量太多了！」

精靈的訓斥讓史古治完全抬不起頭，只能全身顫抖著，兩眼無神地看著地面。可是他又迅速地抬起頭來，因爲他聽見了自己的名字。

「史古治先生！」包伯說。「我們來敬史古治先生吧。因爲有他，我們今晚才能享用這場大餐。」

「確實，因爲有他，我們今晚才能享用這場大餐啊！」克拉契太太漲紅著臉大聲說道。「我眞希望他人在這裡，這樣我就可以分一些心裡的話給他拿去吃大餐，希望這些話合他的胃口。」

「親愛的，」包伯說。「孩子們都在這裡呀！而且今天是聖誕節呢！」

「我當然知道今天是聖誕節，」她說道，「就因爲是聖誕節，我們才要爲史古治先生這麼一個可憎、吝嗇、無情、鐵石心腸的人舉杯祝他健康。你知道他是個怎樣的人，包伯！沒有人比你更清楚了，可憐的包伯！」

「親愛的，」包伯和顏悅色地說。「記得今天是聖誕節喔。」

「我不是爲了他，而是爲了你，還有看在聖誕節的份上，」克拉契太太說，「我會舉杯祝他健康的。祝他長命百歲！聖誕快樂和新年快樂！他一定會很開心、很快樂的。我毫不懷疑。」

之後孩子們也學她爲史古治的健康舉杯祝賀，這是他們今天做的第一件毫無熱情的事。小提姆是最後一個喝的，但是他對這事一點感覺也沒有。史古治是他們這一家的惡魔，一提到他的名字，就讓歡樂的宴會籠罩上一層陰影，過了整整五分鐘才逐漸消散。

討厭的陰霾退去之後，他們比之前更快樂十倍，其實光是在心裡忘記史古治這邪惡的生物就夠讓他們如釋重負了。包伯．克拉契告訴家人們，他已經替彼得少爺留意一份工作很久了，如果順利的話，每星期可以賺進整整五先令六便士。兩個小克拉契一想到彼得開始工作的樣子，就忍不住笑得前俯後仰；彼得本人則從一對衣領之間若有所思地看著爐火，像是在考慮當他拿到那一大筆錢之後，該從事哪方面的投資才好。在女帽店當可憐學徒的瑪莎，告訴大家她都做些什麼、必須一口氣連續工作多少個小時，還有她多麼期待明天早上可以好好躺在床上休息久一點；因爲明天是假日，她可以在家過節。她接著說她前幾天見過一位伯爵和伯爵夫人，那位伯爵「就和彼得一樣高」；聽到這彼得立刻把襯衫的領子拉得更高，讓你就算在場也看不見他的頭在哪。在家人熱絡的談天之間，烤栗子和熱飲來回傳了好幾輪；然後他們開始聽歌，一首關於在雪地中跋涉卻迷了路的孩子的歌。這是小提姆爲大家唱的，他的音量不大，歌聲中帶著哀愁，唱得確實很棒。

在這場晚餐聚會中沒有任何特別之處。他們並不是個富裕的家庭；既沒有人盛裝打扮，鞋子也還會滲水，幾乎可以說是衣不蔽體。彼得大概知道當鋪裡面是怎麼一回事，也很有可能已經去過，但是他們都非常快樂，懷著感恩的心，一家人的生活和樂融融，很滿足地享受家人共度的時光。他們的身影逐漸淡去，但是在臨別前精靈火炬輝映的明亮火光照耀下，他們看起來又更快樂了，史古治目不轉睛地看著他們，特別是小提姆，直到他們完全消失爲止。

這時天色已暗，雪也下得更大了。史古治和精靈沿著街道往前走，從家家戶戶的廚房、客廳和各種房間裡，熊熊燃燒的爐火映射出來的火光眞是美極了。這一家搖曳的火光表示裡頭正在準備溫馨的晚餐，一疊疊的盤子輪流送到爐火前烘烤加熱，深紅色的窗簾準備好要拉下來，將寒冷與黑暗阻隔在窗外。那邊，另一戶人家所有的小孩子都跑到外頭的雪地上，迎接他們已婚的兄姊、表哥、表姐、叔叔和阿姨們，爭先恐後地要當第一個歡迎他們的人。這裡有戶人家，窗簾上映出的盡是賓客歡聚的影像；另一邊有群全都帶著頭巾、穿著皮靴的漂亮女孩子，所有人同時嘰嘰喳喳地聊著天，輕快地跑向隔壁鄰居的家裡；這位單身漢，眼睜睜看著她們——一群工於心計的女巫，她們也很清楚自己就是這樣——容光煥發地走進屋裡，心裡多麼不是滋味啊！

不過，要是你看到街道上有這麼多人趕著去參加親友熱情邀約的聚會，你可能會想這些人到了聚會地點後，會不會沒有人在家迎接他們，而不是每戶人家都將柴火堆得半天高，等著用溫暖的爐火接待客人？精靈看到如此的景象，欣喜地祝福著這些人。他露出寬闊的胸膛，張開巨大的手掌往空中飄去，在他碰觸得到的範圍內，用他慷慨的手，將他的光明與歡樂散播到所有人、事物上！有個跑在前頭的點燈工人，為昏暗的街道上點亮一盞盞的街燈。他穿著整齊，一副準備到某個地方度過這一晚的模樣。當精靈與他擦身而過時，點燈工人放聲大笑起來；雖然今天是聖誕節，他卻不知道要和誰一起度過！

現在精靈又毫無預警地，帶著史古治來到一處荒涼、無人跡的曠野，舉目所及盡是奇形怪狀的巨石，猶如巨人的墳場；地面上的水往四處流竄——或者應該說曾經往四處流竄——現在已經像囚犯一樣被冰凍在原地，哪裡也去不了。除了青苔、荊豆花和過於茂盛的雜草之外，什麼都長不出來。西方的落日餘暉射出一道火紅的光束，片刻間像隻惱怒的眼睛在瞪視著這片荒野，然後皺著的眉頭越降越低，越降越低，最後消失在漆黑的濃濃夜色裡。

「這是什麼地方？」史古治問。

「礦工住的地方，他們在地底下工作，」。精靈回答。「不過他們也認識我。瞧！」

有間小屋的窗戶裡散發出些許光亮，他們快速地朝向它走去。穿過一堵泥巴和石頭砌成的牆後，他們看見一群歡樂的人，圍繞著旺盛的火堆而坐。他們是一對很老很老的夫妻、他們的孩子們、他們孩子們的孩子們，甚至還有更年輕的一代，全都穿著過節的服裝，打扮亮麗。最年長的老先生正在為大家獻唱聖誕歌曲，在呼嘯過荒原的風聲中幾乎聽不見他低沉的歌聲；這是一首當他還是個孩子的時候，就已經很古老的歌曲。偶而他們所有人會加入一起合唱。當他們開口唱歌時，想當然耳老先生心情就變得更好，唱得也越大聲；當他們停下來時，想當然而他的活力就又消失了。

精靈沒有在此多做停留，他命令史古治抓住他的袍子，然後飛越這片曠野。這麼急著要去哪裡呢？不會是去海上吧？沒錯，就是去海上。史古治回頭去看，發現陸地的最後一角、那一大片恐怖的岩石，已經被他們拋在身後時嚇了一大跳；浪濤聲如雷鳴般震耳欲聾，海浪翻騰、咆嘯，發怒地拍打在它自己挖掘出的恐怖岩洞上，狂暴地試圖要鑿穿大地。

離岸邊不遠處，有一塊冒出海面的深黑色暗礁，在長年受到海水猛烈衝擊和侵蝕的礁石上，矗立著一座孤零零的燈塔。燈塔基座周圍長滿了大片的海草，海鳥——有人認爲牠們是海風生的，就像海草是海水生的一樣——像牠們掠過的海浪一樣，在海面上忽高忽低地飛翔。

然而，即便在這種地方，兩個燈塔看守人也生起了火，火光穿透過厚重石牆上的小孔，投射在可怕的海面上。兩人圍坐著一張簡陋的桌子，越過桌面握住彼此長滿厚繭的雙手，以一壺烈酒互祝對方聖誕快樂。其中較年長的那位——臉上盡是多年飽經風霜所留下的傷痕，像是一艘老船的船首雕像——突然唱起歌來。他的歌聲堅毅，猶如一陣強風。

精靈再度快速飛越浪濤洶湧的黑色海面，一直飛、一直飛，飛到距離海岸很遠的地方，如同他告訴史古治那樣，才降落在一艘船上。他們先後站在掌舵的舵手、船頭的瞭望員，以及站哨的軍官身旁。他們幽暗有如鬼魅般的身影守在各自崗位上，但每個人不是輕哼著某段聖誕歌的曲調，就是想著聖誕節，也有人帶著期待回家的心情，低聲向同伴訴說一些過往的聖誕記憶。船上每個人，無論醒著或睡著，好人或壞人，在這一天曾對其他人說過的好話，比起一年當中的其他日子裡說的話都還親切許多。他們或多或少和彼此分享聖誕的歡樂氣氛，也會想起遠方掛念的那個人，還知道對方心裡也樂於惦記著他。

聽著海風呼嘯、想著在一片孤寂的暗夜中，航行過和死亡一樣深不可測的茫茫大海，史古治不禁感到萬分驚訝，這是件多嚴肅的事啊！然而更出乎他意料之外的是，正當他沉思在這偉大的航程之中時，突然聽到一陣開懷的笑聲。史古治認出來那是他外甥的笑聲，還發現自己已經在一間明亮、乾爽、透著微光的房間裡。精靈微笑著站在他身邊，帶著稱許的和藹神情看著他的外甥。

「哈哈！」史古治的外甥笑著。「哈哈哈！」

萬一，雖然不太可能，你認識了一個能笑得比史古治的外甥更開心的人，我只能說，我也真想認識他。請介紹他給我認識，我想和他交個朋友。

在崇高的自然主宰調節下，世事就是如此公平而合理——儘管疾病與悲傷會傳染，但世上也沒有任何事物比笑聲和幽默更具渲染力的了。當史古治的外甥笑到扶著腰、甩著頭、五官全誇張的扭曲成一團時，他的妻子也和他一樣笑得站不直身來。他們邀請來參加聚會的朋友們也不甘示弱地放聲大笑。

「哈哈！哈哈哈哈！」

「是眞的，他說聖誕節是唬爛的！」史古治的外甥尖聲說道。「而且他還是認眞的。」

「弗瑞德，他眞應該爲自己感到羞恥！」史古治外甥的太太忿恨不平地說道。願上帝保佑這些女人！她們說話做事從不含含糊糊，總是這麼認眞。

她長得眞標緻，美麗出眾。姣好的臉蛋上有對迷人的酒窩，還有讓人想一親芳澤的嫣紅小嘴——毫無疑問已有人捷足先登了；她笑起來的時候，下巴美麗的小酒窩全都化了開來；還有那雙開朗動人的明眸，絕對是你在其他女孩子身上所看不到的。綜合上述所有優點，你知道的，她就是人們所謂會撩撥人心的女孩，但也是看起來很舒服的那種。喔，眞是賞心悅目的美啊！

「事實上，他只是個怪老頭，」史古治的外甥說，「而且也沒辦法表現出他或許有的和藹那親的一面。不過，他那些令人反感的言行總有一天會報應在他身上的，我沒有什麼好批評他的了。」

「我知道他很有錢，弗瑞德，」史古治的甥媳婦說。「至少，你一向都這麼對我說的。」

「那又怎樣呢？親愛的。」史古治的外甥說。「他的財富對他一點用處也沒有，他從沒拿他的錢做過任何好事，也不會用來讓他的生活過得舒適點。他只要一想到——哈哈哈——他要掏出錢讓我們得到好處，他就渾身不舒坦。」

「我實在是受不了他，」史古治的甥媳婦說。包括她的姊妹，還有所有在場的其他女士，也都表達了一致的看法。

「唉，我還可以和他相處啦！」史古治的外甥說。「我爲他感到難過，我試過要對他發脾氣，但就是做不到。誰是他那種病態觀念眞正的受害者？還不都是他自己嗎？他讓自己認爲他不喜歡我們，所以不來和我們一起吃飯。結果呢？他就這麼錯過了一頓晚餐。」

「事實上，我認為他錯過了一頓非常棒的晚餐，」史古治的甥媳婦打斷他的話說。「還有其他人也都這麼認為。他們有資格這麼說，是因為他們才剛用過晚餐；而且甜點都還擺在桌上，大家就著燈光，圍聚在火爐旁。」

「很好！我很高興聽到你這麼說，」史古治的外甥說，「因為我對這些年輕的主婦沒太多信心。你覺得呢，塔普？」

塔普顯然已經注意史古治甥媳婦的一個姊妹很久了，因為他回答說，像他這樣的單身漢就像是個不幸的流浪漢，所以他沒有權利對這件事發表意見。他話剛說完，史古治甥媳婦的姊妹——戴著蕾絲頭飾、身材豐腴那位：不是配戴玫瑰那位——立刻就紅了臉。

「繼續說啊，弗瑞德，」史古治的甥媳婦拍著手說。「這個人的話總是只說一半！眞是個滑稽的傢伙。」

史古治的外甥又開心地笑了出來，要阻止這種發笑傳染的擴散似乎不太可能，儘管那位身材豐腴的姊妹想藉著聞芳香醋的味道，試圖讓自己不笑出來，大家還是忍不住跟著他哈哈大笑起來。

「我只是想說，」史古治的外甥說道，「他不喜歡我們、不和我們同樂的結果就是，我認為，他錯失了一些對他一點害處也沒有的愉快時光。我相信在他的自我意識裡、在他那老舊發霉的辦公室，或是滿佈灰塵的小房間裡，他一樣找不到能讓他開心快樂的夥伴。因為我同情他，所以不管他喜不喜歡，我打算每年都給他一次同樣的機會。或許他會一直咒罵聖誕節，直到他死的那一天，但是如果他發現我每年都去找他——我要挑戰他——而且好聲好氣地問候他：『史古治舅舅，你好嗎？』他一定會往好的地方想。假如這樣做頂多讓他一時心血來潮，多給他可憐的職員五十英鎊，這樣也就夠了；而且我覺得昨天他已經被我打動了。」

聽到他說打動了史古治這段話，其他人哄堂大笑起來。不過由於史古治的外甥脾氣很好，也不太在乎他們在笑什麼，所以他非但不阻止他們繼續笑下去，還助長他們歡樂的情緒，開心地把酒瓶傳給他們。

喝過茶後他們開始唱歌。因爲他們是個有音樂天份的家族，無論是重唱或輪唱都難不倒他們，這點我可以向你保證；特別是塔普，他可以像專業男低音一樣，高分貝哼唱完整首曲子，而且額頭絕對不會猛爆青筋，或需要漲紅著臉硬撐。史古治的甥媳婦則是彈得一手好豎琴；在她彈奏的幾首曲子中，有一首簡單的小調（眞的很簡單：你兩分鐘內就可以學會，用口哨吹出來），正是「過去的聖誕精靈」帶史古治回顧過去時，當年到寄宿學校帶他回家的小女孩所熟悉的曲調。當這首曲子的旋律響起時，「過去的聖誕精靈」讓史古治看過的畫面又一一在他腦海中重現。他越來越感動，心中想著，要是在多年前他能夠時常聽到這首曲子，或許他可以親手創造出美好的人生和屬於自己的幸福，而不必靠教區執事埋葬雅各．馬立的那把鏟子了。

不過他們也不是將整個晚上都用在音樂上。一會兒之後，他們開始玩起處罰遊戲；有時候可以當當小孩子也不錯，尤其是在聖誕節這天是再好也不過了，因爲最初的聖誕節，那一天偉大的耶穌基督不就是個小孩嗎？等等！首先第一個遊戲是捉迷藏。當然要先玩捉迷藏。而且我才不相信塔普眞的完全蒙住眼睛看不見，他的靴子上一定長了眼睛。在我看來，這是他和史古治的外甥事先串通好的，「現在的聖誕精靈」也知道這點。他跟在那位穿著蕾絲上衣的豐腴姊妹身後跑的模樣，對輕信人性的人而言簡直是污辱。他先是踢翻撥火棒、跌坐在椅子上，然後又撞上鋼琴，還差點把自己悶死在窗簾裡；無論她跑到哪裡，他都能跟到哪裡！他總是知道豐腴姊妹躲在哪裡，而且他也絕對不會去捉其他人。假如你故意（就像他們之中的某些人一樣）擋住他的去路，他會裝出一副試圖要捉住你的樣子——這對你的判斷力是種公然侮辱——然後又立刻側過身去追那位豐腴的姊妹。她嘴裡不停嚷著這不公平；確實是不公平沒錯。不過，儘管她數度逃開他的追捕，絲綢的衣服因爲不停奔跑發出沙沙聲，最後他還是捉住她了；他把她逼到牆角，讓她無處可逃，接下來他的行爲才是最惡劣的。因爲塔普假裝不知道她是誰，所以他必須摸摸對方的頭飾，而且爲了進一步確定她的身份，他還將一只戒指硬套進她的手指上，和一條項鍊硬掛到她脖子上——這眞是卑鄙可恥、禽獸不如的行爲！毫無疑問的是，接下來換另一個人矇眼當鬼時，他們兩個人偷偷摸摸地躲在窗簾後面，她一定會對塔普表示自己對他這些舉動的意見。

史古治的甥媳婦沒有加入捉迷藏遊戲，而是待在一個溫暖的角落，舒舒服服地坐在大椅子裡，把腳擱在凳子上，精靈和史古治就緊站在她身後。不過後來她還是加入了處罰遊戲，用盡二十六個字母開頭的字，表達她對在遊戲裡的愛人的欽羨之情。在玩問答遊戲時她也同樣表現出色，更叫史古治的外甥暗地高興的是，儘管她的姊妹們都是很精明的女孩子——如果是塔普一定會這麼說——她照樣打敗了她們所有人。這裡大約有二十個人，不分老少全都在玩遊戲，其中還包括了史古治；因爲他太投入正在玩的遊戲裡，以至於完全忘記他們根本聽不見他的聲音，甚至有好幾次還大聲喊出他的答案，而且經常都還猜對。就連標榜保證針眼絕不斷裂，最銳利、最好的「白教堂」牌縫衣針，也沒有這個時候的史古治反應敏銳，儘管他希望自己可以遲鈍一點。

精靈很開心看到史古治有這種好心情，也很高興看到他像個孩子一樣，抬頭仰望著自己，乞求精靈讓他可以留在這裡，直到所有客人離開爲止。但是精靈說這件事他辦不到。

「又有新遊戲開始了，」史古治說。「再半個小時，精靈，只要半個小時就好。」

這個遊戲叫做「對與錯」，史古治的外甥必須先想出某個東西，讓其他人來猜那是什麼。他們可以提出任何問題，但他對於這些問題只能回答對或錯。在眾人辛辣且猛烈的問題炮轟下，他脫口說出他想的是一種動物，一種活生生、脾氣相當暴躁的動物，一種野蠻、會咆嘯和發出嘟囔聲的動物；一種偶爾會說話、住在倫敦的動物，一種會在街上走、但不會有人注意到的動物；牠既不讓人牽、也不住在動物園裡，市場裡也從沒宰過牠這種動物；牠不是馬、不是驢子、不是乳牛、不是公牛、不是老虎、不是狗、不是豬、不是貓，也不是熊。每一個新的問題都會逗得史古治的外甥一陣狂笑，甚至樂到無法言喻時，他還會不由自主地從沙發上站起來猛跺腳。

最後那位豐腴的姊妹——她一樣也笑得不可自抑——大聲叫道：「我想到答案了！我知道那是什麼了，弗瑞德！我知道答案是什麼了！」

「答案是什麼？」弗瑞德邊笑邊問她。

「是你的舅舅，史……古……治！」

答案就是史古治。大家都誇獎她，不過有些人抗議說當他們提出「是不是熊？」這問題時，主持人應該回答「對」；因爲否定的答案足以誤導他們，讓他們以爲史古治並不在候選名單上，一副好像早就打算猜他的模樣。

「我想，他已經爲我們帶來許多歡樂了，」弗瑞德說，「如果不舉杯祝他健康的話，就未免太忘恩負義了。現在大家手上都有杯溫熱的葡萄酒，所以我要說：『史古治舅舅！』」

「好吧！史古治舅舅！」所有人一起大喊。

「不管他是怎樣的一個人，祝這老人家聖誕快樂！新年快樂！」史古治的外甥說。「雖然他不會接受我的祝福，說不定他自己就很快樂了，但我還是要祝福他。敬史古治舅舅！」

在不知不覺中，史古治舅舅的心情已經變得非常輕鬆愉快，如果精靈給他時間的話，他會舉杯回敬這些沒有察覺他在場的同伴們，還會發表沒人聽得見的演說來感謝他們。但是在他外甥說出最後一個字的同時，眼前所有的景象在瞬間全部消失；史古治和精靈再度踏上他們的旅程。

他們看了很多東西，走了很遠的路，也拜訪了許多家庭，看到的都是快樂的結果。精靈一來到病床旁邊，病人就開心起來，一踏上異鄉，遊子們就有回到家的親密感；精靈站在努力奮鬥的人身旁，他們對於自己遠大的希望就多了一份堅持，站到窮人旁邊，他們心裡就富裕起來。在救濟院、醫院和監獄，以及每個不幸的人避難的場所裡，只要那些拿著雞毛當令箭的自負守門人沒有鎖上大門，將精靈擋在外頭，他都會留下他的祝福，並藉此告誡史古治。

假如這只是一個晚上的時間，還眞是個漫長的夜晚；史古治會對此感到懷疑，是因爲好幾天的聖誕假期，似乎都濃縮在他們共同度過的這段時間裡。另外一件詭異的事情，就是史古治的外貌並沒有任何改變，但是精靈卻變老了，而且老得很明顯。史古治很早就觀察到這一點，只是沒有說出來。直到他們離開了一場孩子們的主顯節（註6）宴會後，一起站在一處空地裡時，他看著精靈，發現他的頭髮已經一片灰白，史古治才開口。

「精靈的生命都是這麼短嗎？」他問道。

「我在這個地球上的生命是非常短暫的，」精靈回答。「今晚我的生命就要結束了。」

「今天晚上！」史古治驚叫。

「今晚的午夜。聽！時間快到了。」

此時鐘聲正好敲響十一點三刻。

「假如我這樣問不得體的話，請原諒我，」史古治專注地看著精靈的長袍說。「我注意到有個奇怪、不屬於你身體的東西，從你的長袍下擺伸了出來。那是腳還是爪子？」

「從上面的肌肉來看，可能是爪子，」精靈憂傷地回答。「你看看這裡。」

精靈從長袍的皺摺處帶出兩個小孩，兩個可憐、骯髒、面容醜惡、令人害怕，不幸的孩子。他們跪坐在精靈腳邊，緊抓住長袍的一角。

「噢！人類啊！看這裡！看吶，看下面這裡！」精靈大叫著。

兩個小孩是一男一女。他們面黃肌瘦、衣衫襤褸、愁眉苦臉且面露兇光，但是又態度謙卑地趴坐在地上。原本該透露出美好的青春氣息和健康紅潤臉色的孩童面容，卻像被一雙衰老、滿是乾枯皺紋的手，彷彿歷經無數的年歲般，無情地蹂躪、摧殘，弄得支離破碎。原本應該被天使捧上寶座的純潔面容，此時卻潛藏著惡魔的仇視，瞪大著充滿惡意的雙眼。在造物主所有不可思議的神祕創造中，無論人性歷經怎樣的改變、退化或墮落，也沒有這怪物的一半恐怖駭人。

史古治被嚇得魂都快飛了，趕忙往後退了幾步。看到他們出現時，史古治本來還想說他們是對好孩子，但是這句話卻自己哽在喉嚨裡，似乎不願意成爲他睜眼說瞎話的共犯。

「精靈，他們是你的孩子嗎？」史古治只能勉強擠出這幾個字。

「他們是人類的孩子，」精靈低頭看著他們答道。「他們緊跟著我，向我訴說他們父親的不是。這男孩叫做『無知』，女孩叫做『貧困』。要提防他們兩個，還有他們的所有同類。尤其要小心這男孩，因爲我看到在他額頭上寫著『滅亡』這兩個字，除非有辦法將它抹去，否則人類在劫難逃。」精靈伸出手臂，指著城市大喊：「儘管否認吧！你們儘管去中傷那些說出事實眞相的人吧！儘管爲了爭權奪利而容許你們的無知作祟，讓情況變得更不可收拾！你們就等著自食惡果吧！」

「難道沒有收容他們的地方或辦法嗎？」史古治問道。

「難道沒有監獄嗎？」精靈轉過身看著史古治，最後一次模仿他的話說道。「難道沒有濟貧院嗎？」

十二點的鐘聲響起了。

精靈從長袍裡帶出兩個小孩

史古治四處張望，想尋找精靈的身影，卻已經看不到他了。最後一聲鐘響的振動消失在空氣中之後，他想起老雅各·馬立的預言。他抬起頭，看見一位身披長袍、戴著頭巾、神色莊嚴的精靈，像陣霧似的貼著地面朝著他飄了過來。

第四節　三精靈之三

精靈緩慢、嚴肅、無聲地飄了過來。當它靠近時，史古治不禁跪了下來，因爲在精靈四周的空氣中，散發著一種幽暗和神祕的氣息。

一件深黑色的長袍罩住精靈全身，把它的頭、臉和身體全都遮住，除了一隻伸出來的手之外，什麼也看不見。要不是這隻手，恐怕很難在黑夜中辨識出它的形體，把它和周遭的黑暗區分開來。

當精靈來到史古治身邊時，他覺得它既高大又威嚴，它的神祕感讓他心裡充滿敬畏。他只知道這麼多，因爲精靈完全沒開口說話，而且動也不動。

「在我面前的是『未來的聖誕精靈』嗎？」史古治問道。

精靈沒有回答，而是舉起手指向前方。

「你待會要讓我看的景象，是那些以前沒有發生過、但是未來即將發生的事情的幻影嗎？」史古治追問。「是這樣嗎，精靈？」

長袍上半部的皺摺處瞬間抽動了一下，像是精靈點了點頭。這也是史古治唯一得到的回答。

儘管到現在史古治已經很習慣和精靈爲伍了，但是眼前這個沉默的影子還是帶給他壓倒性的恐懼；他的雙腿不停顫抖，甚至連他準備跟著精靈走時，還發現自己連站都站不穩了。精靈似乎觀察到史古治的狀況，它停頓了一下，給他一點時間恢復鎮定。

不過這麼一來史古治的情況反而變得更糟。一種無以名狀的恐懼感讓他渾身顫慄，因爲他知道在那塊漆黑的裹屍布底下，精靈那對鬼魅般的眼睛正盯著他瞧；儘管他瞪大雙眼，除了一隻像妖怪的手和一團高大的黑影之外，什麼也看不到。

「未來的聖誕精靈！」史古治激動地說，「你比我見過的任何鬼怪都叫我害怕。但是，因爲我知道你現身的目的是爲了我好，而我也希望改過自新，今後能夠重新做人，所以我懷著一顆感謝的心，已經準備好接受你這個朋友了。這樣你還是不肯開口跟我說話嗎？」

精靈還是沒有回答，舉起的手依舊指向兩人的正前方。

「帶路吧！」史古治說。「帶路吧！良夜苦短，我知道這段時間對我而言有多寶貴。帶我上路吧！精靈。」

精靈以剛才朝他飄過來的方式飄走，史古治跟在它長袍的陰影裡，他感覺影子讓他浮了起來，帶著他前進。

他們的動作完全不像要進入倫敦城；或者應該說倫敦城做出在他們四周冒出來，包圍住他們的動作。現在他們來到市中心的證券交易所裡；周圍全是生意人，有人匆忙地跑上跑下，弄得口袋裡的錢幣叮噹作響，有人圍在一起交談，有人看著錶，還有人若有所思地玩弄著手上大大的金印章，這些人、這些舉動等等，全都是史古治習以為常的景象。

精靈在一小群生意人旁邊停下腳步。史古治注意到精靈的手指向他們，便走上前去聽他們說話。

「不去，」一個下巴肥厚、體型龐大的胖男人說，「而且這件事我也不清楚。我只知道他死了。」

「他什麼時候死的？」另一個人問。

「我想，是昨天晚上吧。」

「怎麼會這樣？他發生什麼事了？」第三個人問。他拿出一個非常大的鼻煙盒，吸了一大口煙。「我還以為他永遠死不了咧。」

「天曉得。」胖男人打著呵欠說道。

「那他怎麼處理他的錢呢？」一位紅光滿面的紳士問道。他的鼻尖底下有塊肉瘤晃啊晃的，好像火雞脖子那串下垂的肉。

「我沒聽說，」肥厚下巴的男子回答，又打了個呵欠。「或許會留給他的合夥人吧。不是留給我就對了，這點我是很肯定的。」

這句玩笑話引起一陣哄堂大笑。

「這葬禮一定辦得很簡單，」胖男人繼續說：「因為，我敢以生命擔保，我還沒聽說有誰要去參加的。要是我們一起去呢？有誰自願參加嗎？」

「如果有供應午餐的話，我倒是不介意去啦，」鼻尖垂肉的紳士說道。「不過如果我去了，可得要讓我吃飽才行。」

眾人又是一陣大笑。

「好吧，畢竟我算是你們之中最公正無私的，」胖男說，「因爲我從沒戴過黑手套，我也從不吃午餐。不過如果有其他人要去的話，我也會去。現在想一想，我應該算是他一個特別的朋友吧；因爲只要我們見到面，都會停下來聊個幾句。再見了！各位！」

說話的人和聽眾散開之後，又加入另一群人的談話。史古治認識這些人，他望向精靈，希望得到解釋。

精靈飄到街上，手指頭指向兩個正在碰面的人。史古治再度上前去聽他們說話，心想或許可以在這裡找到解答。

他也認識這兩個人，而且和他們很熟。他們兩個也是生意人，非常富有，地位崇高。他以前總是希望能得到他們的尊重——當然，這是在商言商的說法——只限於商業上的尊重。

「你好嗎？」其中一人說。

「你好嗎？」對方反問他。

「這個嘛！」第一個人說道，「那老惡魔終於得到報應了，嘿嘿。」

「我聽到的也是這樣，」第二個人回答道。「天氣眞冷啊，你不覺得嗎？」

「聖誕節的天氣一向如此。我想，你大概沒在溜冰吧？」

「沒有，沒有。還有別的事要忙。再見了！」

談話到此結束。這就是他們碰面、交談和分手的過程。

史古治一開始有些訝異，爲何精靈會認爲這些顯然很瑣碎的交談有任何重要性，但他的直覺要他相信，這些人的對話中一定藏有什麼深意。於是他開始思考這些話可能與哪方面有關。他們說的應該和他的老夥伴馬立的死無關，因爲那是發生在「過去」的事，而現在這位精靈管轄的是「未來」。可是他也想不出來，是哪個和他有關的人可以套用在他們的對話裡。但是不管他們指的是誰，毫無疑問的是，這當中一定有著幫助他改過向善的寓意存在。於是他決定牢記每個他聽到的字，和他看見的每樣事物，尤其要特別注意他自己的影像出現時的一舉一動。因爲史古治預期自己在未來的行爲，能夠提供他遺漏的那條線索，輕易地解開這些謎題。

他四處張望，仔細尋找自己的身影，卻只看到另一個人站在他習慣站的角落裡。儘管已經到了他每天都會出現在那裡的時間，但是在那一大群經過門廊的人潮中，他卻看不到任何長得像他的人出現。不過他對此也不太感到驚訝，因爲他已經下定決心要改變他的人生，也希望能看到自己新生的模樣。

站在他身旁的精靈沈默依舊，一團漆黑的身體只伸出一隻手。當史古治從空想中回過神來時，他以爲那隻手轉過來指向自己，那雙看不見的眼睛正緊盯著他。他嚇得直打哆嗦，渾身發冷。

他們離開這忙碌的地方，來到城裡較晦暗的地區。史古治知道這個聲名狼籍的地方，但他從來沒有來過這裡。這裡的街道既污穢又狹窄，店鋪和住家的外觀破爛不堪，居民們衣衫不整，接近半裸，不是醉醺醺，就是一副懶洋洋、邋遢醜陋的模樣。巷弄和走道就像他們的污水坑，所有的穢物、惡臭和垃圾，都隨意傾倒在這裡錯綜複雜的街道上。整個街區瀰漫著犯罪、污穢和不幸的氣氛。

在這個惡名昭彰的地方最深處，在一座閣樓的屋頂底下，有間門面低矮、屋簷突出到街上的小鋪子，專門收購破銅爛鐵、破布、瓶罐、獸骨和油膩的贓物。店裡的地板上，堆著生鏽的鑰匙、鐵釘、鏈條、鉸鍊、銼刀、秤子、砝碼和各種廢鐵。在這座由不起眼的破布、腐敗的脂肪團和獸骨塚堆疊而成的垃圾山裡，隱藏著極少有人願意去探究的祕密。一個年約七十、頭髮花白的老無賴，端坐在這些他做生意的貨品中間。老人坐在用老舊磚塊砌成的燒煤炭的爐子旁邊，用一條繩子串起一塊縫了各種破布補釘的臭布簾，當作阻擋外頭冷空氣的屏障，自己則躲在這個安逸的角落裡，平靜地享受吞雲吐霧之樂。

史古治和精靈來到老人面前時，剛好也有個婦人背著一大捆東西，正躡手躡腳地要走進店裡。她才剛踏進店門口，又有另一個婦人也拿著一樣的東西進來了；一名穿著褪色黑衣服的男子緊跟在她後面。他看見這兩個女人時嚇了一跳，她們認出他時臉上驚訝的表情也不惶多讓。他們一時半刻間吃驚的說不出話來，包括叼著煙斗的老人在內，接著全部人同時大笑起來。

「清潔婦最先到！」第一個進來的婦人喊道。「洗衣婦是第二個，然後葬儀社的人是第三個！你看看，老喬，真是巧啊！好像我們三個約好了在這碰面似的！」

「你們在這碰面是再好也不過了，」老喬拿下嘴裡的煙斗說。「進廳裡來吧。很早以前你就在這自由進出了，這你是知道的，其他兩個也不是第一次來了。等等，讓我先把店門關上吧。喔！這門也叫得太刺耳了！我想這裡沒有哪塊金屬比門的絞鍊生鏽得還厲害了，我也保證這裡沒有哪根骨頭比我這老骨頭還老的了。哈哈！我們都很適合各自的職業，相配得很呢。進客廳裡來，進客廳裡來吧。」

老喬所謂的客廳，只不過是破布簾後面的一小塊地方。老人拿著一根老舊的樓梯毯棍（註7）把火耙攏，用煙管整理了一下冒煙的燈芯（因爲已經入夜了），然後再把煙斗放進嘴裡。

在他做這些事的同時，剛才開口說話的婦人把她帶來的那捆東西丟到地上，還大搖大擺地坐到凳子上，手肘交疊擱在膝蓋上，傲慢無禮地看著另外兩個人。

「那又怎樣？狄爾勃太太？那又怎樣？」這婦人說道。「每個人都有權利爲自己著想。他一向如此。」

「的確，這倒是眞的！」洗衣婦說。「這方面沒有人比得上他。」

「那麼，你就別只會站在那乾瞪眼，好像很害怕的樣子，女人！誰那麼聰明會知道？我想，我們不至於要互揭對方的瘡疤吧？」

「不會，當然不會！」狄爾勃太太和那男子異口同聲說道。「我們希望不會。」

「那好極了！」婦人叫道。「這樣就夠了。有誰會因爲丟了幾樣這種東西而倒楣的？我想，絕對不會是死掉的人。」

「不會，當然不會，」狄爾勃太太笑著說。

「假如這個邪惡的老守財奴，連在死後都還想把些東西留在他身邊的話，」婦人繼續說，「那他還在世的時候為什麼不活得像個人呢？如果他待人處事合情合理，在他和死神搏鬥時，一定會有人照料他，不會讓他孤零零地躺在那裡，嚥下最後一口氣。」

「這是我聽過最中肯的話了，」狄爾勃太太說。「這是他的報應。」

「我還希望這報應可以再重一點，」婦人說：「相信我，要是我可以再多拿走一點東西，他就會有這種報應。老喬，把我那捆東西打開，幫我估個價吧。你就坦白說吧，我不怕當第一個，也不怕他們看。我相信我們都很清楚，在我們到這裡碰面之前所做的事，不過是自我救濟罷了。不是什麼罪過。打開包裹吧，老喬。」

但是她這兩個豪情萬千的朋友可不允許她這麼做：穿著褪色黑衣服的男子率先拿出他侵占的贓物。並沒有多少東西，一兩個印章、一個鉛筆盒、一對袖釦，和一個值不了多少錢的胸針，就這麼多。老喬逐一拿起來查看、估價，用粉筆把他打算付給每樣東西的金額寫在牆上，發現沒東西可寫了，就加一加算出總價。

「你的東西就值這麼多，」老喬說，「把我丟到沸鍋裡煮了，我也不會再多拿出一分錢。接下來換誰？」

下一個是狄爾勃太太。她的東西是幾條床單和毛巾、一些衣服、兩隻老式的銀湯匙、一把糖夾子，還有幾雙靴子。每件東西的價格也同樣記錄在牆上。

「我對女士總是比較大方，這是我的弱點，也因此毀了我的人生，」老喬說。「你的東西就值這些錢。如果你要我多付一點，還要跟我討價還價，我就會後悔自己太過大方，還會扣掉你半克朗。」

「現在輪到我這包了，老喬，」第一個婦人說。

老喬跪了下來好打開包裹。鬆開了無數個結之後，他拉出一大捲又黑又厚的東西。

「這是什麼東西？」老喬說。「床帷？」

「喔！」婦人邊笑著、邊抱著手臂往前傾。「床帷！」

「你該不會要說，你在他還躺在那的時候，就把簾子、扣環和其他所有東西給拆走了吧？」老喬說。

「沒錯，就是這樣，」婦人答道。「有何不可呢？」

「你天生註定要發財，」老喬說，「而且以後一定會發財。」

「對付像他這種人，只要是我的手摸得到的東西，我絕對不會放過，我說到做到，老喬，」婦人冷酷地回答。「小心點，別把油滴到毯子上了。」

「這也是他的毯子嗎？」老喬問。

「你想還會是誰的？」婦人答道。「我敢說，就算沒有這毯子他也不會著涼的。」

「我希望他不是死於某種傳染病，是嗎？」老喬停下動作，抬頭看她。

「這點你別擔心，」婦人回答。「要是他得了什麼病，像我這麼討厭他的人才不可能在他旁邊待這麼久。喔，你儘管仔細檢查那件襯衫，我保證看到你眼睛痛也找不到任何破洞，連露出來的線頭都沒有。這是他最好的一件襯衫，也確實是件高檔貨。要不是被我拿到了，一定會被當成垃圾丟掉的。」

「你說當成垃圾丟掉是什麼意思？」老喬問。

「當然是讓他穿著這件襯衫一起下葬啊，」婦人笑著回答道。「不知道是哪個笨得可以的傢伙幫他穿上了，幸好被我脫下來了。如果棉布襯衫當壽衣還不夠好，那它用在其它地方也不會好到哪去。那件棉布襯衫還挺合他身的，反正他穿了也不會變得更醜。」

這段話聽得史古治膽顫心驚。他用一種深惡痛絕到極點的神情，看著他們像一群可憎的惡魔，在老人店裡微弱的燈光下，圍坐在他們掠奪來的贓物旁七嘴八舌討論著，一副打算要秤斤論兩賣掉那副屍體的樣子。

「哈哈！」當老喬拿出法蘭絨錢袋，開始算起她放在地上的戰利品價格時，同一個婦人笑著說：「你們看！這就是他的下場！他活著的時候，把每個人都嚇跑了，現在他死了反而便宜了我們！哈哈哈！」

「精靈！」史古治全身顫抖地說。「我明白了，我明白了。這個不幸死去的人應該是我。以我現在的人生，下場可能就是這樣。慈悲的上帝啊！這算什麼下場啊！」

這時場景又變了，現在他差點碰到一張床，把他嚇得倒退了好幾步。這是一張空無一物、連床帷都沒了的床。在床上那條破爛的床罩底下，似乎躺著某個東西。儘管它沒有發出任何聲響，卻以一種恐怖的語言宣告它的存在。

這個房間很暗，暗到幾乎看不清楚任何東西。但是史古治突然有種莫名的衝動，他四處張望，急切地想知道這是什麼房間。室外亮起一道微弱的光，直接照射在床上，躺在上面的，就是那被掠奪、竊取、沒人照顧，也沒人爲他哭泣的屍體。

史古治看向精靈，它堅定的手指著屍體的頭部。床單蓋得很草率，只要史古治動動手指稍微往上掀，屍體的臉就會露出來。他想到這一點，覺得這事輕而易舉，也很渴望這麼做；但他卻使不出力氣去掀開那張床單，就像他無力打發走身邊的精靈一樣。

喔！冷酷、嚴肅、可怕的死神啊，在這設下您的祭壇，用聽令於您的恐怖來裝飾它吧，因爲一切都在您的控制之下啊！但是，對於一個受人愛戴、敬重和尊崇的人，您就不能按照您可怕的心意動他一根頭髮，或讓他變得面目可憎。不是因爲他解脫時雙手變得沈重而且垂落，也不是因爲他的心臟或脈搏已經停止跳動，而是因爲他在生時那雙手的大方、慷慨與眞誠，他的內心勇敢、溫暖又溫柔，還有流過他脈搏裡的人性。攻擊他啊，幽靈，攻擊他啊！然後看看從他傷口裡湧出的善行，如何以不朽的生命散播到全世界！

沒有人在史古治耳邊說出這些話，但當他看著那張床時，卻聽見了這番話。史古治想著，假如這個人現在活了過來，不曉得他心裡第一個念頭會是什麼？是貪財、競爭激烈的生意，還是用心計較？是啊，這些念頭的確將他推向一個如此風光的下場！

他一個人躺在這漆黑、空洞的房子裡，沒有其他人，男人、女人或是小孩，陪在他身邊，說他生前對我哪裡哪裡好，或是說因為記得他曾對我說過的一句好話，所以我要好好陪著他。有隻貓正在抓門板，壁爐底座下傳來老鼠嚙咬的聲音。牠們在這死者的房間裡想做些什麼？為什麼牠們如此躁動不安呢？史古治連想都不敢想。

「精靈！」他喊叫著。「這地方太恐怖了。相信我，離開這裡後，我絕對不會忘記在這裡學到的教訓。我們走吧！」

精靈的手指依舊紋風不動地指著床上的頭。

「我懂你的意思，」史古治答道，「假如我做得到的話，我一定會去做。但是我沒辦法，精靈。我無能為力啊。」

精靈似乎又看著他。

「假如這鎮上有任何人會因為這男人的死而感到難過悲傷，」史古治說，表情極為痛苦，「請帶我去看看那個人吧，精靈。我求求你！」

精靈像展翅一般在史古治面前拉開它的黑色長袍，一會之後又收了回去。此時映入他眼簾的是一間在日光照耀下的房間，有位母親和她的孩子們在裡面。

母親正在焦急地等著某人，她在房裡來回走動，任何聲響都會讓她驚跳一下，同時望向窗外，又看看時鐘；她試著做些針線活，但卻盡付徒然，而孩子們的嬉鬧聲也讓她無法忍受。

終於，她期待已久的敲門聲響起，她急忙跑向門口去迎接丈夫。雖然他的年紀輕輕，卻有張因憂勞而憔悴的臉龐。此刻這張臉上有種顯著的表情，一種令他同時感到羞愧、又竭力想壓抑的愉悅神情。

他坐到爐火旁，開始享用特地爲他準備的晚餐。他們沉默了許久之後，她輕聲地問他有沒有什麼消息，他則顯得有些尷尬，難以啓口。

「是好消息？還是壞消息？」她試圖幫他開口。

「壞消息。」他說。

「我們眞的破產了？」

「不，我們還有希望，卡洛琳。」

「若是他大發慈悲，」她說道，一副不可置信的樣子，「那才叫有希望！要是眞有這樣的奇蹟發生，天底下就什麼事都有希望了。」

「他沒有大發慈悲的機會了，」她丈夫答道。「他已經死了。」

假如她臉上流露出的是表情不是作假，那她肯定是個溫柔又寬容的人；但是她聽見這句話時，卻有股發自內心的感激，讓她雙手合十說出這種感受。不過下一刻她便爲此感到難過，並祈求上帝的寬恕，然而她一開始的反應才是她內心最眞實的感受。

「當我想去找他，求他寬限我們一個禮拜後再還錢時，昨天晚上我跟你提過的那個喝得半醉的女人，告訴了我這個消息——那時候我還以爲這只是他不想見我的藉口而已——結果竟然是眞的。當時他不但病得很嚴重，而且就快死了。」

「那我們欠他的債會轉給誰呢？」

「我不知道。但是在那之前，我們應該就可以把錢籌到了；就算到時候錢還沒有著落，要是他的債權繼承人和他一樣殘酷無情的話，那就算我們的運氣真的背到底了。今晚我們可以安心地睡上一覺了，卡洛琳。」

是的，他們雖然想讓自己表現得有同情心一點，但是他們的心情確實輕鬆了許多。孩子們安靜地圍繞在大人身邊，儘管聽不太懂他們的談話，臉上的表情也跟著明亮了起來。這個人的死居然能爲這一家人帶來歡樂！精靈讓他看到在這個事件中所引發的唯一情緒，竟然都是喜悅的心情。

「讓我看看對於他的死感到不捨的一面，精靈，」史古治說。「不然我們剛剛離開的那間黑暗的房間，將會永遠烙印在我的腦海裡。」

精靈帶著他走過幾條他熟悉的街道；一路上史古治不停地東張西望，想找尋自己的身影，但卻徒勞無功。他們走進之前史古治曾來過的地方——貧窮的包伯．克拉契的家——看見母親與孩子們圍坐在爐火旁。

屋裡沒有任何聲響，非常安靜。那對吵鬧的小克拉契像雕像般安靜地端坐角落裡，看著手上拿著書的彼得。母親和她的女兒們正專心做著針線活。可以肯定的一點是他們都非常安靜。

「『於是領過一個小孩子來，叫他站在門徒中間。』（註8）」

史古治在哪裡聽到這句話？絕對不是在夢裡。一定是在精靈和他跨過克拉契家門檻時，聽到那個男孩大聲唸出來的。他爲什麼不再唸下去呢？

母親將手上的針線活擱在桌上，用手摀著臉。

「這顏色刺得我眼睛好痛，」她說道。

顏色？噢，可憐的小提姆！

「現在我又覺得好多了，」克拉契太太說。「在燭光下作針線活很傷眼。你們的父親快回來了，我可不能讓他看到這對疲勞的眼睛。快到他回家的時間了。」

「已經超過時間了，」彼得闔上書本說。「我覺得最近這幾個晚上，他走路的速度大概比平常慢一點，媽媽。」

他們再度陷入一片沉默。終於，她以一種堅定、愉快的聲音開口說話，中間只結巴了一次：「我知道他以前……我知道他以前肩上舉著小提姆時，走得挺快的呢！」

「我也記得，」彼得大喊道。「他常這樣。」

「我也記得，」另一個孩子跟著大叫。所有人都記得。

「不過小提姆很輕，」她繼續說道，專注做著手上的針線活，「而且你們的爸爸那麼疼愛他，所以他背起來一點也不麻煩，一點也不麻煩。你們的爸爸已經到門口了！」

她急忙上前去迎接他；卑微的包伯圍著他的長毛圍巾——他真的需要這東西，可憐的傢伙——進來了。他的茶已經擱在爐架上爲他準備好了，大家都搶著要幫他端來。兩個小克拉契爬上包伯的膝蓋，躺在他的懷裡；他們一邊一個，把小臉蛋貼在他的臉頰上，想是在對他說：「不要擔心了，爸爸。不要難過！」

包伯和家人們在一起感到非常愉快，他很開心地和大家談話。他看著桌上的針線活，稱讚起克拉契太太和女兒們的勤勞與俐落。他說，應該不用到禮拜天就可以完成了。

「禮拜天！那麼，羅伯特，你今天是去過那了囉？」他的妻子問道。

「是的，親愛的，」包伯回答。「我眞希望你也一起去了。去看一眼那個多麼綠意盎然的地方，你一定會覺得好過點。不過你以後有的是機會去那邊看看的。我答應他禮拜天會去那裡走。我的孩子，我的小孩啊！」包伯哭了出來。「我的小孩啊！」

他突然崩潰，忍不住大哭起來。要是他能控制住自己的情緒，他跟他的小孩在情感上的距離，可能會比生死之隔還要來得更遙遠。

包伯離開了客廳，走到樓上的房間，裡面的燈光閃耀著歡樂的氣氛，還掛滿了聖誕節的裝飾。有張椅子放在靠近裡頭的孩子旁邊，上面還留著不久前才有人來坐過的痕跡。可憐的包伯坐到椅子上沉思了一會，讓自己平靜下來之後，低頭親了親孩子的小臉蛋。他總算接受這已經發生的事實，便抱著相當愉快的心情再度走下樓。

他們把位子移到火爐邊聊天，女兒們和母親仍繼續作著針線活。包伯告訴他們史古治的外甥有多麼仁慈，雖然他們只有一面之緣，但是那天在街上相遇，他看見包伯似乎有點——「不過是有點沮喪而已，你們知道的，」包伯說，史古治的外甥就問包伯是什麼事讓他這樣難過。「因爲，」包伯說，「他是你們所聽過或認識的人裡，說話最和氣的紳士，所以我就把事情都告訴他了。他說『克拉契先生，發生這樣的事我覺得萬分遺憾，我也衷心地爲您賢慧的妻子感到難過。』對了，他是怎麼知道那件事情的，我可就不清楚了。」

「知道什麼事情呢，親愛的？」

「哦，就是你是個賢慧的妻子這件事啊！」包伯答道。

「這是大家都知道的啊！」彼得說。

「說得好啊，兒子！」包伯大叫一聲。「我希望大家都知道。『我也衷心地爲您賢慧的妻子感到難過，』史古治的外甥對我說，給了我他的名片，『這是我的地址，如果有任何我可以幫上忙的地方，請務必來找我。』你們知道嗎？這件事讓人感到愉快的地方，不在於他能夠幫我們什麼忙，而是他那親切的態度。就好像他眞的認識我們的小提姆，心裡也和我們一樣哀戚。」

「我相信他一定有個高尚的靈魂！」克拉契太太說。

「親愛的，」包伯回答，「要是你見過他、和他說過話，你會更肯定這一點。你們聽我說，要是他幫彼得找到一份更好的工作，我一點也不會感到驚訝。」

「彼得，你注意聽。」克拉契太太說。

「那麼，」其中一個女兒嚷著說道，「彼得就會找到某個人作伴，然後有自己的家囉。」

「管好你自己吧！」彼得吃吃笑著反駁她。

「這也不是不可能，」包伯說，「說不定哪一天就成眞了。儘管在那之前我們還有很多時間，親愛的，但是無論何時，當我們彼此分離的有多遙遠，我深信我們沒有一個人會忘記可憐的小提姆，這場發生在我們之中第一次的別離，對吧？」

「絕對不會的，爸爸！」他們異口同聲地喊著。

「我也知道，」包伯說，「我親愛的家人們，我知道當我們回想起，儘管他只是個小小孩，但是我們的小提姆是多麼有耐心、又有多溫柔時，我們彼此間就不會輕易地起爭執，因爲這麼做就是忘記了我們可憐的小提姆。」

「不會的，爸爸，我們絕對不會的！」他們再度同時吶喊道。

「我很高興，」包伯說，「我眞的很高興。」

克拉契太太親了他，女兒們也親了他，兩個小克拉契也湊過來親了一下，彼得則過來和他握了握手。小提姆的靈魂啊，你童稚的本性是上帝所賜予的！

「精靈，」史古治說，「我有種感覺，我和你就快分手了。我知道，但我不知道你會怎麼離開我。告訴我，我們不久前看到的那個垂死的人是誰？」

如同前幾次一樣，「未來的聖誕精靈」又將史古治帶到——儘管時間不同，他心想，的確，除了同樣都是發生在「未來」之外，他們後來看到的這些景象似乎都連貫不起來——生意人聚集的地方，但這次他還是沒看見自己。事實上，精靈完全沒有在現場停留，而是一直往前飄去，彷彿急著趕到路的那一頭，直到史古治哀求它才停了下來。

「這個我們匆忙經過的小巷子，」史古治說，「是我工作的地方，而且已經有很長一段時間了。我看見我的辦公室了。讓我看看我在未來的樣子吧！」

精靈停了下來，手卻指向其他地方。

「房子在那邊啊，」史古治喊道。「你爲什麼指別的地方？」那無動於衷的手指依舊指著同一個方向。

史古治快步走向辦公室的窗戶，往裡頭張望。這裡還是間辦公室，但已經不是他的了。家具都換了，坐在椅子上的人也不是他自己。精靈的手還是指著同個地方。

史古治再走回精靈身旁，納悶著他爲什麼不在裡面？到底是跑哪去了？他跟著精靈走到一扇鐵門前停了下來。他先左顧右盼了一會才走進去。

這裡是教堂墓園。也就是說，那個他即將要知道名字的可憐人，便是長眠於此。這是個適合當墓園的好地方，四面被房屋團團圍住，滿地雜草，植物長出來的是死亡的氣息，而非生氣。這裡埋葬了太多人，滿到墓地對亡者都失去了胃口。眞是個適合當墓園的好地方！

精靈站在墳墓堆中，手指著底下其中一座。史古治顫抖著走上前。精靈的外貌一點也沒有改變，但是他不禁害怕起來，因爲在那莊嚴的外表下，他似乎看見了新的意義。

「在我靠近你所指的墓碑之前，」史古治說，「請回答我一個問題。你帶我看見的這一切，是將來『一定』會發生，還是『可能』會發生而已？」

精靈依舊指著它旁邊的那座墓碑。

「從一個人的所作所爲，可以看出他將會有怎樣的結果；假使他持續這樣的所爲，就一定會有這樣的結果，」史古治說，「但是如果他改變了他的行爲，結果也會跟著改變。你帶我看的景象，就是要告訴我這點對不對？」

精靈還是一樣動也不動。

史古治全身發抖，躡手躡腳地走向墳墓。他跟著精靈手指的方向，在那塊乏人照料的墓碑上唸出自己的名字：艾比尼佐．史古治。

「我就是剛才那個躺在床上的人嗎？」他跪在地上吶喊著。

指著墳墓的手轉向他，然後又指回墳墓。

「不，精靈！喔，不是，不是的！」

不動的手依舊指著墳墓。

「精靈啊！」史古治緊抓住它的長袍，哭喊著，「請聽我說！我已經不是過去的我了。經歷過這一切之後，我絕對不會再成為過去那個我了。如果我已經無藥可救，爲什麼還要讓我看這些景象呢？」

精靈的手第一次出現晃動的跡象。

「仁慈的精靈，」他跪倒在精靈跟前，繼續說道，「你的本性會替我求情，憐憫我。請告訴我，如果我改變我的人生態度，我就有可能改變你給我看過的這一切嗎？」

那仁慈的手顫抖著。

「我會打從心底尊敬聖誕節，努力保持一整年的聖誕精神。我一定會活在過去、現在和未來中，將三個精靈帶給我的訊息長存在心來鞭策自己。我絕對不會忘記你們給我的每一則教訓。喔，告訴我，說我還有機會擦去這墓碑上的名字！」

精靈的手指著墳墓

在極度痛苦的驅使下，史古治不自覺地抓住精靈的手。它想掙脫，但他的哀求卻讓他抓得更緊，更不想放開。精靈使出更大的力量擺脫了他。

當史古治高舉著雙手，最後一次請求精靈扭轉他的命運時，他發現精靈的頭巾和長袍起了變化。它們慢慢變綴、癱軟下來，然後逐漸縮小成一根床柱。

第五節　尾聲

沒錯！這是他的床柱、他的床，和他自己的房間。讓他感到最美好、最快樂的是，未來的時間都是他自己的，可以好好彌補過去的一切。

「我一定會活在過去、現在和未來中！」史古治爬下床時不段重複著這句話。「將三個精靈帶給我的訊息長存在心來鞭策自己。噢，老雅各．馬立！感謝上帝、感謝聖誕節給了我這個機會！我是跪著說這番話的，老雅各，我是跪著的！」

他滿腦子都想著要去做好事，以至於激動到全身發熱，連沙啞的聲音都跟不上他的叫喊。他在和精靈爭執不下時曾激烈地哭泣，現在臉上已滿是淚水。

「這些東西沒有被拆走，」史古治叫喊著，將一條床帷拉進懷裡，「還有扣環和其他東西，都沒有被拆走！它們都還在這裡——我也還在這裡——那些未來會發生的事情是可以改變的。可以的，我知道它們可以改變的！」

不知所措的他雙手不停地翻弄身上的衣服：一下子把內裡翻出來、一下又上下顛倒反著穿，不然就是拉扯一陣後又扔到一旁，讓衣服成了他誇張行爲的受害者。

「我不知道該怎麼做！」史古治又哭又笑地吶喊著，還用襪子纏住自己，活像拉奧孔（註9）的雕像。「我輕鬆得好比羽毛、快樂得宛如天使，開心得像個小學童，但是頭暈的像個醉漢。祝大家聖誕快樂！祝全世界新年快樂！哈囉！嘿！哇嗚！哈囉！」

他蹦蹦跳跳地進了客廳，站定在那裡，上氣不接下氣地喘著。

「那是煮粥的平底鍋！」史古治大叫，然後又開始興奮地繞著火爐蹦跳著轉圈。「那道門！雅各・馬立的鬼魂就是從那裡進來的！那個角落！『現在的聖誕精靈』就坐在那！還有這扇窗！我就是在這裡看見那些遊蕩的幽魂！沒錯，這一切都是眞的，所有事情眞的都發生過。哈哈哈！」

確實，對一個這麼多年來未曾有過這個習慣的人而言，他笑得眞是精彩萬分，幾乎可以稱爲史上最輝煌的笑聲。也開啓了接下來一長串的燦爛笑聲。

「我不知道今天是這個月的幾號，」史古治說。「我也不知道我和那些精靈在一起多久了。我什麼都不知道，像個嬰兒般無知。不過沒關係，我才不在乎。我寧願當個嬰兒。哈囉！哇嗚！哈囉！嘿！」

教堂宏亮的鐘響打斷了他狂喜忘我的情緒，因爲這是他聽過最響亮的鐘聲。噹、噹、叮、咚、咚、叮、噹、噹。噢，太棒了，太棒了！

史古治跑到窗邊，打開窗戶探出頭。沒有濃霧，也沒有薄靄；只有晴朗、明亮、歡樂、活潑的冷空氣，冷得讓全身血液都舞動起來。金黃色的陽光，美好的天空，甜美清新的空氣，輕快的鐘聲。噢，太棒了，太棒了！

「今天是什麼日子啊？」史古治大聲問著底下一個穿著禮拜服的男孩。這孩子可能是溜進來偷看他的。

「什麼？」男孩一副不可思議的樣子。

「我問你今天是什麼日子？我的好孩子。」史古治說。

「今天？」男孩回答道。「哦，今天是聖誕節啊。」

「今天是聖誕節！」史古治自言自語的說。「我還沒有錯過它！精靈們只用一個晚上就讓我看了那麼多東西。它們高興做什麼就可以做什麼。它們當然做得到。它們當然做得到。哈囉，我的好孩子！」

「哈囉！」男孩回答他。

「你知道離這隔兩條街的轉角那家肉舖嗎？」史古治問道。

「當然知道，」男孩答道。

「真是個聰明的孩子！」史古治說。「好棒的孩子！那你知不知道，掛在店裡那隻得獎的火雞賣掉了沒？不是那些得小獎的火雞：是得大獎的那隻。」

「什麼？你是說跟我一樣大的那隻火雞嗎？」男孩說。

「真是個可愛的孩子！」史古治說。「和他說話真讓人開心。是的，孩子。」

「牠現在還掛在那呢！」男孩回答。

「眞的嗎？」史古治說。「快去把牠給買回來。」

「別開玩笑了！」男孩喊叫著。

「不，不！」史古治說。「我是認眞的。去幫我把牠買下來，要他們拿到我這裡，我會再告訴他們把火雞送到哪去。你和送貨的夥計一起回來，我就給你一先令。如果你五分鐘內就帶他回來，我就給你半克朗！」

男孩像子彈一樣咻地飛奔而去。如果有人能夠把子彈射得有他一半快的話，他扣板機的手肯定穩的跟雕像一樣。

「我要把火雞送到包伯．克拉契家，」史古治邊搓著手，邊喃喃自語著，然後又迸出一陣笑。「他一定不知道是誰送的。這火雞可是有小提姆的兩倍大呢。送火雞到包伯家？連喬．米勒（註10）也沒想過要開這種玩笑吧！」

他寫地址時手不停顫抖著，不過他還是把地址寫好，然後走下樓，打開大門，等著迎接肉舖的夥計。當他站在那裡等待時，突然注意到那個門環。

「只要我還活著，我一定會好好愛惜它！」史古治輕拍著門環說道。「我以前幾乎沒正眼看過它一次。它臉上的表情多麼坦率啊！這眞是個了不起的門環啊！——火雞來了。嘿！哇嗚！你好嗎？聖誕快樂！」

眞的是隻火雞！身爲一隻火雞，牠生前一定沒用雙腳站立過。要是牠站起來，恐怕不到一分鐘，兩條腿就會像封蠟棒一樣啪地應聲折斷。

「哎呀，你可沒辦法這樣提著它到肯頓城去，」史古治說。「你必須叫輛馬車。」

他輕聲笑著說出這句話，笑著付火雞的帳，笑著付了馬車的錢，也笑著打賞了那男孩。然而這些笑聲都比不過他氣喘吁吁地坐回椅子上時，終於忍不住爆發出來的大笑，一直笑到眼淚都流出來了。

刮鬍子可不是項簡單的任務，因爲他的手還是一直抖得厲害。刮鬍子這種事需要集中精神，光是沒有手舞足蹈還不夠。不過就算他削下了鼻尖的一塊肉，他也會用塊膠布貼上去，然後還是覺得很開心。

他穿上「他最好的衣服」，終於上街去了。這時街上的人潮洶湧，就像他和「現在的聖誕精靈」在一起時看到的一樣。史古治把手背在後面走著，帶著愉快的笑容注視著每位路人。總而言之，他看起來是這麼討人喜歡，以至於有三、四個心情愉快的路人忍不住走上前對他說：「早安，先生！祝您聖誕快樂！」後來史古治常常提起這件事，他說在所有他曾聽過的愉快聲音中，這些話是讓他覺得最快樂的。

他還沒走多遠，就看見一位壯碩的紳士朝著他走過來；那是昨天去過他帳房，說：「我想這裡是『史古治與馬立公司』吧？」的人。想到他們遇上時，這位老紳士會怎麼看他，史古治的心忽然揪痛了一下。不過他知道接下來他該怎麼做，於是便筆直走上前去。

「親愛的先生，」史古治加快腳步，握住老紳士的手說，「您好嗎？希望您昨天的工作順利成功。您眞是個好心人。祝您聖誕快樂，先生！」

「你是史古治先生？」

「是的，」史古治說，「正是我本人，恐怕您聽見這名字不會太高興。但是請准許我請求您的寬恕。不知您是否願意——」史古治這時上前與他耳語。

「上帝保佑！」胖紳士彷彿快喘不過氣似地叫了出來。「親愛的史古治先生，你是說眞的嗎？」

「如果您歡喜的話，」史古治說。「一毛錢都不會少。您放心，裡面還包括許多拖了很久、早就該捐的款項。您願意幫我這個忙嗎？」

「親愛的先生，」那紳士握著史古治的手說。「我眞不知道該說什麼才好，您這麼慷慨——」

「請您什麼都別說，」史古治打斷他的話。「有空的話來找我吧。您會來看我嗎？」

「當然會！」老紳士叫了出來。很顯然他眞的願意這麼做。

「謝啦，」史古治說。「謝謝您。非常感謝您。祝福您！」

史古治去了教堂，然後再到街上閒逛。他看著路上匆忙來往的行人，拍拍孩童的頭，慰問乞丐們，不是往下看進人家的廚房，就是抬頭看著上面的窗戶。他發現每件東西都能讓他感到愉快。他以前連做夢也沒想過光是散步——還有這些平凡無奇的事物——竟然可以給他帶來這麼多快樂。到了下午，他的腳步轉向他的外甥家去。

在他終於鼓起勇氣去敲門之前，他在門口來回徘徊了不下十幾次，最後才一鼓作氣衝上前去敲了門。

「親愛的，你們家的主人在嗎？」史古治對應門的女孩子說。她是個漂亮的小女孩！非常漂亮！

「是的，先生。」

「他在哪裡呢，親愛的？」史古治說。

「他在飯廳裡，先生，和太太在一起。如果您願意，我可以帶您到樓上去。」

「謝啦。他認識我，」史古治說，手已經放在飯廳的門把上。「我可以自己進去，親愛的。」

他輕輕轉動門把，側著身從門縫探頭進去。裡面的人正注視著已經擺滿食物和餐具的桌面；這些年輕的女管家在這種時刻總是特別容易感到緊張，希望看到每樣東西都安置妥當。

「弗瑞德！」史古治叫著外甥的名字。

我的老天爺啊！他的甥媳婦嚇了一大跳。史古治一時忘記她還坐在角落裡，而且腳還擱在凳子上，否則他無論如何也不會開口叫出來了。

「哎呀，願上帝保佑我的靈魂！」弗瑞德說，「是誰來啦？」

「是我，你的舅舅史古治。我來與你們共進晚餐了。弗瑞德，我可以進來嗎？」

讓他進來！弗瑞德和他握手時，沒把他的手扭斷就算仁慈的了。不到五分鐘，他就和所有人就融洽得有如一家人了。沒有任何人能比他們更熱情了。他的甥媳婦就和他先前看過的一樣；然後塔普來了，他看起來也是一樣。那個豐腴的姊妹也來了，她也是一樣。所有人都來了，和精靈帶他來時看到的完全一樣。美好的聚會、精彩的遊戲、奇妙的和諧，多麼的快樂啊！

但是第二天早上，史古治還是很早就到辦公室了。喔，他是早到了。要是他第一個到，就可以當場逮到包伯．克拉契遲到的罪狀！他就是這麼盤算才特地早到的。

他成功了，是的，他成功了！鐘敲了九點，包伯還沒出現。過了一刻鐘，還是不見包伯的身影。他整整遲到了十八分三十秒了。史古治讓門開著坐在帳房裡，這樣包伯走進來時他才看得到。

包伯開門前就已經脫下帽子，長圍巾也拿下來了。他一瞬間就坐到板凳上，飛快地振筆疾書，彷彿要彌補他遲到的這十幾分鐘。

「喂！」史古治盡可能裝出平常的聲音咆哮著。「你今天這麼晚來是什麼意思？」

「我真的很抱歉，老闆，」包伯說。「我遲到了。」

「你遲到了！」史古治重複他的話。「是的，我想你是遲到了。可以麻煩你到這邊來一下嗎，先生。」

「一年才這麼一次而已，老闆，」包伯從箱子裡走出來哀求他。「我不會再犯了。昨天我過得太開心了，老闆。」

「現在，我告訴你，我的朋友，」史古治說。「我不會再忍受這種事情了。所以——」他邊說邊從凳子上跳了起來，手指往包伯的背心上用力一戳，讓他踉蹌地倒退回箱子裡。「所以，我準備給你加薪！」

歡樂聖誕

包伯全身顫抖起來，稍稍往桌上的長尺靠近。他突然閃過一個念頭，想拿尺把史古治打昏，抓著他，再向巷子外頭的人求助，請他們拿件瘋子穿的束縛衣來。

「包伯，聖誕快樂！」史古治拍拍他的背，用一種無庸置疑的誠摯神情對他說。「包伯，我的好朋友，我要給你一個比我這麼多年來給過你的還要更快樂的聖誕節！我要給你加薪，還要盡我所能幫助你苦苦維持的家庭。包伯，今天下午讓我們喝杯熱騰騰的甜果子酒來慶祝聖誕，順便談談你的事吧！在你繼續寫下一個字之前，先把火生起來，再去買桶煤炭回來，包伯．克拉契！」

史古治做得比他說的還要好。他不但全部做到，甚至還比他說的做得更多，而小提姆沒有死，史古治成了他的乾爹。他變成一個好朋友、好老闆和好男人，和古老而善良的倫敦城，或在這個古老善良的世界裡，一樣古老而善良的其他城市、城鎮或行政區裡美好的人一樣。有些人取笑他的轉變，但史古治任憑他們嘲笑，幾乎不予理會。因為他的智慧讓他知道，在這世上沒有任何一件好事，在剛開始時不會受到某些人嘲笑，而且他也知道這些人有多盲目。他覺得他們瞇著眼竊笑的模樣，總勝過其他不討喜的疾病或歪風吧。總之，他的心會笑，對他而言這就夠了。

他雖然再也沒有見過精靈，但之後也過著完全節制的生活。大家總是說，這世界上如果有人知道如何奉行聖誕節精神的話，那個人肯定非史古治莫屬。但願這句話也能套用到我們身上，我們所有人身上！就像小提姆所說的那樣：「願上帝祝福我們，祝福每一個人！」

選自一八四三年《聖誕夜怪譚》

註1英國25便士的貨幣。
註2一噚約六英呎。
註3古希臘神話中之以羊乳餵養嬰兒時期的天帝宙斯之白羊，後來化身爲牡羊座，其頭上的金色羊角又被稱爲豐饒之角。
註4西方人喜歡以槲寄生做爲聖誕節時的裝飾，他們相信站在槲寄生下的人，絕對不能拒絕任何人索吻，因爲這樣不但不禮貌而且會帶來厄運。也是聖誕節的重要習俗。
註5包伯（bob）在英國俚語是一先令的意思。
註6從耶誕節起的第12天，也就是1月6日。
註7用來扣住鋪在樓梯上地毯的金屬條。
註8新約聖經馬可福音第九章第三十六節。
註9根據希臘和特洛伊戰爭的傳說，拉奧孔（Laocoön）是特洛伊的祭司。因爲他違反神的意志，告誡特洛伊人不要中希臘的木馬計而惹怒了眾神，被兩條巨蟒把他和兩個兒子活活纏死。
註10英國喜劇演員（1684年～1738年）。

7 幽靈交易

The Haunted Man and the Ghost's Bargain

第一節　天賦異稟

每個人都是這麼說的。

我不敢宣稱每個人說的話都是眞的。人常常說錯話。從經驗看來，人總是常常有不適宜的舉動，在大多數的例子中，我們總是花了太多疲累無聊的時間試著找出哪裡出了錯；因此，所謂的權威也實在不可信。但人有時會是對的，但如同民謠中史克若根斯所吟誦的：「一切毫無規則常例可循」。

「鬼」這個死亡的字眼召回我的回憶。

每個人都會說他自己像是被鬼附身，對此我必須在此宣稱，他對極了，他的確是被附身了。

雖然他衣著合身、比例完美，但是你也許都曾見過他空洞的臉頰，深陷的明眸，一身深黑色裝扮，透露無法言喻的陰森感。灰斑斑的長髮垂掛而下，像是糾纏紊亂的海藻。至於他的臉，看起來彷彿他的人生是一具無生命的孤獨人型立牌，美好的人性被一網打盡、發炎潰爛，這樣還不能說他被鬼附身嗎？

你也許曾觀察他的態度，沉默寡言、心思細密、陰鬱深沉。習慣性的冷淡態度如影隨形，總是離群索居，從不知快活為何事，發狂地想回到過往的地點，對於已逝的時光念念不忘；或者總是聆聽內心深沉的回音，這樣還不能說他是被鬼附身嗎？

你或許曾聽見他慢條斯理的聲音，深厚又嚴肅，音韻自然飽滿，旋律卻似乎又自相矛盾，這樣還不足以說是被鬼附身的聲音嗎？

你或許曾見過他待在自己半圖書館、半實驗室的寢室裡，他聲名遠播，是化學領域中知識博大的人，他的嘴唇、雙手、耳朵，極具有遠大抱負，眼睛虎視眈眈。你或許會在一個冬夜，看見他孤獨一人，身旁圍繞著他的藥品、實驗器材與書籍，閃爍搖曳的火焰將他身旁一些奇特古怪的東西投射在牆上，群魔亂舞之中，他那昏暗燈光的影子在牆上投射出甲蟲似的怪獸影像，在一群鬼魅般的幽靈暗影中一動都不動。有些幻像（好比裝有液體玻璃杯的投影）忍不住發抖震顫，好像感覺他的力量足以將它們分崩離析，分屍丟入火中，然後人間蒸發。你或許也會看見他完成所有工作之後，坐在椅子上沈思默想，面對著生鏽的壁爐與炙熱的火焰，兀自張嘴喃喃自語，卻又死寂一片，聽不到任何聲音，這樣還不能說他與他住的地方都被鬼附身嗎？

透過奔放的想像力有誰會不相信每一件關於他的傳言都是著魔人心的語調，誰會不相信他住在被鬼附著的陰地？

他的住處荒涼偏僻、像極了墓穴，像是以前租借給學生住宿的老舊幽閉屋舍，這個曾經也是位於空曠處的華麗美好的建築物，如今卻古怪地像是建築師靈光一現的廢棄房子，籠罩在灰濛濛的陰暗天氣裡，房子四周被快速膨脹的大城市擠壓地喘不過氣，像是古老式由石頭與磚塊搭建而成的水井般，深陷在陰暗的角落。街道與建築物形成凹處，房子四周的物體鋪散其中，在時間的進程中，古老時代的煙囪柄通常蓋立在上頭，周遭的老樹被附近煙霧無禮地侵犯，當它老到虛弱無力或者天氣陰晴不定時，老樹彎著腰屈尊俯就，而卑微的小草奮力與土地搏鬥，才能長成片地青綠，試圖展現妥協後的勝利。寂靜的街道對於腳步聲很不習慣，更不用說人們眼神的關注，只有一個例外，那就是當上天以迷失般的眼神俯瞰這個地方時會猜想這是個什麼樣的鬼地方。房子的日晷儀，遺落在磚塊堆積的角落裡，陽光好幾百年不曾在這裡出現，好像補償似地，雪片倒是哪兒都不下，只下在這裡。陰森的東風在其他地方通常是沉靜死寂，在這裡確是兀自瘋狂吹轉，嗡嗡聲盤旋不散。

當門關上，他往低窪老舊的住處裡頭走去時，會發現一個火爐，雖然裡頭天花板的橫樑都被蛀掉了，看起來不折不扣是個瘋狂的建築物，然而其實它是非常堅固的，耐用的木頭地板連續延伸到大橡木製成的壁爐架。整個城鎮的壓力圍繞這個房子，使得它快被排擠到邊緣了，它是如此脫離時代潮流，不拘泥於習俗的約定俗成；它是如此的安靜，以至於只要遠處一有聲響或者門被大聲關上，就會聽到如雷的回音。並非只有低矮的走廊與空洞的房間才會發出聲音，隆隆聲與咕嚕咕嚕聲到處不絕於耳，直到沉重的、被遺忘的地窖氣氛使一切聲響靜止，諾曼地的牌樓正是被半埋在此地。

在一個死寂的冬日，你可能會在黃昏時候看見他待在屋內。風尖聲刺耳地吹著，聽起來很狡猾的樣子，光影日漸幽暗的太陽下了山，當天色如此昏暗時，所有的事物越來越模糊，影子變得很大，但卻無法辨識，卻也不會消失不見，坐在火爐旁邊的人開始可以在燃燒煤炭的熊熊火焰中看見狂野的臉龐與身形、高山與深淵、伏兵與軍隊，街上的人彎著頭希望能在太陽下山之前趕回家，而那些不得不留在外頭的人駐足在憤怒的角落裡，四散飄落的雪片刺痛行人的睫毛，雪花零零散散地下著，但是很快地又被風吹散，在冰凍的土地上留下痕跡。每一戶人家緊關他們的門窗，保持溫暖，明亮的煤氣燈在忙碌卻又安靜的街道一閃一滅，街上零星的行人孤獨地顫抖，望著每一家廚房裡溫暖的火光，好幾十哩的街道上飄散著晚餐的香味，使人勒緊褲帶，已開胃的胃口現在更加敏銳。

這塊土地上的旅人顯然感受到冬日的嚴寒刺骨，疲倦地看著這塊陰鬱的土地，沙沙作響的狂風吹著旅人全身戰慄，遠離帆桁的海上水手被晃得上下搖動，在咆哮的海面上恐怖地面對搖晃不定波浪，孤立於陸岬岩石上的燈塔讓整個氛圍更顯孤獨，水手們不禁提高警覺。在黑暗中飛行的海鳥獨自與龐大的燈塔搏鬥，最後斷羽，從高處墜落。燈火旁邊專注閱讀的讀者因爲猜測卡森到底被誰大卸四塊然後吊在羅伯斯洞穴裡而顯得焦慮不安，或者擔心那位通常出現在阿布達商人臥房裡開啓盒子的兇猛女人，會在這樣一個夜晚拄著枴杖出現在樓梯上，在陰暗中邁著寒冷漫長的步伐準備就寢。

在這個質樸的鄉村，隱隱的微光從林蔭大道日漸消弱，拱形排列的樹木陰暗又深沉，在公園與森林裡，高大潮濕的蕨類與苔蘚，再加上滿地的落葉與成群的樹木形成一片無法穿透的黑網，溝堤、沼澤與河床冒出陣陣薄霧，黃昏的光線從古老的走廊與屋舍窗戶射出，那眞是一幅令人愉悅的景象，此時磨坊停止運轉，車匠與鐵匠準備收工，公路閘門已拉下，耕種用的犁與耙子孤獨地遺落在田野上，工人們都回家了，教堂時鐘的敲打聲比中午時沉重許多，這天晚上相當寂靜，教堂院落的小門緊緊閉著。

薄暮微光釋放了被禁錮一整天的幻影，它們逐步靠攏，像蜂群鬼魅一樣聚集在一起，杵在房間低落的角落裡，從半開的門縫中可看出它們皺眉表示不滿。它們佔據著這間空屋，在別人家中的地板上群魔亂舞，幻影投射在牆上與天花板上。爐上的火光逐漸熄滅，像退潮的海水一般消失，最後卻又迴光返照一躍而成團團火焰。它們以荒唐奇特的惡作劇嘲笑家中人形幻化的幽靈，例如將護士變成食人女妖魔，將蹦蹦跳跳的馬兒變成怪獸，將搞不清楚狀況、一半害怕一半興奮的小孩變成自己也不認識的陌生人，他們成爲站在爐邊的巨人，兩腿叉開兩手叉腰，像是想要砍人的幫派份子，招搖地聞著英國人的血液，咬著牙渴望磨碎人們的骨頭，當成麵包飽餐一頓。

這些幻影使我們想到古時的人，引起其他關於生命的想法，展示它們不同的影像，幻影偷偷從閉關休息的居所投射而出，僞裝成從前人們的臉孔與身形，這些影像來自過去、墓地、以及深不見底的裂口，在那裡所有事物都是飄過來又飄過去，無止盡地漫遊閒逛。

我們不斷描述他坐著凝視著火焰，隨著火光一亮一滅，所有幻影跟著進進出出，雖然他睜大眼睛，卻沒有注意到這些幻影，它們自由來去，你卻只會發現這位男子兀自盯著火光瞧，一動也不動。

這些幻影發出的聲響彷彿是從潛伏之地產生的聲音，薄暮微光召喚著這些喧鬧聲，讓男子看起來更加深沉。風在屋子內的煙囪裡隆隆作響，有時像是低聲輕哼，有時又像在咆哮哭啼，外頭的老樹被風吹得搖晃不已，愛發牢騷的白嘴鴉不斷以虛弱想睡的音調發出「考嗚」聲抗議著。窗戶一陣一陣地搖晃著，塔樓頂端破舊藤條的嘎嘎聲像在抱怨般，塔樓下端的時鐘則記錄著時間又過了十五分鐘，之後火焰熄滅，火種伴隨著咯咯聲場滅。

突然一陣敲門聲驚醒原本呆坐的他。

「是誰？」他說著：「進來吧！」

當然從來都沒有人倚靠著他椅子的背部，也沒有人從上面往下看著他，當他抬起頭開始講話時，我很確認也沒有任何腳步聲流暢地滑行過這面地板。房間裡沒有任何鏡子可以投射他的身軀所形成的幻影，可是總覺得有某種東西在黑暗中一閃即過，然後消失。

「先生，我覺得非常害怕。」一位衣著色彩鮮豔，手拿托盤的忙碌男子一邊說著，一邊用腳卡住大門以便讓他自己通行，當他拿著托盤進門時，同時用優雅謹慎的身段將門關上，以符合他的身分，免得關門聲音太大，「這是今晚度過的一段美好時光，但是威廉太太已經被吹倒好幾次了。」

「被風吹的嗎？阿哈，我的確有聽到起風的聲音。」

「親愛的雷德羅先生，是的，她的確是被風吹倒的，幸好老天保佑，她平安回到家了。」

此時，他把托盤放下準備晚餐，另外忙著點亮油燈，並在桌上舖上一層桌布，忙到一半時他突然停住，先去將壁爐上的火升起，並且投入火種。當燈火點亮，火焰溫暖地燃燒時，整個房間很快地有了不同面貌，彷彿他那積極的工作態度，再加上富有生命力、紅得發亮的臉龐讓氣氛大大不同，整個房間亮了起來。

「先生，威廉太太不管在什麼時候都容易被任何事務干擾，她這個人太弱勢，容易屈服於任何壓力之下。」

「是的，你說的沒錯。」雷德羅先生和藹地回應，態度有禮卻不失果決。

「先生，威廉太太總是容易被塵世的土泥所影響，例如在上個潮濕悶熱的禮拜六，當她與新進門的弟妹外出喝茶時，她得意洋洋地打扮自己，雖然是步行前往，她仍舊希望自己身上不要沾染任何汙點，只不過顯然事與願違。威廉太太也容易受空氣所影響，例如一位朋友曾經大力慫恿她參加派克漢展覽會中的搖擺舞音樂會，最後卻讓她的身體像蒸汽船一樣腫了起來，又好比有一次，當她喝下飲宴的最後一杯酒，走了兩哩路時，她誤觸了母親工具上的警報器。不僅如此，威廉太太也容易受水的影響，例如在巴特海那一次，她那年僅十二歲的，名叫小查理．史威哲的的姪子將船划進防波堤，使她一陣重心不穩，然而事實上，小姪子根本不知道如何划船。以上所述都是自然因素產生的威力，因此威廉太太必須更加堅強自己以鍛鍊她容易居於劣勢的個性。」

當他停頓下來等待雷德羅先生的回應時，他聽到雷德羅先生以一貫優雅的態度回答：「是的。」

「親愛的先生，正是如此。」史威哲先生一邊說著，一邊進行手邊晚餐的準備工作，仔細檢查每一個步驟，「她總是如此，我已經說過好多次了，她眞是我們史威哲家族的奇葩，先生胡椒給您，這就是為何我那八十七歲的老父親史威哲先生只想領取退休金趕緊休養生息，好好管理史威哲家族。先生您的湯匙。」

「威廉先生，你說的沒錯。」雷德羅先生雖有耐心傾聽，卻有點出神，簡短回話後即刻停止。

「是的，先生。」史威哲先生回應，「我總是這樣描述我的父親，我總是稱他爲樹木的中樞神經或大動脈。嗯，這是您的麵包。拙劣的我與內人威廉太太是史威哲的家族繼承者，嗯您的刀、叉，還有鹽巴。然後還有我們兄弟與他的史威哲家族成員，男人女人，大人小孩等等。之外有表兄弟姊妹、叔叔伯伯、姑姑嬸嬸等所有親戚，在加上一些遠邊叫不出名字的親戚，還有剛出生或是迎娶進門的史威哲成員。嗯您的酒杯。我看所有跟史威哲有關係的人手牽手可以圍英格蘭一圈。」

雖然威廉先生不斷對著深思的主人滔滔不絕，但是卻等不到任何回覆，他慢慢靠近雷德羅先生，假裝突然要用玻璃瓶敲打桌子，以叫醒雷德羅先生，當他成功吵醒他時，繼續延續剛剛的話題，好像認爲雷德羅先生欣然默許他這麼做一般。

「是的，先生，不僅我總是這麼說，威廉太太也有同感，我們常說『這世上史威哲家族的人那麼多，但我們卻一點貢獻也沒有。』先生，您的奶油。先生，事實上我父親的卡斯特家族是單傳一脈，而且雖然我太太非常想要個孩子，但事與願違，我跟威廉太太並無子嗣。先生您準備好要享用鴨肉與馬鈴薯泥了嗎？威廉太太常說在我離開集會所後，她可以在十分鐘之內備好餐。」

「我準備好要用餐了。」雷德羅先生彷彿從夢中醒來，慢慢地來回走動。

這位總管繼續說：「先生，威廉太太總是這麼做。」，他一邊說一邊將盤子加熱，看著自己臉的陰影投射在盤子上，雷德羅先生停下腳步，臉上出現感興趣的表情。

「就如同我常說的，先生，威廉太太一定會想勝任媽媽這個角色，她的胸脯是很有母親慈愛的感覺，一定會朝這個方向邁進。」

「她做了什麼事？」

「先生，我很訥悶爲何她無法只滿足當一種母親，保護來自不同區域的年輕人，或者只是著緊身胸衣參加您的講課，先生我很訝異在這冷冽結霜的冬季，房間裡頭還如此溫暖。」威廉先生翻轉盤子，並將燙熱的手指頭冷卻。

「嗯。」雷德羅先生回應著。

「先生，這就是我要說的意思。」威廉先生回答著，他以敏捷愉快的音調對著雷德羅先生的肩膀說話，「先生，這正是我們所討論的。每一位我們的學生都是這麼認爲，每一天的課堂上學生一個接著一個出現在集會所裡，總是有話想跟她說，或著有問題想問她，據我所知，通常他們都稱呼威廉夫人爲『史威姬』，先生，我認爲這名字還不壞。假如喜歡這個稱呼的話，總比被人以不喜歡的眞名稱呼好多了。人的名字是做什麼用的？還不是爲了認識這個人，假如威廉太太有比名字更吸引人的特質，比如說她的氣質與性情，即使她眞正的姓氏爲史威哲，也就不是什麼重要的事囉。老天！就讓他們稱她爲史威姬、威姬、或是布哲夫人好了，或者甚至是倫敦布哲、布萊克菲爾、卻爾喜、比特尼、威特羅、漢墨史密斯夫人等等。」

威廉先生結束他洋洋得意的演說，把加熱過的盤子以優雅的手勢擺在桌上，像在表演似的，此時他所讚美的人物正走進房裡，手上提著燈籠，拿著托盤，後面跟著一位令人肅然起敬的老人，留著灰白長髮。

威廉夫妻都是單純天眞的人，威廉太太滑潤的臉頰相當紅潤，這種使人感到愉快的膚色不斷在她臉上重複出現，像極了威廉先生身上穿的正式馬夾。威廉先生一頭淡白頭髮舖在頭蓋上，看起來好像許多條線試圖將眼睛拉開，以應付這個忙亂熙攘的世界。相反地，威廉太太髮色爲深咖啡，絲絲有條理地垂掛而下，以我們可想像到的素淨姿態形成波浪狀，在帽子下看來井然端莊。威廉先生的褲子蹣跚地垂掛在足踝上，假如沒有仔細四下環顧，很難發現這件不起眼的鐵灰色長褲，那與威廉太太紅白相間的花裙子大異其趣，這裙子可像極了她臉上白嫩紅潤的膚色，裙子的褶層處有條理地分散而下，彷彿外頭再大的風也無法干擾褶層的排序。威廉先生的外套總是寬寬鬆鬆地，領子與胸膛邊的衣服永遠不夠平整，然而，威廉太太的緊身小馬甲卻很貼身合宜，看來平和整齊，似乎是裹了一身保護膜，即使遇到粗魯的人也不怕有危險，我們不認爲有誰會對這樣平靜隆起的胸襟投以憂傷的情緒，或是因爲害怕而脈搏加速，也不會因爲羞恥的感覺而顫動，好比孩子天眞純潔的臉龐一般，她胸襟安詳的氣質不可能招致紛擾。

「梅莉，妳眞準時，眞是難得啊！」威廉先生一邊說著，一邊幫她卸下餐盤，「先生，這就是威廉太太，我們的雷德羅先生今晚看起來特別孤獨，好像幽靈般地魂不守舍。」威廉先生手拿著托盤對著太太低語。

威廉太太平靜祥和地把杯盤放在桌上，完全沒有製造出任何噪音，也絕不會顯露出匆匆忙忙的樣子，你似乎感覺不到她的存在。與她的丈夫實在差太多了，因爲威廉先生在經過一陣忙亂地嘩啦噹啷聲之後，也只準備好一道油碟醬汁，準備擺盤上桌。

「那位白頭髮的老人手上拿著什麼東西？」雷德羅詢問著，同時坐下享用一人餐點。

「先生，那是冬青樹。」梅莉以平和的音調回應著。

「就我所知，現在正是莓果盛產的季節。」威廉先生一邊插話，一邊擺上油碟，「先生這是您的醬汁。」

「當聖誕節來臨時，就表示一年要結束了。」化學家雷德羅先生以陰鬱的嘆息聲喃喃自語，「在腦中延長的回憶裡，許多人物來來去去，使我們心酸痛苦，直到死亡漫不經心地將臨，打亂一切秩序，所有快樂痛苦一併抹煞。菲利浦，人生就是如此啊！」他突然住口並且站了起來，對著老人講話的音調突然間上揚，老者手上抱著葉子油亮的植物，安靜的威廉太太順勢以剪刀修剪下一些小樹枝，拿來裝飾房間，她那上了年紀的公公顯然對這節日相當有興趣。

「先生這是我對你的責任。」老人回應著，「雷德羅先生，我應該之前就該向您祝賀，但是知道您低調的個性，所以等到現在才說，先生！我很榮幸向您祝賀聖誕快樂與新年快樂，希望我自己也快樂！哈哈，希望能自由自在享受節日，畢竟我也八十七歲了。」

「你是否曾度過許多快樂美好的節日？」另外一人詢問。

「有的，很多次。」老人回答。

「他的記憶力是否隨著年紀減弱？不是老了都會如此嗎？」雷德羅先生轉頭對著老先生的兒子低聲詢問。

「才不是這樣呢！」威廉先生回應，「我常常說沒有人的記憶力像我父親那麼好，他是世界上最奇妙的人，他不知道『遺忘』的感覺，我常常向威廉太太描述我對他的觀察，先生，你一定要相信我所說的。」

當威廉先生無限制侃侃而談時，彷彿內容一點也不自相矛盾，此時史威哲先生以禮貌優雅的態度默認這些描述。

化學家推開盤子，從桌旁站了起來，走向房間的對角，在那裡老人獨自站著，看著手上把玩的冬青小樹枝。

「他使我們想起已經逝去的那段老時光與即將到來的新時代。」雷德羅先生拍了拍老人的肩膀，聚精會神地看著他，「你說是吧？」

「沒錯沒錯，那讓我想起許許多多過往的事。」一半清醒，一半做著的白日夢的菲利浦說道，「畢竟我已經八十七歲了。」

「你很幸福快樂嗎？」化學家以低沉的聲音詢問，「老人，你真的幸福快樂嗎？」

「雖然不是完全完美的境界，卻也絕對是幸福快樂。」老人回應著，並且維持手在膝蓋以上的姿態，回頭看了發問者一眼，繼續說著：「我記得有一次聖誕節，天氣寒冷但晴朗，我往外頭走，當時我的母親就站在你現在的位置，但是我不知道她喜悅的臉看來如何，因爲當時她生病了，後來於聖誕節期間過世，母親告訴我鳥兒愛吃莓果，當時她可愛的小寶貝，也就是我，認爲或許是因爲鳥兒在冬天賴以維生的莓果非常清澈明亮，所以鳥的眼睛才會如此明亮，雖然我八十七歲了，但是我還記得這件事。」

「聖誕快樂！」另一位若有所思地說，將黑色眼珠的目光朝向另一位腰背彎曲的老人，眼神滿是憐憫：「聖誕快樂，還記得嗎？」

「唉、唉、唉」延續這個話題，老人接著他的話說道：「我記得那些在我就學時代的聖誕節，每一年都記得，也難忘記隨著節慶而來的喜悅感，雷德羅先生，我當時可是個強壯的小伙子，我敢說我從未輸過十英哩內的足球比賽，我兒子威廉在哪裡呢？他知道我足球的厲害，不是嗎？威廉！」

「父親，我一直都知道您很厲害。」他的兒子很快回話，態度相當尊敬：「父親你是史威哲家族永遠的強者。」

老人再一次看著冬青樹搖搖頭說「親愛的，我和我那最小兒子威廉的母親，曾經在莓果尚未熟得發亮的季節裡齊聚一起，周邊圍繞著男孩、女孩、小孩與嬰兒，每年都要這麼聚上好幾回，他們明亮的臉頰比莓果還動人，但是現在他們都走了，我的太太過世了，而最令我驕傲的大兒子喬治墮落至陰暗的深淵，喬治比其他小孩都還令我驕傲，但是我從這裡依舊可以看見他們過得很好，像他們過往一樣健康有活力，感謝上帝，我眼中的喬治依舊天真無邪，對八十七歲的我來說，這是一件福氣的事。」

他臉上熱切的表情認真誠摯，後來卻又慢慢地歸於平靜。

「當我的境遇不像之前那樣好、不被誠實對待時，我首先想回到這裡當管理人。」老人繼續說著：「那是五十多年前的事，我的兒子 威廉在哪？那可是超過半世紀以前的事囉，威廉呢？」

「可不是嗎？」兒子如同往常一樣迅速且盡職地回應著父親，「兩倍五年在加上十倍十年，總共是一百年的光陰呢！」

「我們很榮幸認識其中一個創世者，或者更真確地說是一位有學問的紳士賦予我們有能力目睹伊麗莎白年代，我們這個團體早於那個年代，這是創世者遺留給我們的偉大遺產，他也留了一些錢給我們，可以買冬青樹裝飾牆壁與窗戶，以迎接聖誕節，這讓整個環境很和善，有了家的味道，總之這是個不可思議的美好節日。我們喜歡他一貫懸掛的古老畫架，在這畫架前，我們十個臭皮匠聚在前面募款每年一度的津貼，那裡是我們最美妙的晚餐地點。畫像裡面的紳士沉著安靜，下巴的山羊鬍又尖又翹，脖子上圍著環狀毛，在他下方是一幅古書畫卷軸，上頭以古老英文字母寫著：『親愛的主，請讓我的記憶栩栩如生！』雷德羅先生，你認識他的，不是嗎？」

「菲利浦，我認得懸掛在那裡的畫像。」

「我記得很清楚它是位在嵌板上面，左邊數過來第二幅，我想要說的是，我感謝他讓我的記憶栩栩如生，每一年我圍著這棟建築物繞轉，這裡的樹枝及莓果讓空洞的房間變得新鮮有趣，也讓我空空的舊腦袋聰明起來，這樣一年過了一年，然後又接著過了好幾年，彷彿主的誕生就是我的誕生，賦予我生命，是我情感的歸屬，有時讓我哀痛，有時讓我快樂。如今我已八十七歲了，只能說一切非筆墨可以形容。」

「今朝有酒今朝醉，人生該及時行樂啊！」雷德羅對自己喃喃自語著。

此時房間詭異地暗了下來。

「先生，你看吧！」爲疾病所苦的菲利浦說著，他原本蒼白冷淡的臉頰頓時溫暖起來，泛著紅潤的光輝，當他說話時，藍色眼睛顯得明亮，他說：「當我慶祝這個季節時，我擁有許多回憶。等等，我話怎麼又多了起來？喋喋不休的個性是我一生中的罪過，假如不是冷冽的天氣將我們凍僵了，不是大風將我們吹散，或者是黑暗將我們吞噬，我能說得恐怕還更多。」

安靜悄悄地回到他身邊，臉色平靜，在他話說完之前，沉默地握住他的手臂。

「親愛的，來吧！」老人說著，「除非天氣變得像冬天一樣冷，否則雷德羅先生不會平靜下來用餐的。先生，請原諒我的漫步閒聊，祝你有個愉快的夜晚，也再一次祝福您能及時行樂。」

「留下來，別走，」雷德羅一邊說著，一邊返回他的桌子，從他的態度看來，他顯然想要向老總管保證跟他說話比吃飯還重要：「菲利浦，請留下來陪我一下。威廉，你不是還要跟我述說你太太了不起的事嗎？她不會反對你說她好話的，趕快說吧！」

「先生，爲何不會反對呢？」威廉史威哲回答道，並且以相當難爲情的眼神望著太太：「看吧，威廉太太緊緊盯著我看呢！」

「你該不會是害怕威廉太太的眼睛吧？」

「什麼？當然不是害怕」史威哲先生回答，「我總是對自己說沒有什麼好怕的，假如她的眼神有任何不良企圖時，不會看起來還這麼溫柔，嗯，我可不想怕她呢，梅莉！下樓來吧！」

站在桌子後面的威廉先生倉皇失措地收拾桌上的東西，向威廉太太投以勸誘的眼神，彷彿吸引她往這邊看。同時，威廉先生的頭及拇指神祕地向雷德羅先生的方向抽搐一下。

「嗯，我的愛，你是知道的。」威廉先生說：「下樓來吧！親愛的，告訴他們跟我比起來，你好比是莎士比亞劇的完美作品，你知道的，我的愛，爲了那個學生，下樓來吧。」

「學生？」雷德羅先生抬頭看了一眼，並且重複說著這句話。

「先生，正是如此。」威廉先生以極度高昂激動地語調哭著說：「假如不是樓下可憐的學生，你們能期望從威廉太太口中說出什麼話？我親愛的威廉太太，下樓來吧！」

「我不知道威廉之前已經提過這件事，如果知道的話，我就不會來了。我曾要求他不要說，先生！那是個生病的年輕男子，非常可憐，恐怕病得太重，無法在這佳節趕回家慶祝，他住在耶路撒冷大樓中最平凡的房間裡，沒有什麼人知道他在那裡，以上就是我所知的訊息。」梅莉以平靜坦白的語調說著，沒有任何遲疑與困惑。

「爲何我從未聽過這號人物？」化學家倉卒地抬頭詢問，「爲何他不告訴我們他的事？眞是有病！可憐的人啊！給我斗篷及帽子，告訴我那是哪一棟房子？是什麼號碼？」

「先生，您一定不能去！」梅莉走離她公公的身邊，平靜的眼神正視化學家，臉部表情鎮定，雙手緊握。

「什麼！不去？」

「親愛的，不能去！」梅莉搖著頭說著，否定的表情不言而喻，明白地表示她否決的態度，「你想都別想要去。」

「這是什麼意思?爲什麼不行?」

「先生，你可知道這是爲什麼嗎?」威廉．史威哲以令人信服地口才解釋:「其實我一直都這麼認爲，以這件事情爲例，年輕男子絕對不可能將自己的處境向同性朋友透露，然而威廉太太已經取得他的信任，這是個很不一樣的狀況，畢竟大家都會向威廉太太訴說心事，每個人都信任『她』，男性朋友很難從這位年輕男子口中探聽見什麼心事，但是威廉太太可不一樣，因爲她是個女人。」

「威廉，你的分析非常周到，很有道理。」雷德羅先生回覆，肩上頂著一顆表情鎮靜、觀察力敏銳的頭，他把手指頭放在嘴唇上，祕密地塞了一些錢到梅莉的手中。

「親愛的，不行，先生，這眞的不行!」梅莉大叫著把錢塞回去給他，「糟糕!這樣太糟糕了，我無法想像那有多糟!」

威廉太太眞是個穩重、講求實際的家庭主婦，即使突然間急促的拒絕別人，她的態度依舊相當冷靜，在修剪完冬青樹之後，她整齊地挑起散落在剪刀與圍裙之間的落葉。

當她從彎著腰的身軀起身時，發覺雷德羅先生依舊以遲疑及驚訝的表情凝視她，威廉太太安靜地四下環顧，重複尋找是否有任何遺漏的落葉。

「親愛的先生，不行!他曾說過你不可能對他有印象，雖然他是你課堂上的學生，但是卻不可能從你這邊得到任何幫助。我所說的這些話沒有任何隱瞞之處，我完全信任你。」

「他爲何要如此說?」

「事實上，我無可奉告。」在思考一陣子之後，梅莉如此說著，「你知道我並非絕頂聰明，我想幫助他，讓事情簡單順利，我很盡力這麼做。我知道他是可憐孤單的，而且常常被冷落，我們發覺人生的眞實面竟是如此黑暗！」

房間裡頭變得愈來愈暗，化學家椅子背後的陰影及昏暗的氣氛更加濃烈。

「你還知道他什麼事？」化學家問道。

「當他之前有能力的時候，他曾經訂過婚。」梅莉繼續說著：「他現在正努力學習，使自己有能力謀生。很久以前，我曾經見過他勤奮地唸書，但是另一方面他卻時常否定自己，可說是陰鬱的很！」

「天氣變得更冷了！」老人搓著雙手這麼說。

「房間裡面有種冷冽憂鬱的氣氛，我的兒子威廉在哪呢？威廉，請開燈生火吧！」

我們又重新聽到梅莉的聲音響起，如同平靜的音樂柔軟地彈奏著。

「總而言之，有些事威廉太太並不會主動提起，雷德羅先生，假如他會在此停留到後年，對這年輕人來說眞是天大的好消息啊！」威廉先生走近他身邊，在他耳邊輕聲說道，「感謝老天，這對他來說眞是一件好事，那樣子家裡就會跟往常一樣舒適，我的父親將家裡張羅地井然有序，地上找不到任何麵包屑，假如你願意付五十磅的錢，就可以達到這種效果，威廉太太從來不會失禮，她不斷上下來回奔波，對他無微不至的態度眞像個母親啊！」

此時房間變得愈來愈暗，愈來愈冷，椅子背後昏暗的陰影愈來愈沉重。

「先生，不只這樣，威廉太太在那樣一個寒冷夜晚回到家時，發現一位年輕、如野獸一般的男子瑟縮在門階，當時威廉太太曾經心裡埋怨自己為何不是兩個小時以前就回來了，你可知道威廉太太做了什麼事嗎？她把年輕男子帶回家，洗淨他，餵飽他，並在聖誕節早晨贈送他食物及衣服，他就坐在煙囪旁邊的集會所盯著我們看，餓極了的眼神眨也不眨一下，他之前從未感受到如此溫暖的火焰，我們很慶幸他現在已經在這裡了……」威廉先生仔細想了想，然後更正他的說法：「除非他跑走，否則他會待在這裡。」

「這樣的天堂讓威廉太太很開心！」化學家大聲的說：「菲利浦，你很快樂，威廉！你也很快樂啊！我必須想想要怎麼做，我想要見見這位學生，我不會耽擱你任何時間，晚安。」

「我替我的兒子威廉、我自己感謝您，眞的謝謝您，我的兒子威廉呢？如同去年及前年一樣，威廉你總是拿著燈籠走在前面，穿過冗長黑暗的長廊，哈哈，雖然我已經八十七歲了，我可是記得一清二楚，『主啊！請讓我的記憶栩栩如生。』雷德羅先生，畫像裡面那位有智慧的紳士是一位相當好的禱告者，他留著尖尖的鬍子，脖子圍著一圈環狀毛，畫像就掛在嵌板之上右邊數過來第二幅，位在我們偉大的交誼廳裡，我們十個紳士在畫前交換條件，『主啊！請讓我的記憶起死回生吧！』先生，我的心是誠實又虔誠的，阿門！阿門。」

於是他們離開並且將厚重的門關上，他們努力克制不發出聲音，但是大門還是發出雷鳴大的回響，過了好一陣子，震動的聲音才停止，當門終於關上時，房間變得更暗了。

他在椅子上陷入沉思，此時一向健康的冬青樹在牆上枯萎了，散落一地，樹枝也都枯死了。

他背後昏暗的陰影愈來愈沉重，慢慢聚集在一起，看起來更顯的陰鬱，整個過程非常虛幻，一點也不眞實，無法以人類的感官臆測到底出現了什麼東西，只是看到眼前出現他自己可怕的投影。

這個鬼影有著鉛灰色的陰沉臉龐與雙手，如死人般的蒼白、冷酷又毫無血色，它的眼睛明亮，頭上白髮交雜，穿著黯淡無色，它無聲無息地出現，臉上的表情足以嚇死人。當他把手肘靠在椅子扶手沉思，在火爐前反覆思考時，鬼影的它也將自己靠在椅背上，慢慢接近他的上頭，駭人的臉龐望著男子眼神投射之處，鬼影與男子臉上的表情如出一轍。

這個來來去去的鬼影就是被鬼附身男子的同伴啊！

在某些時刻，男子關注鬼影的時間顯然不比鬼影看男子的時間多，遠處傳來聖誕節快樂的歌聲，他一邊陷入沉思，一邊似乎聽著音樂，不只他，鬼影也跟著聽音樂呢。

最後他說話了，但是仍舊沒有抬起頭來。

「又來了。」男子說。

「又來了。」鬼影說。

「我看見你在火焰裡。」被附身的男子說。「我在音樂中聽見你，在風中看見你，在夜裡死寂的寧靜裡想到你。」

鬼影動了動頭表示同意。

「你爲何又來？是來招惹我的嗎？」

「我是被召喚來的。」鬼影回答。

「不！我們沒邀請你，你不受歡迎。」化學家大叫。

「不受歡迎又如何，反正我已經在這裡了，那就夠了。」

迄今，假如椅子背後令人畏懼的面部輪廓也稱得上是臉的話，那麼當男子與鬼影同時朝著火爐看時，火焰的光亮顯現出兩面影像，只不過他們刻意避開彼此眼神。但是突然間，著魔的男子將臉轉向鬼影，盯著它瞧，鬼影也在瞬間移動位置，穿過面前的椅子，凝視男子。

活著的男子與他自己栩栩如生的死亡影像互相盯著彼此瞧，在這麼一個冬夜裡，一個遙遠孤獨又空洞的老舊建築物裡，年輕男子被可怕的影像凝視著，外頭的狂風呼呼吹著，好像正在航向一個神祕的旅程，不知從哪裡來，不知往哪裡去，從盤古開天起，就沒人知道這個謎底。天上難以想像的數百萬顆星星在亙古的世界裡閃閃發光，在那裡，世界巨大的身軀卻像細沙一樣渺小，幾億年的的老歲數對宇宙來說只不過是嬰兒期一般年輕。

「看著我！」鬼影說：「我彷彿是他，因為我們都有悲慘可憐的童年，我們都被冷淡對待著，我們不斷努力苦幹，卻是一生受苦，直到我從崩塌的礦坑中領悟出人生的智慧，痛苦才結束，當時我從礦坑裡步伐蹣跚地爬出來，唯一能依靠的僅是那精疲力盡的雙腳。」

「我也是那樣。」化學家回答。

「沒有母親會自我否定愛的存在。」鬼影停頓一下：「然而我卻從未得到父母親的關愛。當我還是個孩子時，有一天我就像一位陌生人一樣來到我父親住的地方，而在我母親的心目中，我們的感情是疏離的，父母對我的關心與責任來得晚去得快，說好聽一點，他們給於下一代充分自由，說難聽一點，他們像鳥兒一樣放任我們，假如他們盡責的話，只能說感謝老天；假如他們偷懶的話，我們也只能得到同情。」

「並非完全如此！」雷德羅先生嘶啞地說。

「不！我還沒說完。」鬼影回覆，「我還有一個妹妹。」

「我曾經有個妹妹。」著魔的男子將頭靠在手上喃喃說著。此時鬼影帶著邪惡笑容慢慢靠近椅子，將下巴依靠著放在椅背上交疊的雙手，鬼影以搜尋的眼神看著男子的臉龐，眼中充滿激動的火焰，繼續說：

「若是我對家還有一些殘存的模糊感覺，那麼應該是來自我對於妹妹的感情，她是如此年輕！可愛又善良！當時我帶她到我獨撐的貧窮家中，讓那可憐的屋子不再那麼討人厭，她如一盞明燈走進我灰暗的人生裡，我緊緊跟著她的步伐前進。」

「現在我在火焰裡可以見到她，在音樂中聽見她，在風中凝視她，在夜裡死寂的寧靜裡想到她。」著魔的男子回應。

「他曾經愛過她嗎？」鬼影回應男子沉思冥想的語調：「我想他曾經愛過她，應該說我確定他愛過她，在她那被切割並且充滿淺薄悲傷的內心裡，她似乎愛得比較少、較不神祕、也不那麼陰鬱！」

「讓我忘了這件事吧！」化學家比劃著憤怒的手勢：「我想將那段回憶緊緊關牢。」

鬼影激動冷酷的眼神眨也不眨一下，仍然盯著男子的臉龐繼續說：

「如同她一樣，一個夢偷偷溜我的人生。」

「它也溜進我的人生。」雷德羅先生說。

「如同她的愛一樣，我的心中也燃起一陣關愛，這是我低等的性格所會珍惜的感情，我太可憐了，不知如何以承諾或是乞求的方式將她留在我的命運裡，我愛極了她，現在仍然這麼愛。然而，在我一生中，我不斷努力奮鬥，掙扎著往上爬，只差一寸，我就到達天堂頂端，這過程是多麼艱難啊！在我最後無法工作的那段期間，我可愛的妹妹一直陪伴著我，直到生命只剩灰燼，當時爐邊的火焰也已冷卻，爲何我眼中的未來如此灰暗！」鬼影繼續說。

「現在我在火焰裡可以見到他們。」他喃喃自語，「經年累月裡，我在音樂中聽見他們，在風中凝視他們，在夜裡死寂的寧靜裡想到他們。」

「我可以想像在未來的人生裡，她也許是我困境的來源。我可以想像我的妹妹及如同我好友的妻子是如何困苦過日子，那位男子有家產可以繼承，我可是什麼都沒有。但是我可以想像那樸實的年代、純眞的幸福、以及輝煌的人生境遇如何像絲線一般將我與孩子們由古到今緊緊相繫，我們頭上好像都戴了閃閃發光的皇冠。」鬼影說。

「想像是種迷惑，爲何我註定要回想這些事情呢！」著魔的男子說。

「一切都是迷幻啊！」鬼影以毫無抑揚頓挫的音調附和著，空洞的眼神注視著男子，「面對我那如朋友般的妻子，我的自信心找不到出口，她影響著我，也影響著我對人生的希望與奮鬥，然而最後她卻迎向他，將我脆弱的世界完全支解。而我那雙倍可愛、雙倍奉獻、雙倍愉悅的妹妹看著我從無到有，當我的活力消耗完時，我過往的企圖心也受到報償，然後……」

「她死了」男子插話：「平和快樂地死去，一切相當安祥，唯一的掛念是她的哥哥。」

鬼影沉默地看著男子。

「這些回憶歷歷在目啊！」著魔的男子停頓一下後說：「是的，這些回憶是那麼清晰，直到好幾年過去了，沒有什麼回憶比那孩子氣的感情來的漫無目的又流於幻想，那種情感長久不滅，讓我充滿憐惜之情，好像哥哥對待弟弟或是父親對待兒子一般疼惜。有時我會猜想，當她的心思傾向他時，對我的感情是否會產生變化，雖然我認爲已經產生了嚴重的改變，但是現在那不重要了！一種被摯愛的人所傷害及背叛的傷口難以復原，這種不幸福的滋味及失落感無法被抹平，傷痛的感覺遠比想像還眞實。」

「因此，我內心藏著一份悲傷及懊悔，我不斷折磨自己，對我來說，回憶好比是一種詛咒，假如我可以忘了傷痛及悔恨，我會毫不猶豫這麼做。」

「你這個愛嘲弄別人的人。」化學家跳了起來，以憤怒的手攻擊他另一個自己，「爲何我總是聽見有人在我耳邊辱罵我！」

「請你克制一點！」鬼影以恐怖的聲音大叫：「把手放在我身上，然後死亡吧！」

他中途停了下來，盯著它看，彷彿這些話突然麻痺了他，鬼影從他的身上慢慢滑了出來，它把手舉得高高的，好像提出警告似地，神祕可怕的臉上飄過一抹微笑，透露出一種黑暗勢力的勝利姿態。

「假如我可以忘了傷痛及悔恨，我會毫不猶豫這麼做！」鬼影不斷重複，「假如我可以忘了傷痛及悔恨，我會毫不猶豫這麼做！」

「我有著邪惡的靈魂」著魔的雷德羅以低沉發抖的聲音回答：「耳邊持續不斷的低語讓我的心情陰鬱不快。」

「那是一種內心的迴響。」鬼影說。

「假如那是我內心的迴響，爲何我會如此苦惱。事實上我現在知道那的確是心中的回音。」著魔的男子回應：「這不是一種自私的想法，然而我遭遇的痛苦卻超越我所能想像到的。所有的男人女人都有他們的悲傷及悔恨，他們都曾經忘恩負義，曾經可憐地妒忌過別人，曾經與別人發生利益衝突，這些苦惱充滿人生，他們爲何就不能忘記那些悲傷及悔恨。」

「如果眞能這樣大家也比較開心，過得也會比較好。」鬼影說。

「在那些他們慶祝的革命歲月裡，所能召回的到底是什麼樣的回憶啊！」雷德羅先生繼續說：「是否有些許心靈是感受不到悲傷與悔恨？今晚在這裡的老人所能回憶的又是什麼？眞是一連串的傷痛與紛擾啊！」

「到底是一般人性啊！」鬼影說，此時它那沒有神采的呆滯臉龐掠過一抹淺笑，「畢竟只有高度教養及具有深度智慧的人才會感受到這些傷痛，無知的心靈及庸碌的靈魂是感受不到的。」

「它是個引誘者！」雷德羅先生回答：「我對它空洞神情與聲音的害怕超乎我的想像，當我說話的時候，它那陰暗的虛假影像帶著無比的恐懼偷偷竊據我的心靈，我再次聽見內心激昂的回音。」

「接受這個事實吧，因爲那可以證明我的力量無窮。」鬼影說道。「這是我賜給您的，忘掉那些你熟知的悲傷、悔恨與煩惱。」

「忘掉吧！」鬼影重複。

「我有力量可以一筆勾銷那些記憶，只留下非常模糊混亂的痕跡，然後逐漸消失。」鬼影回覆：「你說，你想將它忘了嗎？」

「請留步！」著魔的男子哭喊著，眼睛瞪著鬼影高舉雙手的可怕姿勢：「我因爲對你的不信任與懷疑而全身發抖震顫，你所給我的悲觀恐懼感在我心中形成深沉的悚然，那種驚恐無以名狀，我不忍心剝奪自己的美好回憶，也無法讓自己失去對己對人的同情心，假如我同意你的想法，那麼我會失去什麼？什麼會從記憶裡流逝。」

「這不是任何知識或是學習可見到的結果，而是所有的感覺及關聯性纏結在一起，每一次命運的轉動都依賴著那被放逐的記憶，它灌溉著我們的生命，那些回憶都會不見。」

「有很多回憶嗎？」著魔的男子提高警覺詢問。

「他們經年累月裡習慣在火焰中、在音樂中、在風中、在死亡的寂靜裡顯現出自己。」鬼影輕蔑地說。

「什麼都不留？」

鬼影保持步伐不動。

鬼影安靜地站在他面前好一陣子，往火焰方向走去，然後止步。

「在機會消失之前，請趕快下決定。」鬼影說。

「機會稍縱即逝啊！」男子激動地說：「我召喚天堂作爲見證，證明我從未對週遭事物有任何仇恨、陰鬱與冷漠的情緒。假如持續孤獨一人居住的話，我只能說自己對過去著墨太多，對現在關注太少，邪惡的情緒降臨到我身上，而非其他人。假如我身上有任何毒藥，假如我知道如何解毒或是用毒，那麼我可以用嗎？假如我心裡面已經中毒，並且我可以利用可怕的幻影丟除毒化的心靈，那麼我可以這麼做嗎？」

「你說，你想將它忘了嗎？」鬼影重複。

「那需要久一點的時間。」他倉卒回答。「如果我可以，我會選擇忘掉一切。到底是只有我這麼想，還是世世代代、千千萬萬的人都這麼想？所有的人類記憶都伴隨著悲傷與煩擾，我的回憶同其他人一樣，只不過他們不像我有所選擇。是的，是我結束這場交易，是的，我將會忘懷悲傷、錯誤、與紛擾。」

「你說，你想將它忘了嗎？」鬼影重複。

「是的，我想忘了。」

「忘了吧！把它當成一種恩賜，我在此與你斷絕關係，我賦予你的天賦，你可賜予他人，做你想做的事吧！當你無法恢復你已放棄的力量時，你只能在靠近別人時，摧毀這個力量，你的智慧早已發現人類共同的記憶就是悲傷、悔恨與憂慮，假如人們沒有這些情緒，那麼會更快樂些，去吧！去當你的施惠者吧！從煩惱掙脫吧！忘了那些不愉快的時光，帶著擁有自由的福音離去吧！這種蔓延的自由是不能讓與、不能與你分離的，去吧！珍惜你所擁有的，珍惜你所做的事。」

鬼影說話的同時舉起他毫無血色的手，彷彿正在進行邪惡的祈願儀式或是念著邪惡咒語，鬼影的眼睛緊緊靠近男子的雙眼，他可以清楚見到掛在鬼影臉上只有可怕的笑容，眼神毫無任何笑意，然而這種固定無變化的冷酷神情逐漸軟化，然後消失。

男子站在原地動也不動，心中滿是恐懼與疑惑，你可以想樣他的耳邊總是響起憂鬱的回音：「破壞你所接近的所有事物吧！」這個聲音愈來愈弱，逐漸消逝，之後他的耳邊突然一陣刺耳的哭喊聲，聲音似乎不是來自門外的走廊，而是來自另外一間舊大樓，聽起來像是黑暗中迷途的人的哭聲。

男子困惑地望著他的雙手與手臂，彷彿要確認他的身分一樣，突然間他瘋狂地大叫一聲，臉上出現恐怖陌生的表情，彷彿他也迷失一般。

哭聲持續回應，而且愈來愈近，他拿起油燈，將牆上的厚重窗簾往上捲，通常他習慣由此進出他演講的劇場，劇場貼近他的房間，圓形露天劇場的挑高門面充滿年輕活潑的感覺，讓他出場片刻立即吸引目光，但畢竟這是一個幽靈鬼魅的地方，所有生命在此消逝，大家盯著他看，彷彿他是死亡的象徵。

「哈囉！」他大叫：「哈囉！這個方向，請往亮光處走！」他一手拉著窗簾，一手抬高油燈，試圖看穿佈滿整個房間的陰影，此時房間裡面一個東西匆匆忙忙經過身邊，蜷伏在角落，像是一隻野貓。

「那是什麼？」他倉卒地說。

他或許已經詢問過「那是什麼？」，也或許他沒有眞正開口問，因爲他清清楚楚看見那個像隻野貓的小孩瑟縮在牆腳。

他手中握著一大捆破布條，尺寸及樣式看起來像是小嬰兒的物品，但是由他貪婪渴望的抓取姿勢看來，彷彿那是屬於邪惡老人的東西。經過半世紀的雕琢之後，他的臉頰顯得橢圓平滑，生命的經驗將臉頰摧殘到些許削瘦，眼神明亮，但卻蒼老，裸露的腳像孩子一樣細嫩，不過上頭卻沾滿醜陋的血漬與塵土，他像是一隻小傢伙，說它是孩子也不是孩子，倒像是渴望變成人類的小動物，只不過很不幸地他只能以野獸的形體走完生與死的人生旅途。

由於早已習慣像野獸一般擔心害怕遭到獵捕，當別人望著他時，他總是蹲臥蜷伏著，畏縮地回望，並且伸出手臂試圖抵擋別人揮出的拳頭。

「你如果打我，我就回咬。」他說道。

過了幾分鐘之後，這個景象還是讓化學家感到痛苦，他冷漠地看著這個畫面，努力想要回想一些事情，雖然他不完全了解到底想記得什麼，他詢問小男孩什麼時候到這裡，到這裡又是爲了做什麼？

「那女人在哪裡?」他回覆:「我想找她?」

「你說誰?」

我要找那個女人,是她帶我到這個地方,是她在我身邊升起爐火,她離開一陣子了,我出來找她,找不到而且迷路了,我想找她,不想找你。」

突然間,他跳躍起來,幾乎沒有發出任何聲響,他光著腳裸踩在接近窗簾的地方,雷德羅先生用一條破布將它抓了起來。

「拜託!你讓我走!」小傢伙低聲咕噥,身體掙扎著,並且咬緊牙根,「我沒對你做什麼壞事,你讓我走,讓我去找那位女人。」

「不是從這裡走,有另一條更近的路。」雷德羅先生一邊說,一邊試著耽擱它,白花力氣想要回想到底這個小傢伙與什麼事件有關係,「你叫什麼名字?」

「我沒有名字。」

「你在哪裡生活?」

「生活?那是什麼意思?」

小傢伙將頭髮從眼前甩開,盯著他看了好一陣子,扭轉著他的腳,試圖與他搏鬥,然後再一次破口大叫:「你讓我走,我要找那個女人。」

化學家引導它到門口,說道:「請往這裡走。」化學家困惑地望著小傢伙,冷漠之中又充滿厭惡反感的逃避情緒,「我會帶你去找她。」

小傢伙的眼神犀利，溜達溜達地搜尋房間，最後目光停留在桌上的杯盤狼藉。

「給我吃一些東西。」牠貪心地說。

「她沒餵你吃東西嗎？」

「今天吃過，明天還不是一樣會餓，不是嗎？肚子應該每天都會餓吧！」

當牠發覺自己可以掙脫時，立刻跳躍到桌子上，像一隻可憐小動物，緊緊抱著麵包與肉，還有自己的那條破布，說道：

「喂！帶我去找那個女人。」

當化學家嚴厲地示意小傢伙跟著他走出門外時，他心裡油然產生一種新的負面情緒，全身顫抖，停下步伐。

「我賦予你的天賦，你可賜予他人，做你想做的事吧！」

鬼影的話在風中飄盪，冷風的寒意侵襲著他。

「我今晚不去那裡。」他含糊低語：「我今晚哪兒也不去，小東西！你往這個長廊直接走下去，經過黑暗大門到達院子後，你可看到亮光從窗戶投射出來。」

「那是女人房間的亮光嗎？」小男孩詢問。

小東西點了點頭，然後跳了開去。之後他帶著燈籠回來，倉卒地將門鎖上，他在椅子上坐了下來，好像飽受驚嚇似地把臉蒙上。

現在他完全是一人獨處，孤獨又孤單啊。

第二節　天賦四散

起居室裡坐著一位個頭矮小的男子，只用一個小隔版將客廳與一間小商店分隔開來，牆上貼滿許多小張的報紙簡報，起居室裡頭有許多小孩與他作伴，你會很樂意試著叫出這些小孩的名字，他們以有限的肢體動作表達出令人印象深刻的效果。

在這群孩子當中，藉由強勢的哄騙方法，已經有兩位小孩在角落睡著了，他們暖和舒適地歇息著，兀自進入香甜純眞的夢境，但是大部分的時間他們喜歡保持清醒，在床上扭打亂鬥。角落邊有一個生蠔堆疊而成的食物塔，兩位孩子立即享用這個世界的美味肉食佳餚，在這彷如堡壘的房間裡，他們不斷相互騷擾攻擊，就像皮克特人與史考特人圍攻年輕英國人的歷史建築一般，攻擊完再回到自己的管轄領土。

除了扮演侵略行動中激動的隊員與憤怒的反擊者之外，他們不斷對著床單做出衝撲動作，因爲扮演掠奪者的小孩們就躲在床單裡避難，在另一張小床裡的小男孩，則對家族寧靜的氣氛貢獻一點小混亂，他不僅把短筒靴往水裡面丟，也把其他許多小物品丟到水裡，所有硬的東西好像變成飛彈似的，滿屋子亂飛，小孩們如此做，已經打擾到他的睡眠，儘管如此他還是不吝惜對他們發出讚美之詞，畢竟大家都不會討厭這些小孩們。

除了這位愛丟東西的男孩之外，還有一位年紀稍長的小大人，他背著一位嬰兒蹣跚踉蹌地到處亂走，身體不時傾向一邊，膝蓋上承受巨大的壓力，他試著唸一篇從家裡帶出來的故事把嬰兒寶寶哄睡，但是累人啊！儘管他的肩膀因爲寶寶的重量而無知覺，儘管他不斷地凝視注意著寶寶的眼睛，想要哄他入睡，但是它的眼睛還是睜得大大的，但是幸好寶寶已經平靜下來。

他是摩洛克火神的嬰兒，在那永遠無法感到滿足的祭壇上，這位年輕的寶寶的存在就是爲了要被成爲每日提供的祭品，摩洛克寶寶的性格是難以安靜下來的，不管在任何地方都難連續五分鐘不吵鬧，要哄睡他們不是一件簡單的事。而在鄰近地區，「泰特比男孩」就像郵差或是酒館服務生一樣眾所皆知，他手上抱著小強尼．泰特比，不斷在門階上來回徘徊，從星期一早上到星期六晚上，他緩步走在小孩隊伍的後面，跟著翻筋斗與雜耍的隊伍，只偏著一邊走，但是動作有點緩慢，以至於錯過了許多有趣的事情。在小孩聚集玩樂的地方，有一位摩洛克火神寶寶讓強尼非常疲倦苦惱，不管強尼待在什麼地方，摩洛克寶寶總是易怒、難以安靜下來。可是當強尼想要外出時，摩洛克寶寶就會睡著，需要有人看著他，當強尼想要待在家裡時，摩洛克寶寶就會醒來，這時就需要帶他出去玩玩，大家都勸強尼他是個完美無缺的寶寶，然而在英格蘭卻沒有任何同伴，他喜歡從裙子後面或是鬆垮垮的帽子下方溫馴滿足地看著外面的世界，他搖搖晃晃地走路，看起來好像拿著大包裹的搬運工人，當然他是不可能眞的將手上的東西寄出去，更不可能知道要送到哪裡。

小起居室裡坐著一位矮小男子，他是這個家庭的大家長父親阿達夫．泰特比，也是前面小商店的老闆，商店上面刻著「泰特比報社公司」，這位父親試著在小孩的干擾之中安靜地閱讀報紙，但是顯然這是不可行的。嚴肅地說，這位父親是唯一對這間公司有所貢獻的人，畢竟「公司」只是一個有詩意的抽象概念，既無具體基礎，也非個人財產。

「泰特比」是一間位於耶路撒冷大樓轉角的公司，它的櫥窗上展示許多文學作品，包含過期的報紙照片與未經許可的廣播節目，同樣地，公司倉庫裡也包含商業販售的手杖與大理石雕刻品，這間商店曾經發展爲輕鬆愉快的蛋糕烘焙坊，但是這種優雅精緻的氣氛似乎不屬於耶路撒冷大樓，由於沒有任何關於烘焙業的商業氣息留存在櫥窗裡，我們只見到小小的玻璃燈籠裡頭像是公牛眼睛的火光，此時燭火逐漸減弱，漸漸熔化在夏日裡，凝結在寒冷的冬日，直到所有的希望都已消失，只剩下燈籠的枯骨獨自殘留下來，「泰特比公司」曾做過許多生意，它曾經衝動投資小量金額於玩具事業，因爲在櫥窗的燈籠裡，你會見到一堆精緻的石蠟娃娃，全部被隨便倒立放在一起，最混亂的情況是他們的腳會擱在其他娃娃的臉上，然後你會看到許多突然掉下來的破手臂與長腿橫躺在最底下。「泰特比公司」也曾做過女帽生意，因爲櫥窗的角落裡還可看到一些金屬線製單調無邊呢帽。「泰特比公司」曾經也幻想它能在菸草事業當中找到生存空間，並且在大英帝國三個地區尋找原住民代表以便駐紮在菸草產地，只爲了消費那芳香的菸草，並且作爲市場調查。這樁生意帶著詩意的傳奇，而且在進口菸草的同時流傳著一個笑話，那就是你會看到一人嚼菸草，一人嗅聞煙草，另一人抽菸草，但是這個事業除了帶來一堆蒼蠅之外，沒有帶來任何商機。幾年過去了，「泰特比公司」絕望地將資金投入模仿珠寶的生意裡，在櫥窗長格的玻璃裡，有一張蓋上廉價圖章的卡片，一些鉛筆盒，與一個神祕的黑色護身符，上頭標示一些無法理解的符號，並以九便士硬幣爲標籤。但是凡此種種，耶路撒冷大樓從未支持過泰特比公司的生意，泰特比公司試圖在這棟大樓以外殺出一條血路，但是結果不甚理想，因此公司最好的境況就只剩「公司」這個頭銜，那是一個無形的產業，不受粗俗的柴米油鹽醬醋茶所影響，也不用支付窮人匯率或是財產徵稅額，當然更不須扶養任何家累。

如同我們之前說的，泰特比待在小起居室裡，想著一件有關家庭的事，心中想到有點混亂，很難將它忘掉，於是他開始閱讀報紙。後來，他將報紙放下，焦躁不安地在起居室裡來來回回走動，像一隻無法確定未來方向的傳信鴿，對著一、兩隻落後他的小飛蟲做出徒勞無益的俯衝動作，他突然責備著家族裡唯一不惹人生氣的成員，並且給了摩洛克褓姆一拳。

「你這個壞男孩！」泰特比先生責罵：「你難道對於可憐父親在艱困的寒冬中打拼的疲累及焦慮沒有任何感覺嗎？他可是從早上五點之後就開始工作，難道你們一定要用惡作劇的把戲打擾他的休息時間，因而讓他變得焦慮，影響對事物的辨別力？難道這樣還不夠嗎？你的哥哥阿達夫在充滿寒冷霧氣的天氣裡忙碌工作，而你卻跟其他的孩子在這裡悠閒過日子，擁有你想要的每個東西。」泰特比先生嘮嘮叨叨說了一堆，特別強調他現在近況良好：「但是你卻一定要讓家庭變得雜亂荒蕪，讓父母親變得像瘋子一樣？強尼，非得要如此嗎？在每一次的訊問後，泰特比先生都會假裝要給他的耳朵一掌，但是想想狀況已有改善，拳頭也就揮不出去了。」

「喔！父親！」強尼嗚咽，「我的確沒有做很多事情，但是照顧莎莉，哄她入睡也不算幫了忙嗎？父親大人！」

「我希望我的小女人可以回家！」泰特比先生的聲音溫和又參雜懊悔的情緒，「我眞希望我的小女人可以回家！我真不適合與他們交涉，他們把我甩得團團轉，激發出我的潛能，喔！強尼！難道你母親幫你生一位可愛的小妹妹還不夠嗎？」泰特比先生指了指那個摩洛克寶寶，「在這位妹妹誕生之前，只有你們七個男孩，你可知道為了讓你們有個妹妹，你的母親經歷了多少痛苦？所以你一定要這麼調皮讓我頭暈眼花嗎？」

他那傷心的兒子讓泰比特先生的態度逐漸軟化，聲音愈來愈柔和，他最後擁抱了兒子，然後立刻抽離去擁抱另一位有過失的孩子，這麼樣一個理性的溝通方式有了好的開始，泰比特先生繼續開導一陣子，然後在床架上與孩子們大玩越野遊戲，在錯綜複雜的椅子隊伍裡逮住被他懲罰的孩子，儘早哄他入睡，這個玩法對穿著短靴的男童有一種顯著的催眠魔力，因為他很快就進入深沉睡眠，之前他曾經入睡過一陣子但是不久精神就恢復最高峰，另外有兩位年輕的建築學生，就在鄰近的房間裡獨自快速地入睡，而「攔截一號」的小組隊員已經回到巢穴裡休息，泰特比先生喘息了一口氣，意外地發現自己進入安寧的平和世界。

「我的妻子完美地扮演她的角色。」泰特比先生擦拭他興奮的臉龐，「我真希望我的妻子能一直這麼做。」

泰特比先生尋找適當的方式將這種感覺轉達給孩子們，因此他繼續說道：

「我們無法否認所有卓越的成功男子背後都有一位非凡的母親大人，而且他們都相當孝順，並在下半輩子將母親視為最好的朋友。男孩們！想想你那優秀的母親吧！」泰特比先生感動地說：「在她還能陪在你身邊時意識到她的價值吧！」

泰特比先生再度回到火爐旁，雙腿交叉坐下，上頭擱著一份報紙，試著讓自己平靜下來。

「男孩們，起床吧！不管是哪一位，反正一定要有人起床。」泰特比先生以溫和的聲音要求孩子們，「而你那受尊重的同伴對於你的成熟表現將會非常訝異。」泰特比先生從版子上選取適合的句子教導孩子們，「我的兒子強尼啊，好好照顧你唯一的妹妹莎莉吧，她彷彿是你面容上最閃耀的那顆寶石。」

強尼往一個小凳坐下，努力承受著摩洛克寶寶的重量。

「強尼！這個寶寶是個多棒的禮物啊！」父親說道：「你應該覺得萬分感謝才是！強尼，很多人身在福中不知福，但是我們的摩洛克寶寶確實是上天給的禮物，因爲藉由精密的計算，我們知道許許多多的摩洛克寶寶無法活到兩歲大，也就是說…」泰特比先生指著版子語重心長地說。

「喔！別說，父親你別再說了！」強尼哭喊：「當我想到莎莉時，我就無法承受這件事。」

泰特比先生不再繼續說下去，而強尼帶著一種深沉的使命感擦了擦眼淚，試著安撫小妹妹。

「強尼，你的哥哥阿達夫今天遲到了。」父親一邊說，一邊撥弄爐內的火堆，「他若晚點回家，就會凍地像一團冰塊。你那可愛的母親在哪呢？」

「父親，我以爲母親與阿達夫都在這裡！」強尼大喊。

「你說對了！」泰特比先生一邊回覆，一邊豎起耳朵仔細聽著：「沒錯那是我可愛小女人的腳步聲。」

至於爲何泰特比先生會推論他的妻子是個小女人這件事是他無法告知外人的祕密，他的妻子可以輕易地告訴別人兩種泰特比先生故事的版本，做爲一位個體戶，泰特比妻子強壯的個頭與強旱的個性廣爲人知，但是對泰特比先生而言，那卻是優美的體魄，他們從來不希望擁有嬌小的體格，但是他們七個兒子卻都不太高壯，然而泰特比夫人宣稱莎莉妹妹是個例外，關於這件事，強尼這個最大受害者可是瞭然於心，因爲他每天都抱著這個小寵兒，每一小時都感受到她的體重與身長。

剛購物回來的泰特比夫人提了一個籃子進門，扔下帽子與圍巾，疲倦地坐了下來，她命令強尼帶著可愛的莎莉過來，好讓她親親。強尼順從地完成工作，然後回到他的小凳子上休息，阿達夫・泰特比脫下身上長版七彩毛織圍巾，圍巾實在太長了，他花了很多時間卸下，阿達夫也要求強尼做同樣的事，強尼再度順從地完成工作，然後回到他的小凳子上休息。此時，泰特比先生也突然靈光一現，站在父親的立場，要求強尼做同樣的事，爲了滿足第三個人的心願，強尼累壞了，他累得無法呼吸，差一點走不回凳子上，最後只能氣喘吁吁地找時間休息。

「強尼，不論你做什麼，反正就是盡力照顧莎莉就是了，否則你也沒什麼臉見母親大人。」泰特比先生搖了搖頭。

「也沒臉見你的哥哥。」阿達夫說。

「當然也沒臉見你的父親。」泰特比先生附和。

強尼對於這種條件式脫離關係的方式感受強烈，他低頭看著摩洛克寶寶的眼睛，看看她是否安然無恙，他盡力熟練地拍打她的背部，用腳搖晃她。

「阿達夫！我的好兒子，你全身溼透了嗎？」泰特比先生說道：「趕快過來坐我的椅子，擦乾身體。」

「不，父親，我的身體還沒全濕。」阿達夫用手簡單整理儀容，然後坐下。「不，我還滿乾爽的，父親！難道我的臉很油亮嗎？」

「嗯，倒是有一點像上了一層蠟似的。」泰特比先生回覆。

「父親，都是天氣害的。」阿達夫用他磨壞的夾克袖子擦亮臉頰，還不是那可惡的風、雨、雪、霧，讓我的臉上長了不舒服的疹子，而且看起來有些油亮，真希望能舒緩一點。

阿達夫在報社工作，那個公司倒是比他父親的公司興旺許多，他屬於一般職員，在火車站販售報紙，他那矮小肥胖的身軀在火車站來回穿梭，看起來像是衣衫襤褸的邱比特天使，阿達夫還未滿十歲，尖銳的童音叫賣聲聞名整個火車站，有名的程度不下於噴氣行進的斷啞火車頭聲音。

阿達夫童稚的特性也許對一些商業活動來說是一種缺點，特別是他的工作環境是在交通單位，然而我們很幸運地發現他找到方法寓工作於娛樂上，在不忽略工作的原則上，他把漫長的一天分成不同程度的玩樂活動。他自己發明的活動設計巧妙，像許多偉大發明一樣簡單又有趣，他會在一天不同的時間裡變化「報紙」這個字的發音方式，以文法上四聲的變化來取代原有的發音。因此，在冬日黎明之前，阿達夫會戴著他的防水帽、防水斗篷與大圍巾來來回回穿過濃霧中，大聲叫賣：「早…報…」，距離中午一小時之前，他的音調會變成「找…報…」，到了下午兩點，又會變成「朝…報…」，過了兩小時以後，他會大喊「早…寶…」，隨著太陽下山，叫賣聲會變成「晚…報…」，阿達夫的心情也隨之輕鬆舒坦起來。

阿達夫的淑女母親，坐在椅子上，身後擱著帽子與圍巾，若有所思地轉動手上的結婚戒指，然後她起身脫去外出服，換上準備晚餐的服裝。

「喔，親愛的！親愛的！親愛的！那正是這個世界運行的方式。」泰特比夫人說。

「我親愛的夫人啊！這個世界運行的方式是什麼？」泰特比先生四處觀看。

「喔，沒什麼。」泰特比夫人心不在焉地回答。

泰特比先生挑起眉毛，重新把報紙交疊對折，他的眼睛在報紙上來回瀏覽，東看看西看看，但是卻不仔細閱讀。

此時，泰特比夫人正在準備晚餐，不過她的動作粗魯，感覺好像在懲罰桌子，而非做晚餐，她用力以刀叉敲擊桌子，然後用盤子與鹽瓶拍打桌面，然後將麵包重重地往桌上一放。

「喔，親愛的！親愛的！那正是這個世界運行的方式。」泰特比夫人說。

「寶貝兒，你剛剛也曾這麼說，請告訴我什麼是這個世界運行的方式。」泰特比先生四處張望地說著。

「喔，沒什麼。」泰特比夫人依舊不肯回應。

「蘇菲雅！你方才就是這麼敷衍我。」泰特比先生抗議。

「如果你硬是要問，我的回答還是不變。」泰特比夫人堅持：「真的沒什麼好說的，如果你繼續問我，我的回答還是一樣，我再重複一次，真得沒什麼好說的。」

泰特比先生眼神望向他心中最愛的妻子，以溫和但卻有些驚訝的語氣詢問：

「我親愛的小女人，是什麼因素讓你拒人於千里之外？」

「我眞的不曉得如何回答你的問題。」泰特比夫人回嘴：「別再問我了，誰說我拒人於千里之外？我從未這麼做。」

泰特比先生放棄閱讀報紙，彷彿那是一件痛苦的事，他將手放在背後，聳著肩膀，緩慢地在房間裡來回踱步，他溫和的步伐倒是與他順從的態度相當一致，他對著兩位大兒子說起話來：

「阿達夫，你的晚餐再一分鐘就好了。」泰特比先生說：「這是你們的母親冒著風雨到廚師的店所購買的，她眞的對你們太好了，強尼！你應該趕快過來享用晚餐，你的母親很開心你對寶貝妹妹如此體貼。」

泰特比夫人無聲無息地準備晚餐，但是你可以察覺她工作時帶著一種冷靜卻有敵意的態度，她從大籃子裡頭拿出一塊油紙包裝、結實黏稠的豌豆布丁、一碗裝有醬汁的碟子，當醬汁的蓋子掀開時，飄散出陣陣香味，兩張床上的三雙眼珠子張得很大，目不轉睛地盯著桌上的盛宴。泰特比先生無視於夫人眼神中所暗示的晚餐邀請，起身緩慢地重複說著：「你們的晚餐再一分鐘就好了。阿達夫，你的母親冒著風雨到廚師的店購買食物，她眞的對你們太好了。」之後，泰特比夫人突然百感交集，心中湧現許多複雜情緒，手臂圍著她丈夫的脖子哭泣著。

「喔！阿達夫！」泰特比夫人啜泣：「我怎麼可以想就這樣一走了之。」

泰特比夫人溫柔的態度帶給阿達夫與小強尼極大的震撼，以致於他們不約而同都憂鬱地哭了起來，此時產生一些連鎖反應，因爲他們的哭聲讓其他床上的小泰特比們頓時安靜下來，好像打敗戰一樣驚恐無力，他們偷偷摸摸地從隔壁房間溜進餐廳，想知道到底發生什麼事情。

「阿達夫，我很確定現在我回到家，比任何一位小孩都還無知。」泰特比夫人嗚咽。

泰特比先生似乎不喜歡聽到這些話，他觀察了一陣子後，說道：「親愛的，妳別這麼說。」

「我的確是比一個嬰兒還無知。」泰特比夫人說：「強尼！別只顧著看我，多注意你的妹妹，我怕她一不小心就從你膝蓋上掉下來，那可是會出人命的，然後你的心會承受極度痛苦，它會折磨你致死。親愛的，這是我一回家就擔心害怕的事，但是阿達夫，有時候往往……」泰特比夫人突然停住，若有所思地轉動手指上的結婚戒指。

「我了解！」泰特比先生說：「我知道我的小女人被拒於千里之外，艱困的生活、惡劣的天氣與艱辛的工作折磨著她，這些我都知道，因此請上帝保佑阿達夫，請千萬這麼做！」泰特比先生一邊說，一邊用叉子翻攪碟子裡的醬汁：「除了豌豆之外，你的母親還在廚師的店買了這些醬汁，還有整隻美味的烤豬腳蹄膀，上頭覆蓋著脆皮豬油渣，還有無限供應的佐料醬汁與芥茉醬，我的乖兒子，趁著豬腳還熱騰騰地煨燉時，趕快拿著盤子過來吧！」

阿達夫不用父親第二次叫喚，馬上端著盤子過來，飢餓的感覺讓他的眼睛淚眼汪汪，他坐回自己的小凳子上，狼吞虎嚥地吃了起來。父親當然沒有忘記小強尼，泰特比先生給了他一些麵包，淋上醬汁，不小心滴了一些在小女娃身上，因為一些因素，強尼必須將布丁先放進口袋裡。

有一些豬肉末還留在指關節骨，當店裡頭肉販切肉給前一位顧客時，留了一些在指關節骨上，但是並沒有沾到任何醬汁，醬料是夢幻的配件，點綴著豬肉，以愉悅的方式欺騙我們的味覺，豌豆布丁如此，肉汁與芥茉醬也是如此，就好比東方的玫瑰花之於夜鶯一樣，就算無法找到成年的豬肉，味道也不會相差太遠，起碼會是中尺寸的豬隻品質。晚餐的香味讓躺在床上的小泰特比們無法抗拒，雖然他們答應要乖乖睡覺，卻還是趁著爸媽不注意時爬了出來，懇求他們的哥哥們看在手足之情的份上賞他們一些美食，哥哥們覺得心軟，都會提供少量食物，因此晚餐時間總是可以在客廳看見小泰特比們穿著睡袍到處亂跑，上演爭奪食物的戲碼，這讓泰特比先生相當困擾，有那麼一兩次，他必須起身指責孩子們，讓這些像是游擊戰隊的小泰特比們打道回府，混亂結束一場胡鬧。

泰特比夫人似乎心事重重，以至對晚餐食不下嚥，她一下子沒來由的笑著，一會兒又哭了起來，但是過了一陣子卻同時又哭又笑，毫無理性可言，這讓泰特比先生相當不知所措。

「我親愛的小女人，假如妳的世界是那樣運行，恕我直說，那一定是個錯誤的方式，因爲它壓得妳喘不過氣。」泰特比先生說道。

「請給我一些水，然後現在不要跟我說話，也不要注意我在做什麼，反正別理我就是了。」泰特比夫人掙扎地說著。

泰特比先生拿了水給妻子，突然轉頭望向倒楣運的強尼，眼神充滿同情心，然後詢問他爲何還繼續沉迷於玩樂中，如此貪吃懶惰、閒散安逸，莎莉的眼神提醒著泰特比夫人督促強尼盡力照顧她。強尼立刻走向寶寶，但是幾乎承受不住她的重量，此時泰特比夫人立刻伸手支援，表示她可是無法承受莎莉有任何一點閃失，強尼不被允許再度靠近莎莉，他可不願意承受親人怨恨他的那種痛苦，因此他再度回到小凳子上休息。

停頓了一回之後，泰特比夫人覺得舒服多了，然後開心地笑著。

「我的小女人，你確定已經好多了嗎？」泰特比先生懷疑地說：「或者蘇菲雅你想要出去呼吸一下新鮮空氣。」

「不，阿達夫，我還好。你不用擔心」泰特比夫人一邊回覆，一邊梳著頭髮，並且用手掌按壓眼睛，笑了一下。

「我眞是個缺德鬼，才會在那一刻往壞處想。」泰特比夫人說：「過來吧！阿達夫，讓我放鬆心情吧！我會告訴你我的想法，我會告訴你所有事情。」

泰特比先生將椅子拉近一點，泰特比夫人笑了笑，擁抱了他先生然後擦擦眼淚。

「親愛的阿達夫，當我還是單身的時候，我樂於與所有人做朋友，我是自由的，你知道嗎？曾經有一次，同時有四個人一起追求我，其中有兩位還是馬爾斯家族的兒子。」

「親愛的，我們都是馬爾斯的兒子。」泰特比先生說：「與父系家族相關聯。」

「我不是那個意思。」泰特比夫人回覆：「我是說他的位階是陸軍中士。」

「喔！」泰特比先生想了一下。

「嗯，阿達夫，我確定我現在毫無心思掛念他們追求我的事，我也不後悔拒絕他們，我確定我現在有個好老公，而且我會努力證明我有多喜歡他，如同⋯」

「如同世界上所有小女人一樣。」泰特比先生說：「非常好，非常好。」

就是因爲泰特比先生的身高沒有十呎高，他才能接受泰特比夫人精靈般的身材，同時也就是因爲泰特比先生的身高不是兩呎高，他的妻子才會認爲他配得上自己。

「阿達夫，現在是聖誕佳節，所有人都在放假，很多人都荷包滿滿，想要花錢買東西，我也是這樣，因此我就從街上買了一些東西回來，街上販售的商品各式各樣，有許多美味的食物、賞心悅目的物品、與值得購買的禮品，因此在我決定花六便士買東西之前，我必須不斷地計算數字，我的籃子很大，可以放很多東西，我的存款不多，無法花太多錢，阿達夫，你會痛恨我亂花錢，不是嗎？」

「到目前爲止，我未曾如此表現過。」泰特比先生說。

「嗯，我會告訴你所有實情。」泰特比夫人懺悔地說著：「當我跋涉步履走在冷風中時，我有感而發，當我看到這麼多賣東西的臉孔，提著籃子辛苦地叫賣時，我開始思考假如我從前沒有享受到人生的樂趣，現在是否該讓自己快樂一點呢？我應該要善待自己才是。」泰特比夫人搖著頭，轉動著她手上的戒指，一副垂頭喪氣的樣子。

「我了解了。」泰特比先生安靜地說：「你是否希望自己未曾結婚，或者希望自己嫁給其他人！」

「是的。」泰特比夫人啜泣著：「我心中就是這麼想的，那麼阿達夫，你現在痛恨我嗎？」

「不！到目前爲止，我不會痛恨你。」泰特比先生說。

泰特比夫人給了丈夫一個體貼的吻，然後繼續說：

「阿達夫，雖然我還沒告訴你最糟糕的事，但是我已經開始希望你不要恨我，我無法想像那是什麼樣的遭遇，我不知道我到底怎麼了，是否病了、瘋了？我無法想起有任何關聯可以將我們連結一起，或是可以讓我甘心服從命運，所有我曾經擁有的快樂與享受是如此貧瘠與微小，讓我心中只有痛恨的心情，我無法克服這種負面情緒，心中只想到好幾個月待在裡，哪而都沒去，因此除了可憐以外，想不到還會有其他感覺。」

「喔，親愛的，畢竟那是事實啊！我們眞的很窮，有好幾個月待在家，哪兒也不能去。」泰特比先生搖著手說。

「喔！阿達夫，阿達夫，我親愛的、溫柔的、有耐心的先生，當我在家待了一陣子之後，發覺一切是如此不同，阿達夫啊，這眞是與眾不同啊！我感覺過往的回憶突然排山倒海地湧現，軟化了我的心，等到心再也裝不下時，就會爆發潰堤。我們一同經歷過所有爲生活打拼的掙扎，所有婚姻的關心與渴望，所有病痛的折磨，我們對彼此及孩子們每分每秒所付出的關注，彷彿告訴我我們的心是一體的，而且我也許、或許、絕對不可能有任何時間比現在還像個母親與妻子。親愛的，我之前輕易擁有的幸福被我殘忍地糟蹋，如今那無價的快樂對我而言彌足珍貴，我無法承受自己對待他們的方式，我千千萬萬次地懺悔自己的行爲，並且對自己說：『阿達夫啊，我爲何之前會如此狠心？』」

這位好女人眞誠柔軟的心顯得激動，羞悔交加地吐露她的心情，整個心悲嘆哀悼，她開始放聲大哭，然後緊抱著泰特比先生，她的哭聲太淒厲了，以致於孩子們皆從睡夢中驚醒，依附在母親身旁，此時，她的手指著一位剛走進門，身穿黑色斗篷的蒼白男子，強表鎮定的眼神再也掩飾不住驚恐的聲音。

「你看那位男子！你看那裡！他到底要什麼？」

「親愛的，假如你肯放手讓我走，我會去問問他要做什麼。」泰特比先生回覆：「你怎麼了？爲何會發抖？」

「當我剛剛外出時，我在街上見到他，他慢慢向我靠近，我對他感到恐懼。」

「怕他？爲何會怕他？」

「我也不知道，等等，站住！」泰特比夫人突然大叫，因爲此時他的先生正往陌生男子方向走去。

泰特比夫人一手摸著額頭，一手嗚著胸口，全身顫抖不已，眼神渙散無法集中，彷彿她失去了什麼重要的東西。

「親愛的，你病了嗎？」

「他想從我身上拿走些什麼？」泰特比夫人低聲嘀咕：「現在他到底想拿走什麼？」

「生病？不！我的身體很健康，」泰特比夫人突然回應，然後神情茫然地看著地板。

泰特比先生一開始並沒有感染到泰特比夫人的恐懼感，而他的妻子現在強表鎮定的奇怪態度也沒有讓他比較放心，他走向那位穿著黑色斗篷、臉色蒼白的訪客，那位陌生男子站得僵直，一動也不動，眼睛望向地面。

「你今日登門拜訪有何貴事呢？」泰特比先生詢問。

「我發覺我的來訪似乎有些唐突，超乎你們的預期以至於嚇壞你們了，由於方才你們在聊天，沒有注意到我已經進門。」拜訪者回覆。

「或許你剛剛也聽見我那可愛的女人所說的，她今晚不只被你嚇一次而已。」泰特比先生說。

「我對此深感抱歉，我記得在街上曾經稍微觀察過你的妻子，但是我無意驚嚇她。」

當黑色斗篷男子睜大眼睛說話的同時，正好與泰特比夫人的眼神短暫交會，當泰特比先生仔細就近觀察時，可以看出夫人相當害怕這名陌生男子。

「我是雷德羅先生。」黑色斗篷男子說，「我來自鄰近的古老學院，有一位年輕男子是那裡的學生，他現在在你們這裡臨時住宿。」

「你是說丹翰先生嗎？」泰特比先生詢問。

「是的。」

在說話之前，這位矮小的黑色斗篷男子將手壓在額頭上，快速瀏覽房間，彷彿他感覺到氣氛有所改變，這個自然的舉動如此漫不經心，難以被察覺，這位黑色斗篷化學家將恐怖的臉轉向泰特比先生，誠如之前他看著泰特比夫人的神情，然後這位化學家向後退了幾步，臉色變得更蒼白了。

「那位年輕人的房間在樓上，有一個便利但是隱密的入口，既然你已經來到這裡，而且又願意多走幾步階梯的話，就可以不用到外頭吹冷風，如果你想見他，請往上走。」泰特比先生一邊說，一邊指著一個與起居室相連結的通道入口。

「是的，我想見他。」化學家說：「你能給我一盞燭火嗎？」

黑色斗篷男子那形容枯槁的臉充滿警覺性，難以理解的不信任感使他陰鬱不快，這讓泰特比先生相當困擾，他停頓了一回，眼睛盯著雷德羅先生不動，約莫一分鐘之久，好像被迷惑似的昏昏沉沉。

「我會幫你照亮通道，請你跟著我。」終於泰特比先生回過神。

「不！我不希望你跟我上去，也不希望你先告訴他我要上樓，他沒有預料到我會過來，我希望一個人上去，假如可以的話，請給我一盞燭火，我可以自己找路上去。」

黑色斗篷男子迅速表達這項要求，隨即從泰特比先生這位新聞人手中接過蠟燭，不知是故意還是有意的，他碰觸到泰特比先生的胸膛，然後迅速將手收了回來，彷彿絕對不是故意傷害他的，因爲他不知道自己新的力量歸屬於身體的哪一個部分，也不知道力量是如何傳送，至於這個力道的接受者會如何反應，也是因人而異。總之，他雷德羅轉過身上樓。

當他到達樓頂時，他停住腳步往樓下看，泰特比夫人還站在同一個地方，轉動她手指頭上的戒指，泰特比先生的頭往胸前傾，彷彿沉悶陰鬱地沉思著，而泰特比孩子們則群集在母親身旁，膽小羞怯地凝視著陌生的拜訪者，當男子往下看時，孩子們立刻依偎貼靠在一起。

「過來吧！」父親粗暴地說：「你們看夠了，趕快回去睡覺吧！」

「這地方太小了，不方便待那麼多人。」母親附和地說：「你也不能在這裡，趕快去睡吧！」

整群小孩像是一窩剛孵出的雛雞一般躡手躡足地走前進，他們看起來害怕又傷心，小強尼與莎莉寶寶落在最後面，泰特比夫人輕蔑地看著這間暗淡悲慘的房間，將沒吃完的餐點丟掉，開始清理桌面的工作，但是突然間她停止動作，無所事事地沉思默想，看起來沮喪又灰心。泰特比先生將身子移到煙囪轉角處，沒耐心地耙鬆裡頭的火種，將火堆往自己方向堆疊，彷彿可以獨占這個溫暖，這對夫妻一句話也沒說。

黑色斗篷的化學家看起來比平常還要蒼白，像個小偷一樣偷偷上樓，看著下方因他改變的氣氛，心裡頭擔心不知該繼續上樓還是往下走。

「到底我做了什麼事讓他們如此害怕？」他困惑地說：「我上樓又是要做什麼？」

「去當個善心的施惠者吧！」他聽見內心有一個聲音如此回覆。

他望了望四周，沒有看見任何事物，此時一個通道出現在面前將起居室區隔開來，他眼睛盯著前面的路繼續往前走。

「自從昨晚開始，我就被禁閉在原有世界之外，所有事情變的陌生，我幾乎不認識自己，彷佛一場夢似的，我出現在這裡，我該如何想起爲何我會對著這個地方有興趣呢？我的心有些茫然。」黑色斗篷男子陰沈地咕噥著。

在他面前出現一扇門，他敲了敲門，裡頭響起一個聲音請他進入，男子於是順從進門。

「是我那位善良的護士嗎？」裡面那個聲音說：「也許我不用問這個問題，畢竟沒有其他人會到這裡來。」

雖然他的聲音軟弱無力，但是聽起來還是滿愉悅的，這個聲音吸引黑色斗篷男子往沙發上看，上頭躺著一位年輕男子，緊緊靠著壁爐架，背對著門，貧乏粗劣的火爐看起來像是生病男子消瘦凹陷的臉頰，火爐中央佈滿磚塊，缺少火種的暖爐一點也不溫暖。男子將臉朝向爐火，望著這個因爲靠近出風口而喪失溫度的火爐，火焰發生吱吱響的聲音，燃燒的灰燼迅速掉落在地面。

「當突然冒出許多灰燼時，會塞滿火爐裂縫。」年輕的學生一邊說，一邊笑著：「如果根據傳言灰燼不是無用的東西，而是財源的話，那麼我應該已經很有錢了，而且可以活的久一點以便好好愛著梅莉女兒，以懷念那顆世界上最善良最溫柔的心。」

他試著伸出手，希望護士可以握住它，但是因爲太虛弱了，他仍舊動也不動地躺著，把臉埋向另一個手掌，並沒有轉過身。

化學家環視一下房間四周，看著學生的書籍及堆疊在角落書桌上的一疊報告，還有一盞已經熄滅的閱讀燈，它們不允許出現在他現在的世界裡，而是被儲藏著，這些書籍與燈具透露出他那過往在生病之前認眞研究的歲月，也或許是他的勤奮造成身心無法負荷，他的外出服被閒置在牆上，彷彿訴說著他已老化的健康狀況，讓他更加懷念過去自由自在的生活。化學家接著望了望可以證明年輕男子不是那麼孤獨的紀念品、掛在爐架上的微型畫、以及描繪家中擺設的畫像，化學家看著年輕男子參加競賽的象徵物，某些是他個人的紀念品，還有一幅鑲框的個人版畫，畫中影像看起來像是局外人。好些年過去了，但彷彿又好像是昨天發生的事情一般，雷德羅已經漸漸遺忘這些與年輕男子相關連的人事物，當然也記不得許多遠親的樣子。現在這些事對他來說都是遙遠的回憶，假如他的腦中曾經靈光乍現一絲記憶，想必也是非常模糊，無法照亮他對過去的想像，他帶著隱約模糊的困惑感看著這個房間。

這位學生想起他伸出的手許久未收到回應，因此從沙發起身，轉頭看了一眼。

雷德羅先生伸出手。

「別靠近我！我會坐在這裡，你就待在你原來的地方吧！」

雷德羅在門邊的位子上坐下，眼神瞥一瞥斜靠在沙發上的年輕男子，他將眼神望向地面，開始說話：

「偶然間我聽說課堂上一位學生生病了，他孤獨又寂寞，至於我是如何知道，那一點也不重要，除了他住在這條街上之外，我對其他一無所知，當我詢問這條街的第一間屋子時，就找到他了。」

「我一直都在生病。」學生回覆的語調不只小心地猶豫了一下，還帶著敬畏感：「但是我現在好多了，原本發燒讓我頭痛欲裂，現在舒服多了，我生病時一點也不孤獨，我記得在我難過時有一雙照料我的手即時給予援助。」

「照顧你的是管理員的太太嗎？」雷德羅先生詢問。

「是的。」學生回答時彎著頭，彷彿對照顧他的人表示沉默的敬意。

這位化學家於昨天晚餐知道這位學生的狀況後，就出發前來關心，但是他那單調冷淡的臉龐面無感情，冰冷的樣子就像墓碑上的大理石雕刻，一點也不像一位有血有肉會呼吸的常人，化學家看了看斜躺在沙發上的年輕男子，眼神飄向地板，最後停留在空氣中，彷彿試著讓自己茫然的心尋找目的地。

「我記得你的名字。」化學家說：「當他們在樓下提到時，我就想起你的姓名，也能回想你的長相，但是我們兩人的交集不多。」

「的確沒有任何交集。」

「比起其他任何學生，你似乎疏遠我，不與我親近。」

年輕男子對他的說法深表同意。

「爲何如此呢？」化學家以悶悶不樂、難以捉摸的好奇語調詢問，「爲何你要將我拒絕在你的心門之外，而且我不了解爲何在這個寒冷的季節，當所有學生都各自回家時，你居然還會待在這裡，因此我很訝異聽到你生病的事，我想知道到底發生什麼事？」

當年輕男子聽著雷德羅的詢問時，情緒顯得激動不安，他抬起原本下垂的眼神望向化學家，雙手指頭緊扣，顫抖的嘴唇激烈哭喊著：

「雷德羅先生！你還是找到我了！你知道我的祕密！」

「祕密？」化學家刺耳嚴厲的聲音充滿困惑：「我知道？」

「是的！因爲你的態度不同於以往受人喜愛的樣子，你不再如此關心與同情，還有你那變了樣的語調，你不自然的說話方式，以及你臉上的表情。」年輕男子繼續說：「這些反常的跡象警告我你知道我的祕密，即使到現在，你努力隱藏的態度更讓我相信你的確知道祕密，天知道我對你的善意了然於心，然而我們之間確實存在揮之不去的隔閡。」

年輕男子以一陣空虛、藐視一切的笑聲作爲回答。

「但是，雷德羅先生。」學生繼續說：「你這麼樣一位善心公正的男子請試著想想，雖然我的名字與家族血統看似複雜，但是我是如此天眞單純，居然深陷在你強加給我的冤屈與悲傷上。」

「悲傷！冤屈！這些對我來說有何意義？」雷德羅先生冷笑。

「看在老天的份上！」畏怯的學生乞求著：「先生，別讓你與我的短暫交談改變你原來的初衷，讓我從你對我的既定印象中消失吧！讓我回到之前遙遠偏僻的住所，那是您指導我的地方，請以我宣稱的名字來了解我，不要稱我爲龍佛德先生。」

「龍佛德先生。」雷德羅先生大叫。

雷德羅先生的雙手緊抱著頭，他將認眞明智的臉轉向學生，那張原本像是烏雲蔽日的臉現在閃過一絲光亮，就像一剎那日光乍現。

「這是我母親的姓氏。」年輕男子結巴顫抖地說話：「雷德羅先生，她的姓氏或許讓她倍感光榮。」男子躊躇一下：「我相信我知道所有家族的歷史，當我無法知道詳情時，我就會臆測事情的來龍去脈，通常不會與事實相去太遠，我是一個悲慘婚姻下出生的孩子，那是個門不當戶不對的失敗婚姻，從小我常聽見別人用尊敬、榮耀、敬畏的語調談到您，語氣中充滿忠誠堅忍但卻溫和的情感，他們駁斥所有對你不利的傳言，因爲時常聽見母親述說您的故事，在我小小腦袋的想像中，您的名字充滿神聖的光輝。誰知最後我卻成爲你的可憐學生，我彷彿只剩下你可以依靠？」

雷德羅面無表情地望著他，一動也不動，很難猜出他的心思，只見他蹙額皺眉，眼神不甚愉悅。

「我不知如何說起。」年輕男子繼續說：「我不想白費力氣描述他對我影響有多深遠，他使我想要努力追尋過往美好的時光，所有謙卑的學生都會想要贏取與雷德羅這個大名相關連的感恩之情與信賴感。先生啊！我們的輩分與地位相差太多了，我習慣隔著一段距離遠觀您，每當我稍微觸及到這件事時，我就會迷失在自己傲慢的心態中，但是對任何一位與我母親沒有任何利害關係的人來說，當然很樂於聽見這些流言蜚語。雖然我對他的晦澀情感筆墨難以形容，但是凡此種種都已經過去了，即使他的一句話足以讓我精神振奮，我仍舊不情願地帶著痛苦的情緒，冷漠地忽略他對我的鼓勵，我深深覺得自己應該繼續上課，積極地去認識他，但還是保持自身的神祕感。」學生微弱地說著：「雷德羅先生，我不客氣地這樣說，我身體的力量對我而言極爲詭異，請原諒我在這場騙局中所做的任何拙劣卑鄙的事情，爲了他人著想，請原諒我吧！」

雷德羅依舊皺眉不滿，甚至沒有任何表情，直到學生往前走向他，彷彿試著觸碰他的手，此時雷德羅先生卻往後退縮，對著學生大喊。

「別靠近我！」

年輕男子被雷德羅先生畏縮的動作及嚴肅的拒絕態度所驚嚇，他若有所思地將手放在額頭上。

「過去的就讓它過去吧！」化學家說道：「記憶像動物一樣漸漸死亡，誰又會在意它曾經留下什麼痕跡，記憶它呼嘯咆哮，試圖誤導我們，我與你那騷亂不安的夢境又有什麼關聯？假如你要錢，我這裡有，我來此趟沒有其他原因，最大的目的就是要付你錢。」雷德羅先生低聲咕噥，用手抱著頭，「我來這裡沒有其他目的了。」

雷德羅先生將錢包丟在桌上，兀自進入自己混亂的思考中，學生起身拿起錢包還給他。

「請收回去。」學生以驕傲但不發怒的語氣說：「請將錢拿回，我向您說過的話及慷慨的援助表達致意。」

「眞的嗎？」雷德羅先生的眼神急切地閃過一絲亮光，他回應著：「你眞的感激？」

「眞的，請接受我的致意。」

從進入房間之後，化學家第一次走向年輕男子，他拿起錢包，用手臂將男子轉向自己，看著他的臉龐。

「生病總是充滿悲傷與憂慮的，不是嗎？」雷德羅先生笑著詢問。

「是的。」感到困惑的學生回答。

「生病代表著一連串生理與心理的不安，總是懸念擔心，深陷在悲慘痛苦中。」雷德羅先生詭異地洋洋大笑，「最好能忘卻這些不幸，不是嗎？」

學生沒有回應，只是伸出手困惑地支著額頭，雷德羅依舊抓著學生的袖子，此時他聽見梅莉的聲音在外頭響起。

「我現在非常清楚了。」梅莉說：「阿達夫，謝謝你。親愛的，別哭。爸爸媽媽明天就會舒服自在了，我們的家也將會非常舒適，你看！有一位紳士在那裡陪他。」

當雷德羅聽到聲音時，他放開了原本握著男子的手。

「從一開始，我就很害怕與她碰面，她一直是一位善良的人，我卻是個容易扼殺人們心中善良純淨情感的人，因此我不想拖累她。」

梅莉敲了敲門

「我是否應該將心裡頭沒來由的不祥預感打發掉？」他小聲嘀咕著，不安地看著地板。

梅莉再度敲了敲門

「在所有可能到這裡的訪客中，這個是我最不想見的人，我一定要躲起來。」雷德羅將頭轉向年輕男子，以嘶啞粗啞的聲音說著。

學生打開牆上一扇看起來脆弱的門，在連接處有一間閣樓往地板方向傾斜而去，裡頭還有一間小房間，雷德羅快速地躲了進去，把門關上。

學生重新回到他之前橫躺的沙發上，回應梅莉請她進門。

「親愛的艾德蒙先生，他們跟我說有一位紳士來拜訪你。」梅莉四處張望。

「這裡除了我之外沒有別人。」

「那麼曾經有人來過嗎？」

「是的，的確有人曾經來過。」

梅莉將籃子放在桌上，走到沙發後面，彷彿想要握住學生伸出的手，但是她撲了個空，梅莉不動聲色的臉有一絲驚訝，她傾身看著學生臉龐，溫和地碰觸他的額頭。

「你今晚身體還好嗎？你的頭不像下午那樣冰冷。」

「嘖！嘖！」學生不耐煩地說：「我感覺好多了。」

梅莉的臉上驚訝的情緒顯然多於責罵與斥責，她回到桌子另外一側，從籃子裡拿出一小包縫紉工具，但是她想了想，突然又把工具放了下來，大聲嚷嚷地在房間走動，她把每樣東西就定位，以最有條理的方式擺放，就連沙發上的靠墊也整齊地放置，她的手輕輕拍打靠墊上的灰塵，以至於盯著火爐看的男子完全沒有感覺到梅莉的動作。當她打掃完爐床後，她戴著優雅小帽子坐下，開始忙著她的縫紉工作。

「艾德蒙先生，這是新的棉布窗簾。」梅莉一邊縫繡一邊說：「雖然這是便宜的布料，但是非常的乾淨細緻，在燈光下看起來相當舒服，威廉先生說當你的氣色復原地還不錯時，房間燈光更是不宜太亮，因爲刺眼的強光會令你暈眩眼花。」

他什麼話也沒說，但是從他改變姿勢的動作看來，他是相當煩惱焦躁的，梅莉快速編織的動作停了下來，焦慮地看著男子。

「枕頭好像很不舒服。」梅莉放下手邊的工作，然後起身：「我會儘快將枕頭擺放在適合的位置。」

「枕頭很舒服，沒有什麼問題。」男子回答，「求求你別管枕頭了，你已經爲了我做許多事。」

男子雖然抬起頭這麼說，眼神裡卻無任何感謝之意，他再度躺回到沙發裡，而梅莉膽小地中斷原本的談話，重新回到位子上，開始她的縫紉工作，沒有對男子擺出任何抱怨的臉色，很快地又像往常一樣忙碌起來。

「艾德蒙先生，我老是覺得假如我一直坐在你旁邊的話，你似乎思考事情的速度變慢了，好像有一句成語好像是這麼說的：逆境是我們最好的良師，在生了這場病之後，健康對你而言比以往來得珍貴。過了幾年之後，當你恢復健康時，你會想起自己孤獨一人承受病痛的痛苦，這個生病的記憶或許不會折磨那些你尊敬的人，你的家庭對你而言只會倍加珍貴與幸福，現在看來，那不是一件好事嗎？」

梅莉相當專注於她的縫紉工作，非常認眞地與男子說話，心情寧靜鎮定，謹愼觀察男子是否做出任何回應。事實上，男子不領情的眼神是沒有殺傷力的，一點也不會讓梅莉難過。

「喔，艾德蒙先生，我可就與你不太一樣，我沒唸過什麼書，不知道如何正確思考事情，因爲你一直臥病在床，對任何關於病痛的事情應該印象深刻，我了解你相當感動於樓下這些照顧關心你的人，我可以從你的臉上清楚感受出就算是病痛也有一些溫馨的代價，但是對於某些生命中的悲傷與困境則是只有痛苦的感受。」梅莉一邊說話，一邊將漂亮的手優雅地傾斜到其中一邊，她的眼神看著忙碌的手指頭。

要不是男子從沙發起身打斷梅莉的話，她恐怕會一直說下去。

「威廉太太，我們不需要誇大生病的好處吧！」男子輕聲回應，「在他們提供我一些額外服務後，我敢說他們在適當時機絕對會有好的回報，他們或許也是如此深深期待著，威廉太太，我非常感謝妳。」

梅莉停下手邊的工作，抬頭看著男子。

「我相當感激妳這麼關心我的健康。」男子說，「我察覺到你對我相當感興趣，我非常感激你，因爲我已經得到許多關愛。」

梅莉將縫紉工作擱在膝蓋上，仍舊看著那位走來走去，偶爾停下腳步的男子，空氣中充滿難以忍受的氣氛。

「我再一次說我非常感激妳，接受我的感謝之情是你應得之物，爲何要如此低調呢！我知道自己的的病痛是充滿困擾、悲傷、折磨與災難！一定有人認爲我已經死了。」

「艾德蒙先生，你相信嗎？當我提到房子裡所有可憐的人時，有包括我自己嗎？你認爲有嗎？」梅莉一邊詢問，一邊走向男子，她將手放在胸口，露出純眞無邪的微笑，帶著一絲驚訝感。

「喔，我的好梅莉，我並無這麼想。」男子回覆，「雖然我之前一直身體微恙，但是我看的出來你是孤獨的，據我觀察，你的孤獨感造成的悲傷比快樂多，但是現在一切都結束了，畢竟痛苦的感覺不會永遠存在。」

男子冷淡地拿起一本書，坐在餐桌上。

梅莉盯著男子看了好一陣子，臉上的笑容逐漸消失，她再度回到餐桌上的籃子裡，溫和地說：

「艾德蒙先生，你是否寧願自己一人獨處？」

「我當然沒有理由繼續將妳留在這裡。」男子回覆。

「除非……」梅莉猶豫地說，並且展示她的縫紉作品。

「喔！是件窗簾。」男子高傲輕蔑地笑著，「爲了窗簾留下恐怕不太值得。」

梅莉整理一下小包裹，把它放在籃子裡，她站在男子前面，彷彿想懇求他，男子別無選擇，只能看著她，梅莉接著說：

「假如你想要我回到這裡，我會非常願意這麼做，雖然這對我而言沒有任何附加價值，但是我相當樂意這麼做，我想你應該會感到害怕，因爲既然你的身體日漸康復，我的出現對你而言就會變得相當困擾，但是你放心，我不會這麼做。當你持續生病並且被幽禁時，我不應該時常打擾你，當然你不欠我任何恩情，只是必須像對待淑女一樣地對待我，並且視我爲你敬重的女子，假如你懷疑我誇大我對你生病時所付出的關愛，那麼你就是大錯特錯，這就是爲何我感到相當抱歉的原因，我只能說相當抱歉啊！」

梅莉平靜但不熱情，沉著但不憤慨，臉上表情溫和但不生氣，語調低沉清澈但不高昂，因而當她離開孤獨的男子時，可能就會帶給他無限惆悵。

男子沉悶地凝視梅莉之前出現的地方，此時雷德羅先生從原本的藏匿之處回到房間裡，向門口走去。

「當病痛折磨著你時，只希望長痛不如短痛，現在就死亡吧！現在就腐爛吧！」雷德羅兇猛地回頭看著他。

「你做了什麼事？」年輕學生試圖抓住雷德羅的斗篷大聲詢問，「你在我身上帶來什麼痛苦的改變？下了什麼魔咒？讓我做回我自己！」

「讓我做回我自己！這是什麼鬼話啊！」雷德羅像個瘋子一樣大叫，「我受到感染，我的身體與心靈都染病了，我的心被下毒，所有人類的心也都被下毒了，我的心跟石頭一樣，對所有愛好、憐憫與同情的情緒毫無感覺，我逐漸枯萎的生命力開始被忘恩負義的自私情緒所佔據，現在卑微的我只比我製造出來的可憐人高尚一點，因此在他們變身的過程，我有權利痛恨他們。」

當雷德羅發了瘋地說著鬼話時，學生依舊抓著他的斗篷不放，雷德羅攻擊學生，試圖將他往外推倒，自己則慌亂跑到外頭，此時，夜晚的風呼呼吹著，大雪從天而降，堆疊成塔的雲朵在天空猛烈移動，月光朦朧地照耀著。隨著刮起的風、降下的雪、漂流的雲朵與閃亮的月光，幻影的話在黑暗中陰森逼近：「我賦予你的天賦，你應該賜予他人，去你該去的地方吧！」

雷德羅現在不知道也不在意自己去到哪裡，所以他不需要別人的陪伴，他身心所產生的變化讓整個街道變得荒蕪，像是一片廢墟堆疊的沙，他整個人也變得枯竭，圍在他身邊的一大群人忍受著人生的多種苦難，風吹過街上，留下一大片傾圮的沙堆，一整個破敗的混亂。幻影對他所說的話遺留在心中，也許會「很快消失」，但是到目前爲止，依舊殘存在他心中。他終於知道自己是誰，知道別人如何影響著他，而他是如何渴望獨處。

當他沿著街上行走時，他心中思索著這些事，突然間他想起之前跑進房間的小傢伙，他回憶起自從幻影消失後，他曾經有所交集的那些人們，在小傢伙的身上他看見尚未被同化的純眞。

因爲一切是如此毛骨悚然，令人作嘔的，於是他決定找出眞相，證明一切木已成舟，他心裡頭打定主意這麼做。

他腦子裡反覆盤桓此時遭遇的困境，然後往反方向回到舊學院，獨自一人踱步走到大廳門廊處，門廊地面因爲學生們行走的痕跡而殘破磨損。

管理員的房子就在鐵欄杆裡頭，那是一個四邊形的建築體，外頭有一個小修道院，從這個隱密的院落裡，我們可以由窗戶看見裡頭的房間，可以知道誰在裡面，鐵欄杆是鎖著的，但是他的手對這緊閉的欄杆一點都不陌生，他握住欄杆橫槓，以手腕用力拉開，輕巧地穿過去，然後回頭關上柵欄，他躡手躡足地走向窗戶旁邊，雙腳踩過地面薄薄一層雪殼。

他昨晚看到的小傢伙點燃的燭火透著玻璃閃閃發光，他的眼睛本能地避開火光，只是繞著火花探望，眼神飄向窗戶裡頭。一開始他以爲裡面一個人也沒有，想像著火焰讓天花板及灰暗的牆面變得暗紅。但是當他更接近地凝視裡頭時，他看見自己尋找的對象正躺在地面上，在火光前面溫暖熟睡著，他迅速來到門口，開了門走進去。

這個令人憐愛的傢伙正躺在火堆前面，火焰乾烤著他的頭頂，此時化學家屈身試著將他喚醒，當化學家碰到他的身體時，尚未完全清醒的小傢伙抓著破爛衣衫，直覺式地往化學家方向移動，半滾半跑地奔向房間遙遠的角落裡，他在地上縮成一團，伸出腳保持攻擊姿態以防禦自己。

「起來！你沒忘了我吧！」化學家說。

「請你讓我獨處！」小傢伙回覆：「這是那個女人的房子，不是你的。」

化學家沉著的眼神控制著小傢伙，使他屈從歸順地抬起腳，看著化學家。

「是誰清洗了你？替你在瘀傷及裂開處綁上繃帶？」化學家指著他們的傷口詢問。

「是那位女人做的。」

雷德羅藉由詢問這些問題以吸引小傢伙的注意力，雖然不想碰他，卻還是抓住他的下巴，將他的頭髮往後甩，小傢伙銳利地看著雷德羅的眼睛，彷彿這樣可以保護自己一般，他似乎不知道自己接著需要做什麼，然而雷德羅可以清楚看出小傢伙沒有任何抵抗能力。

「現在他們在哪裡？」雷德羅詢問。

「那女人出去了。」

「我知道，那位白頭髮老人跟他的兒子去哪了？」

「你是說那女人的先生嗎？」

「是的，那兩個人到哪裡去了？」

「出去了，似乎發生一些事情，這兩個人急忙出門，只告訴我先待在這裡。」

「跟我來，我會給你一些錢。」化學家說。

「去哪裡？你會給我多少錢？」

「我會給你超過你想像的錢，然後儘快帶你回來，你知道如何回到原來的地方嗎？」

「你讓我走吧！」小傢伙一邊說，一邊猛然地掙脫雷德羅的手掌心，「我沒有必要帶你去那裡，讓我走，否則我會用火攻擊你。」

小傢伙跳在火堆前，用他兇猛的小手抓出燃燒的火球。

化學家觀察著他的魔法發揮的影響力，他的咒語通常都能偷偷地奪取接觸者的心，但是當他此時見到小傢伙蔑視反抗他的法力時，心中不寒而慄，他的血液瞬間凝結，驚恐地望著那個已經靜止但卻無法被征服的小生物，它像個小孩一樣，只不過卻帶著尖銳邪惡的臉龐望著他，它那像嬰兒的手蓄勢待發地握住欄杆。

「聽著！男孩，你應該幫我帶路的，帶我去人們悲慘邪惡的地方，我會拯救他們，而不是傷害他們，我會說話算話給你一筆錢，然後帶你回來，起來！趕快過來吧！」雷德羅快速走向門口，害怕梅莉就要返回。

「你會讓我一個人行走嗎？不用扶著我，也不要碰我？」小傢伙一邊詢問，一邊慢慢地收回原本呈現威脅姿態的手，開始站了起來。

「我會！」

「請讓我以我要的方式行走！不論之前或之後都可以！」

「我知道。」

「請先給我一些錢，我再帶你過去。」

化學家將先令一個一個放在小傢伙的手上，但是它不知道如何數這些錢，它只會每次說：

「一個」，貪婪地看著雷德羅以及那一枚枚錢幣，除了手上之外，它不知道要將錢幣放在哪裡，因此只好放在嘴巴裡。

然後雷德羅拿出筆在筆記本上書寫，小傢伙就陪在他身邊，寫完他簽了名將紙放在桌上，小傢伙像以前一樣緊抓著他的破布，看起來溫馴多了，他頂著光頭，在冬夜裡赤著腳走出去。

雷德羅傾向不要從進門的那道鐵欄杆離開，因爲他是如此急切地想要避免任何可能與梅莉碰頭的機會，雷德羅走在前頭帶著小傢伙穿過之前它曾經迷失的走道，到達他所居住的大樓，接著來到一扇他有鑰匙的門，他開了門走到街道上，此時小傢伙立刻從他身邊跳開，雷德羅停下腳步詢問身邊的同伴，是否知道他們現在身在何處。

這個兇猛的生物東張西望，最後終於往某一個方向點點頭，雷德羅毫不遲疑往他指的方向走去，小傢伙緊跟在後面，它將錢從嘴巴放到手上，然後再放回嘴巴裡，他一邊走，一邊偷偷摸摸地用身上的破布將先令一個一個磨亮。

在他們行走的過程中，他們三度並肩走在一起，當他們三度停下來的時候，也是肩挨著肩，有那麼三次，化學家低頭看著小傢伙，在這種注視之下，對方嚇得直發抖。

第一次停下腳步是因爲當時他們正好穿越一個舊的教堂，雷德羅於是在墳墓堆裡停了下來，兩人完全不知道如何以溫和的方式溝通。

第二次停下腳步是因爲當時月亮剛好從半空中昇起，明亮的月亮吸引他往天空凝視，月亮旁邊圍繞許多小星星，他可是叫得出這些星星的名字，也說得出關於星星的典故淵源，他似乎是本活生生的人類科學字典，但是在今天這個明亮的夜晚，天空有些許異常，他看不見也感覺不到平常見到的星象。

第三次停下腳步是因爲想仔細聆聽一陣哀愁的樂音，但是最後他的耳朵只聽見單調樂器彈奏的音符，無法呼應他內心的神祕感，也無法與過去或是未來的低語共鳴，就好像是昨日逝去的流水與急衝的勁風一樣充滿無力感。

他們繼續往前行走，盡量避免經過擁擠的人群，然而雷德羅還是不太放心，時常尋找同伴的肩膀，總是誤以爲小傢伙會迷路，不過最後總會在他的身邊的另一側找到緊緊跟隨的小傢伙。此時四周寂靜無聲，雷德羅數著同伴赤腳但卻短促快速的腳步聲，最後來到一處廢墟破敗的房子，小傢伙碰了碰雷德羅，示意他停下腳步。

「就是這裡！」他指了指廢墟的房子，從窗戶露出一些微弱光線，門口掛了一個燈籠，上頭寫著「旅人住所」。

雷德羅環顧四周，他先看了看房子，然後再看著地面上一大片荒地，雖然房子外頭沒有籬笆，裡頭沒有供水、沒有燈源，周遭圍繞著排水不良的壕溝，房子外頭從溝渠到傾斜的拱門之間，圍繞著高架橋，橋面往他們的方向逐漸狹窄，最後只剩下一個小狗可以通過的狗舍，還有一堆破敗磚塊堆成的小山丘。小傢伙畏縮發抖地看著這個景象，一瘸一拐地穿梭期間，他捲縮著另一隻腳取暖，臉上露出明顯的驚恐表情，這讓雷德羅非常吃驚。

「在那裡面！」小傢伙指著房子說：「我會在這裡等你。」

「他們會讓我進去嗎？」雷德羅說。

「你就說你是個醫生。」小傢伙點頭表示：「因爲他們許多人都生病了。」

雷德羅回頭望向房子門口，看著小傢伙拖曳著懶散的步伐走過灰塵滿佈的地面，好像自己是一隻老鼠似地蠕動在最小拱門的屋簷下，他一點也不同情小傢伙，反而對他有點害怕，當小傢伙從藏身處看著他時，他急忙撤退到房子裡。

「請不要讓悲傷、錯誤、與困境陰沉地籠罩這個地方。」化學家說著，腦中痛苦的回憶歷歷在目：「他會帶來救贖，不會帶來任何傷害。」

雷德羅一邊說話，一邊推開幾乎倒塌垮曲的門，走了進去。

在那裡有一位女人坐在階梯上，看起來淒涼麻木毫無精神，她的頭埋在雙手裡，抱著膝蓋屈身，當雷德羅經過的時候，很難避免踩到她，加上她對於外界的事物似乎視而不見，所以雷德羅只好拍拍她的肩膀，女人抬頭望著他，那是一張年輕的臉龐，但是完全看不到任何希望與光明的神情，彷彿枯索的冬日不自然地毀掉了春天的生命力。

女人對雷德羅的動作毫不在意，默默地往牆邊移動，留給他一條較寬的通道。

「你是誰？」雷德羅停下腳步詢問，他的手扶著破損的階梯扶手。

「你覺得我是誰？」女人抬起頭看著他。

雷德羅看著毀壞的神像，這個神像的歷史並不悠久，但是卻很快就損毀了。他的心中有一種很像同情的感覺，但又不完全是憐憫之情，因爲他似乎漸漸對這種人世間的悲慘事物麻木不仁，在那麼一刻，他日漸陰鬱黑暗的內心混和了一種溫柔的觸動，於是他說：

「我到這裡是為了減輕別人的痛苦，希望我可以有這種能力。」雷德羅說：「你認為這有什麼不對嗎？」

女人對雷德羅皺了皺眉，然後開始笑了起來，笑聲到最後尾音都顫抖起來，她又再一次低下頭，手指頭插進頭髮裡，不安地搔動頭皮。

「你認為有什麼不對嗎？」雷德羅再次詢問。

「我在思考自己的人生。」女人制式的回話，呆板地看著雷德羅。

他感覺到這個女人是許多病人中的其中一位，當雷德羅看見她精神萎靡地倒在他的腳下時，知道她就像他之前所見的幾千個例子一般。

「你的父母親呢？」雷德羅詢問。

「我曾經有個甜蜜的家，我的父親是個園丁，居住的地方離這裡很遠。」

「他去世了嗎？」

「在我心中他已經死了，事實上所有的事物對我來說都死了，你是位有教養的好命紳士，不會知道這種感覺！」她再次抬起眼睛，對他笑了一下。

「女孩啊！」雷德羅嚴肅地說，「在死亡之前，人生中的所有事物，難到沒有任何遺憾嗎？除了你能努力的事情之外，心中真得沒有任何邪惡的記憶嗎？總是有些時候人生是悲慘的，不是嗎？」

從她的外表看不出任何女人家的氣息，所以當她突然哭泣時，雷德羅險得相當驚訝，然而更令他吃驚並且焦急不安的是，當女人回想起過去生命中的不完美時，她的臉上終於出現較人性化的表情，繃緊的臉龐逐漸軟化。

雷德羅不由得後退幾步，從這個角度他觀察到女人的手臂是黑色的，臉部有刀傷，胸部有大片瘀傷。

「是哪一雙殘忍冷酷的手讓你傷痕累累？」雷德羅詢問。

「我自己，這是我自殘的傷痕！」女人迅速回覆。

「怎麼可能？」

「我發誓這是我做的，他並沒有碰我，我瘋狂地對自己這麼做，然後跑到這裡來，他從來不會靠近我，從來不會用手碰我。」

她的臉上出現蒼白的堅定表情，雷德羅卻在她臉上瞥見到虛假的表情，他看見之前人性的良善已墮落扭曲，苟延殘喘地存在於她悲慘的心中，雷德羅接近這個女人，知道她深陷於痛苦自責之中。

「悲傷、錯誤、與困境啊！」雷德羅低聲嘀咕著，將他擔心受怕的眼神移開，「她現在受苦於人生的紛擾裡，這些苦痛都來自於人類的悲傷、錯誤、與困境啊！看在上帝的份上，讓我進去吧！」

雷德羅害怕注視那個女人，害怕觸摸她，害怕自己已經割裂她與慈悲上帝的連結，他整理一下身上的斗篷，悄悄又迅速地走上階梯。

在上樓之後雷德羅眼前出現一個平台，在他對面是一扇半開的門，當他越往上走時，看見一位男子手上帶著蠟燭從裡頭走出來關門，但是這位男子看見雷德羅時，卻退步了，透露出複雜的情緒，然後突然一陣衝動，他大聲叫了雷德羅的名字。

雷德羅相當訝異在這裡會看見一位熟識的臉孔，他因此停下腳步，努力回想這張病態受驚嚇的臉龐到底是誰，在極度驚訝之下，他來不及思考，此時老菲利浦已經從房間走出來，抓著雷德羅的手。

「雷德羅先生！」老人說：「果然是你，先生！果然是你，你聽見這件事了，並且追隨我們的腳步提供你的幫助，唉！只是太晚了！都太晚了！」

雷德羅帶著困惑的表情跟隨著進入房間裡頭，裝有腳輪的矮床上躺著一個男人，威廉・史威哲先生則站在床的旁邊。

「太晚了！」男子低聲說著，憂愁沉思地看著化學家的臉，頰上悄悄爬滿淚水。

「父親，我也是這麼認爲。」他的兒子低聲插話，「正是如此，當他打盹的時候，我們只能盡量保持安靜，這是我們唯一可以做的事，父親，你說得沒錯。」

雷德羅的眼神停留在床上，他看著橫躺在床墊上的人影，那是一位照理說應該活力充沛的人，但是現在卻像是太陽不再從他生命中出現一樣，他四十到五十年的事業生涯在他臉上留下痕跡，看起來相當蒼老，相較之下，時間的手對他的影響顯得仁慈和善許多。

「你是誰？」化學家看了看四周說道。

「雷德羅先生，他是我的兒子喬治。」老人絞擰著手說：「它是我的大兒子喬治，比起其他小孩，他是我妻子最大的驕傲。」

當老人在床上躺下時，雷德羅的眼神從他灰白的頭髮移開，望向那位認出他來的男子，他就站在房間裡遙遠角落邊，冷漠地望著週遭，他的長相正是他的年紀該有的樣子，雖然他看起來好像不認識這位腐朽破敗的老人，但是當他背對著他走出門外，他的影像似乎暗藏某些意涵，這讓他不舒服地摸摸額頭。

「威廉！那位男子是誰？」他陰沉地低語著。

「先生，爲何你要看著他？我的意思是說爲何一位男子會如此沉溺賭博，一吋一吋深陷自己到最墮落的地步。」威廉先生回應。

「他眞的這麼做嗎？」雷德羅一邊詢問，一邊像往常一樣用不自然的眼神掃視對方。

「沒錯！正是如此。就我所知，他似乎懂一些藥學，曾經與我那不快樂的哥哥一同到倫敦旅行，你現在見到的就是我可憐的兄長。」威廉先生用外套袖子擦拭眼睛，回應著：「他還曾經在晚上來這裡住宿過，我想說的是有一些奇怪的同伴會一同前來這裡，他會進去照料病人，然後告訴我們他的需求，先生，這眞是幅淒慘的景象啊，但是事情就是這樣，這足以置我父親於死地。」

雷德羅聽著這些話抬起頭來，試著回想他現在在哪裡，跟誰在一起，當然他也沒忘記身上一陣一陣發作的疾病，後來這種痛苦很快地又消失不見，雷德羅驚嚇的表情逐漸消失，他在心中與自己爭辯，不知在此刻他該離開或是留下來。

他在自己乖戾的頑強中掙扎，最後還是妥協了，他決定留下來。

「是否只有昨日如此？這個老人的記憶足以讓人淚眼婆娑，充滿悲傷與困境，難道我今晚應該要害怕去改變這件事嗎？我可以驅趕這些回憶嗎？難道這對老人如此珍貴，以致於我必須對他產生畏懼感？不！我不應該害怕，我應該待在這裡。」

他依舊處在恐懼之中，身體因爲剛剛的那些話而顫抖著，他的臉隱藏在黑色斗篷裡，兀自喃喃自語，他所站的位置遠離床邊，靜靜聽著別人說話，彷彿他自己是個惡魔一樣。

「父親！」生病的男子試著從恍惚之中重新振作精神。

「我的孩子，我兒喬治啊！」老菲利浦說話。

「你現在說我在很久以前就是母親的最愛，現在想想，眞是可怕啊！」

「不！別這麼想！」老人回答，「想想這件事，那不是可怕的事，我的兒子！那對我而言一點都不可怕。」

看到老人老淚縱橫，他的兒子說：「父親，那說到你的痛處。」

「是的！你說的沒錯，但是現在那對我而言是件好事。」菲利浦說：「回想起當時，那眞是件悲慘的事，但是喬治，現在對我而言卻是好事，你認眞想想就會發現你的心變得越來越柔和，我的兒子威廉在哪裡？威廉我兒啊！他的母親可是充滿深情地愛著他，直到最後一絲呼吸仍舊不忘說著：『告訴他，我原諒他了！我祝福他並且爲他祈禱。』我現在已經八十七歲了，但是我從未忘記你母親對我說的這些話。」

「父親，我知道我快死了，我即將離開人世，就算我心中感觸良多，但是卻幾乎說不出任何話，在這病床之外，我的人生是否還有任何希望？」床上的男子說道。

「對所有柔和懺悔的人來說，一切都還有希望，請不要絕望。」緊握雙手的老人抬頭往上看，驚叫呼喊著：「正是在昨日，我還心存感激自己居然可以回想起那位不快樂的兒子小時候純眞的樣子，這眞是件令人安慰的事，因爲我知道上帝沒有遺忘他。」

雷德羅用手遮住臉龐，像一位謀殺犯一樣畏縮退避。

「喔。」床上的男子無力地呻吟著：「自此之後，生命是個荒園，是個荒園啊！」

「他曾經也是個孩子。」老人說：「他跟其他孩童們一起玩耍，到了晚上他就躺在床上，享受無罪舒坦的休息時間，他在可憐母親的膝蓋旁禱告著，我多次見他這麼做，看見她將兒子的頭擁在胸前，親吻著他，當他誤入歧途時，我與他的母親眞是痛苦萬分，我們對他的期望與計畫全都幻滅，但是他對我們還有一絲依賴，那是無法取代的，老天爺啊，你是土地上所有人的父親，被那些迷途的孩子們所犯下的錯誤困擾著，請把這些迷途羔羊帶回來吧！請讓他回到過去的樣子，讓他跟您懺悔，如同他跟我們哭泣一般。」

當老人舉起他顫抖的雙手時，他不斷祈禱著兒子能康復起來，喬治則將頭靠近老人，尋求支持與慰藉，彷彿他還是個孩子。

當一個男子如同雷德羅一樣顫抖時，伴隨而來的是一陣沉默，他知道這是無法避免的事，而且即將到來。

「我的時間有限，我的呼吸越來越急促。」生病的男子用一隻手臂支撐，如此說著，另一隻手則在半空飛舞，「在我心中有一些關於現在出現在這裡的男子的事情，我必須將它說出來，父親與威廉，請問眞的有出現黑色人影嗎？」

「是的，眞的有。」他的老父親回答。

「是名男子嗎？」

「喬治，就我所知，那是雷德羅先生。」他的兄弟插話，溫和地傾身對他說。

「我以爲我夢見他，請他到我這裡來。」

看起來比瀕死男子還要蒼白的化學家出現在他眼前，化學家服從生病男子雙手的召喚，恭順地坐在床邊。

「先生，今晚眞是忙碌心痛的一夜。」生病的男子手捂著胸口，這麼說道，他的眼神透露出沉默的哀求，彷彿訴說著臨死的痛苦，「我看到我那可憐的老父親，想到我所造成的所有麻煩事，還有那出現在我週遭的悲傷與錯誤⋯」

不知是他那即將到來的盡頭讓他結束生命，或著是另一種改變的開始？

「我的內心隱藏許多事情，許多記憶快速閃過，因此我樂意去做任何對的事，有另外一位男子在這裡，你們有見到他嗎？」

雷德羅無法回應任何話，當他見到如今看來已經垂死的手拂過額頭時，他知道那代表生命無可挽回的跡象，因此到了嘴邊的聲音，竟也說不出口，他只是試著用眼神表示的確見過這名男子。

「他身無分文，飢餓又窮困，他完全被擊垮，沒有任何生命動力，你看看他，的確沒有任何時間得已揮霍，我知道他心中有過不了的難關。」

這席話似乎發生作用，他的臉上開始有了表情，產生一些變化，表情變得僵硬深沉，但是逐漸不再顯露出悲傷的感覺。

「你眞的不記得嗎？你不認識他嗎？」他皺眉不悅。

他別過臉好一陣子，他的手再一次拂過額頭，然後魯莽地停在雷德羅的身上，有一種流氓般的無賴感，有一點冷酷無情。

「可惡的你，爲何要如此！」他皺眉沉下臉，「你看看你在這裡所做的好事！我活著的時候大膽無畏，死的時候也是如此，特別是面對你這種惡魔時，我更是英勇。」

之後他躺回床上，將手放在頭與耳朵上，似乎決定要拒絕所有援助，冷漠地死去。

站在床邊的雷德羅全身一陣極度的顫抖，好像被雷打到一樣，那位離開床邊傾聽兒子說話的老人返回位子上，心中充滿嫌惡感，迅速避免與人影有所交集。

「我的兒子威廉在哪裡？」老人急切地詢問：「威廉，我們離開這裡，回家吧！」

「回家，父親你當眞？」威廉回應：「難道你想離開你的另一個兒子？」

「我兒子在哪裡？」老人反問。

「到底在哪裡？啊！在那裡！」

「我沒有兒子。」菲利浦忿怒地說：「沒有任何可憐的人可以那樣威脅我，我的孩子們看起來都很愉快，他們準備好肉及酒，等著我一同享用，我已經八十七歲了，他們善待我，因爲我值得。」

「你的年紀已經夠大。」威廉不情願地看著老人，雙手插在口袋中低聲抱怨，「我不知道你對我們做過什麼好事，如果沒有你我們會過得更快樂。」

「雷德羅先生，你看我的兒子！」老人說：「我的兒子，跟我說話的男孩是我的兒子啊！我眞想知道，他可曾經做過什麼事讓我感到驕傲！」

「我也不知道你可曾做過什麼事讓我感到光榮！」威廉生氣地說。

「讓我想一想！」老人說：「在這麼多年的聖誕佳節裡，我一直待在自己溫暖的地方，不會在寒冷的夜晚外出，總是飽足豐盛的菜餚，不被任何不安、悲慘的景象所干擾。」

「有二十年了吧！威廉。」

「似乎接近四十年。」他低聲嘀咕，「先生，爲何當我看著父親時，我會這麼想呢？這是種打擊，因爲在他身上我只見到許多年以來他不斷地吃喝玩樂，讓自己過得舒坦，就這樣年復一年。」他帶著惱怒不耐煩的心情對雷德羅這麼說。

「我已經八十七歲了。」老人以充滿孩子氣般的虛弱聲音喋喋不休地說著：「我從不覺得生命中有任何事物困擾著我，現在也不因爲他宣稱是我的兒子而有所例外，他不是我的兒子，我的生命中有許多愉快的時光，我曾經一度回憶起，但是現在全都幻滅了，我過去愛鬥蟋蟀，有自己的好朋友，但是現在都不見了，我不知道他是誰？我猜想我是喜歡他的？我不知道他變成什麼樣子，因爲我以爲他死了？但是我眞的不懂，事實上我也不在意，我一點也不在意。」

老人困倦地咯咯笑著，搖了搖頭，將手放在背心口袋裡，在其中一個口袋裡，他找到一些冬青植物，那有可能是昨晚遺留下來的，他從口袋拿出來看了一下。

「嗯，是莓果？」老人說，「唉，眞可惜它們不能吃，我想起當我還是個小孩，大約這麼高的時候，常常跟別人外出散步，是誰呢？到底是跟誰外出呢？我一點印象都沒有了，我不記得也不在意跟誰走出去，嗯，這是莓果呢，當有莓果上菜的時候，總是一頓美味佳餚，我應該好好飽餐一頓，保持溫暖與舒適，畢竟我已經是個八十七歲的可憐老男人，八十七歲，我八十七歲了。」

老人滿嘴口水可憐地說著，不斷重複同樣的話，他咬著葉子，把食物一小口一小口地吐出來，他最小的兒子態度不變，以冷漠無情的眼神看著父親，他漠不關心地執迷在自己的罪惡中，態度決然又固執，刻意忽略雷德羅的言論，於是雷德羅費力抬起雙腳離開這個房子，在這之前他佇足不動好一陣子。

雷德羅的小傢伙嚮導緩慢地從藏身處往前爬了出來，在雷德羅到達拱門之前，小傢伙已經在那邊等待了。

「要回到女人的住處嗎？」小傢伙詢問

「對！儘速回去！」雷德雷回覆：「中途不在任何地方停留。」

小傢伙往回程走了一段距離，他們回去的步伐比起來程的緩慢踱步，顯得健步如飛，小傢伙赤腳快速地移動以趕上化學家快速的步伐，雷德羅躲在黑色斗篷裡，試圖避開所有經過的人，他死命拉住衣服，彷彿飄動的衣著會爲他帶來任何致命的傳染源，他們一路上未曾停下腳步，直到回到原本走出來的那扇門，在小傢伙的陪伴之下，他用鑰匙打開門走了進去，快速通過走廊，到達他自己的房間。

小傢伙看著雷德羅緊緊關上門，當雷德羅四處張望的時候，他則趕緊撤退到桌子後面。

「拜託！你不要碰我，你帶我到這裡該不會想拿回我的錢吧！」小傢伙說。

雷德羅丟了一些錢在地上，小傢伙立刻將身體撲到地上，試著將錢藏起來，免得看到錢的誘惑會讓雷德羅想要重新收回這些先令，後來雷德羅發覺小傢伙悄悄地坐在油燈旁邊，臉埋在手掌裡，開始偷偷摸摸地撿起這些錢，當他這麼做的時候，他的身體逐漸爬近火爐邊，坐在前面的一張大沙發上頭，從胸前取出一些零碎的食物，坐下來津津有味地嚼，眼神原本望著爐裡的火光，後來則是看著自己緊抓在手上的一把先令。

「這居然是我留在人世間的唯一同伴啊！」雷德羅以逐漸高漲的厭惡感與恐懼感凝視小傢伙。

雷德羅凝視了這個小傢伙好一陣子才回過神，不知道到底過了半小時或是半個晚上，現在他是如此害怕這個小生物，小傢伙持續豎起耳朵傾聽，此時一陣騷動，他起身跑向門邊，打破房間裡無聲無息的寧靜感。

「那女人回來了。」他大叫。

當女人敲門時，化學家半路阻止小傢伙前去開門。

「讓我去找她，好嗎？」小傢伙說。

「可以，但是不是現在。」化學家回覆，「請待在這裡，沒有人現在可以出去或是進來這個房間，你是誰？」

「先生，是我，」梅莉大喊，「先生求求你，讓我進去！」

「不，你不能進來。」雷德羅說。

「雷德羅先生！雷德羅先生！求求你讓我進去。」

「有什麼事嗎？」雷德羅抓住小傢伙。

「那位你看見的悲慘男子情況更惡化了，不論我說什麼都沒辦法將他從執迷的深淵中喚醒，威廉的父親變得孩子氣，威廉自己也改變許多，這個衝擊對他來說太大了，我無法了解他，因為他不再如同以往的樣子，雷德羅，求求你，給我一些意見，請幫幫我。」

「不行！不行！不行！」雷德羅回答。

「親愛的雷德羅先生，喬治在打盹半睡之中不斷低聲咕噥著他所見到的男子，害怕他會自殺。」

「最好他這麼做，那就與我更親近了。」

「他在錯亂恍惚之中說你認識他，你是他多年以前的朋友，他是這裡一位學生墮落的父親，就是那位生病的學生，我眞的非常擔心不安，應該要如何做呢？我們該如何拯救他？又該如何照顧他？雷德羅先生，求求你！求求你！給我意見，幫助我吧！」

因爲小傢伙半瘋狂地想要掙脫雷德羅，以讓梅莉進來，因此雷德羅一直緊抓著他不放。

「幽靈啊！懲罰那些不虔誠的褻瀆思想吧！」雷德羅以極大的痛苦四處張望，然後大喊：「看著我！請從我黑暗的內心釋放出那裡痛苦不堪的情感，請彰顯這些痛悔以及我的苦難，在這個物質現實世界裡，沒有什麼是可以得到饒恕，也沒有任何微量的生命會失去足跡，偉大的宇宙不會留下任何空白，我知道這是人類不變的回憶，那就是善良與邪惡、快樂與悲傷二元對立的定律，憐憫我吧！拯救我吧！」

接下來沒有任何回應，只聽見梅莉不斷呼喊：「救我！救我！讓我進去！」，一旁的小傢伙則是掙扎著想要幫她開門。

「是我自己的影子嗎？還是我生命中幽暗的靈魂！」雷德羅發狂地大喊：「回來吧！日日夜夜糾纏我吧！但是請帶走這項天賦！還是它會繼續留在我身上，將我這種令人敬畏的力量轉讓給別人，請消除我曾做過的事，將我留在黑暗中，但是恢復那些被我詛咒的日子吧！就好像我一開始就原諒了這個女人，而且從未進一步做過什麼惡事，我將會死在這裡，沒有手可以扶我一把，聽著！請拯救那位反抗我的人吧！」

然而雷德羅依舊沒有得到任何回應，他持續抓著想要掙扎開門的小傢伙，梅莉的呼喊聲越來越大：「求求你，讓我進去！他曾經是你的朋友，現在該如何照顧他？如何拯救他？他們全都變了，沒有人可以幫我，求求你，求求你，讓我進去！」

第三節　反轉魔法天賦

天空中夜晚的氣氛依舊沉重，在幽暗的地平線上，明顯可見到一條遙遠的低落線條隨著光線改變顏色，它出現在寬闊的平原上，山頂上，以及海面孤獨船隻的甲板上，遠端的景色曖昧不明，月光努力與夜晚的雲層抗爭露臉的機會。

雷德羅內心的陰影一刻都未消失，而且越來越灰暗，當夜晚的雲層徘徊在月球與地球之間，甚至完全遮掩地球的光線時，雷德羅似乎也失去了生命力，從他身上斷斷續續出現殘缺的陰影，如同夜晚雲層投射的暗光一般，然而假如在黑暗中有一道清晰的光線突然出現，也是一掃而過而已，只是加深天空的陰沉。

外頭古老的建築物籠罩在嚴肅的靜寂中，建築物的拱壁與突出物在地面上頭射出神祕的陰影，包圍在月光的浸浴下，在地上潔白的雪片中出現又消失不見，裡頭雷德羅化學家的房間黑暗陰鬱，透露出微弱光線，幽靈鬼魂的寂靜感呼應外頭的敲擊聲，除了慘白的灰燼僅存一絲微弱的火光，發出低鳴聲之外，空氣中聽不見任何聲響，火爐前躺在地上的男孩很快地進入夢鄉，自從敲門聲音結束後，化學家就一直坐在椅子上，像石頭一樣毫無動靜。

此時，化學家之前聽過的聖誕音樂又再響起，一開始他如同以往在教堂院落一般仔細聆聽，樂音平靜地起伏著，在夜晚淒冷的空氣中飄向他的耳朵，旋律低沉甜蜜又憂鬱，雷德羅起身伸出雙手，彷彿有一位朋友往他的方向走去，握住他孤寂的雙手，不帶任何威脅，當他這麼做的時候，臉上表情不再僵硬與茫然，他的身體輕微顫抖，眼眶裡充滿淚水，他的雙手摀著眼睛，將頭垂了下來。

他的悲傷、錯誤與困境的回憶一去不回，他知道他不再想起那些事，他從未有一刻相信或者希望他保有那些回憶，他的內心有一些說不出口的激動讓他再一次被潛藏於音樂中的情感所感動，假如內心的激動沒有其他原由，只是悲傷地告訴他那些所失去的價值時，他應該要對上帝致上強烈的謝意。

當最後一聲音符在他耳邊消逝時，他不禁抬起頭凝聽空氣中逗留的旋律，除了睡在他腳邊的小傢伙之外，只有幽靈不為所動地安靜站著，眼睛盯著他看。

幽靈的眼神如同往常一般蒼白可怕，但是不至於殘酷無情，亦或這只是雷德羅的想像？他全身顫抖地望著幽靈，發現它並不孤獨，因為那幽靈般虛無的手握住另一隻手。

那是誰的手呢？是否站在幽靈旁邊的形體是梅莉她自己，亦或只是她的陰影或是畫像？她安靜的頭傾斜下彎，眼睛往下看，彷彿充滿憐憫同情地望著沉睡的孩子，她的臉上容光煥發，但是明亮的光芒並無照亮幽靈的臉龐，即使兩人距離比鄰而站，幽靈依舊陰暗蒼白，毫無血色。

「妖怪！」再度被干擾的化學家說：「我不會對她放肆無禮，也無法忤逆她，請不要帶她到這裡來，請饒恕我免於這種困擾啊！」

「這只是個影子。」幽靈說：「早晨的陽光在你面前投射出現實中的人形。」

「這是我那毫不手下留情的厄運所做的事嗎？」化學家說。

「沒錯。」幽靈回應。

「是為了破壞她的寧靜，她的良善，讓她變成我現在這個樣子，充斥著別人的影子。」

「我一直說『把她找出來，其他什麼也沒說。』」幽靈回應。

「請告訴我，我可否挽回已經做過的事？」雷德羅大叫，他幻想能在字句中尋找一絲希望。

「不能。」幽靈回應。

「我不奢望可以完全做回我自己，當我選擇放棄自己的自由意志時，我理所當然失去一些東西，但是對於那些接收我致命魔力的人而言，畢竟他們是在無預警之下接受的到這份詛咒，他們毫無能力招架這份魔力，不知如何迴避，難道我什麼事也不能挽回嗎？」

「不能。」幽靈說。

「假如我不行的話，有誰可以？」

像一座雕像一般站著的幽靈眼神凝視著雷德羅好一陣子，它慢慢轉過頭，看著自己身邊的陰影。

「她可以這樣嗎？」持續看著陰影的雷德羅大叫。

幽靈放掉它原本緊握不放的手，柔和地舉起自己的手，擺出解散的姿態，然而梅莉的影子維持原來的姿態，開始移動，然後消失不見。

「請留下！」雷德羅激動地大喊，他無法解釋爲何自己會如此反應，「有那麼一刻，作爲一種慈悲的舉動，當空氣中出現這樣的曲子時，我知道自己改變了，請告訴我，我已失去傷害她的力量嗎？我可以毫無畏懼地走向她嗎？請她給我一些希望的象徵吧！」

幽靈如同雷德羅一般看著梅莉的影子，對雷德羅視而不見，也不做任何回應。

「至少請告訴我，是否今後她是力量的化身，來導正我已做過的邪惡之事。」

「她不是。」幽靈回答。

「或者她毫無意識地接收了這個力量？」

「把她找出來」幽靈回答，然後他的影子慢慢消失。

他們再度正面對視，看著彼此，透過地上躺在幽靈腳旁的小傢伙，他們專注卻又可怕地傳授魔力。

「糟糕的引導者啊！」化學家一邊筋疲力盡地雙膝跪在幽靈前面，一邊以哀求的語氣說著：「是你拒絕我，也是你重新找到我的，我以謙卑的姿態不得不相信人生有些微希望，我將會唯命是從，祈求著那些我曾經對他造成無法彌補的傷害的人能聽見我極度痛苦的靈魂所發出的呼喊聲，惟有一件事…」

「你跟我說躺在那裡的是什麼東西？」幽靈插話，用手指頭指著地上的小傢伙。

「我會告訴你。」化學家回答：「你應該知道我會問什麼問題，爲何這個小傢伙是一個與我法力對立的證據，爲何在他的思想裡頭，我發現到一種令人討厭的同伴關係？」

「這是人類完全失去記憶力最好的例子，當你放棄自已時，就是如此樣子。」幽靈指著地上的小傢伙說道：「沒有任何關於悲傷、錯誤與困境的微弱記憶會在這裡出現，因爲這個悲慘的小傢伙從一出生起就被遺棄到一個比野獸的生存還要惡劣的環境，在他的眼界中，沒有他人可以對照經驗，沒有人類溫情的觸碰可以使他鐵石般的心產生任何想要回憶過去的慾望，這個孤獨的生物內心荒蕪一片，當然任何失去一切或被剝奪一切的男子同樣也是內心彷如雜亂荒園，可悲的人類啊！然而十倍可悲的是那些生存著千千萬萬這種畜牲的國度啊！」

雷德羅對於他所聽到的事感到畏怯喪膽。

「這世上沒有從天而降的事，總是種瓜得瓜，種豆得豆，那位小傢伙身上邪惡的種子會長成遍地穀粒，收割並貯藏，然後擴散到世界各地，直到地區佈滿邪惡之事，足以醸成另一波洪流，這樣一種景象將比城市街道上任何一位不被懲罰，而且祈求寬恕的謀殺犯承受更多的罪惡感。」

幽靈繼續看著沉睡中的小傢伙，雷德羅也懷著新的情緒向下凝視他。

「這些可憐的生物從未有父親日日夜夜陪伴，也不曾擁有過母愛，沒有一個在他幼年時期出現的人需要背負這種滔天大罪，他詛咒著地球上每一個地方，他否認所有宗教信仰，他認爲所有的人都該感到羞恥。」幽靈說道。

化學家扣緊他的雙手，帶著顫抖的恐懼感以及憐憫心看著沉睡的小傢伙與幽靈，幽靈的手指頭依舊指著地上的男童。

「我說看看你能擁有最好的選擇啊！」鬼影繼續說：「你不再擁有力量，你無法從小傢伙身上驅逐任何邪惡之事，他心中的想法逐漸與你相同，也許你認爲這樣很糟糕，但是畢竟你漸漸走入他不近人情的世界，他像是人類冷漠的化身，你則是人們傲慢的代表，天堂的概念被推翻，在物質世界的兩個極端，你們居然能碰在一起。」

化學家在男童旁邊往地上彎下腰，心中不僅對熟睡的小傢伙充滿憐憫，也對自己相當同情，身體不再因爲厭惡與冷漠的情緒而顫抖。

此時，遙遠地平面的線條亮了起來，天色微亮，太陽射出溫紅明亮的光線，煙囪古老建築物的三角牆在空氣中閃著微光，陽光將城市中的煙霧與蒸氣化爲金黃色的雲朵，位於陰暗角落的日照融化夜晚堆積在他臉上的片片雪花，在那裡一絲微風也沒有，白雪變成一個個小花環圍繞著他，毫無疑問地，早晨朦朧的睡意容易令人走入遺忘已久的土窖，土氣的寒冷沁人心脾，激起牆上慵懶植物的沉靜汁液，加速處在緩慢步調世界的行動力，振奮著美好生物的小小世界，然後緩慢意識到太陽即將升起。

泰特比家族的人都起床開始一天的工作，泰特比先生拉開商店的活動百葉窗，一片一片地打開，讓窗外耶路撒冷的瑰麗景色映入眼簾，整個畫面如此吸引人，阿達夫·泰特比已經出門許久，正往「晨報」出版社的路途中，而五個小泰特比則是睜著十個生氣的圓滾滾眼睛，他們在泰特比夫人的指揮之下正在後面廚房以冰冷的水沖洗身體，肥皀及它產生的摩擦力讓小泰特比們相當憤怒。強尼則被催促著儘快從廁所出來，因爲摩洛克寶寶的精神狀況可能不太好，似乎這是常有的事，由於背負著照顧的責任，強尼在商店前面搖搖晃晃來回奔走，而且比平常更辛苦的是摩洛克寶寶爲了防禦寒冷氣候，身體產生併發症，讓體重逐漸攀升，加上身上穿著精紡毛紗與整套的連身背心，頭上有毛帽，腳上有綁腿，重量著實不輕。

尖銳的牙齒是這個寶寶的註冊商標，只是不論從哪一個角度來看，都不是很明顯，當然事實上，經過泰特比夫人的展示，我們確定牙齒眞的很銳利，足以讓我們聯想到公牛尖銳牙齒的象徵，幾乎所有的物件都有牙齒的拓印痕跡，寶寶身上總是懸掛一串骨頭環，從下巴底下延伸到腰間，那串骨頭環很大，足以代表年輕修女的玫瑰念珠，家裡面的任何東西幾乎都是寶寶玩樂的器具，例如倉庫裡的刀柄、雨傘頂、柺杖頭，家人的手指頭，尤其是強尼的指頭，肉豆蔻磨碎器、麵包皮、門把、甚至是結凍豬肉上頭的圓狀冰角，都能讓寶寶輕鬆愉快，他們在一個禮拜中因它而使用的電力無法計算，泰特比夫人總是說：「假如她露出尖牙時，百分之百就是她自己，假如沒有露出尖牙時，她就像是變了個人似的，不是她自己。」

小泰特比的脾氣每一小時都在改變，泰特比先生與夫人的個性則不像小孩們那樣善變，多數時間他們總是慷慨、善良、又順從，時常大方滿足地分享共餐食物，只要一點點肉食就能讓他們感到相當滿足，但是他們現在不但爲了肥皂水吵鬧不休，也爲了尙未上桌的早餐打打鬧鬧，最小的泰特比男孩的手拍打著其他小泰特比男孩們，甚至原本有耐心，有極大包容力的強尼也不例外，忠實的他居然會舉起手對抗小寶寶，沒錯！正是如此，泰特比夫人無意間走到門邊，看見強尼邪惡地挑選一個隱密的地方，做好防禦措施，然後摑了可愛的小孩一巴掌。

泰特比夫人迅速抓著強尼的領子走進起居室，然後加倍以牙還牙懲罰他，讓他感受同樣的傷害。

「你這個小兔崽子，你這個小傢伙啊，你怎麼忍心這樣做？」泰特比夫人說。

「那麼爲何她不將自己的尖牙看牢一點，不要干擾到我，你自己也不喜歡這樣，不是嗎？」強尼以大聲反抗的語調說。

「小子，我是喜歡的。」泰特比夫人試著緩和強尼丟臉的情緒。

「喜歡的？怎麼可能？我無法想像，假如你是我，也會想要去從軍算了，畢竟軍隊裡不用照顧小孩。」

此時經過的泰特比先生看到這麼一個衝突的畫面，他若有所思地摸摸下巴，不急著糾正這個叛逆的傢伙，只是對他提到從軍這件事感到震驚。

「假如小孩在軍隊裡可以端端正正，那麼我會希望他從軍。」泰特比夫人看著先生，「因爲我自己的生活享受不到任何平靜，我是一個奴隸，一個維吉尼亞似的奴隸。」泰特比夫人的話相當誇張，她會如此說只是因爲遠親有一脈血統跟菸草事業有微弱的血緣關係，「我的工作全年無休，沒有一絲樂趣，但願老天祝福並且拯救小孩吧！」泰特比夫人以令人生氣的口吻搖晃著寶寶，與她話語中的虔誠與激勵毫不相稱，「寶寶她現在狀況如何？」

似乎不想繼續這個話題，也似乎不想多做任何澄清，泰特比夫人將寶寶抱到遠處的搖籃裡，雙手交叉坐下來，用腳生氣地搖晃搖籃。

「阿達夫，你爲何站在這裡？」泰特比夫人對著先生說：「你爲何不做一些事？」

「因爲我不在意有沒有做事情。」泰特比先生回應。

「我確定我也不在意。」泰特比夫人說到。

「我發誓我眞的不在意。」泰特比先生說。

此時強尼與他五個弟弟們玩了起來，他們正在準備吃早飯的桌子，爲了吃早餐，發生了一些小衝突，開心地互相用奶油塗抹臉頰，其中最小的男孩相當謹愼早熟，他居然知道要盤旋在一群戰士的視線之外，然後乘機騷擾他們的腳，在小孩打鬧的過程中，泰特比先生與夫人面對兩人的摩擦時，會急切地試著冷靜下來，彷彿他們沒有其他後路，但是不帶任何顯著的慈悲之心，不再彼此心軟，只是試圖以許多方式恢復他們之前在家中的對應地位。

「你最好讀讀報紙，勝過什麼事都不做。」泰特比夫人說。

「報紙上有什麼好看的？」泰特比先生以極度不滿的情緒回應。

「怎麼會沒什麼好看的？起碼有一些關於治安的新聞。」泰特比夫人說。

「對我而言那些毫無意義。」泰特比先生說：「我一點也不在意人們做了什麼，或是發生什麼事？」

「那麼自殺的新聞呢？」泰特比夫人舉例。

「當然不關我的事。」她的先生回答。

「出生、死亡與婚姻對你一點意義也沒有？」泰特比夫人說。

「假如都是一些發生在今天關於出生的好新聞，或是是發生在未來的死亡消息，我不知道爲何我會感興趣，除非發生在我身上。」泰特比先生咕噥地抱怨著。

雖然泰特比夫人臉上露出不滿意的表情與態度，實際上她似乎與先生抱持相同看法，但是她還是試著反駁他，以擁有吵架的滿足感。

「喔，你眞是個固執的人，不是嗎？」泰特比夫人說，「你自己一個人待在印刷室那裡，除了看報紙之外，什麼事都不做，大約有半個小時，你坐在那裡，唸新聞給孩子們聽。」

「請說那是過去的習慣。」她的先生回應，「你不會再發現我這麼做，因爲現在我學聰明了。」

「啊！聰明？眞的嗎？」泰特比夫人說，「你有比較聰明嗎？」

這個問題讓泰特比先生內心有點不以爲然，他沮喪地反覆思考，一隻手撐著額頭。

「當然有比較聰明了！」泰特比先生低語，「我不確定我們之中任何人是否比較聰明或是快樂，你說呢？」

泰特比先生轉身面對印刷的網紗，用手指頭碰了一下，直到他發現一段之前找尋的文章。

「我想起來這段文章通常是家庭最愛的部分。」泰特比先生用孤獨愚蠢的方式說話，「通常小孩看了會淚流滿面，假如他們之間有任何爭吵或是不滿足，這是段會讓他們變好的文字，旁邊的那個故事則是關於森林裡的知更鳥兒，文字這麼寫著：『窮困貧乏的憂鬱啊！昨日還是一位年輕男子，手上抱著一位小孩，身邊圍繞著一打穿著破爛的小孩們，從兩歲到十歲都有，他們處於飢餓狀態，出現在崇高的官員面前，吟誦詩句。』哈！我確定我不了解這段文章。」泰特比先生說，「我不知道那跟我們到底有什麼關係。」

「他看起來眞是蒼老與破爛。」泰特比夫人看著先生這麼說，「我從未在一名男子身上看到這種改變，喔！親愛的！親愛的！親愛的！那眞是種犧牲。」

「犧牲了什麼？」她的先生酸溜溜地說。

泰特比夫人搖了搖頭，不做任何回應，只是憤怒激動的晃著搖籃，讓小寶寶好像在坐海盜船似的。

「我的好女人，你是否意謂著自己的婚姻是種犧牲？」她的先生說到。

「沒錯！」泰特比夫人回答。

「爲何如此說呢，我的意思是事情總是一體兩面，雖然我是犧牲品，但另一方面又不願接受這個事實。」泰特比先生顯得悶悶不樂又暴躁。

「泰特比，我的心靈與精神誠心地希望那不是事實。」他的太太說，「泰特比，沒有人比得上我是如何誠心希望這不是犧牲。」

「我不知道我在她身上看到什麼。」這個報社人低語著，「我相當確定假如有看見任何事，現在已大不相同了，在晚餐過後，夜深人靜的爐火邊，我不斷思索這個問題，她現在又肥、又老、與其他女人相比，毫無競爭力可言。」

「他的長相平庸，沒有氣質，個頭不高，甚至開始駝背，頭也快禿了。」泰特比夫人也在一旁低聲抱怨。

「我必定是半瘋狂，才會處在這個婚姻裡。」泰特比先生咕噥。

「我的感覺背棄了我自己，這是唯一能自我解釋的話語。」泰特比夫人小心翼翼地說著。

他們在這種氣氛下坐下來享用晚餐，然而小泰特比們不習慣安靜地坐著吃餐點，他們喜歡在旁邊跑來跑去，像是一場瘋狂的派對，互相丟擲麵包及奶油，偶而伴隨著刺耳的尖叫聲，然後以不同的縱向隊伍出現在街上，就這樣來來去去，當然免不了要在門階跳上跳下。在目前發生的事件當中，小泰特比們之間爲了牛奶與水站在桌上的爭吵雖然稀鬆平常，但卻是令人感到可悲的行爲，看了會令人相當生氣，這種惡劣的舉動令人想起華茲醫生，一直到泰特比先生將所有前門的小孩驅趕之後，才能感受到片刻安寧，但是這種安靜時刻並不長久，因爲他發現強尼偷偷地回來了，而且正不禮貌地強取罐中的食物，被逮到的時候活像一位腹語者噎到一樣，說不出話來。

「這些小孩們最後會累死我！」在懲罰過搗蛋的小孩之後，泰特比夫人這麼說，「有時我眞希望早死早超生啊！」

「可憐的人們啊！」泰特比先生說：「最好不要生小孩，他們並未帶給我們樂趣。」此刻泰特比先生拿起夫人粗魯地放在他面前的杯子，泰特比夫人也同時拿起自己的杯子，然後他們好像受到驚嚇似地突然停下動作。

「父親，母親，你看這裡！」強尼大叫地跑進屋內，「威廉太太跑到街上來了。」

假如這個世界上有任何一位男孩會像一位老護士一樣從搖籃裡抱出一個小嬰兒，溫和地安撫它，細心地搖晃搖籃撫慰它，那麼絕對只有強尼會這麼做，而摩洛克女孩就是那位幸運的寶寶。

泰特比先生與夫人放下手中的杯子。

泰特比先生用手磨了磨額頭，他的夫人也這麼做，泰特比先生的臉頰變得柔和又明亮，當然他的夫人也不例外。

「上帝，爲何會如此啊！請你原諒我。」泰特比先生對自己這麼說，「我是染上什麼邪惡的事啊？到底發生了什麼事？」

「在我經過昨晚的交談與感覺之後，我如何忍心再次惡劣對待他。」泰特比夫人嗚咽著，用圍裙擦拭眼睛。

「難道我是個禽獸嗎？」泰特比先生說：「我這個人是否有些良善？我的小女人蘇菲雅！請你告訴我。」

「親愛的阿達夫。」他的夫人回話。

「蘇菲雅，我的內心一直處在自己不願意承認的狀態。」

「喔，阿達夫，我現在變成怎樣一點都不重要。」他的夫人大哭，好像壓抑已久的悲傷突然潰堤。

「我的蘇菲雅啊！請別獨自承受傷痛，如此我將不會原諒自己，我知道我一定傷了你的心。」泰特比先生說。

「不！阿達夫，不！一切都是我造成的。」泰特比夫人大哭。

「我的小女人啊！」她的先生輕呼，「別這樣，當你表現出如此高貴的情操時，我不禁斥責自己眞是糟糕透頂了，我親愛的蘇菲雅，你不知道我在想什麼，我相當負面地表現自己的想法，我的小女人啊，毫無疑問地我眞是惡劣到了極點。」

「喔，親愛的阿達夫，別這樣！千萬別這樣」他的夫人大聲喊叫。

「蘇菲雅，我必須說出實情了，除非我講出來，否則我眞是快瘋了，我的小女人啊！」泰特比先生說。

「威廉太太快要接近這裡了！」強尼在門口大喊。

「我的小女人，我納悶爲何過去我會如此崇拜妳，我眞是猜不透啊！我都忘了妳爲我生這些寶貝小孩們，卻責怪妳沒有如我希望地一般苗條，我從未好好回憶過往。」泰特比先生倒抽一口氣，扶著椅子支撐他的身體，然後嚴肅地以自我控訴的語氣說：「做爲我的太太所付出的一切關心，那是妳幾乎不曾對其他男子做的事，如果有可能如此，那麼他必定比我好又比我幸運，我認爲要找到比我好的男人應該很容易，然而我卻不知感恩這幾年來妳對我的照顧所付出的犧牲，我顧著爲了妳的容華老去與妳爭吵，我的小女人，你能相信嗎？我自己都不敢相信。」

泰特比夫人放聲大哭又大笑，用手捧著先生的臉龐，就這樣維持一會兒。

「喔，阿達夫！」她哭著，「我很高興你這麼想，我眞的很欣慰你這麼說，阿達夫啊，因爲我一直認爲你的長相平庸，事實上你的確如此，除非你用手遮住臉，否則你可能是我看過最平凡的一位，我一直認爲你很矮小，事實上的確如此，但是我會接受你的所有一切，甚至喜歡你的所有一切，因爲你是我的丈夫啊！我以爲你開始墮落下沉，但是你可以依靠我，我會幫你振作起來，我以為你沒有特殊氣質，但是事實上你有居家的純淨好氣質，願上帝保佑我們的家，阿達夫！那是我們的所有啊！」

「哇！威廉太太到了！」強尼大喊。

威廉太太果然在這裡了，所有小孩圍在她旁邊打轉，當她進門時，所有小孩親吻她，他們彼此擁抱親吻，接著威廉太太親了親小寶寶以及寶寶的父母親，小孩們跑了回去群聚在一起，在她面前快樂地跳舞，然後以勝利的姿態成群結隊地護擁著威廉太太。

泰特比夫人一點都不敢怠慢威廉太太的到來，立刻溫暖地迎接他們，他們如同其他孩子一樣被威廉太太所吸引，孩子們跑向她，親吻她的手，熱情地歡迎她，威廉太太代表了良善的精神，顧家又充滿愛心。

「你很開心能在這樣一個聖誕佳節的早晨看見我嗎？」梅莉愉快地拍手詢問，「喔，親愛的，這是如此美好啊！」

孩子們之間傳來更多喊叫聲，彼此親吻著，圍著威廉太太打轉，空氣四周所瀰漫的快樂、喜悅、榮耀超過她可以負荷的範圍。

「喔，親愛的，你讓我留下如此珍貴的眼淚，我何德何能啊！我做了什麼事可以受到如此關愛？」梅莉說到。

「誰能幫幫忙！」泰特比先生大叫。

「拜託，誰能幫個忙啊！」泰特比夫人大喊。

子。

「拜託，幫幫忙啊！」小孩們以歡樂的合聲一同附和，他們成群結隊地圍著梅莉跳舞，依戀著她不放，將他們玫瑰般的紅潤臉龐靠在她的裙子上，親吻並且撫摸著裙擺，顯得依依不捨的樣子。

「我從未如此感動過。」梅莉一邊說，一邊試著將眼淚擦乾，「今天早上只要我還能講話，我就一定要告訴你，雷德羅先生在黎明時分來找我，他的態度相當柔和，彷彿我是他親愛的女兒一樣，他懇求我與他一同前往威廉的兄弟喬治生病的地方，然後我們一同前往，沿路上他的態度相當和善順從，似乎非常信任我，對我懷抱很大的希望，使我忍不住喜極而泣，當我們去到那個房子裡，在門口遇到一個女人，她抓住我的手爲我祈福，但是我認爲有人打了她，讓她傷痕累累。」

「她說的沒錯！」泰特比先生說到，泰特比夫人也表示梅莉說的沒錯，然後所有小孩齊聲大喊「她說的沒錯！」

「喔，但是不是只有這樣而已。」梅莉繼續說：「我們踩著階梯往上走，進入房間，生病的男子已經再那裡躺了好幾小時，誰都叫不醒他，但在那時他卻從床上起身，淚流滿面，雙手伸直朝向我，深深表示他懊悔自己過去虛擲的時光，但是現在他是眞心悔改過去的傷痛，過去的景象對他而言透明清澈，濃密的黑色雲朵已經飄散，他乞求我詢問他可憐的老父親是否可以原諒他，接受他的祝福，並且他希望我在他的床邊禱告。當我這麼做的時候，雷德羅熱烈地一同參與，他不斷地感謝我，感謝上帝，我的心滿溢感恩之情，我什麼事也不能做，只能嗚咽哭泣，但願那位生病的男子從未要求我坐在他旁邊，這讓我靜默好一陣子。當我在他身邊時，他握住我的手，直到陷入昏迷爲止，雷德羅熱切地希望我能動身前往這裡，當我將手抽回準備出發時，他的手感覺到我的離去，因此不得不有另一個人替代我的位子，讓他相信我的手仍舊緊緊地握住他，喔！親愛的，親愛的！」梅莉嗚咽：「我對這所有一切是如此感激與快樂！」

當梅莉哀傷地說話時，雷德羅進門，然後默默地走上階梯，他觀察一陣子，發現梅莉是屋內人群的中心人物。正當他心想自己又重新回到這個樓梯時，年輕學生經過他身邊而且魯莽地撞到他。

「好護士啊！你是最溫和、最良善的人！」學生膝蓋跪在梅莉面前，握住她的手這麼說：「請原諒我的不知感恩圖報，那是如此殘酷。」

「喔！親愛的，親愛的！」梅莉純眞地哭泣著：「這是另外一群人，喔，親愛的，這些人也非常喜歡我，我何德何能啊！」

梅莉說話的態度誠懇儉樸，她將手放在眼睛前面，擦拭幸福的淚水，她的話令人愉悅又令人動容。

「我不再是我自己。」學生說：「我不知道爲何如此，可能是我內心混亂的結果，我也許瘋了，這是不久之前的事，但是當我開口說話時，好像一切又好多了，我聽見小孩們大聲叫喊你的名字，伴隨著聲音，朦朧之中我似乎看見鬼影從我身邊經過，喔，親愛的梅莉，請你別哭，假如你可以看透我的心，並且知道我的心中充滿關愛與崇高的敬意，就不會讓我看見你哭泣，你的眼淚對我彷如嚴重的斥責。」

「不！不！」梅莉說：「不是如此，你千萬不要這麼說，這是種喜樂，我很訝異你會認爲需要乞求我原諒你，但是同時我又很高興你這麼做。」

「你會再過來這裡嗎？你會完成這件小窗簾嗎？」

「不！」梅莉擦拭眼睛，搖了搖頭：「你不用在意我的編織工作。」

「這麼說是原諒我了嗎？」

梅莉召喚他到旁邊，在他耳邊低語。

「艾德蒙先生，從你家鄉傳來一些消息。」

「消息？什麼消息？」

「不論是你在生病時無法書寫，或者是當你病情開始好轉，手寫字跡改變時，都讓人懷疑事情的眞相，假如這對你而言不是壞消息的話，你確定能接受任何消息嗎？」

「當然。」

「那麼我要跟你說有人來了！」梅莉說道。

「是我的母親嗎？」學生詢問，不由自主地瞥向雷德羅的方向，他剛從階梯走下來。

「噓……並不是。」梅莉回答。

「不可能還有別人。」

「眞是如此嗎？你確定？」梅莉說到。

「莫非是……」在他說出口之前，她將手放在學生的嘴巴上。

「是的，沒錯。」梅莉說：「艾德蒙先生，有一位個頭嬌小，但卻相當漂亮的年輕女士心情不太開心，在疑惑尚未釐清之前，她無法好好休息，於是她昨日與一位女僕一同過來，因爲之前你時常在信件上註記學校的地址，因此她前往那裡，當我於今日早晨看見雷德羅先生之前，就見到她了，她也非常喜歡我。」梅莉說：「喔，親愛的，這又是一位敬愛我的人。」

「今天早晨！她現在在哪裡？」

「唔，她現在在這裡。」梅莉將嘴唇湊到艾德蒙的耳邊：「在集會所的小客廳裡等著見你。」

艾德蒙壓住她的手，急著衝出去，卻被梅莉攔了下來。

「雷德羅先生改變相當多，他今天早上告訴我他的記憶已被削弱，艾德蒙先生，爲了表示我們對他的體貼之意，他需要我們所有人的記憶。」

艾德蒙對梅莉使了一個眼神，表示她的窗簾是一件好的禮物，當他出門經過雷德羅身邊時，他以明顯的關注之情，恭敬地在他面前彎下腰。

雷德羅謙卑親切地回禮致意，注視著艾德蒙經過身邊，他將頭埋在手裡，試著喚回他所失去的記憶，但是徒勞無功。

樂音的影響力以及幻影的重新出現在雷德羅身上產生持續性的改變，現在他眞切感受到自己失去了許多東西，他相當憐憫這種的處境，不免與身邊正常的人相互比較，圍繞他身邊的人不禁關心起這件事，對他的苦難產生一種溫和順從的情感，很像同情一位老者一般，並未對於他力量消逝的脆弱視若無睹，或者透露任何不悅之情。

雷德羅深深意識到透過梅莉這個女人，他彌補許多過去所做的邪惡之事，當雷德羅愈常與她相處，他的改變就更加明顯，由於梅莉喚起他潛藏已久的情感，雖然他不報任何其他希望，他感覺自己相當依賴梅莉，她能爲他排憂解困。

當他們一同走出屋外時，雷德羅看見孩子們蜂擁而上將她包圍，擁抱親吻著她，他聽見孩子們悅耳的笑聲與快樂的話語聲，他看見他們明亮的臉龐，像花朵一般簇擁著雷德羅，他看見父母親臉上重新出現輕鬆愉快的滿足感，他呼吸著貧窮屋內的儉樸氣氛，感覺一切又回歸靜止，他想到自己曾經對這裡做出惡劣的毀壞之事，禍延子孫，這也難怪他順從地走在梅莉身邊，將他們溫暖的胸膛靠在自己身上。

當他們到達集會所時，老人就坐在煙囪旁的椅子上，眼睛盯著地面，他的兒子則靠在對面的火爐旁凝視著老人，當梅莉走進門時，這兩人同時抬頭看著她，眼神變得炯炯有朝氣。

「喔，親愛的，親愛的，親愛的，他們像其他人一樣都喜歡見到我。」梅莉大喊，她瘋狂地拍手叫好，然後突然停止：「這裡還有兩位。」

老人與威廉非常高興見到梅莉，這種快樂筆墨難以形容，威廉雙手張開，梅莉奔向他的懷抱，他相當高興可以在這寒冷的冬日將她擁在懷裡，老人也是想念著梅莉，他的雙臂緊緊擁抱她。

「唔，我安靜可愛的小寵物鼠最近都到哪裡去了？」老人說到：「牠有好一陣子未曾出現，沒有見到小鼠兒，讓我每日起床變得相當痛苦，我的兒子威廉在哪？威廉啊！我以爲我在作夢。」

「父親，我一直如此認爲，我以爲自己做著惡夢，父親，你感覺如何？身體比較好了嗎？」她的兒子說到。

「我的乖男孩，我可是強壯又勇敢。」老人回答。

威廉與父親握著手的景象令人印象深刻，他輕拍父親的背，輕輕地用手摩擦他的背部，彷彿他用盡心力表示對父親的關懷是源源不絕的。

「父親，你是個很棒的人，我知道你相當健壯，但是現在你還好嗎？」威廉再次握住父親的手說著，再度輕拍父親的背，用手摩擦他的背部。

「我的乖孩子，在我一生中，從未像現在這麼結實又神清氣爽。」

「父親，你是個很棒的人，你說的一點也沒錯。」威廉熱烈說著：「我想到父親一生中所歷經的過程，所遇到的機會與改變，悲傷與困境，他頭上的髮絲日漸灰白，紀錄著年過一年的日子，我的內心極度敬重這位老者，想要他的晚年過得舒服一點，父親，你感覺如何？身體比較好了嗎？」

威廉先生從未停止對父親噓寒問暖，他繼續握住父親的手說著，再度輕拍父親的背，用手摩擦他的背部。之前老人一直尚未發現化學家已經進門，現在終於看見了。

「雷德羅先生，請原諒我一直沒有發現你在這裡，先生，眞是失禮，我想起當你還是個學生時，曾在聖誕節的早晨在這裡見過你，就連聖誕佳節，你也認眞地來來回回進出圖書館，哈哈！

我年紀夠大，足以記起這些事，雖然我已經高齡八十七歲，可是什麼都記得清清楚楚，在你離開這裡之後，我的妻子過世，雷德羅先生，你應該還記得我的夫人吧？」

化學家回答他當然還記得。

「是的，她是位可愛的女人，我記得你曾經在某個聖誕節早晨與一位女士來到這裡，雷德羅先生，請原諒我這麼說，但是我認爲她是你相當依賴的妹妹。」

化學家看了看老人，然後神情茫然地搖搖頭說到：「我的確有一個妹妹。」接著不再說下去，老人也就一無所知。

「在某一個聖誕節早晨，你曾與她一同過來。」老人繼續說到：「當時天空飄起白雪，我的妻子邀請他進入晚宴廳，一同坐在溫暖的火爐前，通常在聖誕佳節時，壁爐裡一定燃燒熊熊火焰，那時我們十個可憐的紳士尚未有任何改變，我記得我將爐火升起，暖和女士漂亮的雙腳，她則是大聲唸出牆上畫作底下的題字：『老天啊，請讓我的記憶栩栩如生。』，我可憐的妻子與她談論著畫作，認爲那句話是好的禱告文，現在回想起他們當時談話的情景眞是一件詭異的事，畢竟他們都已過世，假如他們能再度年輕一次，會對著自己親愛的人熱切地禱告這句話，當時女士說著：『我的哥哥啊！請讓我的記憶栩栩如生，千萬別忘了我。』，我那可憐的妻子則是說到：『我的丈夫啊！請讓我的記憶栩栩如生，千萬別忘了我。』」

痛苦的眼淚爬滿雷德羅的臉龐，這可能是他一生中最酸楚的一刻，菲利浦則完全沉浸在自己的記憶裡，直到後來才發現雷德羅淚潸潸的臉與梅莉焦慮的眼神。

「菲利浦！」雷德羅將手放在老人的手臂上：「我是一個染病受挫的人，即使理所當然，老天命運的舵手依舊壓得我喘不過氣，我的好友啊！你告訴我什麼是無法追隨的事，我的記憶已不復見啊！」

「仁慈寬容的力量啊！」老人大喊。

「我已經失去悲傷、錯誤、與困境的記憶啊！」化學家說：「我已經失去屬於人類回憶的能力。」

雷德羅看著菲利浦對他的憐憫知情，看著他將自己的大椅子讓給他休息，並且以莊敬的態度面對他的喪親之痛，在某種程度上雷德羅知道這些回憶對老者而言是多麼珍貴。

小傢伙此時跑了進來，奔向梅莉的懷抱。

「有一個男人在另一個房間，」小傢伙說：「我不喜歡他。」

「他指的男人是誰？」威廉先生不解。

「噓……」梅莉示意。

威廉與老人順從梅莉的暗示，同時很有默契地不再追問，後來他們悄悄地走了出去，此時雷德羅召喚小傢伙到他身邊。

「我最喜歡這個女人了。」小傢伙抓住梅莉的裙擺不放手。

「你說的沒錯。」雷德羅淺淺微笑，「你不要害怕到我這裡來，在這世界上，對你這個可憐的生物來說，我比以前溫和多了。」

小傢伙一開始還是相當退縮，只是在梅莉的呼喚之下，漸漸順從了，他答應過去雷德羅身旁，並且坐在他的腳邊，雷德羅將一隻手放在小傢伙的肩上，以同理心的夥伴情誼望著他，另一隻手則握住梅莉，她往雷德羅方向傾身，看著他的臉龐好一陣子，一陣沉默之後，說道：

「雷德羅先生，我可以跟你說話嗎？」

「當然可以。」雷德羅凝視著梅莉：「妳的聲音對我而言如同樂音」

「我可以問你一些事嗎？」

「請說無妨。」

「你還記得我昨晚敲你房門所說的話嗎？是與一位你的朋友相關的事，他正處在崩潰邊緣。」

「是的，我記得。」雷德羅猶豫地說。

「你了解我在說什麼嗎？」

雷德羅順了順小傢伙的頭髮，眼神盯著梅莉看，沉思了一會，然後搖搖頭。

「我到後來才發現這個人。」梅莉以清澈柔和的語調說著，望著雷德羅的眼神也是極度剔透溫柔：「我回到那個房子，在老天的幫忙之下追蹤到他，我的動作不算太快，再晚一步就一切太晚了。」

他縮回原本擁著小傢伙的手，轉而握住梅莉的手背，她對這種觸碰羞怯又充滿熱情，與她熱切的聲音與眼神所散發的情感同樣專注。

「他是艾德蒙的父親，艾德蒙就是方才你見到的那位年輕人，他眞正的名字是龍佛德，你還記得這個名字嗎？」

「我記得名字。」

「記得那位男人嗎？」

「不記得，難道他曾經無禮地詐騙過我嗎？」

「那眞是令人絕望，令人寒心啊！」

雷德羅搖搖頭，然後輕輕地將頭彎下，彷彿無言地祈求梅莉的憐憫。

「我昨天晚上沒有去找艾德蒙先生。」梅莉說：「但是假如你聽我敘述，就彷彿會記起所有的事情。」

「我會仔細聆聽你的每一句話。」

「當時我不知道那就是他的父親，同時我也很害怕在他大病一場之後，是否他的智慧與理解力一如往常，因爲某些原因，我知道那個人是誰，但是沒有去見他，長久以來，他與自己的妻子與兒子分離，當他兒子年紀還小時，他就與家人分開，他們彼此就像陌生人一般，他離棄了自己最親愛的人，他彬彬有禮的紳士模樣日漸墮落，直到⋯⋯」梅莉突然起身，倉促地走到門外，過了一會兒，她陪伴一位身體虛弱的人進來，雷德羅曾在昨晚見過他。

「你認識我嗎？」化學家詢問。

「我應該感到高興認識你才對。」對方回應：「但是儘管相當不情願，我還是得回答『不認識』。」

化學家看著虛弱的男子站在他的面前，表情自卑又墮落，孱弱的身軀更顯修長，他試著想讓自己看起來較有精神，但是似乎徒勞無益，梅莉重新回到他身邊的位置，吸引他的眼神重新望向她的臉。

「看看他是如何墮落啊？如何沉淪啊！」梅莉低語，向雷德羅的方向伸長雙手，但是卻迴避直視他的臉龐：「假如你可以記得所有與他相關連的事情，難道你不認爲會對他產生同情心，就如同你對所愛的人的憐憫之情嗎？請別介意讓我們知道那是多久以前的事，或者請告訴我們他爲何會被世界所遺棄。」

「我希望而且我相信那能喚起我的同理之情。」他回答。

雷德羅的眼睛轉啊轉地看著站在門邊的人形，但是很快地又回頭凝視著梅莉，化學家熱切地看著她，彷彿努力從她的每一句話與每一個眼神中閱讀出任何訓誡。

「我沒什麼學問，但是你可是學識淵博。」梅莉說：「我並不習慣思考，但是你是一位心思細膩的人，請讓我告訴你爲何去回憶那些欺騙我們的人算是一件好事。」

「好的。」

「我們應該有顆包容的心。」

「我的老天啊！請原諒我！」雷德羅睜大眼睛說道：「請原諒我已經把您高標準的道德觀置之不理了！」

「假如……」梅莉說：「我是說假如有一天你的記憶恢復了，這是現在我們不斷希望與禱告的事，如果你能記起那些痛苦的回憶然後寬恕它，這何嘗不是一件受到祝福的好事嗎？」

他繼續看著站在門邊的人形，再度將他熱切的眼神盯住她，此時從她明亮的臉龐投射出一道清晰的光芒照亮他的心。

「他無法再回到那個被遺棄的家中，他也不打算這麼做，他知道對那些被殘忍忽略的親人來說，他只會帶來羞恥與麻煩，現在他所能做的最大補償就是不再與他們會面，只要花一些錢就可以讓他遷移到遙遠的地方，在那裡他可以好好生活，不受欺侮與打擾，靜靜地對他所做錯事懺悔，對他的可憐的妻子與兒子來說，這也許是他們最好朋友能給予的最大恩惠，當然他們不需要知道是誰在背後默默幫忙，事實上，他的名聲、身體與心靈都已經受到打擊，所以這種做法對他而言也許是種救贖。」

梅莉的雙手扶著頭，雷德羅抱著她親吻著，然後說：「一切完成了，我背地裡默默地信任你幫我這麼做，請告訴他我已經原諒他，我非常高興能這麼做。」

她站起身，將明亮的臉龐朝向那位墮落的男子，暗示著她的調解已經奏效，墮落的男子往前走一步，儘管沒有抬起眼睛，但是他朝著雷德羅的方向說話：

「你眞是太慷慨了。」墮落的男子說：「你過去也是相當慷慨，但是你卻試圖排除別人報答的恩情，儘管那已出現在你面前，雷德羅先生，假如可以的話，請相信我不會試著抹滅這些善良的事。」

化學家擺出乞求的姿勢望著梅莉，請她靠近他身邊，他一邊聽著話，一邊凝視梅莉，彷彿試著從她的臉龐找到任何蛛絲馬跡。

「我是一位墮落的苦命人，我說的話也許不太專業，我對過往人生的回憶很清晰，但是卻無法好好對你們說明，從我跨出第一步沉淪的腳步往下墮落時，我虛假地與你們進行交易，我的下沉腳步穩定又快速，很快就天數已盡，這就是爲何我現在會如此坦承的原因。」

雷德羅將她拉到自己身邊，將臉轉向墮落的男子，臉上滿是悲傷，又像是哀悼的感覺。

「假如我可以避免那致命的第一步，我也許就不是現在的自己，也會過著不一樣的生活，我不知道那是否是可能的事，現在的我也不這麼奢求了，你的姊妹正在休息，這樣總是好過於與我在一起，而我還是繼續保持著你想像中我的模樣，那正是我自己希望的樣子。」

雷德羅迅速地做了一個動作，彷彿想要將這個話題擱置一邊不談。

「我覺得那像是一位來自地獄的男人。」墮落的男子繼續說：「要不是有你這雙喜悅祝福的手，昨天晚上我可能已經自掘墳墓了。」

「喔，親愛的，他也是喜歡我的！」梅莉喘息的呼吸聲嗚咽著：「這又是一位待我不薄的人。」

「昨天晚上我絕不會讓自己過來求你，但是到了今天，我的記憶強烈地受到刺激，我不知道爲什麼，但是我可以清晰地想起過去許多事情，因此在梅莉的建議之下，我過來尋求你慷慨的贈予，雷德羅先生，我感謝你，也祈求你，在你所剩無幾的日子裡，希望你能以眞實的行動仁慈地對待我，如同你想像中一般。」

他轉身面對門，但是停下腳步不再前進。

「我希望看在他母親的份上，你能對我兒子投注關愛之意，我希望他值得你這麼做，除非我的生活受到保護，也除非我知道我沒有辜負你的幫忙，我才有臉再見兒子。」

墮落的男子走了出去，第一次抬起眼睛看著雷德羅，對方堅定的眼神回看著他，迷迷糊糊地把手舉起，墮落的男子回應著雷德羅，伸出自己的手握住他，最後低下頭慢慢走出去。

之後過了幾個月，梅莉悄悄地將他帶到大門口，當時化學家正坐在椅子上，用手摀著臉，梅莉一進門就見到雷德羅杵在那裡，伴隨著他的還有自己的丈夫與公公，他們非常關心雷德羅，梅莉試著不打擾他，也希望他不要太見外，她跪在椅子附近，幫小傢伙蓋上溫暖的衣服。

「父親，一切正是如此，如同我所說的一般。」她那受人敬重的先生大喊著：「威廉夫人的心中一直充滿著母愛，必須有缺口可以發洩。」

「喔⋯⋯」老人說：「你說得沒錯，我的兒子威廉說得沒錯。」

「親愛的梅莉，毫無疑問地，事情能如此發展已是最好了。」威廉先生溫柔地說：「我們沒有自己的小孩，有時候我會希望你能有一位小孩可以疼惜與關愛，梅莉啊，我們那沒能好好活下來的小孩曾經讓你投注這麼多的希望，最後卻讓你變得沉默寂靜。」

「親愛的威廉，我很高興還能記起這些事。」梅莉回答：「我每天都在回想。」

「我害怕你會沉浸在悲傷的回憶中。」

「請別說你會害怕，能夠回憶著它對我而言是種安慰，它以各種方式與我對話，雖然它這個純眞的生命未曾在世上活過一天，但是威廉，它是我的天使啊！」

「梅莉你是我與父親的天使。」威廉柔和地說：「我了解爲何你如此說。」

「我時常想起所有建築在它身上的希望，有許多次我靜靜地坐著，獨自幻想我心中那個微笑的臉龐，儘管他從未躺在我的懷裡，我也想像著它那雙甜美的眼睛，雖然它們來不及張開看看這個世界。」梅莉說到：「每當我想起它時，心中充滿柔情，雖然我對它的希望永遠無法實現，但是這麼幻想也不會帶來壞處，當我看到任何一位母親的懷裡抱著可愛的寶寶時，我是多麼懷念它，想像著我的孩子也能躺在我懷裡，同樣也能讓我心中充滿驕傲與快樂。」

雷德羅抬起頭看著梅莉。

「在我一生中，它似乎默默陪著我。」梅莉繼續說「它教了我許多事，對那些被世界遺棄的可憐孩子，它祈求我的幫助，用好像它在世的聲音懇求我，當我知道有任何年輕人正在受苦或是遭受羞辱，我彷彿感覺它爲他們而祈禱，上帝從我手中仁慈地將它帶走，即使面對老父親的白髮與蒼老時，它也會對我說，每個人在很久很久以後都會老去，我們都需要得到年輕人的尊重與關愛。」

梅莉說話的聲音越來越小，最後她拉住丈夫的手臂，將頭靠在臂上。

「小孩們都喜歡我，所以有時候我會沉浸在幻想之中，但是威廉，這或許是有點愚蠢的想像，不知怎麼搞得，他們似乎可以感受到我與孩子的情誼，於是了解他們的關愛對我來說有多麼珍貴，威廉啊，假如從那時起我可以不再煩躁，那麼我會更快樂，現在的我依然快樂，但是我不得不說當我可憐的孩子出生不久就過世時，我相當虛弱與悲傷，無法克制自己傷痛的情緒，那時我有一個想法，我認爲假如我想要過好一點的生活，就必須到天堂與那美麗的孩子相遇，因爲在那裡，它會叫我一聲母親。」

雷德羅雙膝跪下，大聲哭喊。

「喔，上帝！」雷德羅說：「透過你純淨的愛的教誨，你仁慈的心讓我恢復記憶，就好比基督想起十字架的記憶，並且想起所有曾經消失的美好事物，請接受我的感謝，請您祝福她吧！」

接著雷德羅將梅莉緊緊擁在心中，梅莉嗚咽地哭著，然後笑著說：「他回到他自己了，他眞的很愛我，親愛的，親愛的，親愛的，這是一個恩典啊！」

此時，年輕學生走了進來，手上挽著一位女士，她顯得有些退卻，改變後的雷德羅望著學生，凝視著他與身旁的女士，他在他們身上看見人生裡聖潔的一段旅程，就好像一棵綠葉成蔭的大樹，讓被囚禁在孤獨巢穴中的鴿子都想在上頭休息，尋找同伴，雷德羅垂下脖子，乞求他們當他的孩子。

聖誕節就好像是一年中我們回憶悲傷、錯誤、與困境的時候，希望能得到救贖，我們深深的回憶過去的快樂與傷痛，好像親身經歷一般，雷德羅將手放在小傢伙身上，默默地祈求上帝看看祂過去所看顧的孩子們，並且以祂先知般的威嚴指責那些背棄祂的人，發誓著要保護他、教誨他、與悔改他。

然後雷德羅用右手愉快地握住菲利浦，告訴他在當天依照慣例將有一個聖誕晚餐，在十位已改變的紳士面前用餐，就在晚宴廳裡，他也會告知所有史威哲家族的成員，他的兒子告訴他史威哲家族龐大，手牽著手可以圍繞英格蘭一圈，儘管如此，他們還是會被通知列席參加。

就在那一天事情眞的發生了，有如此多的史威哲家族成員出現，大人與小孩都有，當我們試著猜測大概的人數時，也許會產生對於歷史眞實性的質疑，會有一種不信任感，因此我最好別這麼做。當時史威哲家族來了十幾二十人，當場有一些關於喬治的好消息等著宣布，期待能帶來一些希望，喬治的父親與兄弟剛去探望過他，梅莉也前去表達關心，他們告訴大家現在喬治正寧靜安祥地睡著，同時在晚餐時間出現的還有泰特比家族，包括年輕的阿達夫，他圍著印有菱形圖案的圍巾，準備享用牛肉，而可想而知的是強尼與小寶寶來得很晚，他們走在同一邊，其中一人看起來疲倦，另外一人則是處在胃口大開的狀態，這一切似乎合乎習俗，一點也不令人擔憂。

我們很難過看到一些孩子沒有名字與家庭，只能在一旁看著其他孩童玩耍，卻不知道如何與他們交談與嬉戲，他們好像跟一隻粗野的野狗都還比較熟識。同時我們也很難過在各個不同面向看見最小的孩子好像有一種出於本能的直覺，知道自己與其他人不同，其他小孩總是不太敢接近他，只會用柔軟的語調及手勢觸碰他，也不太常出現，以免惹得他不開心，梅莉照顧著最小的這個孩子，於是小孩開始愛上她，如同梅莉所說的，大家都是喜歡她的。當所有小孩充滿深情地愛著她時，大家心中無不高興快活，他們開心地看著小么兒從梅莉坐著的椅子背後偷窺他們。

凡此種種盡入化學家雷德羅的眼底，與他同坐看著此情此景的還有年輕學生、學生的未婚妻、菲利浦與其他人。

到此，可能有些人會說他只想到當場列席的人，關於其他人的事，他在某一個冬夜接近黎明時分，於火爐中得到訊息，知道鬼影代表著他陰沉的思考邏輯，而梅莉是他良善智慧的具體展現，對此我無話可說。

除此之外，他們一同聚集在古老的大廳上，當場除了之前用餐點燃的爐火之外，沒有其他亮光，陰影再一次偷偷僭據他們的藏匿地點，在房間裡群魔亂舞，在牆上顯露出孩子們令人讚歎的身型與臉龐，那些眞實熟悉的影像逐漸轉變爲瘋狂魔幻的影子，但是在大廳上有一些形體是那些鬼影無法遮掩與改變的，雷德羅、梅莉、威廉、菲利浦、年輕學生與他的未婚妻這些人的眼睛全部回望大廳，畫像中肅穆的臉龐在爐火的映照之下更顯嚴肅，彷彿具有生命似地從鑲有飾條的牆上凝視著，他的身上帶著環狀羽毛，臉上留著鬍子，從嫩綠的冬青花圈往下看，迎向這些人往上看的眼神，整個氛圍清靜又質樸，空氣中似乎瀰漫著一個聲音，說著：

上帝，請讓我的記憶栩栩如生吧！

選自一八四八年《幽靈交易》

一、二、三、四、五，他們一共有五個人。

五個導遊坐在瑞士大聖柏納山頂修道院外的長板凳上，遠眺著天邊的群峰，看著落日像一大桶紅酒打翻似地映照在山頂蓋雪，在還沒完全滲透進去前留下的點點餘暉。

這不是我做的比喻，是體格最結實的德國導遊說的。其他人不再盯著遠方，而是不時轉頭過來，注意坐在修道院門口另一邊板凳上的我。我和他們一樣抽著雪茄，也學他們看著被染成酒紅的積雪，還有附近那棟孤立的小屋。那些太遲才躲進小屋避風雪的旅行者，他們逐漸凋零的屍體被挖了出來，但大家心知肚明在那麼冷的地方肯定不會腐爛。

山頂上的紅色酒液在我們的注視下慢慢被吸進去；山峰又變回白色、天空是很深的藍色；起風了，四周空氣變得像要刺穿骨頭般的寒冷。五位導遊扣緊了身上的粗呢大衣。在這裡沒有比導遊更安全的人可以模仿了。於是我也扣緊大衣。

晚霞籠罩的山色打斷了他們五個的談話，這壯麗的景觀很適合靜默。直到能確保遠山從夕陽裡冒出頭來，他們才繼續交談。我完全沒聽到他們之前的談話內容；因爲，說眞的，那時我還沒從纏住我說故事的那位美國紳士脫身。他面對修道院旅客休息室的爐火坐著，開始對我說起可敬的亞納尼亞．道奇努力成爲英國史上最大富豪之一的來龍去脈。

「我的天啊！」瑞士導遊用法語喊著。我（和其他作家一樣）不懂的是，他爲什麼要說髒話，只好寫說他用的是法語，聽起來會比較無害一點。「若是說到鬼——」

「可我從不提鬼的事。」德國人說話了。

「那不然你要說什麼？」瑞士人問他。

「要是我真知道那是什麼，」德國人說，「那我還真是見多識廣！」

我心想，他答得真好，同時我也好奇了起來。於是我移動到板凳的另一邊，那是最靠近他們的角落，我背靠著修道院外牆，既可以聽清楚他們的談話，也不需要加入他們。

「就像打雷閃電一樣！」德國人有點興奮地說著，「有時候某人突然想來拜訪你，然後他在不知情情況下派了一個隱形郵差來整天提醒你，他打算來找你，你們說那叫什麼？當你走在擁擠的法蘭克福、米蘭、倫敦或巴黎街道上，想到剛剛走過去的那個陌生人很像你的朋友亨利，然後另一個陌生人也像亨利，然後就會有種奇怪的預感告訴你，等一下你就會遇到亨利——而且還真的遇到了，雖然他人應該在翠絲特（註1），你們說那叫什麼？」

「這沒什麼不尋常吧！」瑞士導遊和其他三人嘴裡唸唸有詞。

「很不尋常哩！」德國人說。「黑森林裡有櫻桃是稀鬆平常，那不勒斯有通心粉也是稀鬆平常。講到那不勒斯，我想到了老瑪雀莎·聖撒尼瑪在齊雅佳飯店紙牌派對上的尖叫！（我聽到也親眼看到，因爲那是我一個巴伐利亞家族辦的派對，而我負責當招待。）我要說的是，牌桌上的老瑪雀莎臉上的胭脂突然變得一片蒼白，她哭喊著：『我在西班牙的妹妹死了！我感覺到她冰冷的手在摸我的背！』——如果她妹妹眞的在那一刻死了——你們說那叫什麼？」

「聖吉納羅的血塊在主祭說了一句話後就溶成血水，這舉世皆知的事在我的故鄉每年都會發生一次（註2），」猶豫片刻，來自那不勒斯的導遊一臉滑稽地問他，「你說那又叫什麼？」

「那個啊！」德國人大喝一聲。「嗯，我想我知道那叫什麼。」

「神蹟嗎？」那不勒斯導遊說，依舊扮著鬼臉。

德國人只是抽了口菸，笑了出來；然後他們全都抽起菸、大笑起來。

「呸！」不久，德國人又說，「我講的是眞實發生的事情。我若想看魔術，我會付錢去看專業表演，讓錢花得有價值。沒有鬼也會發生這些很離奇的事。還鬼咧！喬凡尼．巴提斯塔，說說你那英國新娘的故事。那件事不也沒有鬼，但就是很詭異。有誰能告訴我那是什麼東西嗎？」

趁眾人一片靜默之際，我轉過頭去快速瞥了他們一眼。我認為點燃一根新雪茄，然後開口說話的就是巴提斯塔。依我判斷他是熱內亞人。

「英國新娘的故事？」他說。「呸！這麼點小事怎麼稱得上故事。對啦，確實有這件事，這可是眞的。仔細聽我說，紳士們，這可是眞實事件。俗話說不可以貌取人，但我接下來要說的，可全都是眞的。」

這句話他重複說了好幾遍。

十年前，我帶著導遊證書到倫敦龐德街上朗式飯店去找一位英國男士，他打算做長期旅行——可能是一年，也有可能兩年。他認可我的證書，也認可了我。他很高興能問我一些旅行的問題，也得到令他滿意的答案。最後他僱用了我六個月，支付的報酬相當慷慨（註3）。

他是個年輕、英俊、很開朗的人，一位有點家產的美麗英國小姐愛慕著他，兩人也打算結婚。簡單來說，我們這趟旅程就是他們的蜜月之旅。因爲要避暑長達三個月（當時是初夏），所以他在里維耶拉租了一棟老別墅，離我的老家熱內亞不遠，就在往尼斯的路上。我知不知道那個地方？知道，我告訴他我對那邊很熟，那是一座有很多大花園的老城堡。那兒有點空曠，受到四周茂密樹海的包圍，有種漆黑、陰暗的感覺，但是裡面空間寬敞、歷史悠久、華麗堂皇，而且就在海邊。他說，我告訴他的和他聽到的完全一致，他很高興我知道這個地方。裡面沒什麼家具，所有這類型的避暑地都一樣。它有點陰暗，他租下這裡主要是爲了它的花園，這樣他和我的女主人就可以在涼爽的樹蔭下度過這個夏天。

「那麼一切都會順利嘍，巴提斯塔？」他問我。

「無庸置疑，先生，一定會非常順利。」

我們買了部旅行馬車上路，這是專爲我們全新打造的，各方面都打點得完美無缺。所需物品一應俱全，什麼也不缺。接著舉行了婚禮，他們很開心，我也很高興，看到一切都如此美好、所有事情都井然有序、可以回到故鄉，還可以在一路顛簸的途中教美女卡洛琳娜義大利話。她很快樂，年輕又樂觀。

時間不知不覺過去。而我觀察到——仔細聽，我懇求大家（熱內亞人這時突然壓低音量）！

我觀察到女主人偶爾會陷入奇怪的沉思，有時顯得很害怕，有時又很痛苦的；一股陰鬱、不確定的恐慌籠罩著她。我想我是在一次爬山時開始注意到的，當時主人走在最前面，我跟在夫人的馬車旁邊走。總之那次是在南法的一個傍晚，她叫我去請主人。他回來後陪她走了好長的路，一邊精神奕奕地深情和她說著話。他把手放在打開的馬車窗戶上，但她卻沒伸出手來。偶爾他會開心地笑出來，好像在逗她開心似的。漸漸地她也笑了，然後一切又像之前一樣正常。

這有點奇怪。我問美女女僕卡洛琳娜，夫人是不是不舒服？——沒有。心情不好？——沒有。怕路不好走還是怕遇到土匪？——都不是。而讓整件事更神祕的是，美女僕回答時都不看我，而寧願看旁邊的風景。

但是，有一天她告訴了我這個祕密。

「如果你一定要知道的話，」卡洛琳娜說，「我發現（是我無意中聽見的），女主人好像被鬼纏住了。」

「怎麼纏住的？」

「在夢裡。」

「什麼夢？」

「她夢見一張臉。婚禮前的連續三個晚上，她都夢見一張臉——都是同一張臉，而且那張臉——」

「是可怕的臉嗎？」

「不是。是一張臉孔黝黑、五官清晰，留著黑髮和灰鬍鬚穿著黑衣服的男子，——除了一副沉默、神祕的樣子之外，長相還滿帥的。這張臉她不曾看過，也不像任何她曾看過的臉。除了在一片黑暗的夢中緊盯著她看之外，什麼也沒做。」

「之後她有再夢到嗎？」

「再也沒有了。光是還記得就夠她麻煩的了。」

「爲什麼這夢會困擾她？」

卡洛琳娜搖搖頭。

「那是夫人的問題，」美女說。「她不知道。她自己也在納悶爲什麼。可是我昨天晚上聽到她告訴主人，要是她在義大利的城堡看到那張臉的畫像（她很害怕會看到），她不曉得自己是否受得了。」

沒想到她說完這些後，我也開始擔心那棟城堡會不會碰巧眞有幾幅這種眼神邪惡的畫像。我知道那裡有很多畫，當我們越來越接近時，我希望屋裡所有的畫都都被扔進了維蘇威火山口。幸好在那個晚上颳強風，而且天色陰暗，當我們終於快到里維耶拉時，開始打雷了。雷聲傳遍了整個山區，震耳欲聾。幾隻蜥蜴在花園傾圮的石牆裂縫間跑進跑出，一副驚嚇過度的樣子；情緒高昂的蛙群使勁呱叫的聲音此起彼落。海風發出呼呼的悲鳴聲，被打濕的樹梢滴下涔涔水珠；還有閃電——宛如聖羅倫佐的身體，將天空照得多亮！

我們全都知道熱內亞或附近老城堡會是什麼模樣——時間和海風是如何慢慢地侵蝕它；漆在

外牆上的花飾圖紋是如何跟著一大片灰泥漸漸剝落；低矮的窗戶是如何隨鐵欄杆生鏽變黑；院子裡的雜草是如何蔓生；外牆是如何崩壞；整棟高大的建築物是如何一步步化爲廢墟。我們住進去的城堡是貨眞價實的城堡，據說已經對外封閉好幾個月了。幾個月？我看是幾年吧！它發出一股墳墓般的泥土味。寬闊後露臺上種的橙樹、爬在牆上成熟的檸檬，和幾株沿著倒塌噴泉長出來的灌木，三者的氣味混著飄進了屋裡，卻不知該怎麼穿出去。每個房間都有股老舊的味道，在幽閉的空間裡逐漸淡去，消散在櫥櫃和抽屜裡。走在連接大房間的小穿堂裡，有股讓人窒息的感覺。如果你把畫轉過來——再回到畫來——它還是在原地，緊黏在畫框後的牆上，像隻蝙蝠一樣。

整棟房子的百葉窗格關得密不透風。屋裡有兩名頭髮灰白、樣貌醜陋的老婦人，負責看顧房子；其中一人拿著紡錘站在門口，邊喘氣邊碎碎唸，一副連撒旦都可以讓他像空氣一樣來去自如的模樣。主人、夫人、美女卡洛琳娜，還有我都進了城堡（我走在最前面，雖然我把我的名字放在最後面）。我把窗戶和百葉窗格打開，抖落身上的雨滴、灰泥屑，以及偶爾會在人們衣服上打瞌睡的蚊子，或肥胖醜陋、長著大斑點的熱內亞蜘蛛。

我將傍晚的光線引進房間後，主人、夫人、美女卡洛琳娜也都走進來了。然後一群人到處去看所有的畫像，我則往前走進另一間房間。夫人極害怕會看見和那張臉相似的畫；我們也是；但那東西並不在這裡。聖母與聖嬰、聖方濟、聖賽巴斯提安、維納斯、聖卡德琳、天使、盜賊、化緣修士、晚霞下的教堂、戰爭、白馬、森林、使徒、總督，全都是我熟悉的老朋友，而且重複出現了好多次？——沒錯。黝黑、英俊、穿著黑衣服的男子，既沉默又神祕，還留著黑髮和灰鬍子，從黑暗中緊盯著女主人看？——畫裡沒這個人。

我們走遍了所有房間、看過了所有畫像，然後走到外面的花園。有個園丁租下了這裡，他把這些花園整理得很好，而且園地大、樹蔭又多。旁邊有個農村式的露天階梯形劇場，舞台是一片綠坡地；後臺側邊有三個入口，由香氣迷人的枝葉排成一道屏幕。夫人睜大明亮的雙眸四下張望，連舞台都不放過，彷彿期待那張臉浮現在屏幕上；但什麼也沒有出現。

「好啦，克蕾菈，」主人低聲地說，「妳什麼都沒看到。滿意了吧？」

女主人滿心歡喜。她很快就適應了這座陰森的城堡，整天不是唱歌、彈豎琴、臨摹堡內的古畫，就是和主人在綠蔭下散步。她貌美如仙，他感覺幸福美滿。清晨，朝陽完全露臉前，我備馬讓主人晨騎，他會笑著跟我說：「一切都很順利，巴提斯塔！」

「是的，先生。感謝上帝，非常順利。」

沒有其他人來拜訪我們。我帶美女去大教堂、露天咖啡廳，去聽歌劇、參加鄉村慶典、去劇院、看木偶戲。所見所聞都叫漂亮小女僕著迷得心花怒放。她還學會了義大利語；天啊！太不可思議了。女主人是不是眞的完全忘記了那個怪夢呢？偶爾我會向卡洛琳娜問起。快了，美女卡洛琳娜說——差不多了。這可眞是折騰人啊。

有一天主人收到一封信，把我叫過去。

「巴提斯塔！」

「來了，先生！」

「有人介紹一位男士給我認識，他今晚會來和我們共進晚餐。他的大名是戴隆布拉先生。給我準備王儲規格的晚宴。」

這眞是個奇怪的名字，我從沒聽過這個姓氏。不過最近有很多人（包括貴族），因爲政治立場而被奧地利追捕，所以改了名字。或許這人就是其中之一。名字而已！戴隆布拉對我而言不過是個名字罷了。

當晚戴隆布拉先生來了（這時熱內亞導遊把音量壓得和之前一樣低），我領他到老城堡的大房間（接待室）。主人熱情地接待他，還向他介紹。夫人起身致意，臉色驀地大變，她發出一聲哀鳴，之後便昏倒在大理石地板上。

我把頭轉向戴隆布拉先生，這才看見他穿著一身黑，表情有點沉默、神祕，是個黝黑、五官清晰的美男子，並且蓄著黑髮和灰鬍鬚。

主人扶起夫人，帶她到房間去，我也請女僕卡洛琳娜立刻跟過去。卡洛琳娜後來告訴我女主人差點沒嚇死，而且整晚都被她那個怪夢搞得心神不寧。

主人這邊則是心煩意亂——幾乎快發狂，而且極度焦慮不安。戴隆布拉先生是個溫文儒雅的紳士，言談間一再表達對女主人如此重病的慰問之意。非洲季風已經吹了好幾天（他從下榻的馬爾他十字飯店聽來的），他知道這往往有害健康。他希望這位美麗的女士能早日康復。他請求主人允許他先告退，等哪天有幸聽見女主人恢復健康的好消息，再登門拜訪。主人當然不願意，當晚就他們兩人共進晚餐。

戴隆布拉先生很早就離開了。隔天，他騎著馬來到大門口，坐在馬背上詢問女主人的狀況。那個星期他這樣來了兩、三次。

根據我自己的觀察、再加上美女卡洛琳娜告訴我的，我認爲主人已下定決心要治好夫人的幻想恐懼。他是個善良的大好人，通情達理且意志堅定。他說服女主人，若任由這種幻想滋長就算不發瘋也會導致憂鬱，並告訴她一切都取決於她自己，只要她能抗拒一次這莫名的軟弱，像個英國淑女接待任何客人一般，成功接待戴隆布拉先生，她就能永遠克服這個恐懼。爲了使這事有個結束，戴隆布拉先生再度來訪，夫人接待他時看不出任何異狀（儘管心裡百般壓抑和恐懼依舊），當晚很平靜地過去了。主人十分高興見到夫人的改變，而爲了確認夫人是否好轉，戴隆布拉先生成了我們的常客。他擅長作畫、寫作和音樂，有他在的地方任何陰森的城堡都會成爲熱門的社交場所。

好幾次我都發現女主人其實並沒有完全復原。她在戴隆布拉先生面前會低著頭、垂下眼，或是如果他的出現讓她有不祥的感覺，她便會用一種既驚恐又著迷的眼神看著他。當把目光從夫人身上移開、轉過頭去看他時，我也常常看到戴隆布拉先生站在花園的陰影中、或在半暗的大房間裡，注視著她；應該這麼說：「在一片黑暗中緊盯著她看」。說眞的，我一直記得美女卡洛琳娜對夢裡那張臉的形容。

戴隆布拉先生第二次來訪過後，我聽見主人說：「好啦，看吧，我親愛的克蕾菈，什麼事都沒有啊！戴隆布拉來了又走了，妳的恐懼現在可是像玻璃一樣碎。」

「他還會——他還會再來嗎？」夫人問道。

「再來？哎呀，當然啦，他會一直來！怎麼了？妳會冷嗎？」（女主人顫著抖。）

「不會，親愛的——可是——他嚇壞了我；你確定他有必要再來嗎？」

「那當然，克蕾菈！」主人興高采烈地回答。

主人非常希望她能立刻完全康復，而且一天比一天更好。她貌美如仙，他感覺幸福美滿。

「一切都很順利吧，巴提斯塔？」他再問我一次。

「是的，先生。感謝上帝，非常順利。」

我們所有人一起——一起（熱內亞導遊繼續說，並稍稍放大音量）離開城堡，前往羅馬參加嘉年華會。我整天都在外面，和我一個西西里島朋友，以及與一個英國家庭同來的導遊一道。晚上回到飯店時，我遇到了卡洛琳娜，從未獨自離開家門的她，心神不寧地在大道上奔跑。

「卡洛琳娜！發生什麼事了？」

「喔，巴提斯塔！喔，看在老天的份上！我的女主人到哪去了？」

「妳說夫人嗎？卡洛琳娜？」

「她一早就不見了——主人今天出門前吩咐我不要叫醒她。她太累了，因爲整個晚上都沒睡好（身體不舒服）；讓她躺在床上好好休息，到了晚上精神好一點就會起床。但是她不見了！她不見了！主人回來後，破門而入才發現她不見了。我美麗、善良、純潔的女主人啊！」

美麗小女僕就這麼哭了起來，語無倫次地喊叫、激動撕扯自己的衣服，連我都拉不著她，只能任憑她像中槍一樣昏倒在我懷裡。接著主人走了過來；他的樣子，不論表情或聲音，都不是我認識的主人了。他帶著我（我先把小女僕安頓在她房間的床上，讓飯店女侍來照顧她）搭馬車在黑暗中狂奔，越過荒涼的平原。天亮後我們在一處簡陋的驛站停下，發現十二小時前所有馬匹都被租走，分別送到不同地方，送到遠方。「看這邊！」駕著馬車經過的戴隆布拉先生大喊一聲，車上則有一名受到驚嚇的英國小姐蜷曲在角落裡。

在那之後，我沒聽說（熱內亞導遊說著，深吸了一大口氣）還有任何人曾見過她。我只知道她和那張在夢中見到的恐怖臉孔，一起被遺忘在傷風敗德的緘默裡。

「你們說那叫什麼？」德國導遊得意洋洋地說，「還鬼咧！剛剛的故事裡可沒有鬼。我再告訴你們一個故事，你們說說看那叫什麼？什麼鬼！這故事裡也沒有鬼啦！」

我曾經（德國導遊接著說故事）受僱於一位單身的英國老紳士，他準備到我的祖國各地去旅行。他是個商人，因爲和德國人做生意所以會講德語，小時候曾住過德國，我猜大概是六十多年前，後來便再也沒回去過。

他的名字是詹姆士，有個雙胞胎弟弟約翰，也是個王老五。他們倆兄弟感情很好，一起在「古德曼牧場」做生意，但沒住在一起。詹姆士先生住在倫敦牛津街再下去一點的波蘭街；約翰先生住在埃平森林。

詹姆士先生和我打算去德國一星期左右，確切出發日視生意談得如何而定。約翰先生來到波蘭街（當時我住在那兒），預定要和詹姆士先生同住一星期，但隔天他卻跟哥哥說：「詹姆士，我覺得很不舒服。應該沒什麼大礙，我想是痛風輕微發作。我會回家讓我的老管家來照顧我，他了解我的健康狀況。如果我好多了，我會在你們出發前來送行。如果我覺得身體無法復原到足以回訪，你何不在離開前來看我？」詹姆士先生當然說他會，他們還握手約定（他們總是雙手合握），然後約翰先生便搭著他的舊式馬車，一路搖晃回家。

事情發生在隔天晚上（是那個星期的第四天），詹姆士先生穿著法蘭絨睡袍，舉著點燃的蠟燭，到我的房裡叫醒熟睡的我。他坐在床邊看著我說：「威廉，我有理由認定自己得了某種怪病。」

這時我發覺他臉上有種異樣的表情。

「威廉，」他繼續說，「告訴你這件事我一點也不害怕、不覺丟臉，但我卻無法跟其他人說起。你來自一個通情達理的國家，對於神祕的事情總會仔細調查，對難解之事會審愼思考和判斷——或歸類爲無法思考和判斷——或者無論是哪種情況都能妥善處理，一直都是這樣，一向如此。我剛剛看見了，我弟弟的幽靈。」

我承認聽見這句話時，我感覺全身血液稍微沸騰起來。

「我剛剛看見了，」詹姆士先生重複一遍。他正視著我，我清楚看到他的鎭定。「我弟弟約翰的幽靈。我躺在床上翻來覆去很久，就是睡不著，這時它來到我的房間。它穿著白衣，誠懇地凝視著我，然後飄到房間另一頭，看了看寫字檯上的幾張文件；再轉過身來，經過床邊時仍舊誠懇地看著我，最後從門口出去了。現在的我一點都沒發瘋，我也一點都不想花時間精力去調查這幽靈。我想這是警告我病了；我想我最好去抽個血。」

我立刻下床，開始穿上衣服，要他不要驚慌，告訴他我會親自去請醫生來。我才剛準備出房門，就聽見前門傳來一陣隆隆敲門聲，並夾雜著鈴聲。我的房間是在後方的閣樓，詹姆士先生的房間在二樓前端。我們下樓走到他的房裡，推開窗戶，查看發生了什麼事。

「是詹姆士先生嗎？」樓下的男子退到街道另一邊，抬起頭問。

「我是，」詹姆士先生回答，「你是我弟弟的傭人吧，羅伯特。」

「是的，先生。我很遺憾地前來通知您，約翰先生病了。他病得很重，先生，甚至可以說他恐怕就要死了。他想見您一面，先生。我已經備妥了馬車，我懇求您來看他，懇求您儘快。」

詹姆士先生和我彼此互看。「威廉，」他說「這太詭異了。我希望你和我一起去！」我幫他穿好衣服，部分在他房裡、部分在馬車裡完成；波蘭街通往埃平森林的道路，在疾馳的馬蹄下寸草不生。

那麼，仔細聽（德國導遊說）。我和詹姆士先生進到他弟弟房裡，我親眼看到、親耳聽到底下這些事：

他弟弟躺在床上，在長型臥房的最深處。他的老管家在那兒，其他人也在場，大概有三或四個人吧，而且他們從中午過後就一直陪著他。他穿著白衣服，和那個幽靈一樣；這是當然的，因爲他穿的是睡袍。他看起來和那個幽靈一樣；這是當然的，因爲詹姆士先生進房後，他就一直注視著他。

但是，當哥哥走到床邊時，他緩緩起身，正視著他，說了這幾句話：

「詹姆士，你剛才見過我的，就在今天晚上——你知道的！」

然後他就死了！

我等著德國導遊講完這故事後，聽聽其他人對這詭異故事有何評論。然而卻始終沉默依舊。我環顧四周，發現五位導遊都離開了，沒發出一點聲響，彷彿被周遭鬼魅般的山影吸進了永恆的積雪裡。這時候我已完全沒心情獨自坐在這恐怖的景色中，任憑刺骨的寒風陰沉地吹在我身上——或是，說實話，我沒膽量自己一個人待在任何地方。所以我走回修道院旅客休息室，發現那位美國紳士還想繼續講述可敬的亞納尼亞．道奇的生平故事，我便把它全部聽完。

選自一八五二年《紀念品》（The Keepsake）

註1 Trieste，義大利東北部的小城。

註2 相傳在聖吉納羅（San Gennaro）殉道後移靈時發生的事蹟。在每年九月十九日聖吉納羅殉道日，義大利的拿坡里市都會舉行隆重的紀念彌撒，民眾聚集在教堂，靜待血塊變成血水。

註3 這裡的導遊，是指在旅途中負責打點一切的僕役，類似旅行管家的工作。

9 新娘房間裡的鬼

The Ghost in the Bride's Chamber

那幢房子是一幢名副其實的古雅房子，充滿著老式的雕刻、樑柱、壁板，以及一個相當老舊的樓梯間，和一個以古奇紅木隔絕起來的迴廊。它曾經是、現在是、多年後的未來亦會是一幢別具一格的房子。紅木牆壁裡深埋著一些晦暗的祕密，就像一潭潭深水一樣，在黃昏之後更添詭祕感。

當古爾橋先生與艾多先生一抵達門口，並踏進富麗堂皇的門廊時，接待他們的是六位安靜的老人，他們同樣都穿著黑色衣服，一同與有禮貌的主人及侍者滑步上樓梯。客人進到客廳之後，這些老人一個個走到樓梯間的左右兩側；此時，外頭晴朗的一天過去了。當裡頭的房門關上時，古爾橋先生說：「這些老人究竟是誰？」之後他裡裡外外地踱步，並沒發現任何老人的身影。

此後，再沒任何一位老人出現過。這兩位朋友一起在房子內過了一夜，一直沒再見到老人們的身影。古爾橋先生在房子裡漫步，看了看走廊、瞧了瞧門口的通道，也都遇不著老人。

另一個詭異的情景也吸引了他們的注意，那就是客廳的房門不被觸動的狀態頂多只能維持十五分鐘。門可能悄悄地或倏然地被打開，可能只留了一個小縫或完全地敞開，但通常又以無法解釋的狀況砰然關上。他們在看書時、寫作時、吃飯時、小酌時、談話時、甚至打瞌睡時，這扇門總是突如其來地打開，然後他們又望著那扇門再度被關上，但是一個人影也沒有。當這現象發生了約莫五十次後，古爾橋先生向他的同伴打趣地說：「湯姆，我想這六位老人一定事有蹊蹺。」

夜晚又再度降臨，他們已經寫作了兩三個小時，之後寫作工作暫時停下，桌上擺放著玻璃杯，房子門窗緊閉，一切顯得靜謐。湯馬士・艾多躺在沙發上，他的額頭四周環繞著輕柔芳香的薄煙。法蘭西斯・古爾橋則靠在他的椅子上，雙手緊扣托著自己的頭，雙腳交叉併攏著，他的太陽穴也同樣被縷縷的薄煙環繞著。

他們漫無邊際地聊著，當然沒忘記那些奇怪的老人們。古爾橋先生上緊手錶發條，他的錶已經走不太動了，最後終於在談話的同時停了下來。原本正在說話的湯馬士・艾多忽然不作聲，接著又問道：「幾點了？」

「一點。」古爾橋說。

好比訂購了一位老人一般，這筆訂單快速地被處理（當然，所有的訂單在這優質的旅店都受到很好的處理），那扇門打開了，一個老人站在那兒。

老人並沒走進來，他只是站在門邊。

「湯姆，六個老人的其中一個！」古爾橋驚訝地低語著。

「先生，您的指示？」老人說。

「我並沒有搖鈴。」古爾橋答道。

「鈴聲響了。」老人又說。

他說到鈴聲的時候口氣是強硬的，表示那是教堂的鈴聲。

「我相信我昨天見到你了。」古爾橋說。

「我可不能確定。」老人陰森地回答道。

「我想你見到我了，沒有嗎？」古爾橋試探著。

「見到你？」老人說，「喔，對，我見到你了，但我可以看得見很多看不到我的人。」

他是一個冰冷的、緩慢的、粗魯的、不動如山的老人；一個形容枯槁卻說話謹慎的老人；一個宛若眼皮固著於額前而無法眨眼的老人；也是一個有著火焰般雙眼，但卻像被螺絲固定在頭骨上、凸出在灰髮之外，眼睛轉都不能轉的老人。

對古爾橋先生來說，夜晚變得更寒冷了，他打了個寒顫。他輕聲且帶著歉意地說：「我認爲有人正走過我的墳墓。」

「沒有。」詭異的老人說，「並沒有人在那邊。」

古爾橋先生看著艾多，艾多正躺在裊裊的薄煙中。

「沒有人在那邊嗎？」古爾橋說。

「並沒有人在你的墳墓，我向你保證。」那位老人說。

老人走了進來，帶上了門然後坐下。他不像其他人一樣彎下腰坐下，而是像漂浮在水上般地沉下來，直到椅子接住了他。

「我的朋友，艾多先生。」古爾橋說，焦慮地想讓他的朋友加入討論。

「我……」老人眼睛瞧也不瞧地說，「來替艾多先生回答。」

「如果你曾是這地方的老住戶，」法蘭西斯・古爾橋接著說。「我是。」

「也許你可以釐清我和我朋友今天早上的疑問。他們在城堡吊死了死囚，我說得沒錯吧？」

「我認爲是如此沒錯。」老人說。

「當時他們的臉是面向壯麗景色嗎？」

「將你的臉轉向。」老者回答道。「向著城堡的牆壁，當你被綁住之後，你會看到石頭猛烈地膨脹與收縮，你的頭與胸膛也發同樣地起伏著。接著出現了一場大火及天搖地動，城堡飛快地移動到空中，然後你從斷崖邊掉了下來。」

老人的領巾似乎煩惱著他。他把手放在喉頭上，把脖子轉呀轉的。他是一個有著腫脹臉龐的老人，他的鼻子拴在臉頰的一側，像是有根小釘子固定在鼻孔裡一般。古爾橋先生感到極不舒服，他覺得這個夜晚更熱了，一點也不冷。

「先生，這景象好強烈啊。」他說。

「這是一種強烈的感覺。」那老人回答道。

再一次，古爾橋先生望向湯馬士・艾多先生，但湯馬士倚靠著沙背，臉專注地朝向老人，沒有任何表情。這時候，古爾橋先生相信自己看見一道火焰，從老人的眼睛穿入自己的眼裡。古爾橋先生記下了當時的景象，就在那個時刻，他認眞感到有股力量驅使他盯著老人那雙著火的雙眼。

「我必須告訴你這件事。」老人帶著恐怖又冷酷的眼神說。
「什麼事?」法蘭西斯・古爾橋問。
「你知道它在哪裡發生的嗎?就在那兒!」
他究竟是指向房間的上方或下方、房子裡的任何一個房間,抑或是古城裡任何一幢房子的房間,古爾橋先生皆不能確定。老人的右手食指似乎可朝著任何方向,在空氣中射出一道火光;對此他感到疑惑。老人的手一指,火光又噴出了。
「你知道她是個新娘嗎?」老人說。
「我知道,而且他們還製作了結婚蛋糕。」古爾橋先生結巴地說,「這裡的空氣太沉重了。」
「她是個新娘。」老人說,「她是一位美麗的、有著淡黃色頭髮及大眼睛的女孩,不帶有一絲個性與心機,是個孱弱、容易受騙、沒有能力又無助的女孩,一點也不像她的母親,對!反而像她的父親。」
「她母親小心翼翼保護著生活中所擁有的一切,當女孩的父親死了(他因無助而死,沒有其他原因),『他』和她母親又重新開始交往。過去的他曾被一個淡黃色頭髮、大眼睛、無足輕重卻有錢的女人擱在一旁。」
「這回他重新回到那位女性的身旁,再度和她親熱,和她一起跳舞,服侍著她,臣服於她。她每次脾氣一來就朝他發洩,他概括承受,當他承受得越多,就越想得到金錢補償,並下定決心要得到一切。」

「但是，在他得手之前，她卻先死去了。在一種傲慢的姿態下，她的身體詭異地結凍了，從此不再融化。有天晚上，她將手擱在頭上，叫了一聲，以僵硬的姿勢躺了幾個小時，然後死去。這一次，他還是沒從她那兒獲得任何金錢補償，一分一毫都沒有！」

在這第二次的追求之後，他變得憎恨她，甚至渴望報復她。他開始僞造她的簽名，簽署所有文件，她所遺留下來的財產給了理所當然的繼承人，也就是她那十歲大的女兒，他就指派自己當她女兒的監護人。他把文件悄悄塞入她床上的枕頭底下，彎下腰朝著冰冷耳朵輕聲地說：「驕傲的女主人，長久以來我已經決定，不管妳是死是活，妳都要用金錢來補償我。」

「所以，現在只有兩個人留了下來，這兩個人就是他和那個美麗、淡黃色頭髮、大眼睛的駑鈍女孩，她在之後更成了新娘。」

他把她送進了學校，那是個神祕的、黑暗的、沉重的、古老的房子，伴著她的是一位處處防人又不擇手段的女士。「這位高貴的女士，」他說，「塑造她的靈魂吧，妳可以幫我嗎？」這位女士接受了他的委託，因爲她也想獲得金錢報償，最後的確得到了。

女孩成長在恐懼之下，她覺得終其一生都無法逃離他的魔掌。她從小就被教導要視他爲自己未來的丈夫，他們會結婚，這由上天安排，是永不能逃避的宿命。我們的腦海浮現景象！這個可憐的傻女孩就像手裡淡淡的白蠟般，隨著時間而凝固，白蠟的意象成了女孩的一部分，而且密不可分，直到他把她的生活撕裂爲止。

她住在這黑暗的房子及陰鬱的後院已有十一年了。他妒忌她身旁圍繞的那種氣氛，他塡塞了煙囪、遮蔽了窗戶，讓堅韌的藤蔓爬滿屋前、讓苔蘚長滿紅牆花園的果樹、讓野草佈滿黃黃綠綠的走道。他用悲傷與淒涼的景象包圍著她。當她的內心極度沮喪且充滿恐懼之後，他會從暗中監視她的隱密處突然跑出來，表現得好像自己是她唯一的依靠。

因此，從她的童年開始，他掌握了壓迫她或舒緩她生活一切的支配能力，確保了凌駕在她軟弱個性上的強勢地位。此時女孩已經二十一歲又二十一天大，他帶著這個笨笨的、驚恐的、溫馴的新婚的三週女孩回到那個陰鬱的家。

後來，他放棄了想要控制她的欲望。在一個下雨的晚上，他們回來了，回到她所成長的地方。

她站在門檻旁，身體轉向他，雨滴從陽台上滴滴答答落下，女孩說：「先生，這是我死亡倒數的滴答聲。」

「嗯！」他回答。

「先生，」她又轉向他，「親切地看著我，對我仁慈一點。我乞求您的寬恕，如果您原諒我的話，我將爲您做任何事！」

這句話變成了可憐傻女孩最常哼的歌：「我乞求您的寬恕，請您原諒我。」

她甚至不配受到憎恨，他只是不斷地鄙視她。女孩持續哼著同樣的歌曲，如此一來，他感到非常厭倦，似乎整件事情就快結束了，只差臨門一腳。

「妳這個白癡，」他說，「快上樓去！」

她很快地聽話上樓，並且一邊喃喃自語：「我將爲您做任何事！」他踏進了新娘房，自己卻被笨重又門緊的門阻擋了一下（平常他們自己在家時，他只允許訪客白天進來），他發現女孩畏縮在最遠的角落，貼著牆壁，似乎快被吸了進去。她淡黃色的頭髮胡亂地散在臉上，以恐懼的眼神盯著他。

「妳到底在害怕什麼？過來坐在我旁邊。」

「我將爲您做任何事，我乞求您的原諒。先生，原諒我吧！」她依舊傳來單調的聲音。

「艾倫，這是一份妳明天要親自完成的文件，儘管被別人瞧見，也要把它做完。當妳寫完並改正了所有錯誤以後，請把房子外頭的兩個人叫進來，並在他們面前簽名。接著，請把文件放在懷裡好好保存，當我明天晚上再度坐在這裡時，妳必須把它交給我。」

「我一定會小心翼翼地完成，我樂意爲您做任何事。」

「那麼，請不要顫抖。」

「我會盡量試著不要發抖，只要您原諒我！」

隔天，她坐在桌旁，依照囑咐完成工作。他經常來回進出房間監視她，看著她緩慢又吃力地書寫，並複誦自己抄下的文字，完全不加思索其內容，樣子看起來像個機器人似的，這就是她完成工作的方式。她遵守之前收到的每個指示。當夜晚再度來臨時，他們又在那新娘房裡獨處，他將椅子拖到壁爐旁邊，女孩膽小地從遠處座位走向他，將懷裡的文件拿出來，交到他手上。

這份文件確保了在她死後，他將獲得所有財產，他將女孩拉到自己的正前方，兩個人面對面，這樣他才能從容地看著她。接著，他清楚簡潔地問女孩，是否知道這件事。

先前收在她懷裡的文件，使她的白色洋裝沾到了墨水污點，點著頭的她臉色看起來更蒼白、眼睛睜得更大了。她緊張地站在他的面前，沾到墨水污點的手則緊捏著白色裙子。

他扶起女孩的手臂，然後看著她，從容優雅地逼近她的臉，說道：「現在，去死吧！我已經受夠妳了。」

她畏縮了一下，並發出低沉又壓抑的叫聲。

「我不會馬上殺死妳，我是不會危及自己性命來換妳的命的。去死吧！」

日復一日、夜復一夜，在那陰鬱的新娘房裡，他坐在女孩的前方，不發一語地望著她。他僵直地坐在椅子上，手臂交叉著、眉頭皺著，手裡捧著她的臉，望著她那雙大而無神的眼睛，看見眼裡寫著「死吧！」當她因疲憊而睡著時，也會突然被「死吧！」的叫聲給全身發抖地嚇醒。當她又再度乞求原諒時，得到的回答卻是「去死吧！」當經過漫漫長夜，初升的太陽照亮陰暗的房間時，她會聽見「今天還活著？」類似的句子。

在一個颳風的清晨，太陽升起之前，一切都結束了。他推算當時的時間是四點半，因爲手錶壞了，所以他並不能確定。夜裡，女孩試著從他的手中掙脫並突然大叫一聲，這是她第一次如此盡情地宣洩情緒，使得他必須用手摀住她的嘴。從那個時候開始，她就安靜地躲在牆壁角落，筋疲力盡地倒下，他則離她而去，走回原來的椅子上，一樣是手臂交叉著、眉頭皺著。

蒼白的光線愈加陰白，沉悶的拂曉時分顯現出前所未見的黯淡，他看見女孩拖著身軀、沿著地板走向他，看起來像個臉色蒼白、眼神飄散的女人，以優柔又彎曲的手推著自己前進。

「原諒我吧！任何事情我都願意做，先生，請告訴我我會活下來！」

「去死吧！」

「你如此狠心嗎？沒有挽回的希望嗎？」

「去死吧！」

女孩睜大眼睛透露出驚嚇與恐懼的神情，接著情緒轉爲咒罵，最後是面無表情，一切都結束了，他一開始還不能確定是否一切都結束了。他低頭看著女孩，此時早晨的陽光看起來好像灑了很多珠寶在她頭髮上，他看見鑽石、綠寶石及紅寶石，一點一點地在她髮間閃爍，然後他將女孩抱至床上。

她迅速地倒下，現在一切都結束了，他得到了優渥的補償。

他想去旅行，但是並沒有大肆揮霍一筆的欲望，畢竟他是個小氣的人，深愛著金錢，況且他已經對這幢淒涼的房子感到厭倦了，想把頭狠心一轉，跟它做個了斷。然而，這幢房子價値不菲，這些錢可不能白白插翅。他決定在走之前將它賣掉，並將房子整修得有生氣一點，以求得好價錢。他雇用了一些工人將雜草叢生的花園整理一下，包括鋸斷枯木，修剪爬滿窗戶及山牆的藤蔓，以及清除走道上半個人高的雜草。

他和他們一起工作，甚至做得比他們還晚。有一天傍晚時，只剩下他獨自一人手裡拿著鐮刀工作著，這是一個秋天的晚上，此時新娘已經死了五個禮拜了。

「天色漸暗，工作該停止了。」他告訴自己，「今天晚上到此爲止吧。」

他憎恨這幢房子，一點也不願意進到裡頭。黑暗的門廊像座墓碑般等著他，這是一幢被詛咒的房子。門廊的旁邊、他所站的位置附近，新娘房老式窗戶前的樹枝搖晃著，一切事物曾在這裡發生過。雖然這是個無風的夜晚，但是突然間，他看見樹枝掃了過來，嚇了一跳，接著樹枝又甩了回去，他抬頭往上看，見到一個人影站在樹枝之間。

那是一個年輕男子的身影，他抬頭望向他的時候，男子正往下瞧，此時樹枝猛烈搖晃著。這時，人影快速地滑下來，掉落到他的前方，他是個和女孩年紀相仿，留著淡棕色長髮、身形修長的少年。

「你是哪兒來的小偷？」他說，一手抓住男孩的衣領。

男孩晃搖著身子以脫身，接著出手向他的臉及喉嚨揮了幾拳。他們兩個越來越靠近，但是男孩突然避開他，退後幾步，帶著絕望與驚悚的口吻大聲嚷道：「不要碰我，你比惡魔更可惡！」

他靜靜地站著，手裡拿著鐮刀，眼睛看著男孩。男孩的表情就跟女孩走到生命盡頭的最後一面一樣，他完全沒想到會再次見到這表情。

「我才不是小偷，即便我是，我也不會偷你一毛錢，就算你的財富可以買下好幾座島嶼，我也不想要。你這個兇手！」

「什麼！」

「我爬上它。」男孩說，手指指向一棵樹，「大約是在四年前，我第一次爬上樹去看她，我看見她了，跟她說話。之後我又爬上去很多次，去看看她、傾聽她。我是一個隱藏在樹葉裡的人，她從窗口遞給我這個東西！」

他拿出一束淡黃色的頭髮，用表示哀悼的絲帶綁著。

「她的一生，」男孩說，「是悲哀的一生。她給了我這束頭髮來代表一切。除了你以外，對其他人來說她早就像個死人。如果我年紀大一點，早一點遇到她，我大可從你手中挽救她的性命。我第一次爬上去時她被困在網子裡，什麼都不吃，我只能試圖破壞網子。」

男孩說這些話的同時，突然哀叫了一聲，一開始很微弱，接著越來越激烈。

「兇手！在你帶她回來的那天晚上我爬上了樹，我在樹上聽見她在窗邊數著死亡的滴答聲。有那麼三次，當你讓她閉嘴慢慢地殺死她時，我都躲在樹裡。我從樹上看見她躺在床上死去，我也從樹上看著你，尋找你罪行的蛛絲馬跡。你殺死她的方式對我來說仍是個謎，但我將追蹤你直到你把性命交給劊子手為止。在此之前，你都無法擺脫我，我愛她。我絕不原諒你，兇手！我愛她！」

男孩子露出了頭髮，他的帽子在爬下樹時飛走了。他往柵門移動，卻必須通過他才能到達。這是段相隔了兩輛馬車的距離，男孩閃過那個他憎恨的人，那個從頭到腳都令人厭惡、難以忍受的人。他只是動也不動、靜靜地站著，並且環顧四周，目光跟著男孩移動。當男孩把頭轉向他時，他看見一道紅光從自己的雙手延伸出去。他清楚知道，手中的鐮刀早已先於他的意識飛了過去，事情在他做之前就發生了。刀子把男孩的頭剖成兩半，倒在他面前。

趁著夜晚他將男孩埋在樹腳下，等到天色一亮，他就努力翻動著樹旁的泥土，並將周遭的矮灌木叢整砍劈理了一番；當工人來的時候，完全沒人起疑。

曾有那麼一小段時間，他卸下了心防，覺得自己長期辛苦策劃與努力所獲得的勝利，都給摧毀掉了。他擺脫了那位新娘，保住了自己的性命，獲得她所有的財產，但現在，男孩的死卻讓他什麼也拿不到，這感覺就像有條繩子勒住自己脖子一樣難受。

除此之外，他被拘禁在這間陰鬱又恐怖的房子，就快受不了了。他害怕搬離或賣掉這房子之後，事情會曝光，他只好住在裡面。他僱用了一對老夫妻當他的僕人，並提心吊膽地住在裡頭。很長一段時間，他最棘手的地方是花園，他心想，到底是要整理一番，還是置之不理？讓它恢復成原來的樣子？怎麼做才能使它不受人注意呢？

他開始在晚上的閒暇時間，上起中級的園藝課，並要僕人一起幫他整理花園，但卻從不讓他們獨自在花園工作。他樹旁替自己在造了一個涼亭，坐在那兒他可以隨時注意周遭的狀況。

隨著季節的交替，樹的樣貌也跟著變化，他感受到的驚懼危險也隨之改變。在枝葉繁茂的時節，他察覺高處樹枝生長的樣子就像那個男孩，形狀一模一樣，彷彿看見男孩坐在交叉的樹枝上，在風中搖曳。在葉子紛紛掉落的時節，他察覺這些樹葉飄落在地，在路上排成說故事的文字模樣，或者在墓地上聚集成堆。在冬天，當樹枝沒了葉子的時候，他發現粗大的樹枝朝他倒下，活像男孩的鬼魂朝他揮了一拳，公然地威脅他。在春天，當樹幹的汁液滲爬而上時，他問自己，地底乾涸的血液也跟著被吸上來了嗎？他時常懷疑，在今年的微風吹拂下，男孩形狀的樹枝是否顯現得比去年更加清楚？

他把財產週轉再週轉，投資再投資。他在黑市、金市進行交易，也在最祕密的市場獲取了可觀的利益。十年之間，好幾次的投資已使他的財富增加了十一倍（和他做生意的商人及貨主都信誓旦旦地如此描述）。彷彿從百年前開始，他就對他的財富如此瘋狂著迷。而他也對男孩默默進行了調查，最後終於知道他是誰，不過後來這件事無疾而終，男孩最後也被他遺忘了。

自從男孩在那天晚上被埋在樹下以來，樹木每年一輪的變化已經過了十次了，現在正下著大雷雨。雨從半夜就開始下，狂掃陸地直到早上，一大早他從僕人口中聽到的第一個消息是，那棵樹被閃電擊中了。

令人驚訝的是，閃電直劈樹幹，將樹幹剖成了枯萎的兩半，一半倒在房子上，一半倒在老式花園的紅牆上，壓下的位置造成了一個大缺口，樹幹的裂口一直延伸到土壤上高一點兒的位置，就在那兒停了下來。大家非常好奇地前去察看那棵樹，這使得他的恐懼又再度被喚醒了他坐在涼亭裡，變得像個老人，盯著前來察看的每一個人。

很快地，來看的人越來越多，人數多到使他倍覺危險，於是他把花園的大門封了，不讓任何人進來。但有些科學家從遠方來察看這棵樹，在某個該死的時刻，他居然大意地讓他們進來了。

他們想挖掘樹根旁的廢墟，並仔細檢查廢墟及周遭的土地。不可以！在他死前都不行！這群科學家竟然還雙手奉上錢財！他早該把這群人給打發了，他的手指向花園的大門，決定把他們鎖在門外並封死大門。

但科學家決心完成想做的事，他們賄賂了那位老僕人；這個忘恩負義又卑鄙的人，總在領了薪水之後抱怨錢太少。科學家們在晚上潛入花園，帶著燈籠、十字鎬、鏟子往樹的方向衝去。他躺在房子另一邊的塔樓裡（新娘房在那之後就沒人住了），很快地，他夢見了十字鎬與鏟子，二話不說馬上爬起來。

他跑到房子離樹最近的一扇窗戶上方，從那裡可以看見科學家們、他們的燈籠，以及旁邊的土堆。屍體被發現了，他們用微弱的光照向它，並全部彎下腰察看。其中一位說：「頭骨已經破裂了。」另一個說：「看一下這邊的骨頭。」又有人說：「看一下這邊的衣服。」然後第一個科學家插著話：「找到一把生鏽的鐮刀。」

隔天，他發現自己已受到嚴密監控，去到哪裡都會被跟蹤。不到一星期，他被帶走並被關了起來。局勢對他越來越不利，極大的仇恨與駭人的伎倆緊逼著他，看看這些執法的人是怎麼對他的！他被指控，在新娘房間毒殺了那個女孩，大家控訴他是個小心翼翼不讓自己遭到波及的人，怪罪他就是那個眼睜睜看著新娘因無法自衛而死去的人。

對於他要就哪一件謀殺案先受審判還有疑議，幾經調查之後，他被定罪、被判了死刑。這些噬血的混蛋！他們編織了全部的罪名，試圖奪取他的性命。

他的所有財富都救不了他，最後就這麼被吊死了。說這個故事的我，就是傳聞中的他，我在一百年前被吊死在蘭卡斯特城堡，死時臉朝向牆壁。

當古爾橋先生聽到最後這句駭人的話時，他有股想站起來大叫的欲望。但是老人眼中噴出的兩道熊熊火焰使他站不起來，也叫不出任何聲音。不過，他的聽覺仍相當敏銳，古爾橋先生聽到鐘聲敲了兩響，一聽見這聲音，他就看見兩個老人站在他的面前。

兩個。

他們的雙眼和他眼睛的火光相連，兩雙眼睛如出一轍，兩個人講話的頻率相同，兩個人都同樣咬著牙齒，都有相同的額頭及相同歪扭的鼻子，甚至連臉上的各種表情都相同。這兩位老人就像同個模子印出來似的，沒有孰優孰劣的問題，後來出現的老人並。不比最初的那位模糊，看起來同樣眞實。

「你在什麼時候？」兩位老人同時說話，「來到樓下的大門。」

「約莫六點。」

「那時候有六個老人站在樓梯那兒！」

古爾橋先生試著擦一擦眉毛上的汗水，兩位老人繼續以齊聲說道：

「我被解剖了，但我的骨頭還沒被拼湊起來掛在鐵鉤上。這時候開始有流言說新娘的房間有鬼魂出沒，是眞的有鬼魂出沒，因爲我就在那兒。」

我們都在那兒，女孩跟我都在房間裡。我坐在壁爐旁的椅子上，她則依舊是蒼白瘦弱的鬼魂，在地板上拖著身子走向我。但我已不再是發號施令的人，是她從半夜到破曉一直對我說著：

「活吧！」

男孩還是一樣躲在窗外的樹上，他在月光下來來去去，樹木彎下又彈了回去。他從那個時候開始，就一直看著我的痛苦，有時候化身蒼白的光線和灰黑的影子顯現在我面前。他來回出沒，頭上從來不戴帽，一把鐮刀直挺挺地插在他髮間。

在新娘房裡，每天晚上從半夜到破曉，男孩都躲在樹裡頭，而她則爬著地板走向我，一直不停地前進卻並未眞的靠近，而是一直透著月光出現在我面前。不管是否看得見月亮，鬼新娘仍舊一直說著話，從半夜到破曉，她唯一的一句話就是：「活吧！」

不過，就在這個月過了三十天之後，我遠離了這樣的生活，新娘房變得空盪且安靜。平常這破舊的土牢可不是這樣，讓我不安又害怕的房間絕不可能如此寧靜，已經十年了，但依舊常常有鬼魂出沒。凌晨一點鐘聲響時，我就是你們那時看到的那個老人。凌晨兩點，我變成兩個老人。三點我就變成三個。中午十二點，我就是十二個老人。每一小時就多一個老人，而我的痛苦與煎熬就會多達十二倍之多。從那時起直到半夜十二點，我是處於極度痛苦與不安的十二位老人，憂懼等待地劊子手的到來。在十二點那一刻，這十二位老人就會同時消失不見，出現在蘭卡斯特城堡外，每張臉都朝向城牆！

當新娘房第一次有鬼魂出沒時，我就知道這個懲罰永遠不會停止，除非我把這故事告訴兩個活人。一年又一年過去了，我一直在等待兩個活人同時來到新娘房。我後來得知（我不清楚是怎麼知道的），如果有兩個活人睜著眼睛，在凌晨一點時出現在新娘房，他們就會看見我坐在椅子上。

終於，這幢房子不斷有靈魂出沒的傳言爲我帶來了兩個冒險的人。半夜時，我聽見他們爬樓梯的聲音，我沒生起壁爐的火（我像道突然迸出的閃電，快速到達那裡），接著我看見他們走進屋裡來。其中一個是勇敢、快樂、活潑的先生，正值壯年，約末四、五十歲，另一個大概年輕個十幾歲，他們帶著一籃的食物和幾瓶酒而來。有位年輕女士陪伴他們，帶來木柴與煤炭以便生火提供照明。當那位勇敢、快樂、活潑的先生點亮陰暗的房間後，他陪著那位年輕女士走到屋外的長廊，看著她安全地走下樓，然後微笑地走回來。

他鎖上門，在房間裡四處看看，將籃子裡的東西一一拿出來放在壁爐前的桌上，並將杯子倒滿酒，開始吃喝起來。他的同伴也這樣做，雖然他才是帶頭老大，但他的年輕同伴顯然和他一樣快樂有自信。他們喝了一口酒，將手槍放在桌上，並轉向火光，然後開始抽起外國菸。

他們一起旅行，時常玩在一起，有很多共同點。談笑之間，較年輕的那位先生說對方就是喜歡冒一兩個險找刺激。

他以這些話回應：「並不是這樣的，偵探，如果說我什麼都不怕，其實我害怕的是自己。」

年輕同伴看起來變得有點笨，反問他這話怎麼說？

「當然，」他回答，「這裡有鬼魂的傳言是假的。嗯，我無法回答你，如果我是自己一個人待在這裡，我的想像力會變得多豐富，或者說，我會不會開始疑神疑鬼。但是，和另一個同伴一起來，特別是和你這個偵探一起，就是以讓我駁斥鬼魂的無稽之談了。」

「對於今晚扮演的角色，我並不敢當。」年輕同伴說。

「你的角色非常重要。」他以一種更嚴肅的口吻回答，「就像我之前說的理由一樣，我絕對無法獨自一人渡過今晚。」

再過幾分鐘就要一點了，那位較年輕的先生說完最後一句話，頭就垂了下來，現在垂得更低了。

「醒醒啊，偵探！」他高奮興地說，「時間的數字越小，可是會越糟糕啊！」

年輕的先生試著清醒，但頭又再度垂了下去。

「偵探，」他催促著，「醒醒啊！」

「我快不行了，」年輕的先生低聲含糊地說，「有股不知名的奇怪力量在影響我，我快不行了。」

他看著這名年輕夥伴，心中突然相當害怕，而我則透過不同的方式感到了一股新的恐懼感。我感覺到凝視我的人逐漸屈服於我，有道咒語魔力施加在我身上，要我儘快讓那個較年輕的先生睡著。

「快起來！起來走一走，偵探，」他說，「試試看。」

他走到搖椅後面試圖搖醒同伴，但仍徒勞無功。當一點鐘的鐘聲響起，我出現在他的面前，只見他呆滯地站在我面前。

我不得不對他說起我的故事，但卻要抱持得不到好處的失望；我是個嚇人的鬼魂，正在進行沒有用的懺悔。我料想事情將會和以前一樣，即使來了兩個活人也永遠無法解救我。當我出現時，其中一個人的知覺就會被困在睡眠之中，他看不見、也聽不到我，我的話將只能對著其中一人說，永遠不能改變什麼，唉！真可悲！

當兩位老人同時以這些話折磨著他的時候，古爾橋先生突然想到他身陷危險處，一個人單獨和鬼魂相處，而原來艾多先生不能動的原因，是他在一點鐘的時候被迷昏了。突然意識到這個事實，讓古爾橋先生內心產生了難以形容的恐懼，他猛力掙扎，想要掙脫這四條燃燒的火繩。他用力扯斷它們，拉出一個大空隙，掙脫之後，他抓住沙發上的艾多先生和他一起往樓下衝。

選自一八五七年《家常話》週刊〈兩個閒蕩徒弟的旅行〉（The Lazy Tour of Two Idle Apprentices）

10 鬼屋

The Haunted House

第一節　滿屋人禍

「沒有任何鬧鬼現象受到證實，周圍環境也不像傳統鬼屋那般陰森可怖」是我對這棟宅邸的第一印象（今年將在此渡過聖誕假期）。我看到這棟房子的時候是在白天，只見晴朗的陽光直射在房子上，沒有颳風下雨，沒有打雷閃電，也沒有任何恐怖或不尋常的事件加深它的詭譎氛圍。還有，我是從火車站直接走過來的，這裡距離火車站不到一哩遠；而且當我站在房子外面，回頭望著來時路，還可看見貨物列車吐著白煙，緩緩駛在山谷間呢！我不會說，這棟房子和周圍的一切看來很平凡無奇，因爲我總懷疑這世上哪有什麼事是徹底平凡無奇的？（但倒是有徹底平凡無奇的人，可是我知道這就和我個人的自負有關了。）總之，我敢坦言，在任何一個晴朗的秋天早晨，任何人對這棟房子的觀感會和我一樣。

這就是我對這棟房子的見解。

我從北方出發準備前往倫敦，打算在中途稍停，考察一下這棟房子。因爲健康狀況關係，我必須到鄉下暫住一段時間；一個知道這件事的朋友，有次剛好駕車經過這棟房子，他寫了封信建議我說這裡是個適合休養的地方。於是我在半夜搭上火車，睡了一陣子後醒來，在座位上看著窗外夜空中明亮的北極光好一會兒，然後又睡著了，再醒來時已是早上，在這種沒睡飽的情況下，通常我會很不滿足地認定自己完全沒有睡著。問題來了，在這種半睡半醒的狀態下，我做的第一件蠢事竟然是和坐在我對面的男子聊天；這實在令人羞於承認。這名男子整晚都沒睡（就像每個坐在對面的男子會做的事），他已經到過太多地方旅行了，而且每段旅程都很長。除了這不合常理的整晚清醒（這也是你唯一能預期他會做的事），他手上還有枝筆和一本小筆記本，一副隨時都在傾聽並抄寫的模樣。在我看來，他寫筆記的動作之所以越來越劇烈，應該與車廂的顚簸晃動有關。要不是他聽我說話時總是呆然，雙眼越過我直盯著正前方看，我可能會誤以為他是從事某工程行業的專業人員，而放心地把自己的想法全說出來，讓他一字不漏地抄寫上去。他是個表情困惑、戴著眼罩的紳士，但之後他的行爲變得讓人無法忍受。

那是個寒冷、死氣沉沉的清晨（太陽還沒出來），當時我正看著窗外伯明罕市的冶鐵爐不斷竄起裊裊白煙。濃煙在瞬間形成一塊厚實的簾幕，將我和天邊殘星及漆黑黎明阻隔開來，之後我把頭轉向對面的旅伴：「不好意思，先生，我身上是不是有什麼奇怪的地方？」因爲，他看起來的確像在仔細抄寫我的旅行帽或頭髮的細節。這是種失禮的行爲。

戴著眼罩的紳士慢慢收回落在我身後的視線，彷彿車廂的後頭有一百哩遠，然後他帶著一種似在憐憫我這小人物的高傲表情說著話：「你身上，先生？——B。」

「你是說B嗎？先生？」我重複他的話，全身都熱了起來。

「我不會對你做什麼，先生，」紳士說，「請讓我好好傾聽——O。」

他停頓一下後，清晰地發出這個母音，然後把它抄寫下來。

一開始我有點擔心，因爲在列車上遇到瘋子但卻無法與列車長聯絡，是很嚴重的事。不過想到這位紳士可能是所謂的「說唱詩人」時，我才稍微感到安心了些；這是一個我願致上最高崇敬，但絕不可能相信的職業。當我正打算問他是否眞如我想是個說唱詩人，他卻搶先一步開口。

「如果因爲我的體質比一般人敏感許多，」紳士語帶輕蔑地說，「以至於使自己變得激動起來，還請你多見諒。我整個晚上都在和靈界打交道，這可是和我眼下正在經歷的人生一樣眞實。」

「哦！」我有點不耐煩地說。

「今晚上的靈界會議，」紳士翻了翻手上的筆記本，「是從這個訊息宣告開始的：『不良的溝通，會招致惡劣的對待』。」

「聽起來很合理，」我說，「不過，這是全新的理論嗎？」

「這是來自靈界的新訊息，」紳士回答。

我只能用聽起來更嘲諷不耐的「哦！」來接話，然後問他我有否榮幸一聞最新的訊息。

「一鳥在手，」紳士一臉嚴肅地讀著筆記本的最後一行，「勝過兩鳥『在拿』。」

「眞的，我也是這麼認爲，」我說，「不過，好像應該是『在林』吧？」

「我接收到的訊息是『在拿』，」紳士答道。

然後，這位戴眼罩的紳士告訴我，這是蘇格拉底的靈魂在今晚的靈交中帶來的特別揭示。

「我的朋友，希望你一切安好。有兩位靈界的朋友也在這節車廂裡，你們好嗎？這裡有一萬七千四百七十九個靈魂，但是你看不到祂們。畢達哥拉斯（註1）也在這裡。他不方便說，不過他希望你喜歡旅行。」伽利略（註2）也出現了，帶來這段科學信息：「很高興看到你，我的朋友，你好嗎？溫度夠冷的時候，水會結冰的。再見！」在今晚的靈界會議中，還來了其他這些傑出人物：巴特勒主教（註3）堅持要把他的名字唸作「巴伯勒」，只有當他發脾氣時，才會故意這麼拼錯字且不顧禮貌。約翰．米爾頓（註4）則否認《失樂園》是他寫的（似有故作神祕之嫌），還引介了這部偉大史詩的共同作者，分別是兩位默默無聞的的紳士克倫葛斯和史卡金格通。還有亞瑟王子，約翰王的姪子（註5），說他在第七個圓圈裡待得很舒服，而且在群默太太和蘇格蘭的瑪麗女王（註6）指導下，正學習如何在絲絨布上作畫。

如果這位似各種鬼魂揭示眷顧我的紳士這麼喜歡聽鬼話，相信我若對他坦承，當看見旭日升起便想到廣大宇宙偉大規律的我，實在對這些揭示感到不耐煩，他肯定會原諒我。簡單來說，就是我實在聽不進他的連篇鬼話，所以非常高興下一站我就可以下車，拿窗外的烏雲和煙霧交換天堂的自由空氣。

離開車站時已經是個美麗的早晨了。我走在滿是金黃和赤褐色落葉的林道間，環顧四周，感嘆造物者的神奇；想到宇宙間持續不變的和諧律法，那位紳士所謂的靈界會議，在我看來不過是一篇常見的蹩腳旅行日誌罷了。懷著此番異教徒的心情向前走，我終於看見了這棟房子，於是停下腳步仔細觀察它。

它是棟獨立的房子，座落在佔地整整兩公頃、不幸被荒棄的花園裡。它建造於喬治二世時期（註7），和整個喬治王朝統治期間對皇室最忠實的崇拜者一樣，外觀生硬、冰冷、拘謹且品味低劣。房子杳無人跡，但看得出來近一、兩年為了讓人入住，曾經便宜地維修過。我說便宜，是因為整修只做了表面工夫，油漆和灰泥都已經剝落，但顏色仍舊鮮明。一塊垂懸的木板斜倚在花園圍牆上，像宣告著「家具裝潢俱全，願以合理價格出售」因為離樹林太近，樹蔭濃密得幾乎籠罩住整棟房子，正門成排窗前那六株高大的白楊樹尤其加深了房子的陰鬱氣氛（選擇在這種地方生長的它們，似乎不太明智）。

任誰都能輕易看出，沒人想接近這棟房子，全村都在迴避它（我因而看得見半哩外的教堂尖頂），也不會有人想買下它。在這種情況下，這棟房子是鬼屋的傳聞不脛而走。

在一天二十四個小時中（包括白天與黑夜），對我而言，清晨是最嚴肅的一段時間。在夏天，我一向起得很早，吃早餐前先整理好房間，準備迎接一天的工作，但周遭的寂靜和孤獨感總是強烈地影響著我。此外，處在一群沉睡的熟悉面孔中也給我一種可怕的感覺（儘管我知道我們是彼此最親愛的人，但他們此刻完全沒意識到我的存在，毫無知覺，更不知道我接下來要做些什麼神祕的動），靜止的活力、昨日的斷續記憶、沒有人的座位、闔上的書本、半途而廢的工作，都象徵著死亡。此時的安靜就是死亡的寧靜，空氣的顏色和死亡的寒意給人相同的聯想。即便是普通不過的家庭用品，在脫離夜的陰影、剛進入早晨後那宛如新生的模樣，還有那飽經滄桑的成熟或蒼老臉龐所映出的平靜中，在死亡以及那正老去的年輕外表中，我也能感受到一樣的氣氛。

有一次，我在清晨看見了父親的幽靈。他就像在世時一樣健康，沒有任何異狀；我看見他出現在日光下，背對我坐在我床舖旁的椅子上。他用手支著頭，是睡著了還是在哭，我無從分辨。看到他在那裡讓我大吃一驚，連忙坐了起來，挪動到床側，斜伸出頭看他。因爲父親沒有任何動作，所以我試著對他說了好幾次話。然而父親還是動也不動。我開始慌了起來，伸出手想碰觸他的肩膀；而正如我所想的，我的父親並不在那兒。

基於這些原因，以及其他不容細說的理由，我發現，清晨是我最容易見到鬼的時刻。清晨時分，每間房子在我看來都或多或少鬧鬼，因而眞正的鬼屋對我而言也就不算什麼了。

我走進村裡，心想先暫時拋開這棟房子。我看見一間小客棧的老闆正在門口磨亮他的階梯。我請他送上早餐，並順口提到那棟房子。

「那棟房子鬧鬼嗎？」我問道。

老闆看著我，搖了搖頭，回答：「我可沒說。」

「所以是眞的鬧鬼嘍？」

「好吧！」老闆大叫一聲。他露出一種絕望的表情，突然對我坦白，「要是我，我才不會睡在裡面。」

「爲什麼不？」

「我可不想待在一間沒人去敲但所有鐘會一起響，沒人去動但所有門會一起開，和看不見卻聽得見各種四處走動腳步聲爲伍的房子。」

「有人在那裡看過任何『東西』嗎？」

老闆看著我，然後用剛剛那種絕望的表情，對著他的馬廄大喊：「艾奇！」

應聲而來的是個肩膀高聳、紅臉圓潤、留著黃棕色短髮、有張滑稽闊嘴和一只朝天鼻的年輕男子。他穿的那件縫著珍珠母鈕扣、寬大的紫色條紋有袖背心，像是從他身上長出來似的，而且還挺好看的——如果沒有亂剪過的話——把他整個人從頭到靴子都覆蓋住。

「這位紳士想知道，」老闆說，「有沒有人在白楊樹那看到過什麼東西。」

「一個圍著頭巾、帶著貓頭椅的女人，」艾奇神清氣爽地說。

「你是說船的那個錨嗎？」

「我說的是鳥，先生。」

「哎呀，一個圍著頭巾、帶著貓頭鷹的女人！你有親眼看過她嗎？」

「我有看過貓頭鷹。」

「從沒看過那女人？」

「看得沒像貓頭鷹那麼清楚，不過他們都是一起出現的。」

「有其他人像看到貓頭鷹那樣，清楚看過那女人嗎？」

「上帝保佑您，先生！很多人見過。」

「誰啊？」

「上帝保佑您，先生！很多人見過。」

「是誰，像是雜貨店老闆嗎？」

「柏金斯？上帝保佑您，柏金斯才不會靠近那個地方，絕對不會！」年輕人激昂地說，「他雖然不聰明（不然他就不叫柏金斯了），但是他也沒那麼笨。」

（這時，老闆在一旁喃喃自語，說他相信柏金斯知道的可多了。）

「那個圍著頭巾、帶著貓頭鷹的女人（不管她是人還是鬼）是誰？你知道嗎？」

「這個嘛！」艾奇一手抓起帽子，另一隻手抓抓自己的頭，「他們說，一般都這麼說，她是被謀殺的，而那隻貓頭鷹則在她被殺害時從頭叫到尾。」

不過，倒有個如同年輕孩子一般熱切且充滿活力的年輕人，他在看過那個戴頭巾的女人之後生了一場病，好不容易才康復；這是我所能打聽到的簡短情報。還有另一號人物，簡單形容一下，是「火車上常見的傢伙，獨眼流浪漢，叫他『裘比』他會答話；如果你懷疑他是綠林大盜，他會說：『就算我是那又怎樣？管好你自己的事吧。』」這樣的人，他也見過圍頭巾的女人五、六次。但是這些目擊者沒為我帶來任何實質幫助，因為第一位人在加利福尼亞，另一位，就像艾奇說的（而且老闆也證實了），到處都是那樣的人。

這麼說好了，雖然我認為這棟房子背後，必定有著令人深感畏懼而迴避不談的祕密，因此要想跨越那道阻隔在謎團與真相之間的巨大障礙，無疑是項艱難任務。我不會厚著臉皮假裝知道這一切是怎麼回事，我也不能像那位火車上的旅伴那樣，把靈界會議掛在嘴邊當做日出前的消遣，就這麼把甩門聲、敲鐘聲、木板的咯吱聲等這類芝麻小事，拿來和神的壯麗旨意，以及所有我能感知的神聖天啓相提並論。再說，我可是住過兩間國外的鬼屋，一間是座古老的義大利宮殿，是眞的鬧鬼、而且還以鬧得很兇聞名，因此兩度被前後任屋主棄置不理，但我卻在那兒住了八個月，大部分時間都過得平靜愉快；不過那裡有許多神祕的房間，從沒人住過，而且裡面有鬼。其中有一間，我隨時都會到裡面看書，還有就是我的臥房隔壁那間、據說第一間鬧鬼的房間。我小心翼翼地暗示客棧老闆，讓他知道我對住進鬼屋的萬全考慮。至於這棟惡名在外的房子，我對他說之以理，告訴他很有多事物往往被冠上不應得的壞名聲，以及隨便給人扣帽子是多麼容易的事，要是他和我在村子裡散播附近有個怪模怪樣的老鉀補工，在喝得酩酊大醉後把靈魂賣給了惡魔等等這些謠言，難道不會有人懷疑賣酒的老闆背後動機並不單純嗎？但這番理智的談話，對客棧老闆完全起不了作用，我必須承認，這是我人生中最徹底的一次失敗。

回到故事的主題：這棟鬼屋激起了我的好奇心，讓我幾乎決心要買下它。吃過早餐後，我從柏金斯的妹婿（他是做皮鞭和馬具的師傅，郵局也是他開的，是個標準的妻管嚴）那裡拿到鑰匙，直接朝那棟房子而去。同行的還有客棧老闆和艾奇。

進去之後，如同我所預期，房子籠罩在一股超自然的陰鬱中。隨著日影緩緩變化著形狀的濃密樹蔭，像一道巨大波浪吞沒了整棟房子，這房子陰沉到了極點。它蓋錯了地方、蓋的方式不對、規劃不良，一切是那麼格格不入。房子很潮濕，四處可見腐爛的痕跡，還有股老鼠的味道。這無法形容的腐敗程度，讓它成了見證人類興衰的不幸受害者。廚房和各廳都太大，而且彼此距離遙遠；樓上樓下，廢棄的寬闊走道連接每個曾經生機蓬勃、如今只剩殘破補綴的房間；後面樓梯底層附近，有一口發霉的老水井，上頭長著青苔，像個致命陷阱躲在兩排銅鐘的底下。其中一只銅鐘刻了名字，黑底的褪色白字寫著：「B少爺」。他們告訴我，這裡就屬這只鐘響得最厲害。

「B少爺是誰？」我問他們，「貓頭鷹嗥叫時，有人知道他做了什麼嗎？」

「敲一下鐘看看。」艾奇說

我被這年輕人突如其來的動作嚇了一跳。他敏捷地將皮帽丟向銅鐘，把鐘敲響鐘聲洪亮，而且不太悅耳。其他幾個鐘上則按照懸掛位置刻了房間名稱，像「畫室」、「雙人房」、「寄存處」等。循著B少爺的鐘找到他的房間後，我發現這位年輕紳士竟然住在相當差勁的三等房裡。看到這間位於閣樓底下的三角形小房間，我猜想B少爺的體型一定很矮小，否則他要怎麼窩在角落的壁爐旁取暖呢？角落裡外露的煙囪像個金字塔形樓梯，高度足以讓小矮人在此頂天立地。房間有面牆壁紙已然掉落，上面還黏著乾掉的灰泥塊，幾乎把門整個擋住。似乎B少爺認爲有必要把壁紙扯下來。客棧老闆和艾奇都說不上來，爲什麼B少爺要做這種讓自己出醜的蠢事。

除了樓上另有個大到看不見盡頭的閣樓外，我就再也沒有其他發現了。房子裡擺設了合宜的高級家具，但稍微空曠了點。有些家具（約有三分之一）和房子一樣老舊，其他則都是在近半個世紀內陸續購置的。有一天，前面提過的那個朋友，介紹我認識一位在郡府市場做生意的穀物商，商人朋友熱情地招待我到這棟房子住一陣子。我答應了，而且一開口就說要住六個月。

我和雲英未嫁的妹妹（請容我說，她的年紀已經三十有八，是個貌美、聰明的迷人女性）一起搬進去時才不過十月中旬。我們帶了一位失聰的馬夫、我的獵犬涂克、兩位女僕，和一位眾人管她叫「怪女孩」的年輕人。我之所以將最後那位來自聖勞倫斯聯合女子孤兒院，形容的像致命的錯誤，而且還是個災難住客，自有我的理由。

那年冬天來得早，樹葉也都掉得差不多了。我們搬進去那天雖然天氣濕冷，但房子裡陰沉的氣氛才最叫人心情抑鬱。廚娘（她是個親切的婦人，不過腦筋不太靈光）一看見廚房就掉下淚來，哭著說萬一因爲溼氣太重而使她發生什麼不測，要我們務必把她的銀色懷錶送到她妹妹手裡。女傭史翠可則裝出很興奮的樣子，但她卻是最會向人訴苦以博取同情的人。至於從沒來過大宅邸的「怪女孩」雖然落單卻很開心，還說要在餐具洗滌室窗外的花園播下橡果。她要種一棵橡樹。

天還沒黑，我們就經歷了隨著不安而來的種種自然苦難（相較於超自然體驗而言）。令人沮喪的消息，像煙霧般流竄在地下室和樓上房間之間。這裡沒有擀麵棍、那裡沒有烤板（這倒不太讓我驚訝，因爲我本來就不知道這是什麼東西），這屋子什麼都沒有，有的盡是些破損、壞掉的東西。上一批住在這兒的人肯定過著豬一般的生活，他們這樣算哪門子的屋主呢？在細數這些苦難的當下，怪女孩一直都興高采烈而且還帶頭示範，但在天黑後不到四個小時，就如同該來的總要來，我們開始經歷超自然體驗，怪女孩看見了好幾隻「眼睛」，歇斯底里起來。

住進來之前，妹妹和我都有默契，不將這屋子鬧鬼的事情洩露出去。我還記得，當曾經見鬼的艾奇幫忙將行李從車上卸下來時，我並沒讓他和這些女孩單獨相處過一分鐘。不過，就像我剛才提到的，還不到晚上九點，怪女孩已經看見「好幾隻眼睛」（她只說她看見眼睛，其餘什麼也說不出來），到了十點，她喝掉的醋已經多到足以醃漬一條大鮭魚了。

就讓善辨是非的讀者來判斷我當時的感受吧！身處在如此不順的狀態下，到了十點半左右，B少爺的鐘竟像被激怒般開始放聲大響，狗兒涂克也跟著嗥叫出來，整棟房子都迴盪著牠哀戚的悲鳴。

我由衷希望，這輩子不會再落入那幾個禮拜一心執於著B少爺的那種異教徒式的心境。究竟把鐘弄響的是老鼠、蝙蝠、風，或是其他偶然的振動，抑或有時是因爲這樣、有時是因爲那樣而響的，也或者這是一場騙局，我不清楚。但可以肯定的一點是，每隔三天它就會連續響兩個晚上，這讓我打從心底產生了想把B少爺脖子扭斷的念頭（也就是說，打破他的鐘，讓鐘聲停止），我想以自己的經驗和信念，讓這位年輕紳士永遠沉默。

但是，在那發生之前，怪女孩已經發展出強直性昏厥（註8）這類更進一步的本領，她成了那種羞於對人啓齒的失調症鮮明個案。她會像不理性的蓋·福克斯（註9）一樣，在最不恰當的場合突然全身僵硬。這時我便以清楚不過的口吻告訴僕人們，我已經重新粉刷過B少爺的房間、撕掉了壁紙、拿走了銅鐘，這代表不會再有鐘聲響起，並且反問他們，他們認爲這個曾住過這兒且死在這兒的男孩，以他目前的鬼魂狀態，還有可能使出讓樺木掃帚飛天嚇人的該死伎倆嗎？若眞如此，那不就連我這個卑微的小人物，也能想出幾招卑劣手段多少對付這些作怪的鬼魂或各路鬼神？這番話對怪女孩的突發性全身僵直症狀毫無作用，她還是直挺挺站在那兒，像塊目光短淺的化石般怒視著我們；但我會再加強語氣，讓自己更有說服力，而不是像藉著對他們訓話趁機展現威嚴。

女傭史翠可也有這種很會爲難人的性格。究竟是她的淋巴質（註10）經常分泌旺盛，或是她還有其他什麼毛病，這我無法置評，但這位名輕女子是我這輩子見過最會哭的人，跟蒸餾廠沒兩樣，三兩下就可以哭出最多、最澄澈的眼淚。這些性格綜合起來成了一種特別堅強的固執韌性，她的眼淚不會落下地，而是停留在她的鼻子和臉上。她會擺出可憐姿態輕輕地搖著頭，用她的沉默深深地困惑我，連爲了慈善募款而滔滔雄辯的「可敬柯萊敦」（註11），其迷惑人心的程度也遠不及她的萬分之一。同樣地，廚娘也有一套能讓我陷入混亂的招數。她會熟練地娓娓道出自己的故事，堅稱是烏斯河（註12）讓她心神耗弱，而且一再卑微地重複關於她那只銀色懷錶的遺願。

至於我們的夜晚時光，猜疑和恐懼情緒感染了每一個人，但是天底下根本不存在這些懷疑和恐懼。圍著頭巾的女人？根據紀錄，我們就像住在一間完美的女修道院，這裡多的是圍著頭巾的女人。奇怪的聲音？有鑑於樓下銅鐘的傳聞，我親自坐在黑暗的大廳專注地聽著，直到我聽見了許許多多、各式各樣的奇怪聲響，若非我衝出去一探究竟，因而活絡了全身血液，恐怕會被它們嚇到寒意攻心而死。讀者諸君可以試著躺在你的床上，醒著度過一片死寂的夜晚，或是窩在舒服的爐火旁，與夜晚的活力共度一宿。如果你願意，甚至可以讓各種聲響充斥在任何一間房裡，直到神經系統裡的每根神經都發出相應和的聲音爲止。

我再重複一次：猜疑和恐懼情緒感染了每一個人，但是天底下根本不存在這些懷疑和恐懼。房子裡的女人永遠都做好要昏倒的準備（她們的鼻子因不斷聞著嗅鹽而長期脫皮），並且一有狀況隨時準備逃跑。兩名年紀稍長的女傭，總是差遣怪女孩去查看加倍危險的狀況，而怪女孩在每次的冒險後也總會帶著發作的僵直症回來。如果廚娘或史翠可在天黑之後上樓，我們就知道天花板馬上會傳來陣陣沉重的跺步聲；而且這聲響發生得如此頻繁，就像有個拳擊手跑遍整間房子，對他看見的每個傭人施展「一拳擊倒」似的得意技。

不管做什麼都只是白費力氣而已。害怕也沒用，因爲這一刻先是親眼看見眞的貓頭鷹，下一刻不知道貓頭鷹又跑哪兒去了。試著找出眞相也是徒然，要是有誰不小心壓到鋼琴鍵，發出某個刺耳的音階，涂克就會跟著用怪異的音調叫個不停。如果有哪只不幸的鐘未獲許可擅自響起，就算讓鐵面無私的拉達曼斯審判那些鐘（註13），冷酷地拆下它們，消滅它們的聲音也沒用。把火炬丟下水井，在煙囪底下生火，讓火光猛烈照進有問題的房間和隱蔽處，也同樣一點發現都沒有。我們換了一組僕人，但是情況也沒變得更好。這新一批的僕人逃跑了，來了第三組人，也一樣沒有改善。原本和我們相處愉快的家務管理傭人們，到最後情況竟變得支離破碎又如此淒涼。有天晚上我垂頭喪氣地對妹妹說：「佩蒂，對於叫傭人來這裡和我們一起住，我開始失去信心了，我想我們得放棄了。」

妹妹是個豪氣干雲的女子，她回答：「不，約翰，不要放棄。別被打敗了，約翰。總是有其他辦法的。」

「有什麼辦法？」我說。

「約翰，」妹妹說，「你和我都很清楚，無論是為了什麼，如果我們不想被趕出這房子，就得靠自己的力量，用我們的手完全接納這棟房子。」

「但是，要有僕人啊！」我回答道。

「不能有僕人。」妹妹直截了當地說。

如同和大多數生活水平一樣的人，我從沒想過有一天少了這些忠心耿耿的僕役，該怎麼過日子。我對這種想法毫無頭緒，所以聽到妹妹提出時我感到很不可思議。「我們知道他們來到這裡會受到驚嚇，然後就一個接著影響一個，我們也知道他們確實是受到驚嚇了，也眞的一個接著影響一個。」妹妹說。

「巴透斯例外。」我用一種近乎冥思的語調說。

（我把失聰的馬夫留下來幫我，一直留到現在，因為他的壞脾氣在英國無人能出其右。）

「的確，約翰，」妹妹贊同地說，「巴透斯是例外。但那又能證明什麼呢？巴透斯不跟任何人說話，也聽不到任何人對他說話，除非在他耳邊大吼大叫。還有，巴透斯曾被嚇過或嚇過別人嗎？完全沒有！」

這句話倒是說得對極了。我們正在討論的這個人，每天晚上到了十點鐘就準時躺在他馬車房裡的床上，除了一把乾草叉和一桶水之外，旁邊沒有任何人。如果我在十點零一分之後，出現在巴透斯那裡而沒有事先告知，那桶水就會倒在我頭上，那把叉子則會刺穿我的身體。我把這些當作金科玉律時時牢記在心。巴透斯不但從沒注意過我們頻繁的騷動，而且這個沉著冷靜、半句話也不多說的男子，眼看著史翠可陷入出神的狂喜，還有怪女孩又變成大理石時，他還是獨自坐在那兒吃他的晚餐，頂多再塞顆馬鈴薯到嘴裡，或是把眾人發生的不幸，當做他再吞一片牛肉餡餅時的配菜。

「所以，」妹妹接著說，「我沒開除巴透斯啊！還有，約翰，你想想，光憑你、我和巴透斯，怎麼照顧這麼大一棟房子，而且也可能太寂寞了些。我提議找幾個我們最信得過、最有意願的朋友（從本地認識的人找起，同住三個月看看），來服侍我們。大家開心熱鬧地住在一起，再看看會不會發生什麼事。」

妹妹的提議令我傾倒，我不禁當場抱住她，並以最大熱忱執行這計畫。

當時是十一月的第三週，不過在我們的強力運作，以及令人信賴的朋友們也相當支持之下，在離月底還整整剩下一週時，一夥人就全都高高興地住了進來，聚集在這間鬼屋裡。

接下來我要說的是，當我和妹妹兩個人獨處時，我做的兩個小改變。我突然想到，在房子裡的涂克只要到了晚上就會叫，有部分原因可能是牠想出去，於是我讓牠待在外面的狗籠，但沒有鍊住牠；我也對村民提出嚴正警告，任何人敢來逗弄涂克，就要有被牠撕裂頸子的心理準備。然後我不經意地問艾奇對槍有沒有研究，聽到他回答，「有的，先生。好槍我一看就知道。」我當場就請他儘快到房子裡來看看我那把槍。

「先生，這是把眞正的好槍，」艾奇端詳了我多年前在紐約買的雙管來福槍，「錯不了的，先生。」

「艾奇，」我說，「不要跟別人提起這件事：我在這房子裡看到一些東西。」

「不會吧，先生，」他露出見獵心喜的眼神，壓低聲音說。「是那位圍著頭巾的女士嗎，先生？」

「別害怕，」我回答，「是一個很像你的人影。」

「天啊！先生！你在開玩笑對吧？」

「艾奇！」我親切地握住他的手，用充滿熱情的語氣對他說：「如果這些鬼故事有任何眞實性的話，我所能爲你做的，就是對那個人影開槍。我答應你，以天地之名發誓，如果我再看見那個人影，就會用這把槍射它！」

這年輕人向我致謝，婉拒了我請他喝的一杯酒，神色略顯倉促地離開了。我之所以向他透露祕密，是因爲我一直都沒忘記他把帽子丟向銅鐘的事；而且有天晚上這只鐘又突然響起來時，我曾經看過一個很像皮帽的東西，在離它不遠的地方；再加上只要艾奇在這裡慰問僕人的夜晚，房子就會鬧鬼鬧得最兇。我不是想對艾奇不公平，他怕這棟房子，也相信這裡鬧鬼；但他卻一逮到機會，就在這裡玩裝神弄鬼的把戲。怪女孩的狀況也是一樣。這房子的每個角落都讓她害怕到極點，但她在極度驚恐下故意說謊，發明了很多假恐慌散播出去，還製造無數怪聲響讓我們聽到。而且我一直在觀察這兩個人，這些事我都知道。在這裡我不需要記下這種荒謬的心理；我只要寫下這些合理懷疑、嚴格調查、區分各種類似狀況等註解，就很滿足了。對於在醫學、法律上相當

（註14）同名，我認爲他比大天文學家更適合操作望遠鏡，因爲他懂得何時要停止呼吸。和他一起來的，是去年春天才剛和他結婚的美麗妻子。我認爲（就眼前的情況而言）帶她來這裡未免太過輕率了，因爲在這個節骨眼，就算是假恐慌也可能造成嚴重後果；不過我猜他應該最清楚自己的能耐，而我必須要說，如果她是「我的」妻子，我是絕對不會拋下那美麗動人臉龐不顧的。這對夫妻抽到的房間是寄存處。艾爾菲．史達林，這個很討人喜歡的二十八歲年輕人，是這群人裡我最喜歡的一個，他的房間是雙人房；通常雙人房會是我的房間，而且從名稱就看得出來裡面會有間更衣室，還有兩扇又大又笨重的窗戶，而少了只有我才做得出來的楔子，這對窗戶無論什麼天氣下，無論有沒有風，總會一直搖晃個不停。艾爾菲是個故作「放蕩」的年輕人（換句話說就是散漫，我了解這個字的意義），但是他的爲人太好好到不適合做出這種蠢行，這點他自己也很清楚；若非他父親不小心留給他一小筆每年兩百英鎊的生活費，他會從這一刻開始洗心革面、重新做人；目前他唯一的工作就是在這裡住上六個月。然而我卻暗自希望支付他生活費的銀行會倒閉，或是一頭栽進號稱每分錢可獲利二十倍的投機生意；因爲我相信只有當他變得一文不名的時候，他才能開始擁有自己的財富。貝琳妲．貝茲，妹妹的閨中密友，一個絕頂聰明、親切又開朗的女孩，她抽到畫室。她是個寫詩的天才，加上一股十足的職業熱忱，她「一頭栽進」（借用一下形容艾爾菲的字眼）與女性的任務、女性的權利、女性的冤屈，以及一切以女字開頭、與女性有關的事物，或者所有似是而非、模稜兩可與女性有關的大小事。「親愛的，妳是最令人欽佩的一個，願上帝助妳成功！」第一天晚上我在畫室門口和她道別時，在她耳邊輕聲地說，「但是別

做得太多了。親愛的女性做的勞務，似乎總比我們的文明生活所需還要多更多，還有就，別責罵那些不幸的男士了算他們乍看礙了妳的事，彷彿生來就是要壓迫女性似的，相信我，貝琳姐，他們有時確實會把薪水用在妻子和女兒、姊妹、母親、姑姑和阿姨，以及他們的祖母身上；而且，眞的，劇本裡寫的也並非全都是『大野狼與小紅帽』的故事，裡頭還是有其他情節的。」啊，我終究還是離題了。

剛才我已經提到過貝琳姐住在畫室。現在還剩下三間房間：邊間房、餐具間和園室。我的老朋友傑克·高佛納住在邊間房，他只說了一句：「把我的吊床掛起來。」我一直都認爲傑克是史上最英俊的水手，他現在頭髮有些白了，但還是和二十五年前一樣帥；不，是更帥了。他是個寬肩、魁梧、快活、體格健美的人，有眞誠的笑容、一雙黑到發亮的眼睛和濃密的黑眉毛。我記得他以前頭髮全黑時的容貌，現在在銀白色光澤下則變得更迷人了。不管去到哪兒，他都會用到公會的名字傑克，我曾遇到和他同船去過地中海、大西洋另一端的老水手，一聽見我隨口提到他的名字，每個人的眼睛都爲之一亮，眉開眼笑地叫喊著：「你認識傑克·高佛納？那你可認識了人中之龍吶！」這就是傑克！他錯不了就是個海軍軍官，如果你碰見他從愛斯基摩人的海豹皮雪屋走出來，你會含糊地說服自己，看見他穿著一身英挺的海軍戎裝。

傑克那雙明亮透澈的眼睛曾經一度愛上了我妹妹；但是，後來他娶了其他人，還帶妻子到南美洲去，之後她也在那兒過世了。這已經是十多年前的往事了。他帶了一小桶鹹牛肉來到我們的鬼屋，他一直相信不是他親手醃的鹹牛肉，就只不過是一堆死肉罷了；還有，只要他到倫敦，每次出發前一定都會包塊鹹牛肉放在行李箱，他也多帶一塊肉給他的老同袍、目前是商船船長的奈特・畢佛。這位畢佛先生總是板著一張圓臉，同樣僵硬的矮胖身軀，全身上下看起來像塊磚頭一樣硬，但他親身航至世界各地海域的經歷及豐富的實用知識，在在都證明了他是個聰明人。偶爾他會表現出莫名的緊張，顯然是某種宿疾的後遺症；不過症狀通常持續不久。畢佛先生抽中了餐具間，隔壁是我的律師朋友昂崔先生，這次他以百姓的身分來到這裡，就像他說的：「親自體驗鬼屋，」而他的牌技，顯然更勝他對大英律法的了解。

我這輩子從來沒這麼高興過，我相信我們所有人也有同樣的感受。傑克・高佛納，一個永遠有絕佳食材的人，他是我們的主廚，他煮的菜是我這一生吃過最好吃的（包括那叫人敬而遠之的咖哩）。我妹妹是糕餅和麵包師傅，艾爾非和我則是廚師助手，一下忙這、一下忙那的，遇到特殊狀況時主廚還會「徵召」畢佛先生。我們花了很多時間在戶外活動上，不過也沒忽略過屋內的任何風吹草動，我們之間沒有誰對誰發脾氣或有誤會，而且每天晚上都過得很愉快，這至少是個讓我們不想回房睡覺的好理由。

一開始有幾個晚上出了狀況。像是第一天晚上，傑克手上提著一只外型華麗的船上燈籠（好像某種深海怪物的鰓）來敲我的門。他正打算「爬上貨車頂」，要把風向儀拆下來。那晚有暴風雨來襲，我反對他這麼做；但是傑克說風向儀發出一種聽起來很絕望的哭泣聲，這吸引了我的注意；他還說，要是不把它拆下來，不久就會有人「歡呼迎接鬼魂」了。於是，我們和畢佛先生一起上了屋頂，但我受不了上頭的強風，就沒跟著上去了；傑克一手提著燈籠，畢佛先生跟在後頭，兩人緩緩地爬到比煙囪還高了二十幾呎的圓形屋頂上。周遭沒有任何異狀，他們冷靜地站在那兒拆除風向儀，在狂風大作和登高幹活之下，這兩人的興致跟著高昂起來，讓我一度以爲他們不會再下來了。之後有天晚上他們又上去了，這次是去拆煙囪帽。又一天晚上，他們鋸下一條像人在啜泣、發出咕嚕聲的水管。還有另一個晚上，他們發現了別的怪事。好幾次，他們兩人很冷靜地同時從各自的房間窗戶，將床單丟了出去，再手腳並用地垂降下去，他們要把花園「整個翻過來」，找出那個神祕的東西。

所有人都確實遵守我們之間的約定，也沒有人發現任何異狀。我們所知道的是，若有任何人的房間鬧鬼，對我們而言更重要的事是，一定要有人去找出眞相。

第二節　B少爺臥房裡的鬼魂

當我住進了那間三角形小閣樓，親自證實它並非浪得虛名之際，我很自然地想起了B少爺。對他的諸多揣測都令我感到不安。我不曉得他的教名究竟是班傑明、畢賽斯泰爾（從他出生在閏年這點看來）（註15）、巴薩羅繆（註16）或是比爾；或許這個縮寫的B是他的姓氏縮寫，像是巴克斯特、布雷克、布朗、巴克、巴金斯、貝克或博德等等；說不定是他個棄嬰，所以被取名爲B；又或者因爲他是個勇敢的孩子，但B也可能是「英國人」（Briton）或「公牛」的縮寫；他有沒有可能是照亮我童年生活的那位了不起女士親戚或朋友，因而擁有「邦奇大媽」（註17）的優良血統？

這些無益的推測一再折磨著我，我也試圖把這神祕的字母與死者的外貌和職業一起聯想；猜想他是否穿著「藍色」衣服、穿著「靴子」（他不可能是「禿頭」吧）、是個「腦袋」靈光的孩子、喜歡看「書」、擅長打「保齡球」、有「拳擊手」的技術，還是在他「活潑的」「少年時代」，曾經在「博格諾」、「班格爾」、「博恩茅斯」、「布萊頓」或「布羅德斯泰斯」的海水浴場用過「更衣車」「沐浴」，或是他像顆「彈躍」的「撞球」（註18）？

這麼說來，從一開始我就被B這個字母纏住了。

不久前我才說過，我從沒夢過這位B少爺，或任何和他有關的事物。但是，只要我一醒過來，無論在夜裡的任何時刻，思緒就會瞬間浮現B少爺這三個字，然後開始漫無邊際的聯想，試圖把他的姓名開頭字母連結到某個合適的東西上，讓這思緒安靜下來。

整整六個晚上，我在B少爺的臥房持續受到這種折磨，然後我開始察覺事情漸漸變得不對勁了。

祂露出眞面目、第一次出現的時間，是在曙光乍現的大清早。當時我正在鏡子前刮鬍子，讓我既驚恐又錯愕的是，我突然發現我正在刮的不是我的臉（我已經五十五歲了），而是張男孩的臉。很顯然就是B少爺。

我顫抖著轉過身往後看，什麼人也沒有。我再回過頭來看著鏡子，看見男孩臉上清楚的五官與表情，他正在刮鬍子，不是想把鬍子刮掉，而是想把鬍子刮出來。這讓我心裡感到極度焦躁不安。我先是在房裡繞了好幾圈，然後又回到鏡子前，鐵了心要穩住抖個不停的手，完成刮鬍子。

我張開眼睛（剛才爲了恢復決心而暫時閉上）這次從鏡子裡看我的，是一雙和我四目相接、年約二十四、五歲年輕人的眼睛。這個新鬼魂把我嚇了一大跳，我再次閉上眼睛，這回花了更大力氣才重新讓自己鎮定下來。再度張開眼睛時，我看見過世已久的父親正在鏡子裡刮鬍子。不只如此，我甚至還看見了我祖父，我這輩子從沒見過他呢。

雖然，想當然爾我被這些不可思議的景象嚇得半死，但還是決定守住這個祕密，直到時機許可再對所有人公布。一堆莫名其妙的念頭使我整天焦慮難安，到了晚上要進房就寢時，我已經準備好迎接另一個幽靈鬼怪帶來的新把戲。然而這些準備全是多餘的，因爲當輾轉難眠的我在凌晨兩點整醒來時，發現自己竟然和B少爺的骨骸睡在同一張床上。

我整個人本能地彈了起來，那副骨骸也跟著彈跳起來。這時耳邊傳來一個哀傷的聲音說：「我在哪裡？我怎麼了？」我睜大眼睛往聲音的方向看過去，發現B少爺的鬼魂就在那裡。

年輕的幽魂、老式的裝扮，更確切的說法是，與其說他身上穿的是衣服，不如說是他被一塊黑白相間的次級布料包裹住，上面還縫著發亮的鈕扣，使這塊布變得更可憎。我注意到衣服的左右兩邊各縫了兩排這種鈕扣，沿著年輕幽魂的肩膀往後延伸，消失在他的背後，脖子上有一條縐的裝飾品。他的右手（我清楚看見上面的墨水污漬）放在腹部，這個動作加上臉上幾顆若隱若現的雀斑，和他一副噁心欲嘔的模樣，我推斷這個鬼魂是個男孩，而且生前習慣性地過量服用藥物。

「我在哪裡？」小幽魂用微弱的聲音說，「爲什麼我要出生在有甘汞（註19）的時代？爲什麼你們要我讓我吃那麼多甘汞？」

我用最眞心誠意的口吻回答他，告訴他，我眞的不知道答案。

「我妹妹在哪裡？」鬼魂說，「還有我那個天使般溫柔善良的小妻子呢？和我一起上學的男孩又在哪兒呢？」

我懇求鬼魂聽勸，要他先冷靜下來。這其中最讓他傷心的，就是失去了和他一起上學的男孩。我說，根據我身爲人類的經驗，最後眞相大白時，或許會發現根本不存在這樣一位男孩。我激動地說，自己前陣子也曾試著從幾個昔時同伴，找出跟我一起上學的那位，但他們都不是。我不禁懷疑，根本就沒有這樣一位同伴。我在想，他是個虛構的人、是幻覺，是個陷阱。我告訴鬼魂，我最近一次是在那裡看到他的。那是一場晚宴上，我在一面掛滿白色領巾的牆壁後面看到他。我對每個可能的話題都有不確定的意見，有讓沉悶事物噤聲的絕對巨大的力量。因爲我們一起上過「老多倫斯」，我描述他如何要求他自己和我共進早餐（這是社交禮儀中最嚴重的冒犯）；他如何激起我對多倫斯男學生幾乎消失殆盡的信任，而我讓他得逞了，以及他如何證明他是可怕的流浪漢，在人世間遊蕩，追捕亞當的後裔。後來不知怎地，我把話題轉到貨幣去，我提議英國銀行應該冒著被廢行的風險，立刻取消發行天知道究竟有幾億（在市面上流通）的十六便士紙鈔。

鬼魂兩眼發直，默不作聲地聽我說。當我話一說完，他突然驚呼：「理髮師！」。

「理髮師？」我重複了一遍，因爲我不是做那行的。

「受到詛咒，」鬼魂說，「註定要爲不斷來來去去的顧客打理門面。現在，是我。現在，是個年輕人。現在，您就是您自己。現在，是您的父親。現在，是您的祖父。您也受到了詛咒，每晚都要伴著一副骨骸入眠，每天早上都要跟著它一起醒來。」

（聽見這不詳的預告讓我不寒而慄，全身直打哆嗦。）

「理髮師！跟我走！」

我有種感覺，甚至在聽見這幾個字之前，我就覺得有股力量要我跟著鬼魂。我立刻起身跟著祂，走出B少爺的房間。

大多數人都知道，被迫跟著一向會聽你告解、而且總會說出事實眞相的女巫一起走的夜晚有多漫長、多累人；特別是當她們還提出誘導性問題，準備好好折磨你一番時。我敢斷言，在我住在B少爺房間的那段期間，房間裡的鬼魂控制了我，讓我一遍又一遍這些和夜遊一樣漫長又瘋狂的探險。我確信，鬼魂把我帶到一個長著山羊角和尾巴、衣著邋遢的老人（就像牧羊神穿上了一整間舊衣店）面前，他以傳統禮儀迎接我，看起來和現實生活裡的一樣愚蠢，而且也沒那麼得體；不過，我卻看見了其他更有意思的東西。

我說的都是事實，而且我有信心有人會相信，於是我毫不猶豫地宣告我會跟著鬼魂走，一開始是騎掃帚柄，之後改騎在玩具搖搖馬上。這隻動物發出一股濃濃的動物油漆味（特別是我把它拿出來，讓他暖和些時，味道變得更重了），讓我忍不住想罵髒話。然後我又坐在出租馬車追趕著鬼魂（車裡又有一種我們這一代人很陌生的氣味），不過當我看到馬廄裡有隻長疥癬的狗和一只極老舊的風箱時，我又開始想罵髒話了（關於這一點，我想請長輩們予以證實或直接駁斥我的說法）。接下來，我換成騎在一隻無頭驢上追趕著鬼魂，這頭驢子對自己的胃很感興趣，因爲它始終低頭研究自己的胃。接下來是坐在小馬上，這是一匹似乎爲了踢自己後腿而生的小馬。然後我又坐在遊樂場的旋轉木馬和盪鞦韆上。我又坐在第一部出租馬車裡（又有個被遺忘的習俗，乘客通常會上床睡覺，和馬夫一起蓋上被子）。

我並不想鉅細靡遺地描述一路追趕B少爺的過程，以造成您的困擾，但那可是比水手辛巴達的奇異航程更久、更不可思議。我且提其中一段的經歷，請您親自判斷我所言是否爲眞。

我的外表有驚人的改變。我還是我自己，但又不是我自己。我意識到身體裡有個東西，在我一生中它一直如此，就算歷經種種階段和變化，我始終認爲它未曾改變，然而我已經不是那個在B少爺房間床上睡著的我了。我的臉變得極光滑，雙腿也變得很短。我在門後抓住了另一個和我自己很像的人，這個人一樣也有極光滑的臉和極短的腿。我告訴他一個驚人的提議。

這提議是，我們應該有群後宮佳麗。

另一個我熱情地表示同意。當然，這兩個我都不懂什麼叫做自愛。這是東方的習俗，善良的穆斯林教國王哈隆倫．拉希德（註20）（請容許我再擅改姓名一次，這讓我感到充滿了甜美的回憶！）也是這樣。這是種得大大讚賞，也最値得仿效的習俗。「噢。好啊！」另一個我雀躍地說，「讓我們有群後宮佳麗吧！」

我們想瞞著葛里芬小姐進行這件事，可不是因爲對我們打算效法的東方習俗有所疑慮，而是因爲知道葛里芬小姐不具備身爲人類該有的同理心，所以無法了解哈隆倫王的偉大卓越之處。再加上，葛里芬小姐身上有股難以捉摸的神祕氣息。我們還是去拜託布魯小姐吧。

我們一行十人，二男八女，來到葛里芬小姐位於漢普斯特湖旁的住宅。布魯小姐（依我判斷她約末是八、九歲年紀）領著所有人前。我跟她聊到這個話題時，提議她來當那位最受寵愛的妃子。

在一番極其自然地推辭、表現出女性羞怯又迷人的一面之後，布魯小姐表示這提議讓她受寵若驚，不過她想知道我們準備怎麼向皮普森小姐開口？布魯小姐（據我們了解，她曾對著兩大本盒裝又上鎖的英國國教祈禱書發過誓）要和年輕的皮普森小姐友誼永存，成爲她的另一半，兩人之間沒有祕密，至死方休。布魯小姐說，身爲皮普森小姐的摯友，她無法對自己或對我隱瞞「皮普森小姐絕非等閒女子」的事實。

對於擁有一頭鬈髮和一雙藍眼睛（這是我認爲美麗女人必備的條件）的皮普森小姐，我立刻回答，皮普森小姐的確是切爾克斯族的美女（註21）。

「那麼，接下來呢？」布魯小姐憂心忡忡地問道。

我回答，皮普森小姐必須被商人誘騙，然後戴著面紗被帶到我面前，由我把她當作奴隸買下。

另一個我的地位早已跌落到全國男性排名第二的位置，他成了首相。事後他抗拒這項提議，不停拉扯自己的頭髮，但最後還是屈服了。

「我是不是該表現出吃醋的樣子呢？」布魯小姐問我，害羞地垂下了她的目光。

「不需要，蘇貝蒂（註22），」我回答她，「妳永遠都是最受寵愛的妃子；我心裡最重要的位置、還有我的王位，永遠都是妳的。」

有了我這番保證，布魯小姐便同意可以對她七個美麗的朋友提出「成爲後宮佳麗」的想法。同一天，我突然想到我們認識笑容滿面、秉性敦厚的塔比，他是葛里芬小姐家的工人，王老五一個，臉上總是沾有石墨的痕跡。於是在晚餐後，我偷偷塞了張紙條到布魯小姐手裡，我在紙條裡寫著，塔比臉上的石墨污漬是神的手指畫出來的，我指定要他擔任後宮著名的黑奴頭子曼蘇魯爾。

要讓我們想要的宮廷制度成形可說困難重重，因爲每個人的個性都很複雜。像是另一個我，便表現出品格低劣的一面；在他渴求王位未果而被打敗後，就裝出在一副要他拜倒在國王跟前，他會有良心上顧忌的姿態。他不願稱國王爲大主教，而不屑地說他只是個「小子」；另一個我說他「不想演！」然後又擺出一種粗鄙、令人作嘔的模樣。這卑劣的性格受到團結的後宮佳麗們義憤填膺的一致奚落，我則幸運獲得這八位人間至美女子對我的微笑與崇拜。

不過，她們只有在葛里芬小姐不注意時，才能對我笑，而且得非常小心謹慎。因爲先知穆罕穆德在這些信徒之間流傳著一個傳說，說葛里芬小姐背上的披巾花紋中間，有一小片圓形裝飾品，這能讓她看到任何事。不過每天晚餐過後，我們都會聚在一起約一個小時，這時最受寵愛的妃子和其他的後宮佳麗會彼此競爭，決定誰最有資格在尊貴的哈隆倫王日理萬機之餘，陪伴取悅他（如同他在處理大部分國事時，面對常會遇上算術問題的大主教這個角色，他在盤算該寵幸幾位妃子時，總是陷入嚴重的猶豫之中）。

這種場合裡，盡忠職守的後宮黑奴頭子曼蘇魯爾一定會隨侍在側（葛里芬小姐通常會心懷憤怒地搖鈴召喚這位當差的過來），但他的行爲舉止從沒符合過他在歷史上的聲譽。第一，他會拿著掃帚進入國王會議室，甚至就連哈隆倫王已經披上代表憤怒的紅袍子（葛里芬小姐的毛皮大衣），曼蘇魯爾還是無動於衷，雖然他的無禮舉動可能會獲得寬恕，但是他爲什麼這麼做，始終沒有令人滿意的答案。第二，他經常突然輕蔑地大笑大喊著：「美女們，讓自己爽一下吧！」這是既非東方文化、又很放肆無禮的言論。第三，特地吩咐他要說「阿拉眞主啊！」，但他每次都說「哈里路亞！」這位當差的完全不像和他同階級的僕役，總之他就是太過幽默、一張大嘴永遠閉不起來，老是口無遮攔發表極不恰當的言論，甚至有一次他還用五十萬黃金（這算便宜了）買下切爾克斯族美女，並開心地輪流擁抱這名奴隸、最受寵的妃子和哈隆倫王。（讓我在這兒插句話，願主保佑曼蘇魯爾，願內心溫柔的他膝下能有子女承歡，撫慰他之後無數艱苦的日子！）

葛里芬小姐是一本活禮儀書，當她帶領我們成兩路走在漢普斯特路時，我無法想像，如果她知道與自己莊重步伐並肩齊行的人是個奉行一夫多妻制的穆斯林教頭頭，這位德行高尚的女性會做何感想？我相信葛里芬小姐完全沒意識到我有群後宮佳麗，她那神祕難測的恐怖心志激勵了我們，而我們所有人都有個堅定的共識，那就是我們把葛里芬小姐蒙在鼓裡的這些事裡頭有股令人恐懼的力量，使我們懼怕得嚴加護守這些祕密。我們的祕密完全沒有洩漏，不過有一次差點被我自己出賣了。這起危機的發生和化解都在同一個星期天上演。當時我們一行十人由葛里芬小姐帶頭，並排坐在教堂樓上座位顯眼的座位上（我們每星期天都坐在這裡，以非世俗的方式宣揚國教），正好聽見有人在朗誦所羅門王治國的光榮事蹟。一聽見有人提起所羅門王的名號，我就聽見自己的良心低語著：「您也一樣偉大啊，哈隆倫王！」主持禮拜的牧師默契地看了我一眼，這舉動對應了我的良心之語，牧師看起來像是在對著我朗誦似的，讓我不禁狂冒汗，滿臉跟著通紅起來。首相也變得越來越像行屍走肉，所有後宮佳麗都漲紅了臉，彷彿巴格達的落日餘暉直接照在她們美麗的臉龐上。在這個不祥的時刻，令人敬畏的葛里芬小姐站了起來，帶著惡意的眼神審視伊斯蘭的子民。我感覺到，這教堂和我的國家，以及葛里芬小姐密謀要揭發我們，到時我們這群人會全被裹在白床單裡，陳列在教堂中央走道公開展示。但是，葛里芬小姐判斷是非的觀念是很西方的——如果我可以表達反東方國家的意見——所以她只懷疑蘋果是否有毒，而我們也得救了。

我召集所有後宮佳麗，問她們一個問題：究竟一國的信仰頭目敢不敢在皇宮的至聖所內上演親吻動作。佳麗們的意見分歧，蘇貝蒂這位最受寵愛的妃子持反對意見，切爾克斯族美女則把臉埋進一個原本用來裝書的綠色厚羊毛袋，躲了起來。另一方面，一名來自物產豐碩的肯頓城、姿色超凡的年輕女孩，（是那越過中土沙漠、每半年出現一次的商隊，在假期結束後將她帶來的）抱持更開明的意見；像頭小羚羊般活躍的她，堅持要我減少首相和首相那隻狗在她們身上得到的福利，他沒有這個權利，不過這完全不在我們討論的範圍內。最後，我任命一位極年輕的奴隸擔任副首相，這才緩和了她們的爭論。小羚羊從凳子上起身，表面上接受仁慈的哈隆倫王在她雙頰行使和其他寵妃相同的致意禮，私底下則獲得後宮佳麗們金銀珠寶的報答。

現在的問題是，當我沉浸在這天賜極樂中盡情享受之際，內心卻變得非常煩亂不安。我開始想起我的母親，想到我若在仲夏帶了八位人間最美的女子回家她會說些什麼，但一切都只是空想。我想起我們在家裡做了幾張床、想起父親的收入，還想起了麵包師傅，這些事讓我的意志更加消沉。後宮佳麗們和不懷好意的首相，憑直覺猜測他們的國王何以如此痛苦，但卻適得其反地加深了這痛苦。他們公開宣稱永遠效忠於我，表示會和他們的國王同生共死。這些忠誠的宣示無異將我打入悲慘的深淵，我經常睜著眼睛躺在床上，一躺就是好幾個小時，反覆思考著我不幸的命運。

絕望之餘，我想到可以找機會趁早向葛里芬小姐下跪，主動招認我和所羅門王一樣多情，並祈求她若沒想到什麼方法可以替我開罪，請以「公然違反國家律法」的罪名處置我。

有一天我們在外頭成雙成對地散步，剛好所有人都心事重重。（在這種場合，首相通常會指示要特別注意那名在關卡收通行稅的男孩，如果他以褻瀆的眼神盯著後宮佳麗們瞧，就在夜裡把他絞死。）原來是那來自肯頓城的小羚羊突然做出無法解釋的行爲使我國蒙羞。這位美麗的女孩表示昨天是她的生日，她也收到了許多裝在籃子裡送來的金銀珠寶等生日賀禮（這兩種說法都沒有根據），但她還是私下誠懇地邀請了鄰國的三十五位王子和公主來參加舞會晚宴，還附帶一條特別規定，要求他們「一定得待到十二點才行。」沒想到小羚羊眞的將大批盛裝打扮、貴氣駕臨的賓客，引到了葛里芬小姐宅邸的門前，但這群聚集在台階上的男男女女，滿心期待要參加舞會，卻含淚被打發走。一開始，賓客們仍行禮如儀地敲兩下門，但小羚羊已經退回後面閣樓了，還把自己鎖在裡面。後來敲門聲每響起一次，葛里芬小姐就越感到心煩意亂，最後只好出來應門、要大家離去。小羚羊這個始作俑者受到了終極處置，被關進了收納布品的壁櫥，只有麵包和水可吃，葛里芬小姐還以報復性言詞狠狠教訓了大家：第一「我相信你們全都知道這件事，」第二「你們每個人都一樣壞，」第三「好一群混蛋。」

在這樣的多事之秋，我們散步的氣氛顯得異常沉悶；特別是背負著沉重「木蘇蘭教」（註23）責任的我，心情更是低落到了谷底。這時有個陌生人走上前與葛里芬小姐攀談，與她並肩交談了一小段路之後，這人轉過頭來看我。我以爲他是司法部門的爪牙，以爲自己死期將至，我二話不說當場拔腿就跑，像一般人一樣逃向埃及。

看見我飛也似地匆忙逃離現場的模樣，所有後宮佳麗都放聲大哭（我還記得是在第一個路口左轉，然後沿著酒吧繞一圈，就是到金字塔最近的路線），葛里芬小姐在我背後尖叫，不忠的首相在後頭追趕我，站在收稅關卡的男孩則巧妙地閃開我，並像頭羊一樣把我趕到角落，截斷了我的去路。我被逮住帶回後沒有一個人責備我；葛里芬小姐以出乎意料的溫和語氣說了句：「這眞是太奇怪了！爲什麼這位紳士一看你，你就逃走了呢？」

如果我能喘回氣回答這問題，我敢說我是不會回答的；更何況現在都上氣不接下氣了，當然無法回答。葛里芬小姐和那陌生男子走在我的左右兩邊，用某種特別、但又非全然把我當罪犯的方式（受驚的我不禁這麼想），押著我走回皇宮。

走到皇宮後，我們幾個人進了某個房間，葛里芬小姐叫後宮的黑衛兵頭頭曼蘇魯爾進來幫她。一和她說完耳語，曼蘇魯爾就開始掉下淚來。

「願主祝福妳，我的寶貝！」這當差的對葛里芬小姐說，然後轉過頭來對著我：「你老爸吃的苦頭可多了！」

我問道：「他病得很重嗎？」我的一顆心噗通噗通跳個不停。

「願主憐憫你這頭小羊，我的小乖乖！」好心的曼蘇魯爾跪了下來，讓我的頭有個舒適的肩膀可依靠，「你老爸已經死了！」

一聽見這句話，哈隆倫・拉希德國王就不見了，整群後宮佳麗也消失了；從那一刻起，我再也沒有見過這八位人間最美麗女子的任何一人。

我被帶回家，「罪愆」和「死亡」也在家裡待宰，有場出清拍賣正等著我們。有種無以名之的「力量」凌駕於我的小床，高傲地注視著底下的動靜，並含糊喊了聲「成交」，然後一個黃銅煤筐、一支旋轉烤肉叉和一只鳥籠被丟到床上，它們都是床的「命運」共同體，床和這些東西一起被搬走時還唱了首歌。我聽見了歌詞，正納悶這是哪首歌，我想這首歌唱起來一定很悲慘。

接下來我被送到一所大男孩就讀的學校，雄偉有加、荒涼得很這裡的一切吃穿物資全都膨鬆而粗鄙，而且總是不夠。這裡的每個人（不分個子高矮）都很殘忍。這裡的男孩在我到學校之前，就已經聽說那場拍賣的細節，他們問我帶了些什麼來、是誰帶我來這裡，還對我大聲叫囂：

「走開、離開這裡，滾吧！」我從來沒在那個卑劣的地方告訴過任何人我是哈隆倫王，或我曾擁有一群後宮佳麗；因爲我知道若提到我的失敗，就要非常擔心哪天我得把自己溺死在操場附近、那攤看起來像一池啤酒的泥塘裡。

噢！我的天啊！我的天啊！朋友們，在我住進B少爺的房間之後，除了我自己的童年陰影、我那天眞無邪的陰影，還有我那飄也似的信仰陰影之外，裡面其實沒有任何鬼魂作祟。我多次追逐著內心的幽魂但腳步卻永遠趕不上這個人，我的手永遠都碰不到他，我的心再也無法像他一樣保持純眞。而你們也看見了我興高采烈又心懷感激的模樣，我是這麼的努力想擺脫那註定爲不斷來去的顧客打理門面的宿命，想擺脫和這副我專屬的骨骸夥伴同床共寢的宿命！

選自一八五九年《一年四季》聖誕號：〈鬼屋〉（The Haunted House）

註1古希臘哲學家、數學家與天文學家（西元前572年～492年）。
註2義大利天文學家（西元1564年～1642年）。
註3英國聖公會主教、神學家、護教家與哲學家（西元1692年～1752年）。
註4英國詩人，《失樂園》（Paradise Lost）爲其傳世名作（西元1608年～1674年）。
註5亞瑟王子和約翰王都是莎士比亞的歷史劇《約翰王》（King John）的角色。
註6狄更斯在這裡刻意將兩個不同時空背景的人物混爲一談，營造矛盾的情節。

註7喬治二世時期，指西元1683年～1760年。

註8爲一種陣發性肌強直，病人的每個動作非常遲緩癡呆，呈蠟人狀，常見於精神分裂。

註9 1605年計畫暗殺英王詹姆士的英國士兵，因事前消息走漏被捕。至今英國仍將事件當天的11月5日稱爲英國煙火節（Guy Fawkes Day）。

註10根據西洋傳統醫學的學法，淋巴質代表纖弱萎靡的個性。

註11本名詹姆士．克萊頓（西元1560年～1582年），蘇格蘭籍的文武全才，擅長語言、科學、文學和劍術。

註12位於英國東北部，飽受憂鬱症之苦的名作家維吉妮亞．吳爾芙（Virginia Woolf）即於此投河自盡。

註13希臘神話中宙斯與歐羅巴之子，由於生前爲人公正，死後與其兄弟麥諾斯（Minos）和阿伊克斯（Aeacusau）共同被選爲冥府三判官。

註14 John Herschel（西元1792年～1871年）。

註15 Bissextile，閏年之義。

註16 Bartholomew，耶穌十二使徒之一。

註17 Mother Bunch，十六世紀後期倫敦一著名啤酒店的老闆娘。

註18這一段所言皆爲B開頭的字詞或英國地名。

註19甘汞（氯化亞汞）是十九世紀時治療便祕最常用的藥物，據傳拿破崙就是因爲嚴重便

祕，被餵食過多甘汞引起化學效應而中毒死亡。

註20正確名字是哈倫・拉希德國王（Caliph Haroun Alraschid，764?～809），阿拉伯歷史上一位開明的君王。在《天方夜譚》的許多故事中都有他的蹤影。

註21指東歐西亞一帶的切爾克斯族，以美貌著稱。

註22《天方夜譚》裡〈阿拉丁神燈〉一章中的女主角蘇貝蒂公主。

註23原意係指穆斯林教。

11 謀殺案之審判 The Trial for Murder

當人們想要將精神上的奇特經驗分享給別人時，的確需要一些勇氣，即使是擁有過人智慧與文化素養的人也不例外，當他們面對人們的理性講述一些詭異經驗時，幾乎所有人都會感到害怕，他們得不到傾聽者心中對等的回應，反而會被懷疑說話的動機，甚至被嘲笑。一位眞正的遊歷家照理說似乎應該見過像海蛇這種特殊生物，並且敢於描述他們的見聞，但是一位擁有絕佳第六感、容易衝動、異想天開、沉盡在自我的幻覺、夢想與心理層面憧憬的旅行者在坦誠描述他的遭遇之前，免不了猶豫一下，我將一些屬於遊歷的特殊經驗中的晦澀難解之處，歸咎於旅行者的沉默寡言，因爲他們害怕那只是自己心中的幻想在作祟，我們不太習慣大方討論客觀事物，一般只會暢談自我的主觀經驗，結果就會讓這些或許很不尋常，的見聞顯得然後讓這些見聞可悲地變得殘缺不全，好像藏匿許多不可告人之處。

當我做這樣的陳述時，我並非試圖建立、反對、或是支持任何理論，我知道柏林書商的發展歷程，我曾經讀到一位後期皇室天文學家的夫人與大衛・布威斯特爵士相關聯的故事，我更是一點一滴都不放過流傳在私人朋友圈中的幽靈幻影故事，我必須這樣聲明：這麼一位女性受害者，雖然與我稍微扯得上關係，但是嚴格說來，我們的確毫無任何瓜葛，當一開始就有了錯誤的假設時，暗示著我必須解釋其中一部分原由，但不見得有任何事實做爲基礎。這跟我繼承祖先的怪癖個性沒有關係，我過去並無相似的幽靈經驗，從現在開始也沒有類似遭遇。

我們不清楚到底是在多少年以前，或者只是最近的事，英國發生一件眾所矚目的謀殺事件，當這種駭人聽聞的事件傳開時，我們不斷聽到關於謀殺者的新聞，但是假如可以的話，我寧願忘記這壞蛋的任何故事，既然他的身體已經埋葬在新門監獄，我對他的記憶也應該埋藏起來，在此我故意不說出任何這個罪犯的個性線索。

當謀殺事件一開始被發現時，通常後來才被抓來審判的那位男子不會在第一時間被懷疑，或者我應該說一開始通常毫無任何公開的線索，我當然無法精確掌握事實，也就無法做出推論，既然當時報紙上沒有他的相關報導，我們很明顯地發覺，到現在爲止報紙仍對他無從報導，人們所知畢竟有限。

我在早餐時間攤開晨報時，裡頭有一則描述謀殺案的報導，它相當有趣，我因此仔細閱讀了三次，那是個發生在臥房的謀殺案，當我放下報紙時，腦中突然閃過一絲畫面，我不知道該如何描述，只能說一切筆墨難以形容。在朦朧的畫面中，我似乎看見那個臥室的樣子閃過我對自己房間的記憶，就像在流動的河水裡，出現一幅無法著墨的畫，雖然畫面一閃而過，卻是清晰可見其中細節，因爲實在太清楚了，我帶著如釋重負的感覺，確信自己曾看見屍體從床上消失。

我這個古怪念頭的發生地不是什麼浪漫的地方，而是在接近聖雅各街轉角處的皮卡迪利大道上的房間裡，那對我而言是個新奇的地方，當時我正坐在安樂椅上，這個回憶伴隨著一絲古怪的銀光，從椅子上反射出來，但是請注意椅子下裝有腳輪，所以可以來回行動。房間位在二樓，裡頭有兩扇窗戶，我走向其中一扇，往下看著皮卡迪利大道上的移動物體，試著重新提起精神，那是個明亮的秋日早晨，街道上陽光閃爍，風有點大，但是整個氣氛是愉悅的，當時一陣強風刮起螺旋柱狀，吹落公園滿地落葉，當大風威力減落，葉子四處飛散時，我看見兩位男子從對面走過來，他們由西邊走向東邊，其中一人走在另一人後面，走在前頭的男子不時回頭看看後面的人，後面的男子則是緊緊跟隨，中間大約相隔三十步，他的右手威脅似地高舉而上。首先，我被這個奇特不變的姿勢所吸引，好奇爲何這種恐嚇似的姿態會出現在大庭廣眾之下，接著更詭異的是，在這麼顯著大道上，居然沒有人注意到這個舉動，走在人行道上，這兩位男子順利穿過其他路人，但是一路上沒有任何一位行人刻意讓路給他們，觸碰他們，甚至連看一眼也沒有。當他們經過我家窗戶時，這兩人同時盯著我看，我非常仔細地凝視他們的臉，發覺我不論在什麼地方都可以輕易認出他們，走在前頭的男子有個不尋常的高額頭，緊跟在後頭的男子的膚色則是混雜的石蠟色，除此之外，我還可以認出他們五官明顯的不同之處。

我是個單身漢，家中成員除了我之外，就是一位男僕跟他的太太，我在一家銀行的分行上班，我希望將來高升爲部門主管，我的責任眞的就像別人所想的那麼輕鬆，可是就在我需要有所改變時，卻在那個秋天被留在鎭上。我沒有生病，不過也健康不到哪裡去，各位閱讀時應該可以感受到我是疲倦不堪的，知道我對這種單調的生活心灰意冷，甚至有輕微消化不良的毛病，我那有名望的家庭醫師向我保證沒有比「輕微消化不良」更適合描述我目前健康狀態的字眼，這是我向他問診時，他寫在病歷上的文字。

當謀殺案的細節逐漸被抽絲剝繭，廣爲社會大眾所熟知時，我試著不去了解它，不去感受那種破案的興奮感，以免謀殺案佔據我的心思，但是還是知道這件難解謀殺案的裁定已經有了結果，那位嫌疑謀殺犯被羈押在新門監獄接受審判，我也知道他的審判被中央犯罪法庭延遲整整一個會期，理由是這是件侵害罪，需要更多時間準備辯護工作。這麼說來，我應該也要知道這件被延宕的案子何時會重新審理，但事實上，我卻什麼進展都不曉得。

我的起居室、臥房與更衣室都在同一層樓，除非穿過臥房，否則我的起居室與更衣室是不相通的，臥室裡頭有一扇通往樓梯間的門，有好長一陣子，一部分我的盥洗設備與它相連結。礙於這種特殊的格局，我只好把這扇門釘緊，以方便監督管理。

某一天深夜，我站在自己的臥房裡，在僕人就寢之前，給他們一些工作指示，當我說話的時候，我的臉朝向通往起居室的那扇門，當時門是關著的，我的僕人則是背對著門，在我說話的同時，我見到門開了起來，一個男子向裡頭張望，他熱情神祕地對我召喚示意，這名男子正是走在皮卡迪利大道上緊跟著前頭男子的傢伙，他的臉是混雜的石蠟色。

這名向他示意的人影往後退縮將門關上，接著我馬上穿過臥房打開起居室的門，往裡頭瞧，我手上拿著點燃的燭火，心中可不希望在起居室看見那個人影，幸好我的確沒看見。

我意識到我的僕人驚訝地呆站不動，我立刻轉身看他，並且說：「德瑞克！你知道嗎？我覺得不寒而慄，因爲我好像看到一個……」

我將顫慄的手放在德瑞克的胸口安撫他，因爲突然間他開始猛烈地顫抖著，說道：「喔，主人，是的，我看見一位死人在召喚我們。」

直到我安撫德瑞克之前，我很難相信這個我信任並且依附超過二十年的僕人居然會說出他看見一位死人的鬼影這種話，他的改變相當令人吃驚，當我觸碰他時，我相信他那一刻所見的影像可能是源自於我神祕的詭異態度。

我吩咐約翰·德瑞克準備一些白蘭地，我爲他倒了一杯，也自己高興地喝了一杯，在那晚詭異的氣氛中，我們兩人一句話都沒說，回想那個恐怖景象，我百分之百確定除了在皮卡迪利大道之外，自己過去從未見過那張臉孔，我把他在門邊召喚我的鬼影表情與之前我站在窗邊看見的那種表情相比較，得出一個結論，我發覺在第一次碰面中，他努力加深我對他的記憶，等到第二次碰面，他已經確定我完全想起他的長相了。

其實那天晚上我的心情相當不愉快，雖然很難解釋，但是我的直覺告訴我，鬼影不會再回來。到了白天時，我進入沉沉昏睡，直到約翰·德瑞克將我喚醒，他帶著一張文件走到我的床邊。

顯然這張文件就是造成我的家僕與送信人爭吵的原因，那是一張法院傳票，傳喚我出席即將在舊巴里的中央犯罪法庭所舉行的會議，就約翰·德瑞克所知，我過去從未被法院傳喚過，他相信法院陪審員的層級通常會低於我的階級地位，我不知道爲何他會如此認爲，只確定他在第一時間拒絕接受法院傳票，但是送信者的回應相當冷淡，他說不論我出席與否都無關他的事，反正傳票是既定事實，我應該想想如何出庭的事，而不是忙著拒絕接受。

開始的一兩天裡，我不知道是否應該向法院做出回應，或者乾脆不理會，我從未試圖意識到這件事所暗藏的神祕意涵，或者任何極具吸引的影響力，當時我非常確定自己的想法沒有錯，只不過最後我單調的生命出現一顆炸彈，那就是我決定出庭接受傳喚。

出庭的那天早晨是十一月的某一個陰冷上午，皮卡迪利大道籠罩在濃濃的棕色大霧中，天色變得越來越暗，最後巴爾寺廟的東方甚至完全淪陷在沉重的濃霧裡，法院的走道與階梯上被燃燒的煤油燈所照亮，整個法院明亮溫暖，直到執法人員傳喚我進入舊法庭時，我看見擁擠的人群，才意識到那天同時也將審判謀殺犯。並且直到他們費了許多功夫請我進入舊法庭後，我才知道是哪位法官將會質詢我。以上是我內心的想法，我不確定這些想法是對是錯，因此無法將它視爲正確的陳述。

我坐在靠近法官的位置等待，我看著法院，發覺戶外瀰漫著濃霧，狂風呼呼吹著，窗外黑色的煙霧像是垂掛在外的陰鬱窗簾，我也注意到輪子踩踏稻草所產生的沉悶聲音，街上傳來鞋子走過的單調聲響，我聽見人們聚在一起的哼哼呼吸聲，偶爾穿插尖銳的汽笛聲，以及極大聲的歌唱聲音與招呼聲。之後進來兩位法官，他們找位子坐下，此時法院裡的原本的嗡嗡吵雜聲可怕地靜止下來，大家往同一個方向看去，那是謀殺犯被關在欄杆裡的地方，我看著他，立刻認出他是走在皮卡迪利大道上前頭的那位男子。

假如當時有人叫我的名字，我懷疑是否可以聽得見，事實上直到陪審團叫了第六或是第八次我的名字時，我才有辦法回答：「我是！」。現在各位好好聽我描述當時法院的狀況，當我走進陪審席時，那位原本聚精會神但卻有點冷漠觀看周遭情形的羈押犯變得相當激動，頻頻對他的律師示意，那位羈押犯明顯地想要向我下戰帖，因此他要求暫停審問，在休庭時間裡，雙手放在被告席上的律師不斷與他的客戶祕密交談，不時搖搖頭，我從一位紳士那裡得知羈押犯對著律師說出令人驚恐不已的話：「就算冒很大風險，也要挑戰那個男人！」但是羈押犯說不出爲何會想要這麼做，只是承認在聽見別人叫我名字之前，他的確不認識我。

我先前已經解釋過我不想回憶起關於那位謀殺犯的任何事情，並且有關謀殺犯冗長審判的詳細描述也不是我所要陳述的重點。在那十幾個白天黑夜裡，我讓自己與法官緊密地與這個事件連繫在一起，如同背負著一個古怪的生命經驗，我想要吸引讀者的焦點就是這種奇特的生命經驗，而非那個謀殺犯，當然也不會只是靠著新門監獄議案的一頁紀錄來吸引讀者。

最後我被陪審團推舉成爲主席，在審判的第二天早晨，因爲我總是注意時鐘滴答的聲響，所以知道證據已在兩小時前呈上，我看了看其它陪審員，發覺無法一個個點名所有的陪審團成員，我困難地點了好幾次，總是搞不清楚，總而言之，我就是無法算清楚。

我碰了一下坐在隔壁的陪審員，對著他低聲說：「請幫我數一數我們有幾個人。」他對於這個要求感到驚訝，但是還是轉過頭數了數，接著他突然問：「爲何要數？我們總共十三人，但是這是不可能的，我們應該只有十二人。」

根據我那天的計算，在細節的部分我們算得很精準，但是以總量來看，我們顯然過於龐大，我們不知道多出的人數到底是誰，只是我心中預感有一位人影的確曾經進來過。

陪審團被安排住在倫敦酒館裡，所有人住在同一間大房子裡，睡在不同床上，我們一直被照顧地很好，法院的人員誓言保護我們的安全，我當然沒有理由隱瞞那位法院人員的眞實姓名，因爲他是如此聰明有禮貌又樂於助人，同時我們樂於聽到城裡面對他的評價相當高，他有一張對稱的漂亮臉蛋，眼睛迷人，再加上一把令人羨慕的黑色鬍子，以及鏗鏘有力的說話語調，他正是海克先生。

當我們晚上進入有十二張大床的臥房休息時，發現海克先生就在門口對面盡忠職守，在第二天晚上，我一點睡意也沒有，正好看見海克先生坐在床上，於是我拿著微弱的燭火過去坐在他旁邊，當他從我身上接過燭火時，與我的手輕微處碰一下，他打了一個寒顫，說道：「那是誰？」

我隨著海克先生的眼神望去，看了看房間四周，我見到我預期中的人影，就是我曾經在皮卡迪利大道上見到的第二位男子，我起身往前走了幾步，然後停下腳步看著海克先生，他似乎對那個朦朧的人影不感興趣，他笑了笑，以愉快的語氣說：「有那麼一刻，我以爲有十三位陪審員，多了一個人，但是卻沒有床位，但是我想應該是月光讓我眼花了。」

我並沒有告訴海克先生實情，我只是邀請他跟我到房間走廊上散步，因爲我想知道那個人影在做什麼，最後我發現人影輪流坐在其他十二位陪審員的床邊，靠近他們的枕頭，它總是坐在床的右邊，離開的時候就從床腳跨過去，從他的頭部動作看來，他只是若有所思地看著橫臥休息的陪審員，但是人影卻對我靠近海克先生床板的動作視而不見，它從月光照耀的地方離去，穿過高大的窗戶，好像行走一段高聳的階梯一般。

隔天早餐時間，除了我與海克先生之外，看起來大家似乎昨晚都夢見那位受害者。

我現在確信皮卡迪利大道上的第二位男子就是人們口中所謂的被謀殺犯，彷彿是他認罪的證詞讓我不由得這麼想，但是即便這是事實，我還是尚未做好心理準備接受。

到了審判的第五天，這個起訴案件已經到了尾聲，我們對於男子如何被謀殺有了些許概念，這個受害者的畫像從臥房裡消失不見，之後被發現放置在謀殺犯挖掘的地洞裡，目擊犯罪現場的證人被接受約談，嫌疑犯因此被傳喚至法庭讓陪審員進行審判。當穿著黑色長袍的法庭人員成功找到我上法院時，皮卡迪利大道上的第二位男子立刻出現在人群裡，他從法庭人員那裡取得受害者的畫像，親手將它交給我，同時以低沉空洞的語調說著：「我當時年輕多了，那時我的臉還沒佈滿血跡。」之後，我在紀念品小盒裡看見這張畫像，我跟他都曾把畫像給陪審團員參考，畫像在團員裡一個傳過一個，最後回到我這裡，然而竟然沒有任何一個人發現事情的眞相。

在房間的台子上，我們每一位團員接受海克先生的監督，一開始我們很自然地大量討論整個訴訟程序，但是到了第五天，起訴案件準備結案時，我們對於案情有了完整輪廓，我們更加生動卻嚴肅地討論這件事。在所有團員之中，有一位是教區委員，他是我見過最愚鈍的笨蛋，他對最清楚不過的證據做最可笑的解釋，他的身邊一定跟著兩位軟弱的教區跟班，自從這三個人被列在陪審名單之後，他們顯得相當興奮，以爲可以審判約五百位謀殺犯。每當這些愛惡作劇的笨蛋在大家準備就寢的夜晚大聲喧嘩時，我又再一次見到那位被謀殺的男子，他冷酷地站在這些笨蛋背後，召喚著我，但是當我向他們走近，準備一起聊天時，被謀殺的男子又會立刻消失不見，一開始他以這種模式出現，但是只局限於我們被監控的房間裡。每當所有陪審團員同時出現時，我會看見其中出現被謀殺男子的人頭，當他們交換對他不利的審判內容時，他會以無法抵抗地嚴肅姿態向我求救。

在被謀殺男子的畫像出現之前，我對所有事情我了然於心，也就在審判的第五天之前，我從未見過它的人影出現在法庭裡。但是後來發生了三件事情，因而情勢有所改變，我加入這個案件的辯護陣容，首先我會一起說明兩種改變，被謀殺男子的人影之前一直出現在法庭中，但是從不對我顯露出影像，只讓當時的說話者看見他。我舉一個例子爲例：被謀殺男子的喉嚨是被筆直地切過，但是在一開始的辯論中，竟然有人宣稱死亡者是自己刺殺喉嚨的，在那麼一刻，被謀殺男子的鬼影會立刻出現，露出之前被隱藏起來的可怕喉嚨慘狀，就站在說話者的手肘前面，不斷雙手輪流做出橫切喉嚨的動作，強烈地向說話者表示不論用哪一隻手，都不可能對自己造成那麼悲慘的傷口。我再舉另一個例子，一位女性目擊者曾在法庭上表示謀殺犯是世界上最和善的人，此時被謀殺男子的鬼影會立刻出現在女人前面，凝視著她的臉龐，用伸長的手臂與向前延伸的手指頭指著謀殺犯臉上的邪惡表情。

而第三種改變影響我最深也最劇烈，我不爲這種改變建立任何理論，我只是精確地陳述改變，然後遺忘它。雖然鬼影的出現有時不易察覺，但是那些它靠近的人總是會有驚恐慌張的反應，伴隨著不安與混亂，對我而言，鬼影受到不同世界的法律所支配著，避免它對別人現出原形，鬼影只是無形地、沈默地、暗自地遮蔽他人的心靈，當辯護律師提出自殺的假設時，鬼影立刻出現，站在那位有學問紳士的手肘邊，喉嚨可怕地被鋸成兩半，此時毫無疑問地，我們發現律師答辯的語調顫抖，毫無破綻的論述有那麼幾秒鐘失去條理，律師用手帕擦了擦額頭，臉色變得極度蒼白，當目擊者看見鬼影時，她的眼睛必定會注視著鬼影手指頭引導的方向，最後她的眼神會停留在受刑犯臉上猶豫不安的表情，以下兩個例子可以額外說明這件事：第一個例子是，在第八天的審判會議上，依照慣例在每天中午時間過後，審判流程會暫停一下子，那天當我休息過後並且恢復精力時，我在法官回到位子之前與其他陪審員一同返回審判會場，當鬼影站在受審台上看著我時，我一度以為它不在那裡，直到偶然間我抬起頭望向走廊，我看見它向前屈身，傾身靠著一位有教養的女人，彷彿想要確定陪審團員是否已經回到位子上，但是突然間，女人尖叫，然後昏倒了，被抬了出去，最後由令人肅然起敬的聰明法官耐心地執行審判，當審判結束時，法官靜下心來整理文件，那個被謀殺的男子從法官旁邊的門進來，走上審判台，急切地看著法官正在翻閱的報告，上頭註記許多審判紀錄，此時法官大人的臉出現一些變化，他停止翻閱文件，就我的觀察，他的身體一陣顫抖，結巴地說著：「各位很抱歉，我剛剛感覺有一陣壓力讓我喘不過氣。」直到他喝了一口水，才感覺好一點。

在這沒完沒了的冗長十天審判中，其中有六天是千篇一律的日子，同樣的法官坐在法庭上，那位謀殺犯同樣坐在審判台中，同樣的律師坐在辯護席上，同樣的審判語調與回答充斥整個法庭，法官一成不變地振筆疾書，相同的庭吏來來回回地行走，當陰天沒有陽光灑進來時，煤燈照亮法庭，大窗戶外頭朦上同樣陰沉的灰霧，窗外的雨啪嗒啪嗒地下起，獄吏與犯人每天在鋪滿鋸木屑的地面上留下同樣的腳印，同樣的鑰匙打開又關上同樣厚重的大門。這樣單調厭煩的日子讓我覺得自己好像當了陪審團主席很久一段時間，皮卡迪利大道上充斥著邪惡勢力，在我眼中，被謀殺男子的足跡歷歷在目，比任何其他人都還要明顯，事實上，我一直記得我從未見過那位被謀殺的男子正眼瞧過謀殺犯，我一次又一次地懷疑：「為何他不看？」但是事實就是如此。

在畫像曝光之後，他不再看我，直到審判時刻到來，他才重新看著我，所有陪審員在晚上接近十點鐘時結束討論，笨蛋教區代表與兩位跟隨他的食客目光如豆，帶給我們諸多麻煩，我們不得不回到法院要求得其他相關文件，以便重新閱讀報告，我們九個人對於報告內容不做任何懷疑，法庭上的觀看者似乎也是如此，這群三人同盟的蠢材沒有任何點子，只是礙事而已，他們不斷爭論原因，卻一點貢獻也沒有，最後我們勝利了，我們讓陪審團在十二點多的時候又回到法院審理案件。

當時被謀殺的男子就站在陪審員席的正對面，在法庭的另一邊，當我發言的時候，他的眼神專心地看著我，看起來很滿意的樣子，他晃了晃手上那條大面紗，然後戴在頭上，從他第一次出現，他就把面紗帶在身邊，當我做出「有罪」的裁定時，面紗掉落了，一切人間蒸發，他原來的位置如今空無一物。

依照慣例，法官詢問謀殺犯在死刑執行之前，是否有任何話想說，他模糊不清地說了一些話，隔天各大報紙將他的臨終話語描述爲「雜亂的、不連續的、半清不楚的聲音」，聽起來像是在抱怨那是個不公平的審判，因爲他認爲陪審團主席對他存有偏見，主要的陳述是：「老天爺啊！當陪審團主席一走進審判席中，我就知道我一定會被定罪，老天爺啊！我就知道他不會放過我，因爲從我被抓起來的那一天起，他就會在夜晚走到我的床邊，搖醒我，然後在我脖子圈上繩索。」

選自一八六五年《一年四季》聖誕號：〈瑪古德醫生的藥方〉（Dr. Marigold's Prescriptions）

12 號誌員

The Signalman

「喂！下面那個！」

聽見這個朝著他叫喊的聲音時，他正站在工作亭的門邊，手上拿著一面小旗子，旗布完整地捲在短旗桿上。一想到這是什麼地方，任何人都會認爲他必定知道這聲音打哪兒來；不過相反地，他卻先抬起頭，往幾乎在他頭頂正上方、也就是我腳下所站的陡峭山路盡頭看了看，然後再轉過身去，沿著綿長的鐵路看去。他的這些反應有點奇特，有種說不上來的感覺。不過即使他的身影縮小成一團黑影，深陷在壕溝裡，而我則站在高處，正爲一片火紅的夕陽餘暉所籠罩，甚至必須用手遮擋怒氣未消的烈日光輝才能看見他，但這人已引起了我的注意。

「喂！下面的！」

原本注視著鐵路的他，抬起頭來看見了我，一個站在高處俯瞰他的人。

「這裡有沒有路可以讓我走下去，和你說說話？」

他抬頭看著我但沒有答話，我也同樣低頭看著他，不急著重複一遍我無聊的問題，逼他回答。就在此時，我感到腳底下和空氣中傳來一陣微弱的震動，震動隨即變得猛烈，迎面而來之勢讓我踉蹌倒退了好幾步，彷彿有隻看不見的手要把我拉下山去。當煙霧從這列疾馳而過的火車飄到我眼前，掠過底下的景色又散去後，我再次往下眺望，看見他正在收捲那面引導火車通過的旗子。

我重複了一次我的問題。猶豫了一會兒（他似乎專注地打量著我），他用手上捲成一捆的旗子，水平指向距離我約二、三百碼遠的某一定點。我往下喊了聲「好」，就往那個地點走過去。到達後，我睜大眼睛四下張望，找到一條向下蜿蜒的崎嶇小徑，就沿著這條開在山壁上的小路往走下去。

這條路挖得非常深，而且高低落差異常大。山路鑿穿一塊濕冷的大石頭，越往下走，路越泥濘潮濕。我走了好久，久到讓我有時間去回想他為我指出這條小路時那副不情願、像被逼的怪異模樣。

當我再看見他時，發現他站在剛才火車駛過的那條鐵軌中間，一副等著我出現的樣子。他的左手摸著下巴，左手肘靠在胸前的右手上。他這種像在預期或警戒些什麼的姿勢讓我停下了腳步，納悶地看著他。

我繼續從山徑往下走，踏上了鐵道的碎石子地，然後大步朝他走近，眼前的這個人看起來臉色暗黃、蓄著黑鬍，兩道濃密的粗眉相當顯眼。他的工作崗位是我所看過最荒涼、最孤寂的地方。左右兩邊都是濕答答的鋸齒狀岩壁，除了一線天空之外看不到任何景色；看得見的那條通路也只是這座大地牢曲折延伸的部分；另一頭較短的小路則結束在一道陰鬱的紅光中。漆黑的隧道前入口顯得加倍陰暗，裡頭無盡的黑暗透露出蠻荒、陰沉、令人望之生畏的氣氛；陽光幾乎照不進這塊方寸之地，裡頭濃厚的泥土味散發出死亡的氣息。在爭相呼嘯而過的寒風中，有股寒意倏地攫住了我，彷彿我已離開了人間。

在他有任何動作之前，我已經走近到伸手就可以碰到他的距離。他往後退了一步，眼神始終和我四目相交，然後把手舉了起來。

「在這裡工作還眞是寂寞啊！」我先開口說話。我一邊說，一邊將的視線往下移。我期待自己被當成稀客，而非不速之客。我相信在他眼中，我不過是個一生都活在狹小視野的人，只是有一天突然開了竅，喚醒自己對這類偉大鐵路事業的關注興趣。我的確是基於這個目的才和他說話，但卻一點也不確定措辭對不對，一方面是我向來不善開啓任何談話頭，另一方面是我感覺到此人有某種令我害怕的特質。

他十分好奇地看著隧道口附近的紅燈，眼神掃視著那一帶，好像那裡少了什麼似的，然後轉過頭來看我。

那盞燈也歸他管，不是嗎？

「是啊，你不知道嗎？」他聲音低沉地回答著。

仔細觀察這對凝視我的眼神和這張憂鬱臉龐，有種恐怖念頭自我心底油然而生：他不是人，而是鬼。自此之後，我一直在猜測我的想法是不是有可能傳到了他心裡。

這時換我往後退了一步。在我後退時，我看出他眼裡潛伏著對我的恐懼。這一眼讓我先前的恐怖念頭頓煙消散。

「你看我的樣子，」我勉強擠出一絲微笑說，「好像有點怕我似的。」

「我不確定，」他回答，「以前是否見過你。」

「在哪裡見過我？」

他指向他剛才一直看著的紅燈。

「那裡！」我說。

他專注地警戒著我的反應，然後回答（但沒有發出聲音）：「對。」

「老兄，我在那兒做什麼？不過，就算有事可做，我也從沒到過那裡，你可以發誓你見過我嗎？」

「我想我可以，」他答道，「沒錯，我發誓。」

現在他的態度變得明確，像我一樣。他的回答迅速，而且措辭恰當。他和紅燈標誌關係匪淺嗎？沒錯，也就是說，他有很多責任要承擔；他必須精確而警覺，且實際作業上的體力勞動他也不輸任何人。變換號誌、調整燈光、不時轉動這只鐵把手，全都是他負責的工作。至於那些在我看來似乎漫長無止盡的寂寞時光呢？他只說這些已成爲他日常生活的例行公事，他早已習慣這種生活了。他在這裡自學了一種語言（如果會看就算懂，會用粗陋拼發音，就能稱之「學會」的話）。他也學了分數和小數，甚至還嘗試唸了點代數；但是他從小到大總是拿數字沒輒。他在値勤時是不是得一直待在空氣潮濕的通道裡，還有站在那兩堵高聳石牆間的他是不是永遠不見天日？當然，這視時間與狀況而定。白天和晚上的某些時段鐵道上的火車有時會比較少，天氣好的時候，他確實會選擇待在比這塊陰暗低窪處稍高一點的地方，但由於電鈴隨時可能呼叫他以及提著神經等著聽它響起的雙重焦慮，站到高處去顯然沒我想像得那麼放鬆。

他帶我進去他的工作亭，裡面有座火爐、一張書桌（上面擺了一本他必須做某些紀錄的公務簿），以及一組有撥號盤、鉛字版、指針的電報設備，還有那個他剛才提到的小電鈴。我相信他會自我辯解，說自己是個受過良好教育的人，或許接受過比職務所需更高的教育（我希望我這樣說不會太冒犯）；還說團體中不乏像他這樣的人，他聽說在濟貧院、警察局，甚至在日子最難熬的軍隊都是如此；他說他知道，一個傑出的鐵路員工多多少少是這樣的人。他年輕時曾學過自然哲學，上過好幾堂課（讓我坐得這麼擠迫，他怎能期待我會相信他說的，他甚至因沒位置坐而還得站著哩！），不過後來不學好，浪費了大好機會，墮落之後從此一蹶不振。他對這點倒是沒有抱怨。他鋪好自己的床就躺了下來。現在要再鋪另一張床，時間已經太晚了。

我把他平心靜氣說的話全都濃縮在此包括他那把我和爐火隔開的陰沉憂鬱的凝視。偶爾他會突然冒出一句「先生」，特別是當他提到年少歲月的過往時（好像在要求我了解他要說的是我認爲他是怎樣的人，他就是怎樣的人）。小電鈴響聲好幾次打斷他的話，要他先抄錄訊息，然後發送回覆。有一次他還得站到門外，在火車通過時揮舞一下旗子，和駕駛員說了些話。我觀察到，他在執行工作時，非常確實又謹慎，常常突然停下話匣子，不發一語地做完該做的事。

總而言之，我認爲這個人的確是最適合擔任這個職位的人選之一，但卻有兩次他跟我說話說到一半，臉色突然一沉停了下來，把臉別過去看「並沒響起」的小電鈴，然後推開小房間的門（通常會緊閉以阻絕不健康的濕氣進入），探出頭去看隧道口附近的紅燈。這兩次當他再回到爐火旁時，我都發覺他神態有異，就像稍早我們還不認識時，他給我的那種無以名狀的感覺。

當我起身準備離開時，我說：「我原本以爲遇到了一個心安自在的人。」

（我恐怕必須承認這句話讓他誤會了。）

「我相信我以前是這樣的人沒錯，」他的聲音和第一次開口時一樣低沉；「但我現在覺得很不安，先生，我很苦惱。」

如果他能夠，他會再把這些話說一遍。不過他只說這一遍，我也立刻就聽進去了。

「是什麼讓你感到不安？你遇到了什麼麻煩？」

「這是件難以啓齒的事，先生。眞的很難、很難開口。如果你下次再來，我會試著告訴你的。」

「我是眞的打算再來。什麼時候比較方便？」

「我早上入睡，明天晚上十點就會醒了，先生。」

「那我十一點過來。」

他謝過我，然後陪我走到門外。「等一下我會打開白燈指引你，先生，」他以獨特的低沉嗓音說，「直到你找到上去的路爲止。當你找到上去的路，不要大聲喊叫，還有當你走上去之後，也不要大聲說話。」

從他說這番話的神情，我覺得這地方似乎變得更冷了些，但我什麼也沒說，只回答：「好的。」

「還有當你明天晚上下山走過來時，也不要大聲嚷嚷。你離開前，讓我問你一個問題。今天晚上你爲什麼大喊：『喂！下面那個！』？」

「天知道，」我回答他，「我大喊是爲了——」

「我不是問你的用意，先生。你喊出來的就那幾個字，我知道是什麼意思。」

「那幾個字就是那些意思。是我喊的，沒錯，因爲我看見你在下面。」

「沒有其他原因？」

「還會有什麼其他原因嗎？」

「你沒有感覺到，他們用超自然的方式對你傳遞什麼訊息嗎？」

「沒有。」

他向我道了聲晚安，舉起了手上的燈。我走在鐵軌旁（有一種火車正從我背後駛來、很不舒服的感覺），直到發現那條小路爲止。爬上去比走下來輕鬆多了，我毫不費力就回到了旅館。

爲了準時赴約，第二天晚上當遠方的鐘聲敲響十一下時，我已踏上那條蜿蜒小徑的第一道裂口。他拿著點亮的白燈，在山下等我。「我一路都沒出聲，」當我走近時我對他說，「那現在可以說話了嗎？」「當然可以，先生。」「那麼，晚安，這是我的手。」「晚安，先生，我的手在這裡。」我們一邊交談、一邊並肩步向他的工作亭，走進裡頭、把門關上，然後坐在爐火旁。

「先生，我已經決定了，」我們才剛坐下，他就立刻傾身，比耳語稍大聲一點說道，「你不必問我第二次是什麼事讓我感到不安。我昨晚把你誤認爲其他人，讓我覺得很焦慮。」

「你是說認錯人這件事嗎？」

「不，因爲我以爲你是那個人。」

「是什麼人？」

「我不知道。」

「長得像我嗎？」

「我不知道，我連臉都沒看清楚。他的臉被左手遮住，右手不停地揮舞——很用力地揮舞。像這樣。」

我的眼睛追隨著他的動作，這是一種情緒很激動、以手勢表達意思的動作，意指：「看在老天的份上，快讓開！」

「在某個月光皎潔的夜晚，」他說，「我坐在這裡，突然聽見一個聲音喊著：『喂！下面那個！』我站起來，打開小房間的門往外看，看見這個『人』站在隧道口的紅燈附近，他像我剛才做給你看的動作那樣揮著手。他的聲音似乎因爲吼叫而沙啞，接著又大喊：『注意！注意啊！』連在一起聽變成：『喂！下面那個！注意啊！』我一把抓起我的燈，轉開紅燈，一邊喊一邊朝那人跑過去：『怎麼了？發生什麼事了？在哪裡？』人影就站在隧道深處以外的地方，我幾乎走到他面前，近到讓我覺得納悶，爲什麼他要用袖子遮住眼睛。我一個箭步跑上前去，伸出手想把他的袖子拉開，就在這時，人影消失了。」

「他進隧道去？」我說。

「不。我跟著跑進隧道，跑了五百碼之後停了下來。我把燈高舉在頭上，看見標示實測距離的數字、看見沿著石壁及拱頂悄悄滴落的水痕。我以更快速度跑了出去（因爲那裡是我生平最痛恨的地方），用我自己的紅燈環顧隧道口那盞紅燈四周，走鐵梯爬上坑道頂，然後又走下來，再跑回工作亭。我用了兩種發電報方式問：『有警報。出事了嗎？』而我得到的答案卻都是：『一切安好。』」

爲了抗拒那股沿著背脊緩緩爬上的寒意，我說，他一定是被自己的視覺欺騙了才會看見這人影；我說，當掌管眼睛功能的複雜神經出現病變時，就可能產生這類人影，而且這些幻影常使病人感到不安，有些人會開始意識到這是他們痛苦的眞正原因，甚至會讓自己接受實驗加以證明。「至於你所想像的叫喊聲，」我說，「只要我們交談時壓低音量，專心聽一會兒風吹過這奇特山谷所發出的聲音，還有風吹動電報線時的瘋狂咻咻聲，就知道了。」

我們安靜地聽了一會兒，他說一切都很正常，還說他對風聲和電報線的咻咻聲了然於心，畢竟他經常在此度過漫漫冬夜，獨自一人徹夜不眠地看守鐵道。不過他請求我，讓他把話說完。

我請他原諒我的無禮。他按住我的手，慢慢地說出這些話：「在那次『人影現身』後不到六小時這段鐵路就發生了重大意外，那十小時裡，死者和傷者通過隧道送進醫院時，全都是從那個人影所站的位置通過。」

一陣令人不快的恐懼感爬滿我全身，我竭盡全力抑制住它。不可否認，我答道，這是一件不尋常的巧合，事先經過巧妙計劃使他留下深刻印象。但毫無疑問的是，這些不尋常的巧合確實接連發生，在看得這種事之前，必須將這些因素也考慮進去。我又補充說明（因爲我感覺他一副打算反駁我的模樣），任何有常識的人不太可能用生活中再平凡不過的現象來製造巧合。

他再次請我聽他說，因爲他還有話沒說完。

我也再次請他原諒我無禮地打斷他。

「這件事，」他說，並再度將手掌放在我的手臂上，眼神空洞地往向前方，「那不過是一年前的事而已。六、七個月過後，我已經從震驚中恢復了。之後有個早上，天剛破曉不久，我站在門邊望向那盞紅燈，又看見了那個幽靈。」他說到這兒停了下來，定定地直視著我。

「他有大叫嗎？」

「沒有，這次祂很安靜。」

「他有揮舞手臂嗎？」

「也沒有，他斜靠著牆站在光線裡，雙手擋在面前。像這樣。」

我的眼睛再次追隨他的動作。這是種表示哀傷的動作，我在墳墓的石像上看過這種姿勢。

「你有朝他走過去嗎？」

「我回到亭子坐了下來，一方面讓自己平靜下來，整理一下思緒，另一方面是因爲祂讓我覺得快要昏倒了。當我再跨出門外時，頭上已經天光大亮，那幽靈也消失了。」

「之後沒發生任何事？沒有引起什麼事嗎？」

他用食指碰了我的手臂兩、三次，每次都臉色慘白地點點頭：「那一天，有列火車從隧道出來時，我注意到靠我這邊的車廂側有扇窗戶，裡頭有個看起來像是手和頭混在一起的東西，而且還在擺動著。我看見這東西時剛好還來得及打訊號給駕駛：『停車！』駕駛關掉蒸氣，踩煞車，但火車還是滑行了至少一百五十碼。我跟著火車跑，一邊跑一邊聽見恐怖的尖叫聲和哭喊聲。有位年輕貌美的女士猝死在其中一間客房裡，他們把屍體到這亭子，就放在你我之間這塊地板上。」

我不由自主地將椅子往後拉，看了看他指的地上，然後抬起頭來。

「這是眞的，先生。千眞萬確。我把事情發生的狀況一五一十告訴你了。」

我不知該說什麼，而且我的嘴巴乾得要命。風和電報線發出一陣悲痛的哭嚎聲，好似把故事接續下去。

他繼續說：「現在，先生，你聽我說完，然後再來評斷我內心的不安。幽靈在一個禮拜前回來了。從此他就一直在那裡，偶爾、斷斷續續地出現。」

「在紅燈那兒？」

「在『危險』警示燈那裡。」

「他看起來像在做什麼？」

他又以可能更激烈的情緒做了剛才的手勢動作：「看在老天的份上，快讓開！」

他接著說：「他讓我無法片刻寧靜或休息。祂不斷呼喚我，那極端痛苦的聲音持續了數十分鐘。『下面那個！注意！注意啊！』他站在那兒，不停對我揮手，弄響我的小電鈴——」

最後這句話引起了我的注意。「昨天晚上我在這裡時，祂讓你的電鈴響起來，所以你才走出去嗎？」

「兩次。」

「欸，你看」，我說，「你的幻想是怎樣欺騙你的。昨晚我兩隻眼睛都盯著電鈴，一對耳朵也聽著電鈴，我是個活生生的人，但在那段期間完全沒看到或聽見它響起。不，在其他時間它也不會響，除非車站聯絡你時，透過物理傳導它才會響起。」

他搖搖頭。「關於電鈴，我到現在還沒誤判過，先生。電鈴響是幽靈弄的或人爲的，我不曾搞混過。幽靈弄出來的鈴聲，會使電鈴沒來由地異常振動，我並沒說電鈴振動時，眼睛一定看得見。你沒聽見電鈴響，這我不覺得奇怪，但我是眞的聽見了。」

「當你探出頭去，幽靈有在那裡嗎？」

「他確實在那兒。」

「兩次都在？」

他語氣堅定地重複：「兩次都在。」

「那你現在可以和我一起走到門外去找他嗎？」

他咬著嘴唇，一副不太情願的樣子，但還是站了起來。我把門打開，站在階梯上，他則站在入口處。「危險」警示燈在那裡，陰鬱的隧道口在那裡，還有沿著山路而建的高聳濕冷石牆也在那裡。今晚的夜空看得見星星。

「你看到他了嗎？」我問，同時注意著他的表情變化。他的眼睛因爲用力睜大而向外突起，但倒不像我專注看同一個位置時，眼睛突出的那麼明顯。

「沒有，」他答道。「他不在那裡。」

「我同意。」我說。

我們走回工作亭，把門關上，坐回各自的座位。當我心裡正盤算著，如果現在這狀況可稱之對我較有利，那我該如何善用這優勢——他卻突然煞有介事地開始講了起來，彷彿我們之間對眞假虛實的認知，落差並不嚴重似的，這讓我頓覺優勢盡失。

「先生，現在你大概能了解，」他說，「讓我如此惶恐不安的原因吧！問題是，這幽靈有什麼意圖？」

我告訴他，我不確定我眞的能完全了解。

「他想要警告些什麼？」他沉思地看著爐火，眼睛偶爾才飄向我這邊。「有什麼危險？哪裡有危險？這條鐵軌的某個地方有危險，會發生致命的災難。根據之前幾次發生的事來看，第三次也會出事，這毫無疑問。但這次他帶來的災難卻讓我心裡痛苦萬分，我該怎麼辦？」

他掏出手帕，抹去發燙的前額滲出的汗珠。

「如果我發出『危險』的電報給前後任何一站，或兩站都發，但卻沒辦法向他們解釋爲什麼要這麼做，」他擦拭著雙手手掌繼續說，「我會惹上麻煩，而且一點好處也沒有。他們會認爲我瘋了。事情的經過會是這樣——訊息：『危險！小心！』回覆：『什麼危險？在哪裡？』訊息：

『不知道，但是看在老天的份上，小心！』他們會開除我的。不然他們還會怎麼做？」

他心裡承受的痛苦，任誰看了都會於心不忍地憐憫他。這是個正直而盡責的人，在一股難以理解的人命關天責任感緊迫下，正遭受著莫大精神折磨，而且遠超過他所能忍受的極限。

「他第一次站在『危險』警示燈底下時，」他繼續說，雙手插進兩鬢的黑髮間，正極度痛苦中瘋狂拉扯著鬢角，「為什麼不告訴我那起意外即將發生的地點，如果一定得發生的話，為什麼不告訴我要如何避免呢？如果眞能避免的話。祂第二次出現時為什麼不告訴我：『她快要死了。讓他們把她留在家裡吧。』他反而只是遮住臉？如果那兩次現身，只是為了向我證明祂的警告是眞的，所以準備好面對第三次，那現在為什麼不直截了當地警告我？而我，老天爺幫幫我吧！我只是這個荒涼車站的小小號誌員而已啊！他為什麼不去找其他說話有分量，或有能力做些什麼的人呢？」

我看著如此痛苦的他，看在這可憐的人份上，以及為了公共安全著想，現在我必須做的就是讓他鎮定下來。我先把所有現實與非現實問題擺一邊，告訴他任何盡忠職守的人一定都會成功，而他可以感到安慰的是，雖然他不明白那些讓人不知所措的幽靈現身目的為何，至少他了解自己的職責所在。這樣做，遠比試著對他說理、破除他的執念來得成功許多。他冷靜了下來。隨著夜越來越深，他的工作量開始大增，於是我在凌晨兩點離開他。我表示願意留下來一晚，但他不同意。

我走上山壁小徑時，不只一次回頭望向那盞紅燈。我看不出有隱瞞的必要，我不喜歡這紅燈，如果我的床位在這紅燈底下，我肯定睡不著。我也不喜歡那兩起意外的預示與聯想，也不能不可憐那過世的女孩。這些我都看不來有隱瞞的必要。

然而我在心裡不斷深思的，還是該怎麼做才能揭開這整起事件的謎團？我確認他是個聰明、警覺性高、刻苦耐勞又嚴謹的人；但是，以他目前的心理狀態，他還能維持正常工作多久呢？雖然職級不高，但他負責的工作是很重要的，而我是否敢以生命當賭注，擔保他還能繼續精準地執行工作？

然而，我腦海有個揮之不去的念頭，如果我把他的話直接轉告他的上級，卻沒先對他坦白、並建議折衷辦法，這豈不是背叛他嗎？最後我決定陪他去找這個領域裡醫術最高明的醫生（此外目前也幫他保守祕密）。他告訴我隔天晚上他值班的時間有變動，白天他會有一兩個小時的休息時間，然後太陽下山後不久就要再度上工。我和他約定，我們會在時間內回來。

第二天傍晚氣溫舒適宜人，我提早走出旅館享受這美好。當我穿過一條荒野小徑，來到那條深邃山路頂點附近時，太陽尚未完全西沉。我告訴自己還可以散步一小時，去程半小時，回程半小時，然後就該去找那位號誌員朋友了。

在繼續散步前，我走到崖邊，從我第一次看見他的地方往下隨意眺望。我無法形容當我看見隧道口出現了一個男人，他左手遮住眼睛，右手激動揮舞時，那陣讓我全身毛骨悚然的戰慄。

這股震懾住我的莫名恐懼一下就過去了，因爲我在一瞬間看見的這個人影眞的是「人」，而且還有一小群人就站在他面前不遠，他的手勢似乎是在朝著他們排練。「危險」警示燈還沒有點亮。在昏暗的陰影底下，我看見一間從沒見過的低矮小屋，是用幾根木頭和一塊防水布搭蓋起來的。大小看起來和一張床差不多。

我直覺出事了，心中不斷閃過內疚的恐懼感，害怕因為我把號誌員獨自留在那兒，沒人監看他的行為，結果造成了致命的傷害。我用最快速度跑下山。

「發生什麼事了？」我問那群人。

「先生，號誌員今天早上死了。」

「不是那個在工作亭裡的人吧？」

「是他沒錯，先生。」

「不會是我認識的那個人吧？」

「如果你認識他，先生，你一眼就會認出來了，」有位男子說著，並一臉嚴肅地脫下帽子露出臉，掀開防水布的一角，「因為他的遺容非常平靜。」

「噢！怎麼會發生這種事！怎麼會發生這種事！」小屋的防水布再度闔上，我轉過身去，拉著他們一個個問。

「他被火車頭撞到了，先生。全英國沒有人比他更熟悉他的工作了。但是不曉得他為什麼沒和外側的鐵軌保持距離。那時還是大白天，他把燈打開，高舉在頭上。當火車頭從隧道出來時，他剛好背對著它，當場就被撞倒。那邊那個人就是列車駕駛員，他可以說明事情是怎麼發生的。湯姆，把事情從頭到尾說給這位紳士聽聽。」

穿著深色粗呢上衣的男子，走回他剛才站的隧道口位置。

「先生，我在隧道裡繞著彎道時，」他說，「就看見號誌員先生站在盡頭了，好像我是用望遠鏡看見他似的。但那時已經來不及減速，而且我知道他是個非常小心謹慎的人。可是他似乎沒注意到鳴笛聲，當火車朝他衝過去時，我把汽笛關上，用盡我全身力氣對著他大喊。」

「你對他喊了些什麼？」

「我喊說：『喂！下面那個！注意！注意啊！看在老天的份上，快讓開！』」

聽到這句話我嚇得魂都快飛了。

「噢！那幾秒鐘的時間實在是恐怖極了，先生。我一直叫他，嗓子沒停過。我用這隻手擋在眼前不敢看，另一隻手一直揮舞到最後；但還是沒有用。」

且讓故事停在這裡，不必再多說更多不可思議的前因後果。在此，我想用下面這段話做結論：那句與英國火車駕駛員的警告恰巧雷同的話，就是這幾天來一直糾纏折磨的那一位不幸號誌員那幾個字，也正是我兩次看到他模仿那手勢時，在心裡告訴我自己的話。——「喂！下面那個！注意！注意啊！看在老天的份上，快讓開！」

選自一八六六年《一年四季》聖誕號：〈慕格畢集會〉（Mugby Function）

國家圖書館出版品預行編目資料

狄更斯鬼怪小說選集／查爾斯・狄更斯（Charles Dickens）原著；余毓淳、楊瑞賓譯.
—— 初版. ——臺中市　：好讀, 2021.02
面：　公分，——（典藏經典；20）

ISBN 978-986-178-534-9（平裝）

873.57　　　　110000384

好讀出版

典藏經典20

狄更斯鬼怪小說選集

原　　著／查爾斯・狄更斯
翻　　譯／余毓淳、楊瑞賓
總 編 輯／鄧茵茵
文字編輯／莊銘桓
行銷企劃／劉恩綺
發行所／好讀出版有限公司
台中市407西屯區工業30路1號
台中市407 西屯區何厝里19 鄰大有街13 號（編輯部）
TEL:04-23157795 FAX:04-23144188　　http://howdo.morningstar.com.tw
（如對本書編輯或內容有意見，請來電或上網告訴我們）
法律顧問／陳思成律師

總經銷／知己圖書股份有限公司
106台北市大安區辛亥路一段30號9樓
TEL：02-23672044　23672047 FAX：02-23635741
407台中市西屯區工業30路1號1樓
TEL：04-23595819 FAX：04-23595493
E-mail：service@morningstar.com.tw
網路書店 http://www.morningstar.com.tw
讀者專線：04-23595819 # 230
郵政劃撥 ：15060393（知己圖書股份有限公司）

線上讀者回函
請掃描 QRCODE

印刷／上好印刷股份有限公司
二版／西元2021年2月15日
定價：300元
如有破損或裝訂錯誤，請寄回知己圖書更換

Published by How-Do Publishing Co., Ltd.
2021 Printed in Taiwan

ISBN 978-986-178-534-9